ria
Zagrab
zia
Goblinzähne
Mitternachtsmeer
a
Ancona
Napuli
Barion
Golf von Napuli
eer
Fackelberge
Kometensee
W0286889

Thomas Finn

Die flüsternde Stadt

Die Wächter von Astaria II

Thomas Finn

Die Wächter von Astaria

Die flüsternde Stadt

Band 2

Ravensburger Buchverlag

Für Tigger,
dem Astaria einige schöne Ideen verdankt

Bibliografische Information der Deutschen Nationalbibliothek:

Die Deutsche Nationalbibliothek verzeichnet diese Publikation
in der Deutschen Nationalbibliografie.
Detaillierte bibliografische Daten sind im Internet
über **http://dnb.d-nb.de** abrufbar.

1 2 3 4 5 13 12 11 10 09

© 2009 by Thomas Finn
Deutsche Erstausgabe im Ravensburger Buchverlag
Otto Maier GmbH

Umschlaggestaltung: Sabine Reddig
unter Verwendung einer Illustration von Joachim Knappe
Vorsatzillustration: Gottfried Müller

Redaktion: Franziska Jaekel

ISBN 978-3-473-35295-1

www.ravensburger.de

Inhalt

Du siehst die leuchtende Sternschnuppe nur dann,
wenn sie vergeht.

Christian Friedrich Hebbel

Prolog

Dunkle Wolken schoben sich vor den Mond und am Himmel jenseits des Mitternachtsmeeres erfüllte Wetterleuchten die Nacht. Hin und wieder blitzten am Firmament helle Sternschnuppen auf. Sterbende Stellare. Der Mann, der im Schatten der alten Leuchtturmruine stand und dem fernen Schauspiel zusah, lächelte böse.

Sein Meister erwachte. Die Vorzeichen seiner Auferstehung waren kaum zu übersehen. Jene, die davon wussten, konnten bereits das Zittern spüren, das die stellare Schöpfung durchlief. Wer genau hinhörte, der vermochte die Stimme des dunklen Herrn nicht nur im Donnern der Meeresbrandung wahrzunehmen, sondern auch im Wind, der flüsternd über all die verwitterten Steine und Felsblöcke strich. Noch war der Ruf des Schrecklichen unverständlich. Noch hielten ihn die Ketten seiner verräterischen Stellarsgeschwister gefangen, doch schon bald würde er seine Fesseln abwerfen und unerbittlich über all jene richten, die im stellaren Krieg auf der falschen Seite gestanden hatten.

Das Lächeln des Mannes wurde breiter. Sein Gebieter war auch gnädig. Treue Anhänger wie er, die sich rechtzeitig zu ihm bekannt hatten, würden belohnt werden. Und für das, was er zu tun beabsichtigte, würde ihm der dunkle Herr ganz sicher einen Platz zu seiner Rechten anbieten.

»Sinnst du bereits deinen törichten Träumen von Ruhm und Macht nach, Mensch?«, wisperte eine gehässige Stimme im Rücken des Mannes. Mit der Hand am Schwert wirbelte er herum und für einen Moment war das Klirren von Kettengliedern unter seinem Umhang zu hören.

Jenseits der geborstenen Turmmauern stiegen Nebelschwaden auf. Der Dunst bildete wabernde Tentakel, die über die zerstörten Mauerkronen tasteten und sich durch die Ritzen im Gestein zwängten. Der Mann musste all seinen Willen zusammennehmen, um vor dem unheimlichen Anblick nicht zurückzuweichen. Der dunkle Herr hasste Schwäche. Und so verharrte der Mann widerstrebend an seinem Platz und sah angespannt dabei zu, wie die gespenstische Wolke auf ihn zuwallte, nur um sich wenige Schritte vor ihm zu einer entsetzlichen Kreatur zusammenzuballen – einem Sternenvampir!

Das Wesen war etwas größer als ein Mensch und wirkte angesichts des fernen Wetterleuchtens wie ein Schreckgespenst, dessen nachtschwarze Phantomgestalt beständig zerfaserte und ihre Form veränderte. So, als würde der Dämon ganz aus dunklem, öligem Qualm bestehen, der immerzu von unsichtbaren Kräften aufgewirbelt wurde. Die Luft kühlte merklich ab, doch der Mann hielt trotzig dem Blick der zwei bläulich glühenden Punkte stand, die auf Kopfhöhe des Wesens glosten. Noch immer lag die Hand des Mannes auf dem Schwertgriff, wohl wissend, dass er gegen die unheimliche Kreatur nichts würde ausrichten können.

»Vesperuga … Dann stimmen die Gerüchte also«, presste er zwischen den Zähnen hervor. Zu seinem Erstaunen bemerkte er, dass die Dunkelheit, in die sich der Dämon hüllte, nicht vollkommen war. Auf Höhe der Brust des Wesens verlief schräg eine dünne Linie, die in einem kaum wahrnehmbaren Silberlicht schimmerte. Eine Narbe?

»Meine sterbliche Hülle ist ohne Bedeutung«, zischte der Sternenvampir finster. »Also verschwende meine Zeit nicht. Kannst du erfüllen, was du versprochen hast?«

»Lass das nur meine Sorge sein«, antwortete der Mann überheblich. »Niemand wird Verdacht schöpfen. Sag du mir lieber, ob du die Waffen mitgebracht hast, die mir versprochen wurden.«

Statt einer Antwort enthüllte der Sternenvampir lange, gebogene Krallen, mit denen er auf das zusammengestürzte Tor des alten Leuchtturms deutete. Der Mann sah genauer hin und entdeckte zwischen den verwitterten Felsblöcken die kantigen Umrisse einer schweren Truhe. Er ging zu ihr, öffnete den Deckel und wich einen Moment vor dem Inhalt zurück. Ein gefährliches Kratzen, Klackern, Summen und Schnarren schlug ihm entgegen.

»Arkanomechanische Spielereien. Das ist alles?«, sagte er verächtlich.

»Nein, das ist nur der Beginn«, wisperte der Sternenvampir mit eisiger Stimme.

Geräuschlos glitt der Dämon neben ihn und der Blick der kaltblauen Augen bohrte sich bis auf den Grund der verdorbenen Seele des Mannes. »Mit ihrer Hilfe wirst du Tod und

Verderben unter unsere Feinde tragen. Doch von dir wird mehr erwartet. Weit mehr. Also hör mir gut zu, denn gemeinsam werden wir einen Sturm entfesseln, in dem die Ordnung der Welt für immer untergeht …«

Ritterehre

Fabio saß mit hoch erhobener Lanze auf seinem Streitross und konzentrierte sich. Im großen Innenhof des Castello di Arborea, der Ordensburg der Paladine, war jetzt nur noch der Seewind zu hören, der sich säuselnd an Zinnen und Mauerkronen brach und die rot-weißen Marsakielsstandarten auf den Türmen zum Knattern brachte.

Doch etwas war heute anders. Nur was?

Fabio überprüfte noch einmal den Sitz der Steigbügel. Dann signalisierte er dem Pferd mit leichtem Schenkeldruck, dicht an die weiße Markierung neben dem Hofbrunnen heranzutreten. Die Lanze einen Zollbreit gesenkt, nahm er Maß. Sein Ziel war eine Stechpuppe, die in etwa zwanzig Schritt Entfernung aufgestellt worden war. Bei dem Übungsgerät handelte es sich um ein T-förmiges Drehgestell aus Holz. An einem Ende des Querbalkens hing ein Sandsack, am anderen Ende war ein Schild angebracht. Irgendjemand hatte dem »Eisernen Rolando«, wie die Stechpuppe spöttisch genannt wurde, sogar einen Helm aufgesetzt, sodass das Übungsgerät entfernt einem Krieger mit ausgebreiteten Armen ähnelte.

Die Stechpuppe war bei den Paladinen beliebt und verhasst zugleich. Es galt, schnell anzureiten und den Schild in vollem

Galopp mit der Lanze zu treffen, sodass sich das ganze Gestell drehte. Doch wer nicht gewandt genug war, wurde von dem herumschleudernden Sandsack aus dem Sattel gehauen. Und das war, wie Fabio nur allzu gut wusste, eine mehr als schmerzhafte Erfahrung.

Entschlossen drückte er seinem Streitross die Stiefelabsätze in die Flanken und mit einem Satz schoss das Tier nach vorn. Sogleich senkte er die Lanze, klemmte sie fest unter die Achsel und visierte den Eisernen Rolando an. Wind fing sich in Fabios hellen Haaren und das Trommeln der Pferdehufe auf dem Hofpflaster erklang seltsam gedämpft in seinen Ohren. Im letzten Moment stemmte er sich in die Steigbügel und rammte die Lanzenspitze mit aller Kraft gegen den Schild. Ein lautes Scheppern dröhnte über den Innenhof und mit quietschendem Hall wirbelte der Querbalken herum. Verflucht, er war nicht schnell genug. Aus den Augenwinkeln heraus sah er, wie hinter ihm der Sandsack heranjagte. Fabio machte sich schon auf den Aufprall in seinem Rücken gefasst, doch sein Pferd galoppierte ruhig aus.

Hätte er nicht eigentlich im Dreck liegen müssen? Verwirrt sah er sich um. Er war völlig allein auf dem Burghof. Selbst die Mauern der stolzen Klippenfestung waren unbesetzt. Hier stimmte doch etwas nicht. Und zwar ganz und gar nicht.

Vom Himmel her ertönte ein lang gezogenes Rumpeln, als setzte sich irgendwo in den Sternensphären ein altes Mühlwerk in Betrieb. Entgeistert starrte Fabio zu den Zinnen der Türme auf. Über der Burg jagten auf unnatürlich schnelle Weise Wolkenfetzen über den Himmel. Und er konnte dabei zusehen, wie die Mittagssonne beständig gen Westen wanderte. Mit jedem Atemzug wurden die Schatten der Mauern und Türme länger. Schon versank das grelle Himmelslicht als roter Glutball im Meer und hüllte den Burghof in ein gespenstisch rotes Zwielicht.

Was geschah hier?

Mit der Dunkelheit stieg über dem Palas der Ordensburg die fahl leuchtende Mondscheibe der Erzstellarin Molunah auf. Mit ihr kamen die Sterne. Zu Hunderten funkelten sie am Himmelszelt wie Diamanten auf dunklem Samt. Und doch waren zwischen ihnen deutlich wahrnehmbar in Gelb, Grün, Rot und Blau die Wandelsterne der Erzstellare Merkuriel, Venudha, Marsakiel und Juprabim zu sehen.

Die Stechpuppe drehte sich inzwischen so schnell, dass ihre Konturen verwischten. Helm, Schild und Sandsack erstrahlten in blassem Silberlicht und einen Moment lang glaubte Fabio, einer aus sich selbst heraus leuchtenden Flügelgestalt gegenüberzustehen.

Ein Stellar?

Vernimm, was im Buch der Sterne geschrieben steht, Paladin, säuselte es vielstimmig vom Nachthimmel herab. *Die Zeit selbst hat Geschehnisse in Gang gesetzt, die das Antlitz Astarias für immer verändern werden. Zweimal, nicht einmal, wird der Tag zur Nacht werden und zweimal, nicht einmal, wird die Gabe der Fünf über das Schicksal der Schöpfung entscheiden. Dreimal sollst du dem Sechsten begegnen, dessen Atem den Sternenkerker erfüllt. Dreimal wird er dir seine Macht offenbaren, auf dass du standhaft bleibst. Finde, was aus gutem Grund verborgen wurde. Denn die Stunde wird kommen, da die Zeit selbst vergeht. Erst dann vermagst du zu tun, was nur ein Sterblicher zu tun vermag. Und jetzt erwache. Erwache!*

Fabio schreckte aus dem Schlaf und bemerkte, dass er kerzengerade auf seiner Strohmatratze saß. Sein Atem ging stoßweise und Schweißtropfen perlten ihm auf der Stirn. Nur ein Traum.

Durch eine der Schießscharten hindurch konnte er Molunah sehen, deren fahler Schein in den Schlafsaal der Knappen sickerte. Der Raum war von leisen Schnarchgeräuschen erfüllt, einzig auf der Matratze neben ihm raschelte es.

»Alles klar, Fabio? Du hast im Schlaf geschrien.«

Fabio schüttelte benommen den Kopf.

»Hast du wieder von deinem verräterischen Herrn Ludovico geträumt?«

Fabio blickte zu seinem Freund Perusio hinüber, den rothaarigen Knappen des Waffenmeisters. »Entschuldige, dass ich dich geweckt habe.«

»Das geht so nicht weiter«, flüsterte der Rothaarige mit schlaftrunkener Stimme. »Wenn du nicht endlich eine Nacht durchschläfst, fällst du vor lauter Erschöpfung irgendwann noch um. Warum suchst du nicht den Krankenflügel auf und lässt dir einen Schlaftee geben?«

»Das ist es nicht, Perusio.« Fabio legte seine Stirn in Falten. »Ich glaube, ich muss weg von hier.«

»Weg?« Im Zwielicht war zu sehen, dass Perusio die Augen aufriss. »Ohne Genehmigung der Ordensführung? Wie willst du das anstellen? Wir befinden uns hier auf einer Insel. Über einhundertfünfzig Meilen vom Festland entfernt.«

»Ja ... Nein ... Ach, verdammt, ich weiß es nicht.« Fabio seufzte.

Drei Wochen waren inzwischen verstrichen, seit er sich bei den Paladinen auf der Insel Arborea zurückgemeldet hatte. Das Castello di Arborea war die größte der Ordensburgen und zugleich auch die älteste. Doch trotz ihrer abgeschiedenen Lage machten auf Burg und Insel jeden Tag neue Gerüchte über den Krieg im Osten Astarias die Runde. Längst war der Großteil der Burgbesatzung zum Festland abkommandiert worden. Die Verschiffung von knapp zweihundert Paladinen in blinkender Rüstung samt Pferden und Gefolge war ein Ereignis gewesen, das niemanden auf dem Castello di Arborea unberührt gelassen hatte. Das Ganze hatte nur einen Nachteil: Fabio hatte gemeinsam mit einer Notbesatzung zurückbleiben müssen. Doch mit einem überraschenden Angriff auf das Castello di Arborea war kaum zu rechnen. Die einzigen Feinde hier im Sternenmeer waren die Freibeuter auf dem unzugänglichen Eiland der Winde weiter im Norden. Und die nahmen Reißaus, wann immer sie die rot-weißen Segel der Ordensschiffe entdeckten.

»Soll ich mit meinem Herrn sprechen?« Perusio war anzuhören, dass er den Plan Fabios, die Burg zu verlassen, für eine große Dummheit hielt. »Vielleicht kann er etwas für dich tun? Er vertraut mir.«

»Ja, dir«, brach es verbittert aus Fabio heraus. »Aber mir vertrauen die Schwertbrüder nicht mehr. Seit ich zurück bin, werde ich von Paladin zu Paladin gereicht wie ein schimmeliges Brot, dessen man sich am liebsten entledigen würde.«

Er musste wieder an jenen Abend zurückdenken, als er den Ordensoberen als Kronzeuge der zurückliegenden Geschehnisse Rede und Antwort gestanden hatte. Doch zu seiner Überraschung schienen es weniger seine Erlebnisse in Venezia und im Dolomitischen Himmelsmassiv gewesen zu sein, die die Paladine erschüttert hatten, als vielmehr die Eröffnung, dass sich sein einstiger Herr Ludovico als Anhänger des finsteren Astronos entpuppt hatte. Dass ausgerechnet der Orden der Morgenröte von Anhängern des gestürzten Stellars unterwandert sein könnte, schien die Vorstellungskraft vieler seiner Schwertbrüder zu übersteigen.

»Also, ich glaube dir«, wisperte Perusio und lehnte sich mit hinter dem Kopf verschränkten Armen zurück. »Wenn auch nur annähernd stimmt, was über dich gemunkelt wird, dann ist das weit mehr, als manch erfahrener Paladin von sich behaupten kann. Ein Kampf gegen Sternenvampire und Goblins! Sag schon, hast du Ludovico am Ende wirklich im Zweikampf besiegt?«

»Du weißt doch, dass ich darüber nicht sprechen darf«, antwortete Fabio.

Eigentlich hätte Perusio von seinen Erlebnissen in Venezia gar nichts wissen dürfen. Doch Teile von Fabios Bericht hatten sich inzwischen durch eine Indiskretion bis zu den unteren Rängen des Ordens herumgesprochen. Und schon seit Längerem fragte sich Fabio, ob das geschehen war, um ihn bloßzustellen. Seitdem wurde er von den meisten Schwertbrüdern behandelt, als sei er selbst schuld am Verrat seines einstigen Herrn gewesen. Abgesehen vielleicht von Perusio, der ihn jeden Tag aufs Neue mit seinen Fragen löcherte. Und doch war er dem Knappen dankbar dafür, dass er ihn ernst nahm.

»Ich gebe zu, ich wäre gern an deiner Seite gewesen«, murmelte Perusio.

»Überlege dir gut, was du dir wünschst«, murrte Fabio. »Ich kann von Glück reden, dass ich überhaupt noch lebe.«

Fabios ganze Hoffnung ruhte darauf, endlich mit Großmeister Silvestro persönlich zu sprechen. Leider war das Oberhaupt der Paladine bei Fabios Rückkehr nach Barion gereist und bislang hatte ihn das Kriegsgeschehen auf dem Festland aufgehalten.

»Na ja, immer noch besser, als hier untätig herumzusitzen und Waffen zu polieren, während alle anderen Schwertbrüder den Ruhm ernten.« Perusio legte sich wieder hin. »Ich verspreche dir, morgen rede ich mit meinem Herrn. Und jetzt schlaf endlich.«

Fabio wollte sich ebenfalls wieder zurücklehnen, als vor der Tür zum Schlafsaal Stiefelschritte zu hören waren.

»Welches Bett?«, vernahm er gedämpft eine Stimme in breitem asconischem Dialekt.

»Das vierte auf der rechten Seite, Schwertbruder.«

Die Tür zum Schlafsaal öffnete sich und Fackellicht fiel in den Raum. Weiter hinten im Saal wurden zwei weitere Knappen wach. Verschlafen rieben sie sich die Augen. Auch sie sahen nun dabei zu, wie ein Paladin mit kurz geschnittenen schwarzen Haaren und dichtem Schnauzbart vor Fabios Schlafstatt trat. Die Wache mit der Fackel blieb an der Tür zurück. Dennoch konnte Fabio erkennen, dass der Unbekannte, der jetzt vor seinem Bett stand, vielleicht vierzig Jahre alt war. Er trug den rot-weißen Rittermantel des Ordens so, dass man das Kettenhemd und den roten Waffenrock mit dem Wappen der Paladine sehen konnte: eine weiße Sonnenscheibe mit vergoldetem Flammenrand, die von fünf Sternen umrahmt wurde. Darin prangte die Darstellung Marsakiels, der wie immer als geflügelter Kämpfer mit Streitkolben und Schild dargestellt war. Der fremde Paladin hielt den Daumen seiner rechten Hand lässig im Schwertgurt verhakt und musterte Fabio eine Weile aufmerksam.

»Bist du Fabio, der frühere Knappe Ludovicos?«, wollte der Ritter wissen. Fabio war sich sicher, dass er den Paladin schon einmal gesehen hatte.

»Ja, bin ich«, antwortete Fabio müde. »Und wer seid Ihr, mein Herr?«

»Mein Name ist Ernesto. Ich diene dem Großmeister seit Kriegsbeginn als Seneschall und helfe ihm bei allen administrativen Aufgaben des Ordens.«

Fabio sah zu der silbernen Gewandspange Ernestos auf, auf der ein geflügelter Streitkolben eingearbeitet war, was den Mann tatsächlich als Stellvertreter des Großmeisters auswies.

Bei Marsakiel, vor ihm stand der zweitwichtigste Mann des Ritterordens! Fabio sprang aus dem Bett und verneigte sich. »Entschuldige, Bruder Seneschall. Das Tagwerk heute war anstrengend.«

Der Mann lächelte, ohne dass dieses Lächeln seine Augen erreichte. »Großmeister Silvestro will dich sehen.«

»Der Großmeister? Er ist zurück?« Fabio wandte sich verblüfft zu Perusio um, der so tat, als würde er schlafen. »Ich … ich bin sofort fertig, Schwertbruder.« Ihm war, als hätten die Erzstellare persönlich sein Flehen erhört. Einen Moment lang musste er wieder an den seltsamen Traum zurückdenken, doch er wischte den Gedanken beiseite. Vielleicht fällte die Ordensführung nun endlich eine Entscheidung über seine weitere Verwendung. Hauptsache, die ihm aufgezwungene Untätigkeit würde ein Ende finden.

Aufgeregt zog er sich an und folgte den Paladinen. In der Burg war es wie erwartet ruhig. Sie stiegen steinerne Treppen hinauf, durchquerten verschlossene Tore und verschattete Innenhöfe. Zweimal kamen sie an großen Katapulten vorbei, die drohend in der Dunkelheit aufragten. Hin und wieder waren im Mondlicht die Silhouetten von Wachen zu erkennen, die auf Mauern und Wehren patrouillierten.

Je weiter sie zum Palas des Castello di Arborea hinaufgelangten, desto mulmiger wurde Fabio zumute. Was, wenn der Großmeister ihm nicht glaubte? Ganz sicher war ihm der Bericht über seine Erlebnisse bereits zugestellt worden. Darin stand alles, was wichtig war. Zumindest war er sich damals bei der Beantwortung der Fragen recht schlau vorgekommen. Doch gerade diese Antworten hatten einige der Ordensoberen zusätzlich gegen ihn aufgebracht. Aber was hätte er sonst tun sollen, um sein Wahrheitsgelübde einzuhalten und zugleich seine neuen Freunde zu schützen?

Ob sich die anderen überhaupt noch an den Pakt erinnerten, den sie auf der *Sternenwind* geschlossen hatten? Fabio träumte noch immer von dem wundersamen Flugschiff und all den Gefahren, die er an der Seite von Sylvana, Meister Arcimboldos Familie, den beiden Gardisten Jacopo und Odilio und nicht zuletzt Celeste erlebt hatte. Vor allem Celestes hübsches Gesicht stieg immer wieder vor seinem inneren Auge auf. Ein Bild, das ihm Kraft gab. Ohne Zweifel war sie das schönste Mädchen, dem er jemals begegnet war. Außerdem war Celeste tapfer und unerschrocken. Er mochte das. Leider war sie von Adel, er hingegen war nur … ein Bauernritter.

Inzwischen hatten sie den wuchtigen Palas der Burg erreicht, dessen Schindeldach schwarz vor dem Sternenhimmel aufragte. Der stolze Saalbau der Ordensburg mit den hohen Außenmauern war das eigentliche Zentrum der Klippenfestung, denn hier residierte in Friedenszeiten die Ordensführung. Ernesto schickte den Schwertbruder mit der Fackel zurück und führte Fabio zügig zu einer großen Flügeltür, in die ein Relief kämpfender Stellare eingearbeitet war. Vor ihr hielten zwei Paladine mit Speeren und Schilden Wache, die beiseitetraten, kaum dass sie den Seneschall erblickten. Hinter dem Portal war gedämpftes Wutgebrüll zu hören.

»Ist dieser Graf noch bei Trost? Verdammt noch mal, wir ziehen nicht gegen irgendwelche Wegelagerer zu Felde, sondern gegen Goblins!«

Fabio erkannte die zornige Bassstimme sofort. Sie gehörte Großmeister Silvestro.

»Wir brauchen seine Pferde – und zwar alle. Dieser blaublütige Narr bekommt genau so viel, wie wir vor Kriegsausbruch vereinbart hatten. Keinen Dukaten mehr. Richtet dem Pferdemeister aus, dass er die Gäule nötigenfalls mit Waffengewalt beschaffen soll.«

Schwertbruder Ernesto klopfte an, ohne dass sich eine Gefühlsregung in seinem Gesicht abzeichnete.

»Herein, wenn es keine Goblins sind!«

Gemeinsam mit dem Seneschall betrat Fabio den stattlichen Rittersaal der Ordensburg, dessen Eichenholzdecke von zwei Reihen dunkler Holzpfeiler getragen wurde. Zwischen den Pfeilern prangte ein großes Bodenmosaik aus roten und weißen Ziegeln, das den Erzstellar Marsakiel darstellte. Der Erzstellar des Krieges hielt Schild und Streitkolben erhoben, als wollte er Fabio ermahnen, trotz aller Widrigkeiten standhaft zu bleiben. An der Stirnseite des Saals, flankiert von zwei brennenden Ölschalen, war ein langer Tisch aufgebaut, der übersät von Landkarten und aufgeschlagenen Büchern war. An ihm standen neben Großmeister Silvestro auch Waffenmeister Gaspare, der Herr seines Freundes Perusio, sowie der kahlköpfige Burgverwalter des Castello di Arborea. Obwohl es sich bei den Rittern um kräftige Männer handelte, wirkten sie im Vergleich zu der muskulösen Gestalt des Großmeisters fast schmächtig. Der Anblick Silvestros hatte Fabio schon immer an einen aufgerichteten Bären erinnert, der nur seine starken Arme anzuspannen brauchte, um die Ringe seines Kettenhemdes zu sprengen. Ein Eindruck, der von dem wild wuchernden Bart des Mannes noch verstärkt wurde. Abgesehen von dem blitzenden Schwertgehänge an seiner Seite trug er einen weißen Überwurf mit der zinnoberroten Abbildung Marsakiels.

»Hier ist der Knappe«, erklärte der Seneschall mit fester Stimme.

»Ah, sieh an!« Silvestro fixierte Fabio mit undurchdringlichem Blick und wandte sich dann wieder den Rittern zu. »Gut, meine Herren, damit betrachte ich die leidige Angelegenheit vorerst als beendet. Ich will, dass meine Befehle schnellstens nach Genova gebracht werden.«

»Wie Ihr befehlt, Großmeister!« Die beiden Ordensritter salutierten knapp und verließen gemeinsam mit Seneschall Ernesto den Rittersaal, allerdings nicht ohne Fabio noch einen düsteren Blick zuzuwerfen.

Die Flügeltür war kaum zugefallen, als der Großmeister eine Pergamentrolle vom Tisch nahm, die er finster dreinblickend entrollte.

»Tritt näher, Knappe.«

Fabio durchmaß den Saal, bis er einen Schritt vor dem Tisch stand. Beim Anblick der Sternensphären auf dem großen Wandteppich in Silvestros Rücken musste er wieder an seinen seltsamen Traum denken.

»Du bist also der Knappe, von dem in diesem Bericht die Rede ist?«

Fabio räusperte sich. »Euer Exzellenz, wenn Ihr den Bericht über die Vorgänge in Venezia und im Dolomitischen Himmelsmassiv meint, dann lautet die Antwort ja. Mein Name ist Fabio.«

»Bei Astronos' schwarzen Schwingen, das weiß ich«, knurrte

der Großmeister und sah wieder zu ihm auf. »Beantworte bitte nur die Fragen, die ich dir stelle. Du schwörst also bei allen Stellaren, dass deine Erlebnisse wahr sind? Also all das, was hier über den rätselhaften Himmelsmechaniker Cagliomaeus, die Suche nach den Uhren und den Verlust seiner Offenbarung steht?«

»Ja, Euer Exzellenz. Ich hoffe, meine Aussagen wurden in dem Bericht richtig wiedergegeben.«

»Meine Güte.« Ungläubig schüttelte Silvestro den Kopf. »Dann ist Vesperuga, die Ducchessa von Venezia, tatsächlich ein Sternenvampir? Und du willst allen Ernstes Gruuk begegnet sein, dem Hochschamanen der Goblins?«

»Nicht nur das. Wir haben auch gegen ihn gekämpft, aber leider verloren.«

»Wir?« Der Großmeister richtete sich zu voller Größe auf und funkelte Fabio über den Tisch hinweg an. »Mal davon abgesehen, dass all das nur schwer zu glauben ist, taucht dieses *wir* in dem Bericht ziemlich häufig auf. Aber wann immer du befragt wurdest, wer deine Begleiter waren, ist hier nur eine ziemlich spitzfindige Antwort vermerkt.« Silvestro warf erneut einen Blick auf die Blätter. »Ich zitiere: *Ich verschweige nicht, dass ich etwas verschweige. Aber die Antwort muss ich Euch leider schuldig bleiben.* Waren das deine Worte?«

»Ja, Euer Exzellenz.« Fabio schluckte.

»Die gleiche Antwort hast du auch gegeben, als dich die Schwertbrüder nach dem Verbleib dieses arkanomechanischen Flugschiffes befragt haben. Wie war noch sein Name?«

»*Sternenwind.*«

»Und auch, als du über den Verbleib des Schwertes aus Meteoreisen Auskunft geben solltest.«

Fabio nickte schwach.

»Nun, was das Schwert betrifft, weiß ich inzwischen, wo es ist«, fuhr der Großmeister deutlich milder gestimmt fort. »Du hast es zusammen mit der Novizin Celeste de Vontafei zur Sternenburg in Stella Tiberia gebracht.«

»Ihr wisst das?«, fragte Fabio erstaunt.

»Verflucht, Junge, natürlich weiß ich das!«, schimpfte der bärtige Paladin. »Die Hohe Sternenmystikerin Aureana und ich stehen in engem Kontakt. Du hast offenbar vergessen, dass die Zusammenarbeit mit der Sternenburg seit Bestehen unseres Ordens auf gegenseitigem Vertrauen beruht.«

»Es tut mir leid, Euer Exzellenz.« Fabio wäre vor Scham am liebsten im Boden versunken. »Der Grund für meine Geheimniskrämerei ist, dass ich seit dem Verrat meines Herrn Ludovico nicht mehr weiß, wem ich im Orden noch trauen kann. Und Ihr … Ihr wart nicht da.«

»Das«, der Großmeister hob mahnend einen Zeigefinger, »ist auch der einzige Grund, den ich akzeptiere. Aber hättest du nicht wenigstens bei der Angelegenheit mit Ludovico überlegter handeln können?«

Fabio verstand nun gar nichts mehr.

»Dass der Orden unterwandert sein könnte, ahnen wir schon seit Längerem«, fuhr Großmeister Silvestro mit sorgenvoller Stimme fort. »Bereits seit einigen Jahren sind die Anhänger des gefallenen Astronos überall in Astaria ungewöhnlich aktiv. Männer und Frauen wurden ermordet, die sowohl der Sternenburg als auch dem Orden der Morgenröte treu ergeben waren. Wir haben diese Vorfälle natürlich geheim gehalten. Doch spätestens seit dem unheilvollen Horoskop, das die Sternenburg vor einigen Monaten erstellt hat, wussten wir, dass es nur noch eine Frage der Zeit sein würde, bis Astronos' unheilvoller Schatten auch auf den Orden selbst fallen würde.«

»Ihr wusstet auch das?« Fabio starrte den Großmeister entsetzt an.

»Natürlich, oder hältst du uns für Narren, Knappe?« Silvestro umrundete den Tisch, bis er direkt vor Fabio stand. »Es hat in der Geschichte schon immer Paladine gegeben, die den Versuchungen des Astronos erlegen waren. Dein Herr Ludovico ist bloß der Erste, dessen Maske dieser Tage gefallen ist. Leider wissen wir nicht, wie groß die Anhängerschaft des Astronos in unseren Reihen ist.«

»Ja, aber ich verstehe nicht, wie meine Aussagen …«

»Weil jene Feinde, mit denen dein Herr Kontakt hatte, nun gewarnt sind«, unterbrach ihn Silvestro ernst. »Der Verrat deines Herrn hat sich inzwischen sogar bis zum Festland herumgesprochen. Begreifst du es jetzt? Du warst Ludovicos Knappe. Du weißt am besten, mit wem dein Herr Umgang pflegte. Sei es auf euren Reisen oder hier in der Ordensburg. Einige von Ludovicos Komplizen hätten wir mit deiner Hilfe vielleicht fassen können, doch dieses Überraschungsmoment ist nun vertan.«

Fabio sah beschämt auf den Boden. »Das war mir nicht bewusst, Euer Exzellenz.«

»Wie hätte dir das auch?« Großmeister Silvestro räusperte sich. »Wenn ich denjenigen unter den Schwertbrüdern erwische, der deine Aussagen mit seiner Geschwätzigkeit in Umlauf gebracht hat, schlage ich ihm eigenhändig den Kopf ab. Wenn das Ganze nicht gar mit voller Absicht geschah.«

»Ihr meint, einer der Schwertbrüder, die mich befragt haben, ist vielleicht selbst ein Verräter?«

»Wir müssen mit allem rechnen, Knappe.« Großmeister Silvestro blickte Fabio fest in die Augen, als suchte er dort die Antwort auf eine unausgesprochene Frage. »Deine Aussagen decken sich in großen Teilen mit denen der Novizin, die du zur Sternenburg in Stella Tiberia geführt hast. Diese Celeste de Vontafei.« Fabio hob gespannt eine Augenbraue. »Interessanterweise scheint sie über die genaueren Umstände eures Abenteuers ebenfalls nicht mehr verraten zu haben, als unbedingt notwendig war. Allerdings hat sie in ihrem Bericht auch Himmelsmechaniker und eine mysteriöse Wolfsfrau erwähnt, die euch angeblich geholfen haben. Ebenfalls, ohne Namen zu nennen.«

»Wenn Ihr es wünscht, Exzellenz, werde ich von nun an keine Geheimnisse mehr vor Euch haben. Bei diesen …«

»Nicht, Knappe.« Großmeister Silvestro gebot Fabio energisch zu schweigen. »Sei dir gewiss, ich würde nur zu gern mehr über die genaueren Umstände eures Abenteuers erfahren. Aber je weniger ich weiß, desto besser. Im Gegenteil, ich befehle dir, dass du von nun an niemandem mehr traust. Niemandem. Nicht einmal mir!«

»Was soll das heißen?«

»Das heißt, dass du dich an den Gedanken gewöhnen wirst, dass selbst ich von nun an der Feind sein könnte.« Der Großmeister wirkte einen Moment lang traurig. »Ich liebe den Orden und habe ihm mein Leben geweiht. Aber wir wissen nicht, was die Zukunft noch für uns bereithält. Außerdem läuft uns die Zeit davon.« Der Großmeister straffte sich. »Die Hohe Sternenmystikerin Aureana hat die Sterne ein weiteres Mal befragt und sie ist davon überzeugt, dass die stellaren Mächte ein Mitglied des Ordens der Morgenröte zu ihrem Werkzeug bestimmt haben. Nämlich dich!« Fabio schaute ungläubig auf und Silvestro lächelte schmal. »Zumindest liest sich deine Befragung tatsächlich wie eine der alten Heldensagen. Ich bin nur deswegen nach Arborea zurückgekehrt, um dich persönlich nach Stella Tiberia zu bringen. Schon morgen werden wir gemeinsam zur Sternenburg aufbrechen, um uns dort dem Ratschluss der Sternenmystikerinnen zu unterwerfen.« Großmeister Silvestro zog in einer feierlichen Geste sein Schwert. »Der Orden hat dich alles gelehrt, was du wissen musst. Welche Pläne die Stellare auch immer mit dir haben, Knappe, sie sind Ehre und Verpflichtung zugleich. Ich hoffe, du bist dir dessen bewusst? Alles, was ich noch tun kann, ist, dir den beschwerlichen Weg zu ebnen, der nun vor dir liegt.« Er atmete tief ein. »Und jetzt geh auf die Knie, Knappe.«

Fabio begriff endlich, warum ihn der Großmeister zu sich gerufen hatte. Überwältigt kam er dem Befehl nach und sank zu Boden.

»Im Namen des standhaften Marsakiel, seiner machtvollen Schwester Molunah und der übrigen Erzstellare; im Namen der Ehre, des Mutes und der Freiheit; im Namen der Treue und im Namen der Liebe zur stellaren Schöpfung, senke ich diese Klinge auf deine Schultern, die fortan die schwere Bürde tragen sollen, Astaria vor jedem Ungemach zu bewahren.«

Großmeister Silvestro tippte mit der Schwertspitze beide Schultern Fabios an und wechselte die Waffe in die Linke.

»So wie du es bei der Aufnahme in den Orden geschworen hast, wirst du dem Schrecken, der Astaria droht, standhaft die Stirn bieten und auch fortan allen Versuchungen des schwarzen Astronos widerstehen. Dies soll dich an deinen Schwur erinnern.« Silvestro holte mit der flachen Hand aus und versetzte Fabio einen schmerzhaften Hieb ins Gesicht. »Und dies soll der letzte Schlag sein, den du in deinem Leben unerwidert hinnimmst.« Diesmal schlug der Großmeister mit dem Handrücken zu. Fabios Wangen brannten. Wie aus weiter Ferne bekam er mit, dass Silvestro zu einem prachtvollen Schwertgehänge auf dem Tisch griff und es ihm reichte. »Erhebe dich, Paladin vom Orden der Morgenröte. Du bist jetzt ein Ritter!«

Der Bund von Sonne und Mond

Möwen krächzten und es roch nach Fisch und Teer. Fabio stand geblendet von der Mittagssonne auf einer der Hafenmolen Stella Tiberias und wuchtete den mandelförmigen Paladinschild, der neben seinem Speer gegen einen Poller lehnte, auf seinen Rücken. Kurz sah er zum lang gezogenen Achterkastell der *Morgenröte* auf. Er hörte, wie der Rumpf des dickbauchigen Lastseglers, mit dem sie in der berühmten Pilgerstadt eingetroffen waren, sanft und im steten Rhythmus der Wellen gegen die Kaimauer drängte. Seneschall Ernesto unterhielt sich dort oben mit dem Kapitän des Schiffes, während Pagen und Knappen des Ordens damit beschäftigt waren, schwere Körbe und Kisten mit Vorräten und Waffen von Bord zu schleppen.

Noch immer konnte es Fabio nicht fassen, dass er jetzt den rot-weißen Mantel eines Ritters des Ordens trug. Das Kettenhemd hing ihm ungewöhnlich schwer von den Schultern und er erwischte sich dabei, wie er beständig über den Knauf des prächtigen Langschwertes an seiner Seite strich.

Wie sehr hatte er sich all die Jahre danach gesehnt, als Paladin für das Wohl Astarias zu streiten. Doch die Umstände seiner Schwertleite vor zwei Tagen trugen einen bitteren Beigeschmack. Er brauchte bloß seinen Kopf zu wenden, um zu sehen, dass die Vorboten des Krieges auch im stolzen Stella Tiberia Einzug gehalten hatten.

Das komplette Hafenviertel war mit Paladinen, Knappen und Pagen bevölkert. Kommandos gellten immerzu durch die Gassen. Soeben war der Marschtritt einer Gruppe Ordenskrieger zu hören, die von einem Offizier auf den großen Platz mit der Stadtwaage geführt wurde. Vor den hohen Kontoren mit den blau glasierten Dachschindeln, für die Stella Tiberia so berühmt war, waren zahllose Schlachtrösser angepflockt. Der Rest des mächtigen Paladinheeres lagerte in Zelten vor der Stadt.

Fabio hatte von Großmeister Silvestro gehört, dass sich auf dem Stadtgebiet in Stella Tiberia fast fünfhundert Paladine versammelt hatten. Hinzu kam ein gewaltiger Tross aus Knappen, Pferdeburschen und Pagen. Das waren fast zwei Drittel aller Paladine Astarias und noch nie hatte Fabio so viele Streiter seines Ordens an einem Ort versammelt gesehen. Silvestro hatte hier alle Kräfte des südlichen und westlichen Astaria zusammengezogen. Dass das Ritterheer noch nicht weitergezogen war, war allerdings ein Umstand, der Fabio Rätsel aufgab. Die übrigen Schwertbrüder Astarias waren schon vor Wochen in den umkämpften Osten verlegt worden.

Fabio fragte sich, wie es seinen Kameraden dort wohl erging, als er von Hufgeklapper aus den Gedanken gerissen wurde. Jenseits eines großen, hölzernen Lastkrans nahte Gaspare, der Waffenmeister des Ordens, zusammen mit seinem rothaarigen Knappen Perusio. Die beiden führten drei kräftige Rösser hinter sich her und Perusio zwinkerte Fabio frech zu, als sein Herr nicht hinsah.

»So, Schwertbruder Fabio«, hub Waffenmeister Gaspare an. »Wir haben dir das beste Pferd besorgt, das in den hiesigen Stallungen aufzutreiben war.« Gaspares Knappe Perusio reichte Fabio die Zügel eines grauen Falben mit schwarzem Langhaar und kräftigem Aalstrich. Der Wallach schnaubte bei Fabios Anblick.

»Wie ist sein Name?«, wollte Fabio wissen.

»Aldebaran«, antwortete Perusio.

Fabio musste wieder daran denken, dass er noch vor wenigen Tagen zusammen mit Perusio am Knappentisch gesessen hatte. Doch auch der Ritterschlag seines Freundes dürfte nicht mehr lange auf sich warten lassen. Es herrschte Krieg und der Junge war nur ein Jahr jünger als er selbst.

»Das Tier hat noch bis vor einem Monat einem Schwertbruder aus Barion gedient. Leider fiel er im Kampf gegen Bergräuber. Aber du darfst dich darauf verlassen, dass der Falbe gut trainiert ist.«

»Dank Euch.«

»Ah, wie ich sehe, hast du auch an mein Pferd gedacht, Gaspare«, ertönte vom Schiff her die Stimme des Seneschalls. Schwertbruder Ernesto, der mit Satteltaschen und Waffen beladen war, stapfte auf sie zu. Der Waffenmeister reichte dem schnauzbärtigen Paladin die Zügel eines Braunen mit weißen Fesseln. Ernesto legte Speer und Schild ab und befestigte zwei vollgepackte Satteltaschen auf dem Rücken des Pferdes. Es klirrte metallisch.

»Begibst du dich heute noch auf Reisen, Bruder?«, wollte Gaspare wissen.

»Wer weiß?« Der Seneschall zwinkerte ihnen verschwörerisch zu. »Besser, man ist auf alles vorbereitet. Nun sollten wir uns aber beeilen, Großmeister Silvestro dürfte schon ungeduldig auf uns warten.«

Fabio saß auf und musste einen Moment lang an Gino zurückdenken, seinen treuen Esel, den er in Venezia verloren hatte. Er hoffte, dass ihm Aldebaran ebenso gute Dienste leistete.

Er tätschelte das Pferd wehmütig und sie verließen das Hafenviertel über die berühmte Venudhasbrücke, die wirkte, als sei sie von dem kühnen Pinselstrich eines Künstlers geschaffen worden. Sie spannte sich luftig und elegant über den Fluss Tiber in Richtung Stadtzentrum. Perusio eilte leichtfüßig hinter ihnen her, doch auch er betrachtete die Brückenkonstruktion fasziniert, die von einem Ende bis zum anderen milchig weiß im Sonnenschein glänzte. Schlanke, fast zerbrechlich wirkende Pfeiler stemmten sich fugenlos der Strömung entgegen und erinnerten Fabio daran, dass die Brücke einst von den Sternenmystikerinnen errichtet worden war. Flussauf waren hölzerne Landungsstege zu erkennen, die wie dünne Finger in den Fluss hinausgriffen, und auf dem Strom selbst tanzten unzählige Lastkähne.

Kurz darauf erreichten sie das gegenüberliegende Ufer mit seinen blau-weißen Häusern, und das Klackern der Hufe auf dem harten Pflaster schreckte eine Möwe auf, die auf einem Dachfirst ihr Gefieder putzte.

In ganz Astaria gab es keine schönere Metropole. Eine Stadtmauer besaß Stella Tiberia nicht. Angesichts der Präsenz der Sternenburg hatte die Stadt diese bisher auch nicht nötig gehabt. Und wenn das Sonnenlicht wie heute auf das weiß gestrichene Häusermeer mit den blauen Dächern fiel, überkam Fabio stets das Gefühl, zwischen die Wolken am azurblauen Himmelszelt einzutauchen. Natürlich war dieser Eindruck gewollt, denn die Einwohner Stella Tiberias achteten sehr auf das Erscheinungsbild ihrer Stadt.

Obwohl sich die Mystikerinnen der nahen Sternenburg nur wenig in die Belange des Magistrats einmischten, lebte doch ein Großteil der Bürger von den vielen Pilgern, die täglich hierherkamen, um von den Zauberinnen Hilfe bei Krankheiten oder Rat bei Entscheidungsfragen zu erbitten. Die Existenz der Sternenburg hatte jeden Aspekt städtischen Wirkens durchdrungen und der Sternenkult trieb nirgendwo in Astaria seltsamere Blüten als hier. Beim Anblick der von Säulen geschmückten Markthalle Stella Tiberias mit der Plastik Merkuriels auf dem Dachfirst erinnerte sich Fabio wieder daran, dass es in der ganzen Stadt kein einziges öffentliches Gebäude gab, dessen Längsachse nicht streng nach dem Nordstern ausgerichtet war. Auf wirklich jedem der sternförmig angelegten Plätze erhoben sich Statuen geflügelter Stellare und alle bedeutenderen Gassen trugen die Namen bekannter Sternbilder. Die Baumeister der Stadt waren dafür bekannt, vor jedem Neubau akribisch die zeitlichen Einflüsse der fünf Wandelsterne zu analysieren, um die stellaren Himmelskräfte so gut wie möglich auf das Gebäude einwirken zu lassen. Und natürlich verwendeten sie nur solche Hölzer zum Bau, die kurz vor Neumond geschlagen wurden und damit weniger feucht waren. Als Kind armer Bauern wusste Fabio, wie sehr sich Molunahs Einfluss auf die Erträge von Obstbäumen und Feldfrüchten auswirkte. Aber in Stella Tiberia achteten die Bewohner sogar darauf, bei welchem Mondstand geschlachtet wurde. Und während man andernorts die Orkane und Wirbelstürme nur fürchtete, die sich in den Tagen um Neu- oder Vollmond oft über dem Meer zusammenbrauten, war es den hier ansässigen Kapitänen verboten, zu diesen Zeiten überhaupt auszulaufen.

Inzwischen waren sie in eine stark bevölkerte Straße mit Pilgerherbergen eingebogen, in der ein Astromedikus, ein marktschreierisch auftretender Heilkundiger, seine Tinkturen und Salben anpries. Angeblich waren sie streng im Einklang mit den stellaren Kräften zusammengemischt worden. Doch Fabio hielt den Mann für einen Scharlatan. Das schien die vielen Wundergläubigen nicht zu stören, die trotz oder gerade wegen der Kriegsgefahr nach Stella Tiberia gereist waren. Immer wieder mussten die Paladine ihre Pferde anhalten lassen, um dem Strom der Menschen Platz zu machen, die sich ehrfürchtig vor ihnen verneigten.

Fabio dachte daran, dass sich hier irgendwo auch Jacopo und Odilio aufhalten mussten. Die beiden so ungleichen venezianischen Gardisten hatten ihn begleitet, als er Celeste zur Sternenburg gebracht hatte. Es war abgemacht gewesen, dass sie in der Stadt bleiben, damit Celeste weiterhin unauffällig Kontakt zu Meister Arcimboldo halten konnte.

Was Sylvana und die Gnome trieben, entzog sich Fabios Kenntnis. Er hatte die seltsame Wolfsfrau und Meister Arcimboldo samt seiner Familie aus den Augen verloren, kaum dass sie ihn, Celeste und die beiden Gardisten eine halbe Tagesreise vor Stella Tiberia abgesetzt hatten. Der Himmelsmechaniker, seine Tochter Ambra und Sylvana waren mit der *Sternenwind* anschließend wieder zum Himmel aufgestiegen, um weitere Vorbereitungen hinsichtlich des bevorstehenden Krieges zu treffen. Der Gnom hatte angekündigt, die Himmelsmechaniker seines Volkes über die bevorstehende Gefahr zu informieren. Auch die künftige Verwendung der *Sternenwind* wollte er mit seinen Kollegen besprechen. Ganz sicher wusste Fabio nur, dass Meister Arcimboldos Plan vorsah, Yargo zu seiner Frau Munadella und dem Himmelsmechaniker Poliogenes zu bringen, um den beschädigten Jungen dort wieder instand zu setzen.

Fabio konnte noch immer nicht fassen, dass Yargo kein Wesen aus Fleisch und Blut war. Meister Arcimboldo hatte den Jungen als »mechanotempische Uhrwerksmarionette« bezeichnet, dessen Schöpfer angeblich der rätselhafte Himmelsmechaniker Cagliomaeus selbst gewesen war. Doch von dem alten Seher wussten sie ehrlich gesagt nicht einmal, auf wessen Seite er eigentlich stand. Und der Verlust von Cagliomaeus' Offenbarung an Gruuk, den Hochschamanen der Goblins, hatte mehr neue Fragen aufgeworfen, als dass sie die alten beantwortet hätte. Vielleicht hatten die zwei Gardisten inzwischen in Erfahrung bringen können, was Meister Arcimboldo in den zurückliegenden Wochen unternommen hatte. Doch zu Fabios Bedauern konnte er die beiden nirgendwo entdecken.

Dafür erreichten die Paladine nun den von blau-weißen Prachtbauten umgebenen Juprabimbrunnen im Zentrum Stella Tiberias, der schon von Ferne mit mächtigen Wasserfontänen die Aufmerksamkeit Fabios auf sich zog. Das dafür benötigte Wasser wurde mittels eines großen Aquädukts aus den Lemurenbergen herangeführt, der sich auf Hunderten schlanken Pfeilern wie ein langer Tausendfüßer über die Dächer der Stadt gen Osten spannte. Umnebelt von wolkenartigen Wasserschleiern und erkennbar an Schwert und Waage, erhob sich im Zentrum des Beckens die kolossale Marmorgestalt des geflügelten Erzstellars der Gerechtigkeit. Leider blieb Fabio nicht viel Zeit, den Anblick zu genießen, denn wie vereinbart warteten vor dem Brunnen hoch zu Ross Großmeister Silvestro sowie die Schatzmeister der Ordenshäuser von Ancona und Barion auf sie. Die Bürger Stella Tiberias beäugten das Aufgebot der Paladine mit großem Respekt und machten Platz, als Fabio und seine Begleiter nahten.

»Entschuldigt die kleine Verspätung, Großmeister«, begrüßte der Seneschall die wartenden Ritter. »Die Suche nach einem angemessenen Pferd für Schwertbruder Fabio hat leider mehr Zeit in Anspruch genommen, als ursprünglich beabsichtigt war.«

»Na, dann will ich hoffen, dass er auch zu reiten versteht!«, antwortete Silvestro und zog an den Zügeln seines kraftvollen Schimmels. »Wir wollen doch nicht riskieren, dass die Mystikerinnen erst ein Horoskop erstellen müssen, um zu sehen, wo wir bleiben.« Die Paladine lachten rau und setzten ihre Pferde in Trab.

Sie ritten gemeinsam eine breite Allee hinauf, die von hohen Zypressen und vierstöckigen Patrizierhäusern umgeben war. Am Ende der Allee, auf einem grünen Hügel am Stadtrand gelegen, von dem aus man bei gutem Wetter weit über das Meer blicken konnte, war bereits die majestätische Sternenburg zu sehen. Sie bot einen Anblick, der Fabio bei jedem seiner Besuche den Atem raubte. Umgeben von einem breiten Wassergraben, der unmittelbar an eine sanft geschwungene Zinnenmauer mit geflügelten Stellarsfiguren grenzte, erhoben sich dort oben drei Lehrtürme, deren Mauern wie aus weißer Watte erbaut wirkten.

In Stella Tiberia hielt sich das Gerücht, dass die Türme vor langer Zeit in nur drei aufeinanderfolgenden Nächten mittels Sternenmagie erschaffen worden seien. Jeder der drei himmelwärts strebenden Bauten schien eine andere Funktion zu erfüllen. So wurde der mittlere und kleinste der Türme von einer Kuppel gekrönt, die wie ein riesiger Opal im zartesten Blau-Weiß schimmerte. Der Turm zu seiner Rechten wies dagegen ein blau schimmerndes Spitzdach mit verspielt wirkenden Erkertürmen auf, über dessen Giebel das silberweiße Banner der Schwesternschaft mit den violetten, gelben, grünen, roten und blauen Sternensymbolen der fünf Erzstellare wehte. Und auf der Plattform des Turms zur Linken war die grünliche Silhouette eines Dachgartens auszumachen. Angeblich gediehen dort oben ausschließlich solche Gewächse, die nur im Sternenlicht blühten. Dazu gehörten die seltene Mondblume, die wohlriechende Venudhasrose oder der giftige Kometendorn.

Schließlich erreichten sie das mit Sternen- und Kometendarstellungen verzierte Tor der Sternenburg. Die schwere Zugbrücke war bereits heruntergelassen worden, sodass sie, ohne anhalten zu müssen, den breiten Wassergraben überqueren konnten. Unter hallendem Hufgetrappel erreichten sie einen gepflasterten Vorhof, der von schlanken Gebäuden im blau-weißen Baustil Stella Tiberias umgrenzt wurde. Erst hinter dieser Gebäudefront ragten die riesigen Lehrtürme auf, deren alabasterne Außenmauern mit blitzenden Kristallfenstern und luftigen Balkonen geschmückt waren.

Kaum hatten sie die unsichtbare Grenzlinie des Torhauses überschritten, als auf dem ganzen Gelände der Sternenburg ein durchdringendes Heulen ertönte. Das Geräusch ging von den Stellaren oben auf den Zinnen der Ringmauer aus. Fabio bemerkte, dass die geflügelten Figuren vergoldete Trompeten in den Händen hielten.

Schon eilten ihnen drei Sternenmystikerinnen in silbernen Damastgewändern entgegen. Die Älteste der drei hob ihre Hand, die sich unvermittelt mit einem strahlend goldenen Lichtschein überzog. Das seltsame Heulen verstummte so plötzlich, wie es aufgekommen war.

»Bei Marsakiel, was war das?«, entfuhr es Fabio.

»Ein magisches Alarmsignal«, erklärte der Großmeister knapp.

»Und zugleich ein Relikt aus dem Krieg der Städte vor fünfhundert Jahren«, ergänzte Waffenmeister Gaspare. »Wie man hört, war die Sternenburg damals massiven Angriffen der Himmelsmechaniker ausgesetzt. Aber das wird dir Schwester Artemesia sicher besser erklären können. Als Hohe Wächterin der Sternenburg obliegt ihr der Schutz des Geländes.« Er nickte der grauhaarigen Sternenmystikerin zu, die dem Spuk kurz zuvor ein Ende bereitet hatte.

»Euer Schwertbruder hat Recht, junger Paladin«, wandte sich die Zauberin an Fabio und strich beiläufig ihr silbernes Gewand glatt. »Die arkanomechanischen Erfindungen der Himmelsmechaniker bestehen allesamt aus Stahl, Eisen und Blechen. Aus diesem Grund ist es verboten, metallene Gegenstände mit auf die Sternenburg zu bringen, die nicht von der Schwesternschaft überprüft wurden. Sollten derartige Objekte dennoch unbemerkt die Grenze des Burggeländes überschreiten, werden wir gewarnt.«

Artemesia knickste mit schmalem Lächeln vor Großmeister Silvestro, der sie ebenfalls würdevoll begrüßte und dann das Zeichen zum Absitzen gab. Die Mystikerin deutete auf die Schwerter, Schilde und Rüstungen der Ritter, die den Alarm ausgelöst hatten. »In eurem Fall machen wir natürlich eine Ausnahme. Die Hohe Sternenmystikerin Aureana erwartet Euch bereits im Sternensaal.«

Drei junge Novizinnen in blauen Gewändern erschienen, die die Pferde der Ritter zum nahen Stallgebäude der Burg führten. Zu Fabios Leidwesen befand sich Celeste nicht unter ihnen. Auch er gab Schild und Speer ab und Artemesia führte die Paladine nun durch einen Garten mit Beeten aus leuchtenden Sonnennarzissen und Himmelstulpen zu einem großen Turmportal, das nur aus Silber und blauem Mondstein zu bestehen schien. Die Portalflügel öffneten sich wie von unsichtbaren Händen bewegt, und sie betraten eine großzügige Halle, deren Holzdecke von Streben in Spitzbogenform getragen wurde. Von irgendwoher erfüllte der gedämpfte Gesang eines Mädchenchors den Turm, und die Ritter schritten an marmornen Statuen von Sternenmystikerinnen vorbei, die als Zeichen der Gelehrsamkeit Bücher und Pergamentrollen in den Händen hielten. Weitere Türen zweigten von der Halle ab, die allesamt mit bekannten Sternzeichen verziert waren.

Die Sternenmystikerin führte sie eine große Treppe empor, von der aus sie durch halbbogenförmige Kristallfenster einen Blick auf den begrünten Burginnenhof werfen konnten, in dessen Mitte eine vollständig versilberte Statue Molunahs aufgestellt war. Die Erzstellarin hielt Sternenzepter und Mondsichel in den Händen, doch Fabio hatte nur einen Blick für die kleine Schar Novizinnen, die sich unter Anleitung einer Mystikerin darin übten, einen schweren Balken zum Schweben zu bringen. Großmeister Silvestro gab Fabio einen sanften Stoß und so ging es weiter. Die Paladine kreuzten Gänge, die mit prächtigen Stellarsfresken geschmückt waren. Einmal kam ihnen eine Gruppe Mädchen entgegen, die schüchtern ihre Häupter senkten und verstummten, als sie die Paladine bemerkten. Dann wieder passierten sie Zugänge, durch die hindurch sie einen Blick auf Lehrräume, Bibliotheken und andere Säle werfen konnten, in denen silberne, aus sich selbst heraus leuchtende Lichtkugeln sternengleich unter der Decke schwebten. In einem Skriptorium wurde Fabio sogar Zeuge, wie eine der Mystikerinnen eine Schreibfeder magisch über ein Pergament tanzen ließ.

Er konnte sich schon nicht mehr daran erinnern, wie viele Treppen sie inzwischen hinaufgestiegen waren, als sie endlich ihr Ziel erreichten. Artemesia führte sie auf ein Doppelportal zu, auf dem das Symbol der Sonne und die Zeichen der fünf Wandelsterne Molunahs, Merkuriels, Venudhas, Marsakiels und Juprabims prangten. Abermals glitten die Türflügel auf, als würden sie von Sternenmagie bewegt, und sie gelangten in einen runden Saal mit hohen Kristallfenstern, dessen aufwendig bemalte Kuppeldecke von sechs gläsernen Säulen gestützt wurde. Die blütenweißen Wände ringsum waren mit einem vergoldeten Sternenfries verziert und zwischen den Fenstern hingen kostbare Wandteppiche mit den zwölf astrologischen Monatszeichen. Das alles erinnerte Fabio ein wenig an die venezianische Sternenbasilika, nur dass in der Mitte des Saals ein kreisrunder Eichentisch stand, der von zehn gepolsterten Lehnstühlen umgeben war.

Knappe Perusio stieß unwillkürlich einen leisen Pfiff aus, für den er einen strafenden Blick des Großmeisters erntete. Waffenmeister Gaspare deutete zurück zur Tür. »Perusio, ich denke, du wirst draußen warten, solange wir uns mit den Sternenmystikerinnen besprechen.«

Der Knappe zwinkerte Fabio ein letztes Mal zu und kam dem Befehl unverzüglich nach. Die Ritter nahmen nun auf Geheiß Artemesias an dem runden Tisch Platz.

»Wartet hier, Brüder.« Die grauhaarige Mystikerin verließ den Saal und zwei Novizinnen traten ein, die funkelnde Kristallkelche und Karaffen mit Wasser und verdünntem Wein auf den Tisch stellten. Celeste war wieder nicht unter ihnen.

Fabio seufzte und betrachtete erstmals das Deckengemälde über ihren Köpfen. Es zeigte Szenen aus der tausendjährigen Geschichte der Sternenburg. Es gab eine Tag- und eine Nachtseite und friedliche Motive wechselten sich mit kämpferischen ab. Sternenmystikerinnen waren bei der Erstellung von Horoskopen oder beim Heilen von Kranken zu sehen, andere schienen in die Betrachtung des Sternenhimmels versunken. Ihnen gegenüber standen Bilder, die die Zauberinnen im Kampf gegen Splitterkreaturen zeigten, die wie gewaltige Schlangen und Insekten aussahen. Mit Abscheu dachte Fabio an den monströsen Blutegel zurück, mit dem sie es im Dolomitischen Himmelsmassiv zu tun bekommen hatten. Doch am meisten faszinierte ihn die Abbildung einer Schlacht, in der Paladine an der Seite von Sternenmystikerinnen gegen Heere kämpften, in deren Mitte fürchterliche Kriegsmaschinen aufragten. Die größten dieser himmelsmechanischen Waffen sahen aus wie Türme auf Rädern und immerzu schleuderten sie Flammen und Blitze gegen die Verbündeten. Eine Schlachtenszene aus dem Krieg der Städte vor fünfhundert Jahren? Erschrocken entdeckte er die Sternenburg im Hintergrund des Deckenbildes. Sie brannte. Er hatte nicht gewusst, dass der Sitz der Sternenmystikerinnen je so gefährdet gewesen war. Und da war noch etwas. Am Himmel über der Schlacht waren geflügelte Frauengestalten zu sehen, die ins Kampfgeschehen eingriffen. Waren das Stellare?

Fabio wurde unvermittelt von einem leisen Zirpen aus den

Gedanken gerissen und er sah, dass sich auch der Schatzmeister Anconas verwundert umblickte.

In diesem Moment öffnete sich die Doppeltür und Artemesia betrat zusammen mit zwei anderen Zauberinnen den Raum. Die Hohe Wächterin hielt jetzt einen Zeremonialstab mit silbernen Sternenapplikationen in der Hand, an dessen Ende eine goldene Kugel mit Sonnen- und Mondsymbolen thronte. Die beiden anderen Mystikerinnen stellten sich links und rechts des Portals auf, während Artemesia fünfmal mit dem Stab auf den Boden klopfte. »Hört, hört! Die Hohe Sternenmystikerin Aureana naht. Erhebt euch, Ritter vom Orden der Morgenröte, und erweist ihr den nötigen Respekt.«

Feierlich erhoben sich die Paladine und Fabio wurde Zeuge, wie eine blasse Sternenmystikerin mit grünen Augen den Raum betrat, in deren Damastgewand Hunderte feinster Silberfäden eingearbeitet waren. Von ihren Schultern fiel eine lange, goldene Schleppe, die von vier Novizinnen getragen wurde. Aureana war für ihr Amt überraschend jung. Dennoch schimmerten in ihrem Haar bereits graue Strähnen, ein Umstand, über den auch das goldene Sternendiadem mit dem gleißenden Diamanten am Stirnansatz nicht hinwegtäuschen konnte. Sie neigte huldvoll ihr Haupt, während ihre Schwestern sie zu dem mittleren der fünf verbliebenen Lehnstühle auf der gegenüberliegenden Seite des Tisches führten.

Diesmal fasste Fabio die Novizinnen im Saal eher beiläufig ins Auge. Umso größer war seine Überraschung, als er unter den Mädchen endlich Celeste entdeckte. Die hübsche Baroness trug das Blau der Novizinnen und ihr langes kastanienbraunes Haar war auf dem Rücken zu einem schlichten Zopf zusammengebunden. Auch sie hatte ihn bemerkt, wie Fabio an dem fast unmerklichen Lächeln feststellte, das sie ihm schenkte. Und er sah ihr auch die Überraschung an, ihn im rot-weißen Mantel eines Ordensritters vor sich stehen zu sehen. Fabio lächelte stolz. Wie gern hätte er sich mit ihr allein unterhalten.

Die Novizinnen lösten die Schleppe der Hohen Sternenmystikerin, sodass sich Aureana setzen konnte, und verließen den Saal. Einzig Celeste blieb zurück, die nur zwei Plätze von Aureana entfernt neben einer streng dreinblickenden Zauberin mit kurzen lockigen Haaren und üppigen Körperformen Platz nahm. Die Portalflügel schlossen sich und Aureana richtete das Wort an den Großmeister. »Ich freue mich, Exzellenz, dass Ihr meiner Einladung gefolgt seid.«

»Es ist uns eine Ehre«, brummte Silvestro und stellte die anwesenden Paladine der Reihe nach vor. Aureana ließ den Blick über die Ritter schweifen und ihre grünen Augen blieben schließlich an Fabio hängen, der unvermittelt eine flüsternde Stimme in seinem Kopf vernahm. *Vor allem freue ich mich, dich kennenzulernen, junger Paladin. Die Sterne werfen ihr Licht auf dich und es ist beruhigend, dich heil und gesund unter uns zu wissen.*

Fabio zuckte überrascht zusammen, doch niemand im Raum schien etwas von der stillen Anrede mitbekommen zu haben.

Ihr sprecht mit mir?, formulierte er verwirrt in Gedanken.

Siehst du hier einen anderen Ritter, auf den meine Beschrei-

bung besser zuträfe?, antwortete Aureana belustigt. *Dich erwarten große Aufgaben und ich bitte dich, weiterhin mit niemandem über deine Erlebnisse vor einem Monat zu sprechen. Damit meine ich nicht nur die verlorene Offenbarung des Himmelsmechanikers, sondern auch den Fund des Meteoreisenschwerts, das du der Sternenburg zur Untersuchung anvertraut hast. Aber sei beruhigt, wir werden dir die Antworten nicht schuldig bleiben.*

»Ich danke Euch, Großmeister«, fuhr Aureana laut fort, während Fabio sie noch immer ungläubig anstarrte. »Wenn ich meinerseits die anwesenden Schwestern kurz vorstellen darf?« Sie wandte sich zu den beiden Sternenmystikerinnen zu ihrer Linken um. »Artemesia, die Hohe Wächterin der Sternenburg, kennt ihr bereits. Neben ihr sitzt unsere Hohe Bibliothekarin Ilaria. Ferner darf ich euch mit der Hohen Lehrmeisterin Denebola bekannt machen, der die Ausbildung unserer Novizinnen untersteht.« Sie lächelte die mürrisch dreinblickende Mystikerin neben Celeste an. »Unsere neue Novizin Celeste wurde aus gegebenem Anlass ebenfalls mit an diesen Tisch gebeten. Wenn ihr nun bitte kurz die Ereignisse im Osten zusammenfassen würdet, Exzellenz.«

Großmeister Silvestro räusperte sich. »Die Lage im Osten ist besorgniserregend. Glücklicherweise rücken die Goblins nur bei Nacht vor, da ihre Augen das Sonnenlicht nicht vertragen. Doch ebenso wie Venezia haben sie inzwischen auch Verona erobert.« Fabio sah erschrocken auf. »Unsere Schwertbrüder mussten bei der Verteidigung der Stadt einen hohen Blutzoll entrichten. Mit den Resten des Stadtheeres haben sie sich daher ins Umland zurückgezogen. Doch sie werden den Durchmarsch der Goblins Richtung Firenze allein kaum aufhalten können.«

»Angeblich haben vor etwa einer Woche dreitausend weitere Graupelze die Goblinzähne überschritten«, ergänzte der Schatzmeister Anconas den Lagebericht. »Und es heißt, sie ließen im besetzten Venezia Schiffe bauen, um die Landzunge auf dem Seeweg zu umrunden.«

»Nur dass im Mitternachtsmeer bereits eine große Galeerenflotte auf sie wartet, die aus vereinzelten Verbänden Venezias sowie den Kriegsschiffen aus Barion und Ancona besteht«, wandte der Seneschall zufrieden ein. »Wenigstens dort sollten wir also vor Überraschungen gefeit sein.«

»Seid Euch dessen nicht zu gewiss, Schwertbrüder«, mischte sich Celestes Lehrherrin Denebola ein. »Gerüchten zufolge wurden aus mindestens drei Burgen verschiedene arkanomechanische Kriegsmaschinen aus dem alten Krieg der Städte entwendet, die einige der Fürsten dort verbotenerweise horteten. Zu welchem Zweck, lässt sich leicht erahnen.«

»Dennoch«, Waffenmeister Gaspare nahm einen Schluck aus seinem Kristallkelch, »Goblins sind keine Seeleute. Ihr möglicher Vorstoß zur See erscheint uns derzeit weniger gefährlich als das große Heer, das nun fast ungehindert auf Firenze zuwalzt. Wir schätzen, dass die Goblins die Grenze der Provinz in etwa zehn Tagen überschreiten werden.«

»Dieser Einschätzung schließe auch ich mich an.« Großmeister Silvestro nickte sorgenvoll. »Alles hängt jetzt von dem Militärbündnis zwischen Firenze und Genova ab. Gemeinsam mit uns Paladinen sollte es dem vereinten Heer gelingen, die Goblins wieder in den Osten zurückzuwerfen. Zumindest, wenn diese Narren in Firenze unser Hilfsangebot annehmen und sich endlich mit der Sternenburg aussöhnen.«

»Was heißt das, ›mit der Sternenburg aussöhnen‹?« Fabio bemerkte, dass er die Frage laut gestellt hatte.

Wieder war irgendwo im Raum ein leises Zirpen zu vernehmen.

Celestes Lehrherrin seufzte. »Vor zwanzig Jahren hat die Sternenburg einen Bann über Firenze verhängt, der der Stadt jedwede Hilfe vonseiten der Mystikerinnen versagt. Anlass war, dass sich die dort herrschenden Adelsfamilien nicht an unser Kriegsverbot gehalten haben. Doch statt sich zu fügen, haben die gekränkten Adligen Firenzes die Beziehungen zur Sternenburg komplett abgebrochen. Uns Mystikerinnen ist es seitdem nur noch zu hohen Festtagen gestattet, die Stadt zu betreten.«

»Wusstest du das nicht, Fabio?«, fragte ihn Celeste erstaunt.

»Keine Privatplaudereien, Novizin!«, ermahnte Denebola sie säuerlich. »Die korrekte Anrede für einen Paladin lautet Schwertbruder.«

»Nein, ich meine, ja.« Fabio warf Celeste einen bedauernden Blick zu. »Ich war noch nie in Firenze. Aber ich erinnere mich, dass mein Herr …«, er lief rot an, »äh, dass ich bereits davon gehört habe, dass die Basilika der Stadt die meiste Zeit über nur von Laiendienern geführt wird. Ich wusste bislang nur, dass uns Paladinen der Zutritt zur Stadt untersagt ist.«

»Das ist auch der Grund, warum unser Ritterheer noch immer hier in Stella Tiberia lagert«, brummte Großmeister Silvestro und strich sich über den Bart. »Der Orden der Morgenröte wird von den Herrschern Firenzes als verlängerter Arm der Sternenburg angesehen.«

»Nun, dafür ist wohl eher unsere Besetzung des Wolkenpasses im Mondschattengebirge verantwortlich«, ergänzte Waffenmeister Gaspare trocken. »Den Verlust der Zolleinnahmen an den Orden haben uns die Fiorentiner nie verziehen.«

»Das waren notwendige Sanktionen, die sich diese Stadt selbst zuzuschreiben hat«, zürnte der Großmeister. »Wie auch immer, hätten wir bereits in der letzten Woche die Landesgrenze nach Firenze überschritten, hätte das die diplomatischen Bemühungen der Sternenburg unterlaufen.«

»Für Eure Zurückhaltung in dieser Angelegenheit danke ich Euch auch, Exzellenz.« Erstmals hellte ein feines Lächeln die Gesichtszüge der Hohen Sternenmystikerin Aureana auf. »Umso glücklicher bin ich, heute verkünden zu dürfen, dass diese Bemühungen von Erfolg gekrönt waren. Die unterkühlten Beziehungen zwischen der Sternenburg und Firenze werden schon bald der Vergangenheit angehören. Alles, was noch fehlt, ist der Federstrich unter dem entsprechenden Vertragswerk. Daher wird bereits morgen eine Gesandtschaft nach Firenze aufbrechen, deren Ziel es sein wird, der Sternenburg und dem Heer der Paladine den Weg zu ebnen. Doch da den Adligen Firenzes daran gelegen ist, ihr Gesicht zu wahren, besteht Firenze bis zum Abschluss des neuen Vertrages auf dem derzeit gültigen Prozedere der Festtagsregelung. Danach darf nur eine Sternenmystikerin allein das Stadtgebiet betreten. Man will offenbar dem öffentlichen Eindruck entgegenwirken, dass sich die Stadt dem Diktat der Sternenburg untergeordnet hat.«

»So ein Stumpfsinn«, entfuhr es dem Schatzmeister Anconas. »Es ist Krieg. Und diese verdammten Adelsschranzen sorgen sich noch immer um ihr Ansehen?«

»Auch ich halte es für zu gefährlich, eine Mystikerin ohne Geleitschutz zu entsenden«, meinte der Seneschall. »Was, wenn ihr etwas passiert?«

»Nun, die Adligen Firenzes sind nicht die Einzigen, die sich auf Spitzfindigkeiten verstehen«, antwortete Aureana listig. »Unsere Schwester wird nicht allein reisen. Um das zu rechtfertigen, aber auch weil bei den kommenden Konflikten jede Sternenmystikerin besonderen weltlichen Gefahren ausgesetzt ist, möchte ich eine alte Tradition wiederaufleben lassen: den Bund von Sonne und Mond!«

Fabio sah, dass Großmeister Silvestro und Seneschall Ernesto wenig überrascht wirkten. Offenbar waren sie über diesen Schachzug Aureanas bereits im Vorfeld unterrichtet worden. Die beiden Schatzmeister hingegen legten fragend die Stirn in Falten.

»In den alten Zeiten, kurz nach der großen Verfinsterung, die mit Astronos' Sturz einherging«, hub die Hohe Bibliothekarin Ilaria mit heiserer Stimme an, »bestand ein besonderer Pakt zwischen Paladinen und Sternenmystikerinnen. Damals band sich jede Mystikerin lebenslang an einen Ritter des Ordens. Diese Verbindung war magischer Natur und weit mehr als eine einfache Schutzgemeinschaft, auch wenn dieser Gedanke natürlich im Vordergrund stand. Leider ist uns das Wissen um das entsprechende Ritual im Laufe der Jahrhunderte verloren gegangen – wie so vieles seit dem Krieg gegen die Himmelsmechaniker vor fünfhundert Jahren.« Ilaria seufzte. »Doch das ist zunächst zweitrangig.«

»Richtig.« Aureana nickte ihrer Sternenschwester zu. »Entscheidend ist, dass uns der Bund von Sonne und Mond das Recht einräumen wird, auch einen Paladin als Leibwächter unserer Schwester nach Firenze zu entsenden, dem es bedauerlicherweise nicht gestattet ist, die ihm anvertraute Mystikerin allein zu lassen. In der Zwischenzeit werdet Ihr, Großmeister«, sie nickte Silvestro zu, »dafür sorgen, Euer Heer so nah wie möglich an die Grenze Firenzes zu bringen. Es soll sich ohne Verzögerung in Marsch setzen, sobald die Tinte unter den neuen Verträgen getrocknet ist. Außerdem möchte ich, dass Ihr einige ausgewählte Paladine zur Sternenburg abkommandiert, die mit meinen Sternenschwestern künftig den Bund von Sonne und Mond eingehen.«

Fabio wusste schon, wem er sich anbieten würde, wenn es so weit war. Seltsamerweise starrte Celeste finster zur Tischmitte.

»Es ist mir eine Ehre, Euren Wunsch zu erfüllen, Hohe Sternenmystikerin«, antwortete Großmeister Silvestro feierlich. »Wenn Ihr es mir gestattet, würde ich künftig gern persönlich für Euer Leben einstehen.«

»Ich danke Euch, Exzellenz, und nehme dieses Angebot mit Freude an.«

»Dürfte ich noch eine Frage stellen, Hohe Sternenmystikerin?« Fabio sah kurz zu Celeste und dann wieder zu Aureana. »Ihr spracht von einer Festtagsregelung, auf die die Adligen in Firenze bestehen. Doch welches Fest ist damit gemeint?«

»Eine gute Frage, junger Paladin.« Aureanas grüne Augen funkelten im Sonnenlicht. »Wie dein Großmeister vorhin schon ausführte, haben Genova und Firenze ein Militärbündnis geschlossen. Seit einer Woche stehen vor Firenze fast fünftausend Mann unter Waffen. Doch es fehlt an einem verbindlichen Kommandanten, der dieses Heer eint und anführt.«

»Lasst mich raten«, seufzte Fabio, dem der Kopf angesichts all der politischen Machtkämpfe bereits brummte. »Die Herrscher in Genova und Firenze konnten sich auf diesen Posten bislang nicht einigen?«

»So ist es«, antwortete die Hohe Sternenmystikerin. »Deswegen haben sich beide Städte darauf verständigt, ein Turnier abzuhalten, zu dem die Adelsfamilien aller Bündnispartner, die nachweisen, einen fähigen Heermeister stellen zu können, bis zu zwei Ritter entsenden dürfen. Das Turnier wird zwei Tage dauern und dem Sieger wird als Preis ein magischer Schild überreicht, der uns natürlich ebenfalls interessiert.«

»Ebenfalls?« Fabio runzelte die Stirn.

»Ich sagte es bereits, Schwertbruder, auch wir verstehen uns auf das politische Ränkespiel.« Diesmal zeigte die Hohe Sternenmystikerin ihr Lächeln offen. »Die Vereinbarung zwischen Firenze und Genova spricht tatsächlich von Bündnispartnern, deren Vertreter bei dem Turnier um die Heerführerwürde streiten dürfen. Natürlich sind damit eigentlich die herrschenden Adelsfamilien beider Städte gemeint. Doch wenn unsere Schwester erst das neue Vertragswerk unterzeichnet hat, gehören auch die Paladine offiziell zu diesem Bündnis dazu. Und ich bin mir sicher, der Paladin, den wir mit nach Firenze entsenden, wird darauf brennen, diese Würde für Großmeister Silvestro zu erstreiten.«

»Und wer wird dieser Gesandtschaft nun angehören?«, wollte Waffenmeister Gaspare wissen.

Abermals war ein leises Zirpen im Raum zu hören, das selbst Bibliothekarin Ilaria zu irritieren schien.

»Als Leiterin der diplomatischen Gesandtschaft wurde unsere Schwester Denebola auserwählt«, antwortete Aureana. »Mit ihr wird die ihr anvertraute Novizin Celeste reisen, die noch nicht die Würden einer Sternenmystikerin trägt, die aber in der jüngeren Vergangenheit bewiesen hat, sich ihrer Haut mutig erwehren zu können, wenn es darauf ankommt.«

Fabio schielte unauffällig unter den Tisch, da er glaubte, dort die Quelle des seltsamen Geräusches ausfindig gemacht zu haben. Tatsächlich, da unten, neben einem der Tischbeine, hockte zu seinem Erstaunen eine Heuschrecke. Wie kam die dahin?

»Schwester Denebola, sei nun so gut und erkläre den Ordensrittern, mit welchem der anwesenden Paladine du gern den Bund von Sonne und Mond eingehen möchtest.«

Celestes Lehrherrin erhob sich schwerfällig und wandte sich mit feierlichem Gesichtsausdruck Fabio zu. Der junge Paladin riss bestürzt die Augen auf. Das hatte er sich doch etwas anders vorgestellt. Celeste sah ihn noch immer nicht an, sondern hielt ihren Blick gesenkt. Denebola rückte derweil ihren Stuhl beiseite und ging auf ihn zu.

»Nach eingehender Beratung mit Sternenschwester Aureana bin ich zu der Überzeugung gelangt, dass ich gern Schwertbruder Fabio an meiner Seite hätte.«

Auf einen energischen Wink des Großmeisters hin erhob sich auch Fabio. Durch das Fenster hinter dem Stuhl, auf dem Denebola eben noch gesessen hatte, fiel jetzt ein breiter Lichtschein unter den Tisch und etwas blitzte metallisch auf. Die verdammte Heuschrecke, sie bestand aus Metall!

Abermals zirpte sie.

»Moment mal!«, stieß der junge Paladin hervor und riss zur Verblüffung aller Anwesenden sein Schwert aus der Waffenscheide. Mit einem gezielten Stoß rammte er die Schwertspitze unter den Tisch und zertrümmerte das metallene Insekt, bevor es wegspringen konnte.

Er fischte gerade nach den Überresten, als er aus den Augenwinkeln heraus bemerkte, wie zwei Schatten unter der Schwelle des Doppelportals in den Saal schlüpften. Die flachen Metallkörper, die großen Scherenfänge und der nach oben gebogene Stachelleib … bei Marsakiel, das waren arkanomechanische Skorpione!

»Alarm! Eindringlinge!«, rief Fabio.

Entsetzt fuhren die Paladine und Sternenmystikerinnen hoch, als unter lautem Splittern eine der Glasscheiben des Saals zerbarst und sich ein ganzer Schwarm der gefährlichen Spinnentiere von außen in das Turmzimmer ergoss. Sofort war der Saal von Kampfgeschrei erfüllt. Aureana hüllte sich gedankenschnell in eine silberne Schutzaura, während Artemesia, die Hohe Wächterin der Sternenburg, herumfuhr und einen goldenen Lichtbogen zwischen ihren Händen heraufbeschwor. Doch viele der Metallskorpione hatten ihren Hinterleib bereits aufgerichtet und unter gefährlichem Kratzen, Klackern, Summen und Schnarren schossen sie einen Hagel metallischer Giftpfeile auf die Verteidiger ab. Fabio spürte, wie einer der Pfeile an seinem Kettenhemd abprallte, während der Schatzmeister Barions von gleich zwei der heimtückischen Geschosse ins Gesicht getroffen wurde. Unter Zuckungen krachte er auf den Tisch.

Aureana und den Großmeister traf der Beschuss der arkanomechanischen Skorpione am heftigsten. Die Giftpfeile prallten unter singenden Geräuschen an der Lichtaura der Hohen Sternenmystikerin ab, während Silvestro, nun ebenfalls getroffen, aufstöhnte. Der Seneschall fing den Großmeister auf und schleppte ihn zur Flügeltür, die er kurzerhand mit seinem Körpergewicht aufstieß. Gaspare und der verbliebene Schatzmeister deckten die beiden, indem sie wüst mit ihren Schwertern auf die krabbelnden Eindringlinge eindroschen. Wo ihre Klingen trafen, blitzten metallische Funken auf. Artemesia und Aureana erledigten derweil gleich ein halbes Dutzend der Skorpione mit goldenen Lichtnetzen, deren Stränge sich zischend in die geschuppten Metallleiber schmolzen. Fabio ließ seine Waffe fallen und wuchtete einen Stuhl empor, um mit der Sitzfläche einen weiteren Giftpfeil abzuwehren. Im nächsten Moment ließ er die improvisierte Waffe auf ein Spinnentier niederfahren, das soeben unter dem Tisch hervorgekrabbelt kam. Der Skorpion zersplitterte unter der Wucht des Schlags.

Erst jetzt sah Fabio, dass an der Wand hinter Celeste ein weiteres der gefährlichen Spinnentiere heranhuschte. »Celeste, aufpassen!« Die geschockte Baroness hatte längst ein Fläschchen mit Sternentau geleert. Sie wirbelte herum und vereiste den Skorpion mit einem Froststoß. Auch Denebola erwies sich trotz ihrer Körperfülle als erstaunlich flink. Mit grellen Blitzschlägen verwandelte sie mehrere der Spinnentiere in rauchende Metallklumpen, doch auch sie konnte nicht verhindern, dass hinter ihr die Bibliothekarin Ilaria zu Boden ging. An ihrem Damastgewand hingen gleich drei Metallskorpione, die ihre Zangen tief in ihr Fleisch gebohrt hatten. Fabio hob seine Waffe vom Boden auf und stürzte gemeinsam mit Celeste zu ihr. Auch diese Angreifer waren schnell zerstört, doch Ilarias gebrochener Blick sagte ihnen, dass sie zu spät gekommen waren. Waffenmeister Gaspare rammte sein Schwert soeben in das letzte Spinnentier, als vor der Tür das Wutgebrüll des Seneschalls erscholl.

»Elender Bastard!«

Fabio und Celeste sahen sich alarmiert an und mit den übrigen Überlebenden rannten sie nach draußen in den Gang vor dem Sternensaal. Sofort kümmerten sich Aureana und Denebola mit ihren magischen Kräften um den vergifteten Großmeister, dessen Gesicht inzwischen eine grünliche Färbung angenommen hatte. Weiter hinten im Gang war bereits lautes Fußgetrappel zu hören, das auf das Nahen weiterer Sternenmystikerinnen schließen ließ.

Seneschall Ernesto stand unterdessen mit zusammengepressten Lippen neben einem geöffneten Gangfenster und hielt den Griff seines Schwertes umfasst. Von der Klingenspitze troff Blut und zu seinen Füßen lag Perusio. Er war tot und in seiner Brust klaffte eine tiefe Wunde. Fabio ächzte ungläubig. Auch er sah, dass in den Händen des Knappen noch immer einer der himmelsmechanischen Skorpione lag. Das gefährliche Spinnentier war völlig reglos. Der Schatzmeister Anconas durchsuchte Perusios Kleidung und brachte einen fingerlangen Schlüssel aus dem seltenen Meteoreisen zum Vorschein.

»Beim schwarzen Astronos, ich befürchte, der Schlüssel dient dazu, diese Metallskorpione aufzuziehen. Etwas in dieser Art habe ich vor sechs Jahren schon einmal erlebt.«

Fabio starrte den Toten fassungslos an. Perusio war ein Verräter? Niemals hätte er das für möglich gehalten.

»Er wollte gerade ein weiteres dieser Biester auf uns hetzen«, zischte der Seneschall zornig und wandte sich Aureana und den anderen Sternenmystikerinnen zu, die versuchten, den Großmeister vor dem Tod zu bewahren. Niedergeschlagen erhoben sie sich nach einer Weile. »Es tut uns leid, aber wir konnten nichts mehr für den Großmeister tun. Seine Exzellenz Silvestro ist tot.«

Die Männer und Frauen schwiegen betroffen. Fabios Augen brannten.

Silvestro wusste, dass er in diesem Krieg sterben würde, war in Fabios Kopf plötzlich die Stimme Aureanas zu hören. Sie klang betrübt. *Die Sterne haben ihm dieses Schicksal schon vor*

Monaten offenbart. Wir wussten nur nicht, dass ihn sein Ende so bald ereilen würde. Doch davon dürfen wir uns nicht beirren lassen. Mach dich zur Abreise bereit, junger Paladin, und finde dich eine halbe Stunde vor Mitternacht in der Delfingasse vor einem Haus mit sternförmigem Giebelfenster ein. Dort erwarten dich Freunde.

Fabio sah verwirrt zu Aureana auf und spürte nur am Rande, dass Celeste neben ihn getreten war und tröstend seine Hand berührte. Unmerklich nickte sie ihm zu, als habe auch sie die Worte Aureanas vernommen.

»Wie konnte das nur passieren? Wir sind doch hier auf der Sternenburg«, ertönte die Stimme des Waffenmeisters. Gaspare stand bleich in der Tür und starrte den Großmeister und seinen toten Knappen Perusio an.

»Wir werden es herausfinden!« Ernestos Stimme klang kalt wie Stahl. »Hohe Sternenmystikerin, verlasst Euch darauf, dass alles, was wir besprochen haben, wortgetreu umgesetzt wird. Seine Exzellenz hätte es nicht anderes gewollt. Doch zuvor muss ich noch etwas anderes erledigen.« Mit erhobenem Schwert näherte er sich dem Waffenmeister. »Das war dein Knappe, Gaspare. Und wo ein Verräter ist, ist der andere meist nicht weit entfernt. Ich bedaure, aber ich muss dich bitten, mir dein Schwert zu überreichen. Du bist hiermit verhaftet.«

Molunahs Fluch

Zerfaserte Wolken waren am Nachthimmel aufgezogen und hatten sich wie ein Trauerflor vor den Mond geschoben. Molunahs Licht wirkte seltsam fern und ihr blasser Schein reichte gerade aus, dass Fabio sicher seinen Weg durch die menschenleeren Straßen Stella Tiberias fand. Doch mit seinen Gedanken weilte er noch immer bei den erschütternden Ereignissen des Nachmittags. Silvestro war tot. Und ausgerechnet Perusio, der ein Freund für ihn gewesen war, hatte sich wie sein einstiger Herr als Verräter entpuppt. Er konnte das alles noch immer nicht glauben. Mit einer Mischung aus Zorn, Kummer und Fassungslosigkeit zog er Aldebaran hinter sich her und nur das Klappern der Pferdehufe, das von den Hausfassaden widerhallte, riss ihn hin und wieder zurück in die Wirklichkeit.

Die Nachricht von Silvestros Tod hatte sich schnell herumgesprochen. Mit ihr hatte sich lähmendes Entsetzen in Stella Tiberia breitgemacht. Viele Ladenbesitzer hatten ihre Geschäfte geschlossen, vor der Sternenburg war es zu Tumulten unter den Pilgern gekommen und sogar von Handgreiflichkeiten unter den Ordensrittern war zu hören gewesen. Natürlich hatten sie den Tod des Großmeisters nicht verheimlichen können. Der Paladinorden war immerhin der Wahrheit verpflichtet. Doch erstmals in seinem Leben begann Fabio darüber nachzudenken, ob die Wahrheit nicht manchmal mehr war, als die Menschen verkraften konnten. Nicht einmal die Schwertbrüder hatten zu solch einem frühen Zeitpunkt des Krieges mit einem derartigen Triumph des Feindes gerechnet. Einzig dem besonnenen Handeln der Hohen Sternenmystikerin Aureana, die sich öffentlich auf einer Empore der Sternenburg gezeigt hatte, und nicht zuletzt dem entschlossenen Durchgreifen von Seneschall Ernesto war es zu verdanken gewesen, dass schnell wieder Ordnung in der Stadt Einzug hielt. Doch die derzeitige Ruhe war trügerisch. Sie wurde von Furcht gespeist, die sich tief in die Herzen der Menschen gegraben hatte. Furcht aber war ihr größter Gegner.

Ernestos erste Anweisung lautete daher, dass sich das Heer abmarschbereit machen sollte. Auch Fabio wusste nur zu gut, dass die Schwertbrüder nicht die Gelegenheit bekommen durften, allzu lange über den Mord an ihrem Großmeister nachzudenken. Außerdem hatte der Seneschall den Befehl erteilt, auf die dreitägige Totenruhe zu verzichten. Großmeister Silvestro sowie der ebenfalls zu Tode gekommene Schatzmeister Barions sollten, dem Brauch der Paladine gemäß, noch in dieser Nacht feuerbestattet werden. Fabio hoffte, dass die Feuerzeremonie dazu beitragen würde, Stolz und Kampfgeist der Paladine neu zu entfachen. Dennoch, es war dringend an der Zeit, dass sie das Heft wieder in die Hand nahmen. Sie durften nicht zulassen, dass ihnen der Feind ständig einige Schwertlängen voraus war.

Fabio war so gramerfüllt, dass er das stattliche Haus mit dem sternförmigen Giebelfenster erst bemerkte, als er direkt davorstand. Die Delfingasse, die er heimlich auf Weisung Aureanas aufgesucht hatte, lag nördlich des Hafens und war in nächtliche Dunkelheit gehüllt. Dennoch waren rechts und links der Gasse die gleichförmigen Fassaden von Geschäften zu erkennen. Tagsüber boten hier Traumdeuter, Wahrsager und Amuletthändler ihre zweifelhaften Dienste an. Einzig das Haus mit dem markanten Giebelfenster hob sich von den anderen Gebäuden ab. Es lag etwas zurückgesetzt auf einem großen Grundstück, das von einer mit Efeu umwachsenen Mauer umgrenzt wurde. Offenbar befanden sich dahinter auch eine Stallung und ein Gesindehaus.

Fabio sah sich misstrauisch um. Nicht einmal die Ordensoberen hatte er über den Grund seiner Abwesenheit informiert, allerdings war er sich sicher, dass die Paladine dies erst während der Totenfeierlichkeiten bemerken würden. Doch abgesehen von einem streunenden Hund, der ihm schon seit seinem Aufbruch hinterhertrottete, war nirgendwo eine Bewegung zu sehen. Entschlossen griff Fabio nach dem gusseisernen Türring und klopfte. Der Lichtschein einer Laterne flammte jenseits der Mauer auf. Stiefelschritte ertönten, ein Riegel wurde fortgezogen und schon schwangen die hölzernen Torflügel auf. Geblendet schirmte Fabio seine Augen ab.

»Meine Herren, unser tapferer Knappe trägt ja tatsächlich das Rot-Weiß der Paladine!«, begrüßte ihn eine vertraute nasale Stimme.

»Leuchte ihm doch nicht mitten ins Gesicht, Jacopo«, war

nun auch das Schnaufen Odilios zu hören. Der Lichtschein der Laterne verblasste und Fabio musterte erfreut die beiden ungleichen Gardisten, nach denen er schon bei seiner Ankunft in Stella Tiberia Ausschau gehalten hatte. Die beiden Draufgänger trugen noch immer Topfhelme und Hellebarden, nur dass sie jetzt nicht mehr in die grün-gelben Umhänge Venezias gehüllt waren, sondern schlichte, grau wattierte Waffenröcke trugen.

Jacopo, dessen schlaksige Gestalt fast so lang wie die Hellebarde mit der daran befestigten Laterne war, zuckte mit den Schultern, während Odilio trotz seiner Leibesfülle überraschend geschwind vor Fabio trat und ihn samt seinem Falben auf den Hof zog.

»Ich hoffe, dir ist niemand gefolgt?«, flüsterte der Dicke und spähte noch einmal argwöhnisch auf die Straße.

»Nein, ich denke nicht«, antwortete Fabio überrumpelt. »Ich habe mich schon gefragt, wer die Freunde sein könnten, die mich hier …«

»Psssst!« Odilio legte verschwörerisch einen Finger auf die Lippen. »Warte, bis wir das Tor geschlossen haben. Der Feind kann überall sein. Erst heute Nachmittag war hier so ein Hausierer, der uns bunte Sternenanhänger andrehen wollte. Sehr verdächtig.«

Jacopo tippte sich gegen die Stirn. »Unser Dickerchen leidet unter Verfolgungswahn.«

»Was tue ich?«, fauchte Odilio. »Da, mach was Sinnvolles: Erhäng dich oder kümmere dich um das Pferd.« Er drückte Jacopo aufgebracht die Zügel Aldebarans in die Hand, der das

Tier grinsend wegführte. »Im Gegensatz zu Jacopo nehme ich meine Aufgabe nämlich ernst«, schimpfte der Dicke.

»Was für eine Aufgabe?« Fabio sah zu dem hohen Wohngebäude auf. »Wohnt ihr hier?«

»Sozusagen.« Odilio legte wieder den Riegel vor. »Wir haben uns an unsere Abmachung gehalten und sind Baroness Celeste de Vontafei zuliebe in Stella Tiberia geblieben. Doch glaube mir, die erste Zeit war nicht einfach für uns. Jacopo und ich mussten uns unten am Hafen als einfache Arbeiter durchschlagen. Das war für Männer unseres Kalibers natürlich entwürdigend. Aber inzwischen hat sich alles geändert und wir machen wieder das, was wir am besten können: Wache halten, verdächtige Personen kontrollieren und Schurken dingfest machen. Na ja, wenigstens theoretisch.« Odilio reckte stolz die Brust. »Seit sechs Tagen weilt nämlich jemand in der Stadt, der echte Meister ihres Fachs erkennt, wenn sie vor ihm stehen.«

In diesem Moment kehrte Jacopo zurück und rollte mit den Augen. »Ihre Hochwohlgeboren Celeste de Vontafei hat uns vermittelt.«

»Ist doch völlig egal«, schimpfte Odilio. »Auf jeden Fall brennt dieser Jemand darauf, dich wiederzusehen. Er sagt es zwar nicht so direkt, aber es ist ihm anzumerken.«

»Von wem sprichst du?«

»Warte es ab.« Odilio zwinkerte Fabio zu und führte ihn gemeinsam mit Jacopo über eine kleine Treppe ins Haupthaus. Sie durchquerten einen Gang mit angrenzendem Kaminzimmer, über dessen backsteinerner Feuerstelle zwei überkreuzte Schwerter hingen, und gelangten so in ein von Kerzen beleuchtetes Esszimmer mit hohen Fenstern. Dort stand eine Hintertür offen, durch die ein leichter Wind wehte. Fabio schaute hindurch und sah, dass sich hinter dem Haus ein kleiner Garten befand, der von Zypressen umgeben war. In den beiden hinteren Ecken des Gartens waren zwei Fackeln aufgebaut. In ihrem Schein erkannte Fabio die Silhouette eines korpulenten Mannes mit sorgfältig gestutztem Backenbart, der ein Übergewand mit schwarzen Besätzen trug. Er stand neben einem marmornen Zierbrunnen und spähte durch ein schlankes, auf den Nachthimmel ausgerichtetes Fernrohr, das mit einem Dreibein am Boden verankert war. Die Gerätschaft wirkte wie eine verkleinerte Ausgabe jenes Instruments, das Fabio damals im Haus des Linsenschleifers Poliogenes gesehen hatte. Am Nachthimmel flammte unvermittelt eine helle Sternschnuppe auf, die dem Fremden einen besorgten Laut entlockte.

»Seit er von der jungen Baroness erfahren hat, dass die Sterne erlöschen, beobachtet er jede Nacht das Firmament.«

Fabio trat stirnrunzelnd einen Schritt vor.

»Darf ich vorstellen«, sagte Odilio nun etwas lauter. »Seine Hochwohlgeboren Vittore de Vontafei. Ich glaube, ihr beide kennt euch bereits.«

»Das gibt es doch nicht.« Fabio riss verblüfft die Augen auf und für einen Augenblick wurde ihm wieder so leicht zumute wie am Morgen, als er gemeinsam mit den anderen Paladinen zur Sternenburg aufgebrochen war.

»Euer Hochwohlgeboren! Ihr?«

Celestes Vater löste sich von dem Fernrohr und lächelte breit, als er Fabio auf sich zukommen sah. »In der Tat, junger Mann. Sag bloß, du hast nicht damit gerechnet, mich lebend wiederzusehen?«

»Nein. Ich meine … wie ist das möglich?« Fassungslos schüttelte Fabio die Hand von Celestes Vater. »Das letzte Mal, als wir uns sahen, wurde Euer Anwesen von Goblins überrannt. Ich habe wirklich nicht damit gerechnet, dass Ihr es schaffen würdet zu entkommen.«

»Tja, Totgesagte leben bekanntlich länger.« Anerkennend musterte der Baron die rot-weiße Ordenstracht des jungen Paladins. »Wie ich sehe, ist aus dem Knappen inzwischen ein Ritter geworden. Und was für einer.« Vittore de Vontafei seufzte. »Von dem Tod deines Großmeisters habe ich bereits gehört. Es tut mir leid. Die Nachricht hat uns alle tief erschüttert. Ganz Stella Tiberia ist wie gelähmt und fast scheint es mir, als würden sogar die Hunde der Stadt Silvestros Tod beklagen.«

Fabio lauschte und hörte, wie der Nachtwind ein klagendes Jaulen herantrug, das irgendwo im Viertel von dumpfem Gebell beantwortet wurde.

»Habt Dank für Eure mitfühlenden Worte. Aber Schwertbruder Silvestro war ein Mann der Tat. Ich denke, er sähe es gern, wenn wir unsere Gedanken auf die Zukunft richten.«

»Warst du dabei, als er zu Tode kam?«

»Ja. Es war ein hinterhältiger Überfall.« Fabio presste verbittert die Lippen aufeinander. »Ich habe das Unglück leider nicht abwenden können.«

»Du bist eben auch nur ein Mensch«, meinte der Baron mitfühlend. »Immerhin hast du dein Wort gehalten und meine Tochter sicher zu ihren Sternenschwestern geleitet. Und das, mein Sohn, werde ich dir niemals vergessen.« Vittore de Vontafei drückte Fabios Hand noch einmal und nickte dann in Richtung der beiden Gardisten, die der Begrüßung still beiwohnten. »Odilio und Jacopo haben uns jede Einzelheit eures Abenteuers geschildert. In jeder Hinsicht erstaunlich.«

»Nun sagt schon«, wollte Fabio wissen, »wie ist es Euch gelungen, den Goblins zu entkommen?«

»Ganz einfach: Ich habe meinen Oheim befreit!«, tönte eine geringschätzige Stimme aus der Dunkelheit. Verblüfft drehte sich Fabio zu dem elegant gekleideten Adligen im Schatten der Veranda um, der sich nun von einem Korbstuhl erhob. Mit seinem blauen Waffenrock und den offenen Ärmeln, die nur am Handgelenk geschlossen und an den Schultern ausgepolstert waren, bot Celestes arroganter Cousin Raimondo fast den gleichen Anblick wie damals, als Fabio ihm zum ersten Mal begegnet war.

»Bei allen Stellaren, Ihr habt ebenfalls überlebt?«

»Ich sehe, die kleine Überraschung ist gelungen, Bauernritter.« Raimondo de Vontafei verzog abfällig die Lippen. »Und deinem Gesichtsausdruck entnehme ich die gleiche Freude, die ich bei deinem Anblick empfinde.«

»Raimondo!«, ermahnte der Baron seinen Neffen.

»Aber nicht doch, Oheim. Mach dir keine Sorgen.« Raimondo starrte Fabio mit einem Ausdruck an, in dem unverhohlene Feindschaft lag. »Ich weiß schon, wie ich mich einem *Freund* der Familie gegenüber zu verhalten habe. Und das, obwohl es ausgerechnet der Herr dieses *Freundes* war, der meine Untergebenen so heimtückisch von Goblins abschlachten ließ. Wahrscheinlich sollte ich mich daran gewöhnen, dass ständig Bauernritter meinen Lebensweg kreuzen, die angeblich für das Gute und Gerechte auf dieser Welt streiten und dann doch nur den Tod bringen.«

Fabio ballte still die Fäuste und musste wieder an Celestes Worte vor einigen Wochen zurückdenken. Sie hatte ihm erzählt, dass Raimondos Vater einst während eines Turnierkampfes gegen einen Paladin gefallen war. Celestes Cousin hatte also doppelten Grund, ihn und den Orden der Morgenröte zu hassen.

»Ich verstehe Euren Groll gegen uns Paladine, Raimondo de Vontafei. Doch wenn Ihr glaubt, dass ich mich provozieren lasse, irrt Ihr Euch.«

»Ach, du verstehst das?«, höhnte Raimondo. »Ich bin Zeuge gewesen, wie dein Herr Ludovico eigenhändig drei meiner Leute abgestochen hat. Und hätten er und diese dreckigen Goblins mich nicht für tot gehalten, würden wir heute nicht vor dir stehen.« Nur mühsam beherrscht fuhr er fort. »Ich habe mich wie ein verletztes Tier durch das Unterholz geschleppt, *Freund.* Dass ich meinen Onkel und unsere Leute befreien konnte, lag nur daran, dass mich der brennende Wunsch am Leben hielt, es deinem verräterischen Herrn heimzuzahlen. Zu wissen, dass mir diese Genugtuung fortan verwehrt bleibt, stimmt mich nicht gerade glücklich. Und seit

Wochen denke ich bereits darüber nach, wer wohl seine Mitwisser gewesen sein könnten ...«

»Es ist genug, Raimondo«, schnitt ihm der Baron barsch das Wort ab. »Fabio kann nichts für die Untat seines einstigen Herrn. Wir sollten froh sein, dass er da war, um wenigstens Celeste zu retten.«

»Sicher, Oheim.« Raimondo zog sich unwillig in den Schatten zurück, doch Fabio spürte seine brennenden Blicke noch immer.

»Die Goblins haben uns einige Stunden nach eurer Flucht aus dem Eiskeller gezerrt, meinen Palazzo niedergebrannt und uns als Sklaven an die Kette gelegt«, fuhr Vittore de Vontafei niedergeschlagen fort. »Mein treuer Leibdiener Giovanni hat all das leider nicht überlebt. Doch zu unserem Glück waren es nur drei Unholde, die uns in den Osten führen sollten. Die übrigen Goblins sind weitergezogen. Eine Nacht später tauchte Raimondo wie ein finsterer Rachegeist auf. Er hat die Goblins erschlagen und uns Überlebende befreit. Mit ihm sind wir bis runter zu den Ausläufern der Goblinzähne geflohen, haben mithilfe einer Fischerfamilie das Mitternachtsmeer überquert und sind schließlich mit anderen Flüchtlingen hier in Stella Tiberia eingetroffen. Das ist im Wesentlichen unsere Geschichte.«

»Hauptsache, Ihr lebt, Euer Hochwohlgeboren!«, antwortete Fabio.

»Ja, und dank der Hohen Sternenmystikerin Aureana gar nicht mal so schlecht«, brummte Vittore. »Aber das hat auch seinen Preis.«

»Seinen Preis?«

»Nun, Aureana hat dich nicht ohne Grund zu uns geschickt. So frei in ihren Entscheidungen, wie du glaubst, ist sie nicht.«

»Bitte erklärt mir das.«

»Die Hohe Sternenmystikerin trifft ihre Entscheidung nicht allein, Fabio. Was immer sie bestimmt, sie tut es in Abstimmung mit dem Hohen Rat der Sternenburg. Und der ist in zwei Fraktionen gespalten. Die größere dieser beiden Gruppen ist sehr konservativ eingestellt. Sie lehnt zum Beispiel die Zusammenarbeit mit den Himmelsmechanikern kategorisch ab. Seit dem Krieg der Städte vor fünfhundert Jahren sind ihre Mitglieder damit beschäftigt, alle überlebenden Himmelsmechaniker zu finden und dingfest zu machen. Sie trauen den Himmelsmechanikern nicht und würden gern auch die Nützlicheren ihrer Erfindungen zerstören. Die Ansichten der anderen Fraktion des Hohen Rates sind, nun ja, mehr pragmatischer Natur. Diese Mystikerinnen halten die Himmelsmechaniker nicht von vornherein für verdorben, sondern würden gern mehr über ihr Wirken erfahren und darüber, wie sie überhaupt an ihr Wissen um die Arkanomechanik gelangt sind. Denn das scheint bis heute ein wohlgehütetes Geheimnis geblieben zu sein.«

»Ich verstehe!« Fabio sah den Baron ernst an. »Celestes Bericht über Meister Arcimboldo und die anderen Himmelsmechaniker muss bei der konservativen Gruppe der Sternenburg eingeschlagen haben wie ein Pfeil in ein Wespennest.«

»Allerdings!« Vittore de Vontafei deckte das Teleskoprohr mit einer ledernen Schutzkappe ab. »Die meisten Sternenschwestern haben offenbar geglaubt, die Plage der Himmelsmechaniker ein für alle Mal ausgerottet zu haben. Dass es sie noch immer gibt, hat sie tief getroffen.« Der Baron seufzte. »Diese Sternenschwestern haben es meiner Tochter nicht verziehen, dass sie sich weigert, Namen zu nennen. Doch zum Glück ist die Hohe Sternenmystikerin Aureana aus einem anderen Holz geschnitzt. Sie scheint eurer Begegnung mit den Gnomen sogar eine höhere Bedeutung beizumessen. Genaueres kann dir sicher Celeste sagen, die ebenfalls gleich eintreffen müsste.«

»Was, noch heute Nacht?« Fabio spannte sich. »Ich dachte, ich sehe sie erst morgen Früh wieder, wenn die Gesandtschaft nach Firenze aufbricht.«

»Das sollen auch alle glauben. Tatsächlich werdet ihr noch heute Nacht aufbrechen, um den Spionen in der Stadt ein Schnippchen zu schlagen. Mir wurde aufgetragen, alles für eure heimliche Abreise vorzubereiten. Raimondo, wenn du Schwertbruder Fabio jetzt bitte zum Stall führen würdest.«

Raimondo erhob sich nur widerwillig, kam dem Wunsch seines Oheims aber nach. Gemeinsam mit Odilio, Jacopo und dem Baron folgte ihm Fabio zurück zum Stall, vor dem Aldebaran noch immer auf ihn wartete. Der Falbe zuckte bei ihrer Ankunft mit den Ohren. Raimondo stemmte die Stalltür auf, nahm Jacopo die Laterne aus der Hand und führte Fabio ins Innere. Es roch nach Heu und Pferdedung. Zu Fabios Erstaunen standen zwischen den Verschlägen vier gesattelte Pferde, von denen zwei als Packpferde dienten. Fabio blickte auf Stangen, aufgerollte Zeltbahnen und dicke Packtaschen, an denen

Kochgeschirr hing. Doch am meisten fesselte ihn der Anblick der schweren Gestechrüstung, deren prachtvoll schimmernde Einzelteile gut verschnürt auf dem Rücken eines der Pferde befestigt waren.

»Die Rüstung ist für dich bestimmt«, erklärte Raimondo. »Du sollst sie bei dem Turnier in Firenze tragen.«

»Danke.« Fabio strich fast zärtlich über die Konturen einer der Armkacheln.

»Danke nicht mir, sondern der Hohen Sternenmystikerin«, antwortete Raimondo gereizt. »Übrigens wirst du in Firenze nicht allein antreten. Ich habe mich ebenfalls für das Turnier aufstellen lassen, nur für den Fall, dass du versagst.«

»Wie das?« Fabio sah Raimondo de Vontafei verwundert an. »Ich dachte, bei dem Turnier sind nur Vertreter der beteiligten Bündnispartner zugelassen?«

»Raimondos Vater, die Stellare haben ihn selig, war mein Bruder«, mischte sich der Baron in die Unterhaltung ein, der inzwischen ebenfalls den Stall betreten hatte. »Seine Mutter hingegen ist die reizende Marchesa Letizia …«

»… aus einer der angesehensten Familien Firenzes«, beendete Raimondo den Satz. »Damit unsere Verbindung nicht auffällt, reise ich euch morgen Früh mit einem Handelszug hinterher.« Er trat dicht an Fabio heran. »Und ich freue mich schon jetzt, auf dem Turnier einem Paladin gegenübertreten zu dürfen. Ganz so wie vor Jahren mein Vater. Vielleicht bekomme ich die Gelegenheit, mich für sein damaliges Los zu revanchieren.«

Von draußen ertönte ein Klopfen.

»Das müssen die Sternenmystikerinnen sein«, entfuhr es Vittore de Vontafei. »Bitte gewährt den Schwestern Einlass.«

Raimondo und Jacopo eilten aus dem Stall und Odilio zog zu Fabios Verwunderung die Stalltür ein wenig zu, sodass sie vor Blicken geschützt waren. Dann nickte er dem Baron zu.

»Schnell jetzt, Fabio. Ich muss dir noch etwas zeigen.« Der Baron forderte ihn auf, an eine der Packtaschen heranzutreten. Er öffnete sie mit fliegenden Fingern und senkte verschwörerisch die Stimme. »Vielleicht ahnst du inzwischen, welche Aufgabe uns Aureana noch zugewiesen hat. Wir halten für sie und Celeste heimlich Kontakt zu Meister Arcimboldo. Nur darf Celestes Lehrherrin Denebola nichts davon wissen. Sie gehört dem konservativen Flügel der Sternenburg an und es geschah nicht von ungefähr, dass der Hohe Rat sie zur Leiterin der Gesandtschaft bestimmt hat. Überlege dir also gut, was du antwortest, wenn sie dir Fragen stellt.« Vittore de Vontafei holte ein ledernes Futteral aus den Packtaschen hervor. Darin befanden sich die leblosen Körper zweier metallener Blechvögel, deren Gestalt den Sternensittichen aus den Ländern des Halbmondes nachempfunden war. In den Augenhöhlen glitzerten gelbbraune Achate und das Gefieder bestand aus Hunderten filigraner Metalllamellen.

»Ein Geschenk von Meister Arcimboldo?« Fabio betrachtete die wundersamen Vögel interessiert.

»Allerdings. Bei diesen Uhrwerksvögeln handelt es sich um sogenannte Merkurielsboten«, flüsterte Vittore de Vontafei. »Eine arkanomechanische Erfindung, mit deren Hilfe wir mit den Gnomen Kontakt halten. Meister Arcimboldo ist also bereits grob über die Pläne der Sternenburg unterrichtet.« Er deutete auf die Edelsteine. »Du drückst einfach auf die beiden Achataugen. Damit setzt du die Arkanomechanik in Gang und der entsprechende Vogel erwacht zum Leben. Anschließend sprichst du eine Botschaft, die aber nicht länger als drei Sätze sein darf. Schon fliegt der Bote los und sucht den Adressaten auf, um ihm deine Worte auszurichten.« Aus der Stimme des Barons sprach eine fast kindliche Begeisterung. »Meister Arcimboldo hat uns versichert, dass diese Merkurielsboten ihr Ziel immer finden, egal, welche Hindernisse ihnen im Weg stehen. Und sie sind ziemlich schnelle Flieger.« Da im Vorhof bereits die Stimme der Sternenmystikerin Denebola zu hören war, verstaute der Baron den kostbaren Schatz wieder in den Packtaschen.

»Und wo befindet sich Meister Arcimboldo derzeit?«

»Keine Ahnung. Alles, was ich weiß, ist, dass die Himmelsmechaniker irgendetwas Großem auf der Spur sind. Und jetzt kein Wort mehr.«

Die Tür ging auf und begleitet von Jacopo erschien Denebola im Stall. Sie war in ein silbern schimmerndes Reisegewand gehüllt, das sich eng an ihre üppige Gestalt schmiegte.

»Euer Hochwohlgeboren«, begrüßte sie den Baron mit feinem Lächeln, der sich seinerseits tief verneigte, und richtete ihren Blick dann auf Fabio. »Ah, da ist ja auch mein unerschrockener Begleiter. Ich hoffe, du hast alle Vorbereitungen getroffen, damit wir keine weitere Zeit verlieren.«

»Selbstverständlich, Sternenschwester.« Der junge Paladin verneigte sich und führte die beiden Packtiere auf den Hof.

Endlich entdeckte er auch Celeste, die zusammen mit zwei Reitpferden vor dem Haupthaus auf sie wartete. Doch ihr Anblick erfreute ihn nicht nur, da Raimondo bereits bei ihr war. In einer zärtlich anmutenden Geste hielt er die Hände seiner Cousine umfasst und sprach leise mit ihr. Als Celeste Fabio erblickte, entzog sie sich rasch dem Griff ihres Cousins und lächelte verlegen.

Vittore de Vontafei rauschte derweilen an Fabio vorbei und nahm seine Tochter in den Arm. »Es tut gut, dich zu sehen, mein Liebes!«, meinte er überschwänglich. »Auch wenn die Umstände alles andere als schön sind. Sei vorsichtig und mach mir keinen Kummer, hörst du?«

»Hab keine Angst, Vater. Ich befinde mich in sicherer Begleitung. Und wie du wissen solltest, kann ich mich auch selbst ganz gut verteidigen.«

»Ich hoffe es.«

»Also, dann schlage ich vor, dass wir wieder aufsitzen und uns alle daran erinnern, dass wir hier keine Familienfeier ausrichten«, murrte Celestes Lehrherrin und warf sich die Reisekapuze über ihren Lockenkopf.

Während sich Celeste leichtfüßig in den Sattel schwang, hatte Denebola aufgrund ihrer Körperfülle einige Mühe, wieder auf dem Pferd Platz zu nehmen. Fabio verzog leicht das Gesicht. Ein Ausdruck, den offenbar auch Raimondo mitbekommen hatte. Mit gehässigem Grinsen trat er zu ihm und sagte so leise, dass nur Fabio es hören konnte: »Wie ich erfahren habe, gilt dieser Bund von Sonne und Mond lebenslänglich. Viel Vergnügen, mein Freund.«

Wütend band Fabio die Packpferde aneinander und saß nun selbst auf. Überrascht sah er dabei zu, wie Odilio die beiden anderen Pferde aus dem Stall führte und er und Jacopo nun ebenfalls ungelenk aufsaßen.

»Ihr kommt mit?«, fragte Fabio erstaunt, während er sich den Schild umgürtete.

»Denkst du, wir bleiben hier, während ganz Astaria Krieg droht?«, knurrte Odilio mit bösem Blick auf die Steigbügel, die für seine kurzen Beine zu lang waren. »Du wirst in Firenze Helfer benötigen. Und wer könnte dir da wohl besser zur Seite stehen als deine getreuen venezianischen Freunde? Stimmt doch, Jacopo?«

»Klar, Odilio. «

»Die beiden haben vollkommen Recht«, kommentierte Vittore de Vontafei die Bemerkung. »Und nun: Mögen die Sterne auf all euren Wegen leuchten! Ich werde hier in Stella Tiberia weiter die Stellung halten.«

Während Raimondo das Hoftor öffnete, galoppierte Fabio an die Seite Denebolas, die sich an die Spitze der kleinen Gruppe gesetzt hatte. »Wenn Ihr es wünscht, werde ich uns ohne großes Aufsehen aus der Stadt führen.«

»Keine Sorge, Schwertbruder. Ich kenne in Stella Tiberia Wege, die selbst manchem Bewohner der Stadt nicht geläufig sind. Unser Ziel ist eine Fähre weiter im Norden, mit der wir über den Fluss setzen werden. Anschließend darfst du die Führung gern übernehmen. Ich hoffe, du kannst uns auch abseits der bekannten Wege nach Firenze geleiten?«

»Ich denke schon, Sternenschwester.«

»Gut, denn nichts anderes habe ich erwartet.« Denebola musterte ihn von der Seite. »Sicher fragst du dich, warum ich dich heute erwählt habe?«

»Ich vermute, wegen der zurückliegenden Ereignisse«, antwortete Fabio.

»Ja, das war einer der Gründe. Der andere ist, dass du ein Löwegeborener bist. Meine Novizin hat mir dies verraten. Und da ich unter diesem Sternzeichen wandle, erschien es mir umso mehr angeraten, dich zu wählen. Ich hoffe, unsere kämpferischen Naturen ergänzen sich vortrefflich.«

»Ihr seid also ebenfalls im Löwenmonat geboren?«

»Nein.« Denebola lächelte. »Ich sprach davon, dass ich unter diesem Sternzeichen wandle. Wenn wir uns erst besser kennengelernt haben, erkläre ich dir vielleicht, was das bedeutet. Doch zunächst sollten wir uns auf die vor uns liegende Aufgabe konzentrieren.«

»Gut, dann schlage ich vor, dass wir unser Gespräch jetzt einstellen, bis wir unser Ziel erreicht haben.«

Denebola nickte und der junge Paladin sah sich wachsam um, während sie durch das nächtliche Häusermeer ritten.

Stella Tiberia wirkte wie ausgestorben. Hin und wieder kamen sie an schlafenden Bettlern vorbei, selbst die Tavernen der Stadt hatten geschlossen. Fabio begann sich bereits zu entspannen, als Jacopo zu ihm aufschloss.

»Wir werden verfolgt«, wisperte er.

Fabio ließ sich zurückfallen und versuchte das Zwielicht mit seinen Blicken zu durchdringen. Doch er konnte keinen Verfolger ausfindig machen. Der hagere Gardist wies unauffällig in Richtung einer Korbmarkise. In ihrem Schatten kauerte jener Straßenköter, der Fabio schon einmal aufgefallen war.

»Ich meine den Hund da hinten. Der läuft uns nach, seit wir die Villa verlassen haben. Und Odilio glaubt, weiter hinten mindestens zwei weitere Hunde entdeckt zu haben«, erklärte Jacopo. Fabio fasste den Vierbeiner misstrauisch ins Auge. »Gut gemacht.«

Rasch ritt er zurück zu Denebola und Celeste. »Schwestern, seid Ihr vorhin, als ihr zur Delfingasse gekommen seid, von Hunden verfolgt worden?«

»Hunde?« Denebola blickte überrascht über die Schulter. »Nicht, dass ich wüsste.«

»Doch, mir ist vorhin eine herrenlose Dogge aufgefallen, die mehrfach unseren Weg kreuzte«, sagte Celeste. »Ich dachte, das Tier sei auf der Suche nach Futter.«

»Verflucht!« Fabio entdeckte am hinteren Ende der Gasse einen zweiten Vierbeiner. Seine Bewegungen hatten etwas Lauerndes. »Mir scheint, unsere Gegner wissen längst, dass wir unterwegs sind. Wie lange dauert es noch bis zu dieser Fähre?«

»Noch durch das Merkurielsviertel und wir haben den Fluss erreicht«, antwortete Denebola.

»Gut, hoffen wir, dass wir uns irren. Folgt mir!«

Mit einem Satz ritt Fabio voran. Ohne Rücksicht auf im Weg liegende Gegenstände zu nehmen, preschten sie durch verwinkelte Straßen, ritten in vollem Galopp unter langen Arkadengängen hindurch und kreuzten einen verschatteten

Marktplatz. Doch es war, als hätten ihre Verfolger nur auf eine Regung ihrerseits gewartet. Im ganzen Stadtviertel erscholl klagendes Jaulen, das aus Gärten und Seitengassen ertönte. In den Fenstern der Häuser waren nun auch Gestalten zu erkennen, die argwöhnisch auf die Straße blickten. Doch Fabio achtete nur auf die flinken Schatten, die hin und wieder an den weißen Hausfassaden vorbeihuschten. Er zählte sechs oder sieben Tiere, doch das Trippeln und Tapsen unzähliger Pfoten auf dem Pflastergestein deutete auf weitaus mehr Hunde hin. Auf gar keinen Fall ging das mit rechten Dingen zu. Immerhin, Fabio konnte bereits den Fluss riechen und am Ende einer Häuserzeile tauchte nun endlich ein dunkler Landungssteg auf, an dem ein breites Fährschiff vertäut war. Der Flussschiffer erhob sich, kaum, dass er den Hufschlag der Pferde hörte, als auf einem nahen Flachdach ein Knurren erklang. Unvermittelt tauchte aus dem Dunkeln ein Wolfshund mit zerrissener Leine auf, der Fabio mit gefletschten Zähnen ansprang.

»Aufpassen!« Der junge Paladin riss den Schild abwehrend über den Kopf und beförderte das beißwütige Tier in den Dreck der Straße. Schwungvoll riss er sein Langschwert aus der Waffenscheide und stieß dem Köter die Klinge in die Brust. Keinen Augenblick zu spät, denn der Wolfshund schnappte bereits nach seinen Beinen. Schon huschte ein zweiter Vierbeiner auf ihn zu. Fabio ließ Aldebaran im letzten Moment aufsteigen und unter lautem Wiehern wirbelten die Vorderhufe des Falben durch die Luft. Der heranjagende Rüde krachte winselnd gegen eine Haustreppe und rührte sich nicht mehr.

Ein heller Lichtblitz zerriss die Finsternis, gefolgt von einem lauten Knall. Als Fabio wieder etwas sehen konnte, entdeckte er unweit von Denebola eine Dogge, die mit qualmendem Fell vor einer Hauswand lag.

Längst war die Nacht von Hundegebell erfüllt. Celeste leerte ein kleines Fläschchen mit einer silberhellen Flüssigkeit. Von einem Augenblick zum anderen umhüllte sie ein silbriger Schimmer. Fabio wusste, was sie da zu sich genommen hatte: Sternentau!

»Schnell, weiter!«, rief Odilio besorgt. »Das hört sich so an, als ob wir uns gleich einer ganzen Meute stellen müssen!« Fabio ritt bereits an, als vom Fährschiff laute Schmerzensschreie zu hören waren, die im Knurren, Kläffen und Fauchen zahlreicher Vierbeiner untergingen. Gleich ein halbes Dutzend ihrer Verfolger war von ihnen unbemerkt auf das Schiff gesprungen, um dem Fährmann wie rasend an die Kehle zu gehen. Fabio und seine Begleiter mussten mit ansehen, wie der Mann gurgelnd über die Bordwand kippte und in den Fluss stürzte. Der junge Paladin begriff, dass sie die Vierbeiner überhaupt erst an diesen Ort geführt hatten. Die Hunde bellten triumphierend und sprangen wieder an Land. Auch aus den Seitengassen hetzten jetzt Schatten mit großen Sätzen auf sie zu.

»Mir nach, bevor sie uns den Weg abschneiden können!«, schrie Denebola aufgebracht. Sie warf die Zügel herum, ballte die Rechte zur Faust und ritt ungestüm auf das verschlossene Tor einer hohen Grundstücksmauer zu. Wie von einer mächtigen Druckwelle getroffen, flogen die Torflügel aus den Angeln und polterten auf die Beete eines Villengartens. »Novizin, versiegele den Eingang!«, brüllte die Sternenmystikerin, während ihr die kleine Schar durch das Tor nachjagte. Fabio ließ Aldebaran auf Höhe eines Werkzeugschuppens innehalten und sah, wie Celeste aus dem Nichts eine massive Eiswand emporwachsen ließ, die den Torbogen vollständig ausfüllte. Gerade noch rechtzeitig, denn schon prallten von der Straßenseite her drei schwarze Leiber gegen das frostige Hindernis. Ein Kratzen und Scharren war zu hören, in das sich wildes Kläffen mischte. Celeste nickte Fabio zu, dann setzten sie mit wehenden Haaren Denebola nach, die gemeinsam mit Odilio und Jacopo rücksichtslos durch den Garten galoppiert war. Im Sternenlicht konnte Fabio erkennen, dass das Villengrundstück direkt an den Fluss grenzte. Dort unten zeichnete sich ein ausgetretener Uferpfad ab, der am Tiber entlang zurück in Richtung Hafen führte. Was hatte die Sternenmystikerin vor?

Sie preschten den Fluss entlang, während Denebola mit ihren Sternenkräften immerzu weitere Hindernisse aus dem Weg räumte. Endlich schwenkte sie auf den Kiesweg eines im Dunkeln liegenden Parks ein, der sie zu einer breiten Straße brachte, an deren Ende sich der Fischmarkt Stella Tiberias abzeichnete. Doch die wütende Hundemeute hinter ihnen hatte nicht aufgegeben. Im Gegenteil, ihr Gebell hallte durch Straßen und Gassen und hatte sich inzwischen zu einem Getöse gesteigert, das immerzu weitere Bürger an die Fenster ihrer Häuser lockte. Endlich sah Fabio, welches Ziel Denebola ansteuerte. Sie sprengten zielstrebig auf die Venudhasbrücke zu, deren schwungvolle Konstruktion er schon bei seiner Ankunft bewundert hatte. Neben einer der Stellarsfiguren am Geländer stand ein Nachtwächter, der der heranreitenden Schar mit offenem Mund entgegenblickte.

»Lauft, guter Mann. Lauft!«, rief ihm Denebola zu und galoppierte gemeinsam mit den anderen dicht an ihm vorbei. Fabio, der die Brücke als Letzter erreichte, warf einen Blick über die Schulter und erblickte zum ersten Mal das gewaltige Rudel, das hinter ihnen herhetzte. Die Hundemeute bestand aus dreißig oder vierzig Straßenkötern, die sich wie rasend gebärdeten. Der Nachtwächter rührte sich aber noch immer nicht. Fabio beugte sich kurzerhand aus dem Sattel, packte ihn und schleifte ihn mit sich, bis sie das andere Ufer erreicht hatten. Dort ließ er den Mann fallen und zog sein Schwert, da Denebola ihr Pferd überraschend wieder gewendet hatte. Zorn sprühte aus ihren Augen, als sie die Hunde auf der Brücke erblickte.

»Ich zeige euch, was es heißt, sich mit einer Sternenmystikerin anzulegen.« Gebieterisch hob sie ihre Rechte und malte ein verschlungenes Zeichen in die Luft. Schlagartig begannen die filigranen Pfeiler und Streben der Brücke aus sich selbst heraus zu leuchten. Fabio blinzelte, doch der Eindruck blieb. Selbst die Stellarsfiguren auf dem Brückengeländer schienen sich zu bewegen. Mitten im Lauf hielten die Straßenköter inne. Das Kläffen und Knurren verstummte, stattdessen trug der Wind ein verunsichertes Winseln heran. Denebola flüsterte etwas und Fabio war, als würde ein eigentümlich leuchtender Nebel von der Brücke aufsteigen und nach den Hunden greifen. Wie Laub im Wind wurden die Vierbeiner emporgewirbelt. Jaulend und wild mit den Pfoten schlagend, drehten sich die Tierleiber mehrfach im Kreis, bis sie etwa drei Schritt über die Venudhasbrücke aufgestiegen waren. Ein Ruck ging durch die schwebende Meute und unsichtbare Kräfte schleuderten die Tiere rechts und links der Brücke in den Fluss. Dort, wo sie im Wasser aufschlugen, spritzten hohe Fontänen empor. Odilio und Jacopo sahen dem Schauspiel mit aufgerissenen Augen zu. Auch der Nachtwächter stierte ungläubig auf den Fluss, wo die Hunde nun hilflos zum gegenüberliegenden Ufer zurückpaddelten. Die Tobsucht, die die Tiere eben noch befallen hatte, schien endgültig von ihnen gewichen zu sein.

»Wächter, du wirst dafür Sorge tragen, dass bis zum Sonnenaufgang niemand die Brücke betritt«, befahl Denebola dem erstarrten Nachtwächter. »Ansonsten könnte es passieren, dass auch einige unbescholtene Bürger ein kaltes Bad im Fluss erwartet.«

»Wie Ihr wünscht, Sternenschwester«, ächzte der Mann. Fabio spürte Celestes Hand an seinem Arm und folgte ihrem Blick. Auch er konnte am gegenüberliegenden Flussufer einen einsamen Reiter erkennen, der sich respektvoll von der Brücke fernhielt. Wütend riss der Fremde an seinen Zügeln und verschwand zwischen zwei Lagerhäusern.

»Habt Ihr den Reiter da drüben auch gesehen, Herrin?«, fragte Celeste die Sternenmystikerin. Denebola nickte unheilvoll und gab ihnen das Zeichen weiterzureiten. Schnell schlossen Fabio und Celeste zu ihr auf.

»Bei allen Stellaren, was war das eben?«, fragte Fabio die

Sternenmystikerin. »Wer hat die Macht, die Hunde eines ganzen Stadtteils auf uns zu hetzen? Ein Astronos-Paktierer?«

»Nein«, antwortete Denebola.

»Nach der Tat eines Himmelsmechanikers sah es ebenfalls nicht aus«, wandte Celeste zögernd ein.

»Schon nicht schlecht, Novizin. Aber leider noch nicht gut genug.« Denebola maß Celeste mit einem strengen Blick. »Wenn dein erschreckend lückenhafter Bericht stimmt, den du auf der Sternenburg zum Besten gegeben hast, kommst du vielleicht selbst darauf, mit welcher Macht wir es eben zu tun bekommen haben.«

Fabio und Celeste sahen sich beunruhigt an und den Paladin beschlich ein böser Verdacht. »Hunde sind mit Wölfen verwandt, richtig?«

»Ich sehe, Schwertbruder, die Entscheidung, dich mitzunehmen, war richtig.«

Vor Fabios innerem Auge stiegen wieder die Erlebnisse mit Sylvana auf. Die Werwölfin hatte sich damals der Hilfe eines Wolfsrudels bedient, um so das Versteck des Wolkenschiffs *Sternenwind* aufzuspüren.

»Also war eben ein Werwolf hinter uns her!«, flüsterte er entgeistert. »Ich wusste nicht, dass diese Wesen auch Macht über Hunde besitzen.«

»Leider wissen wir so gut wie nichts über die Kräfte der Wolfsmenschen«, sagte Denebola düster. »Sie sind wie verderbte Schatten, die schon seit Anbeginn der Zeit das Licht der Schöpfung verdunkeln. Es heißt, sie seien von Molunah selbst verflucht worden, doch niemand weiß, worin diese Legende wurzelt. Wir wissen weder, woher diese Kreaturen stammen, noch wo sie leben oder welches Schicksal sie mit unserer Welt verbindet. Aber eines wissen wir jetzt: Sie stehen nicht auf unserer Seite!«

Fallende Sterne

Fabio hockte im Schutz eines Felsens und beobachtete im Licht der untergehenden Sonne die Staubspur, die sich unter ihm auf der Handelsstraße zwischen Stella Tiberia und Firenze erhob. Darin zeichneten sich blass die Konturen von Planwagen mit großen Rädern ab. Um Gnome handelte es sich bei den Reisenden nicht. Fabio tippte vielmehr auf Flüchtlingsfamilien aus dem Osten, die ihr Heil am Sternenmeer suchten. Dennoch beschloss er, aufmerksam zu bleiben. Das Umland bestand immerhin aus bewaldeten Hügeln, die sich nördlich von ihnen bis zum stolzen Mondschattengebirge auftürmten. In einer solchen Umgebung war es fast unmöglich, etwaige Verfolger aufzuspüren.

Drei Tage waren sie nun schon unterwegs und Fabio war sich sicher, dass sie morgen endlich Firenze erreichen würden. Er hatte die kleine Gruppe abseits der bekannten Wege nach Norden geführt und immer darauf geachtet, ihre Spuren zu verwischen. Doch ob seine Schliche auch ausreichten, um Hunde und Wölfe dauerhaft in die Irre zu führen, vermochte er nicht zu sagen. Zumindest war in den letzten Tagen immer wieder ein lang gezogenes Heulen in der Ferne zu hören gewesen.

»Das Abendessen ist fertig.« Fabio wandte sich um und entdeckte Odilio, hinter dem die bewaldeten Gipfel des Mondschattengebirges blaurot in der Abenddämmerung schimmerten. Der dicke Venezianer hatte die letzten Tage über als Koch ausgeholfen, auch wenn er mit den Kochkünsten der Gnomin Munadella nicht mithalten konnte. Allerdings fiel ihm das auch schwer. Fabio hatte bereits kurz hinter Stella Tiberia ihre ganzen Fleischvorräte als Köder für Wolfsfallen ausgelegt. Außerdem hatten sie bei der Überquerung eines Wildbachs ihr großes Käserad sowie den Beutel mit den Gewürzen verloren. Selbst ihre Brotvorräte waren bei dem Zwischenfall durchweicht worden. Odilio war also gezwungen, mit dem auszukommen, was ihnen geblieben war.

»Heute gibt es im Erdofen gebackene Igel mit Bohnen und zum Nachtisch einen süßen Brei aus Kastanienmehl«, pries Odilio seine neueste Kreation an. Genießerisch schloss er die Augen und lächelte. »Die Igel sind hoffentlich genauso geworden, wie meine Mutter sie immer gemacht hat.«

»Fantastisch.« Fabio erhob sich seufzend. Die Bohnen und der fade Brei aus Kastanienmehl waren keine Überraschung mehr. Die gab es inzwischen dreimal am Tag. Doch bei der Fleischbeilage hatte Odilio bisher immer einen erschreckenden Einfallsreichtum an den Tag gelegt. Vorgestern standen über dem Feuer gebratene Eichhörnchen und Wildmäuse auf dem Speiseplan und gestern hatte er ihnen eine abscheuliche Käfersuppe serviert, die mit Eidechsenfleisch angereichert war. Wie Odilio die Tiere unterwegs so zahlreich zusammenbekam, wusste Fabio nicht. Er hatte Jacopo im Verdacht, ihm zu helfen, da der schlaksige Gardist recht gut mit der Schleuder umzugehen wusste. Er war auch der Einzige in der Gruppe, der Odilios Mahlzeiten etwas abgewinnen konnte.

Fabio kletterte von seinem Aussichtspunkt und folgte dem Dicken zurück ins Lager, das sie gut verborgen in der Nähe einiger hoher Findlinge aufgeschlagen hatten. Ihre Pferde waren an niedrigen Bäumen angeleint, deren Stämme von blattlosen Dornenpflanzen umrankt wurden, während in der Mitte des Lagers ein dampfender Teekessel über einem rauchfreien Feuer köchelte.

»Wer will Fleisch?«, wollte Jacopo wissen, der die heißen Igel soeben von ihrem Lehmmantel befreite und sie in gleich große Stücke zerteilte. Von dem einladenden Bratengeruch, der über dem Lager aufstieg, ließ sich Fabio trotzdem nicht täuschen. Denebola und Celeste, die neben dem Feuer über einige Sternentafeln gebeugt saßen, sahen widerstrebend auf und winkten ab.

»Frag Schwertbruder Fabio«, meinte Denebola. »Er ist derjenige unter uns, der bei Kräften bleiben muss.«

Fabio schenkte der Sternenmystikerin ein säuerliches Lächeln und setzte sich ebenfalls ans Feuer. Wie all die Tage zuvor warfen er und Celeste sich heimliche Blicke zu. Es war wirklich ärgerlich. Obwohl sie nun schon mehrere Tage zusammen unterwegs waren, hatten er und Celeste bisher keine Gelegenheit zum Reden gefunden. Wäre die Situation nicht so ernst gewesen, hätte Fabio über die Umkehrung ihrer Verhältnisse fast lachen mögen. Damals, als er Celeste kennengelernt hatte, war er der Knappe gewesen und sie die junge, unabhängige Adlige. Und jetzt, da er zum Ritter geschlagen worden war, befand sie sich in der Rolle der Novizin. Fabio kannte Celestes aufbrausendes Temperament. Er ahnte, wie schwer es ihr fallen musste, sich unterzuordnen. Denn selbst bei ihren kurzen Rasten sorgte Denebola dafür, dass Celeste kaum zur Ruhe kam. Sie musste auf Anweisung der Hohen Lehrmeisterin Bücher studieren, Schriften kopieren und sich nach Sonnenuntergang in der Kunst der Astrologie üben. Sprach Fabio Celeste an, ging Denebola sofort dazwischen. Überhaupt schien die Sternenmystikerin fast alles zu tun, um zu verhindern, dass sie beide ein privates Wort miteinander wechseln konnten. Dafür versuchte sie, Fabio in regelmäßigen Abständen in unverfängliche Gespräche zu verwickeln, um mehr über seine Erlebnisse zu erfahren. Vor allem das Zusammentreffen mit den Himmelsmechanikern schien sie brennend zu interessieren. Natürlich durchschaute Fabio ihre Versuche und entzog sich diesen standhaft, was sein Verhältnis zu Denebola nicht gerade verbesserte.

»Und?«, wollte Odilio gespannt wissen, als Fabio den ersten Bissen Igel heruntergewürgt hatte. Das Fleisch war trocken und schmeckte strohig.

»Wir können froh sein, dass du bei uns bist«, antwortete Fabio ausweichend. Glücklicherweise war an den Igeln nicht viel dran.

»Es wird Zeit, auf unseren Auftrag zurückzukommen«, hub Denebola vieldeutig an. Streng musterte sie Odilio und Jacopo. »Ich wäre euch beiden daher dankbar, wenn ihr euch kurz woanders hinsetzen könntet. Nichts gegen euch, aber was wir nun zu besprechen haben, gehen nur die Sternenburg und den Orden der Morgenröte etwas an.«

Odilio und Jacopo warfen Fabio mürrische Blicke zu, doch der nickte unmerklich. Die beiden nahmen ihr Essen und marschierten verstimmt zum Lagerrand, bis sie außer Hörweite waren.

»Darf ich fragen, worum es geht?«, wollte Fabio wissen. »Jacopo und Odilio haben sich bis jetzt als treue Kameraden erwiesen. Ich wüsste nicht, warum wir sie von unserer Unterhaltung ausschließen sollten.« Celeste warf ihm zu seiner Verwunderung einen warnenden Blick zu.

»Ich denke, die beiden kennen ihren Platz, Schwertbruder. Und falls nicht, dann wird es gelegentlich Zeit, sie daran zu erinnern.« Denebolas Versuch, ein gewinnendes Lächeln aufzusetzen, schlug fehl. »Männer sind manchmal etwas schwatzhaft, wenn du mir diese Bemerkung verzeihst. Ganz besonders diese beiden.«

»Jacopo und Odilio sind doch bereits in alles eingeweiht.«

»Wohl kaum, denn das bist du bislang ebenfalls nicht«, erwiderte Denebola schnippisch. »Tatsächlich hat uns die Hohe Sternenmystikerin Aureana mit einem Geheimauftrag betraut, bei dem du uns zur Hand gehen sollst. Zumindest, soweit deine Turnierverpflichtungen dies zulassen.«

»Ein geheimer Auftrag?« Fabio zog die Stirn in Falten.

»Wie du bereits weißt, ist es uns Sternenmystikerinnen nicht gestattet, Firenze außerhalb der Festtage zu betreten. Doch die Sternenburg hat schon vor geraumer Zeit großzügig beschlossen, diese Regel zu ignorieren.«

»In Firenze halten sich also doch Sternenmystikerinnen auf?«

»Nun ja, wir konnten Firenze doch nicht allen Ernstes sich selbst überlassen, nur weil dies die Eitelkeit der Stadtfürsten verlangt«, spottete Denebola und stellte ihren Teller beiseite. Schnell wurde sie wieder ernst. »In Wahrheit weilt schon seit Jahren unsere Sternenschwester Astarte unerkannt in der Stadt. Offiziell arbeitet sie dort als Schneiderin, doch insgeheim dient sie der Sternenburg als Auge und Ohr in der Stadt. Dabei ist sie kürzlich auf eine Spur gestoßen, die uns, wenn an den Berichten etwas dran ist, im Erfolgsfall zu einem Schatz führen wird, der uns einen großen Vorteil gegenüber unseren Feinden verschaffen wird.«

»Und um was handelt es sich dabei?«

»Um die legendäre Eiserne Bibliothek«, sagte die Sternenmystikerin feierlich. »Ein Hort unermesslichen Wissens, der noch vor einigen Hundert Jahren innerhalb der Mauern der Sternenburg untergebracht war. Die genauen Umstände, wie es zu ihrem Verschwinden kam, müssen dich nicht interessieren. Es reicht zu wissen, dass die damaligen Ereignisse es erforderten, die Eiserne Bibliothek an einem geheimen Ort in Sicherheit zu bringen.«

»Den Befehl dazu erteilte der einstige Hohe Rat der Sternenburg«, ergänzte Celeste, die sah, dass Fabio nicht gerade glücklich darüber war, dass ihre Lehrherrin ihn wie einen Lakaien behandelte. »Er beauftragte eine Sternenschwester aus den Reichen des Halbmondes mit dieser heiklen Aufgabe.«

»Danke, Novizin, aber ich kann für mich selbst sprechen«,

unterbrach Denebola Celeste grob. Celeste senkte den Blick, doch Fabio konnte sehen, dass ihre Lippen vor Wut bebten.

»Wie dem auch sei«, fuhr Denebola ungerührt fort, »der Name der Schwester, die damals mit der Verlegung der Bibliothek beauftragt wurde, lautete Iuge Al'Cosma, eine talentierte Baumeisterin mit erstaunlichen Kräften, die unter anderem auch die Venudhasbrücke in Stella Tiberia und einen der drei Türme der Sternenburg geschaffen hat.«

»Diese Bibliothek ist damals also abhandengekommen?«

»Ja«, seufzte Denebola. »Leider hat man nach dem Aufbruch Iuge Al'Cosmas nie wieder etwas von ihr und dem Verbleib der Eisernen Bibliothek gehört. Heerscharen von Schwestern haben in den vergangenen fünfhundert Jahren herauszufinden versucht, welchem Schicksal sie anheimgefallen sein könnten. Bislang vergeblich. Doch wie es aussieht, hat unsere Schwester Astarte in Firenze einen Hinweis auf die einstige Sternenschwester entdeckt, der auf eine Zeit nach ihrem Aufbruch aus der Sternenburg datiert ist.«

»Vielleicht hat diese Baumeisterin die Sternenburg verraten?«, meinte Fabio nachdenklich.

»Nein.« Denebola schüttelte vehement den Kopf. »Alle Horoskope, die die Sternenburg zu diesem Thema erstellt hat, weisen unmissverständlich darauf hin, dass Iuge Al'Cosmas Wirken von ehrbaren Absichten erfüllt war. Die Spur, die unsere Schwester Astarte ausfindig gemacht hat, deutet vielmehr an, dass sich die Eiserne Bibliothek bis heute gut verborgen in Firenze befinden könnte. Nur damit du es schon weißt, die Sternenburg hat uns angewiesen, Astarte unauffällig bei ihren

Nachforschungen zu helfen. Das ist zunächst alles, was ich dir sagen kann.«

Denebola erhob sich schwerfällig, strich ihr Silbergewand glatt und gebot Celeste, es ihr gleichzutun. »Lass uns das Zelt aufbauen, Novizin. Wir müssen morgen ausgeruht sein. Außerdem wünsche ich meinen Abendtee. Aber mach ihn nicht wieder so heiß, dass ich mir die Lippen verbrenne. Und dir, Schwertbruder«, sie wandte sich wieder Fabio zu, der nun ebenfalls aufstand, »ist hoffentlich bewusst, wie kühn es ist, überhaupt auf die Idee zu kommen, dass uns ausgerechnet eine Sternenschwester verraten haben könnte.«

»Ich mag kühn sein, aber ganz sicher nicht leichtgläubig«, sagte Fabio ohne Hohn. »Euer Vertrauen zu der Schwesternschaft ehrt Euch, doch lasst Euch gesagt sein, dass all dies Vesperuga, die Ducchessa von Venezia, nicht daran gehindert hat, mit Sternenvampiren zu paktieren. Immerhin war diese Frau ebenfalls eine Sternenmystikerin.«

»Das ist ein völlig anderes Thema!« Fabio konnte förmlich mit ansehen, wie Denebolas hochmütige Fassade Risse bekam. »Die Sternenburg kümmert sich bereits um diese Angelegenheit. Auf, auf, Novizin!«

Gemeinsam mit Celeste schritt sie zu den Packtaschen und unter Zuhilfenahme magischer Kräfte begannen die beiden, ihr Zelt aufzubauen. Fabio sah den Frauen eine Weile staunend bei der Arbeit zu und ging dann hinüber zu Odilio und Jacopo, die bereits neugierig in seine Richtung spähten.

»Tut mir leid«, versuchte Fabio ihren Unmut zu dämpfen. »Aber manchmal ist es besser, unterschätzt zu werden.«

»Damit haben wir schon Erfahrung«, brummte Odilio seltsam ernst. Er kramte in seinen Taschen und hielt plötzlich einen kupfernen Anhänger von der Größe einer Goldmünze in der Hand. Auf ihm prangte die Abbildung eines Kometen, über dem zwei Fledermausschwingen zu sehen waren. »Erkennst du das wieder?«

»Ja, sicher.« Der junge Paladin hob erstaunt eine Augenbraue. »Das ist dieses Amulett, das Gruuk damals Graf della Monzoni gegeben hat. Du besitzt es noch immer?«

»Ja.« Der Dicke umschloss es mit der Faust und packte es wieder ein. »Ich trage es als kleines Andenken mit mir herum. Es erinnert mich daran, dass wir im Gegensatz zu all diesen Großmäulern, mit denen wir es üblicherweise zu tun bekommen, bereits gegen das Grauen gekämpft haben. Diese eingebildete Sternenmystikerin ist genau wie sie. Zauberkräfte hin oder her, sie soll erst einmal beweisen, was sie wert ist. Noch einmal bereite ich für die keinen Igel zu.«

»Mir tut nur die junge Baroness leid, denn die muss ihre Lehrherrin den ganzen Tag ertragen«, stimmte ihm Jacopo zu. »Andererseits, man sollte die Frauen nehmen, wie sie sind. Es gibt keine anderen.« Er lachte hämisch und auch Odilio grinste breit.

Fabio teilte die Nachtwache ein und bezog anschließend wieder Posten auf dem hoch gelegenen Felsen mit Blick auf die Handelsstraße. Von der Sonne war inzwischen nur noch ein roter Streif am Horizont zu sehen, dafür war Venudha über dem Mondschattengebirge als funkelnder Abendstern aufgestiegen. Fabio hüllte sich mit Speer, Schwert und Schild bewaffnet in seinen Rittermantel und zog die arkanomechanische Heuschrecke hervor, die er seit dem Überfall in der Sternenburg bei sich trug. Der Metallleib des Insekts war verbogen, und noch immer grübelte Fabio, welche Rolle dieses Ding bei dem Überfall gespielt hatte. Perusio konnte er leider nicht mehr fragen. Auf jeden Fall würde er das Fundstück Meister Arcimboldo zeigen. Er steckte das metallische Insekt wieder ein und lauschte dem Konzert der echten Grillen, bis die Dunkelheit hereingebrochen war. Aberhunderte Sterne funkelten am Himmelszelt, und wie all die Nächte zuvor blitzten über seinem Haupt hin und wieder Sternschnuppen auf, die am Himmel gleißende Bahnen zogen. Es waren weitaus mehr als in früheren Zeiten. Und wenn die Legenden stimmten, dann handelte es sich bei ihnen um die Meteorherzen gefallener Stellare, die unter dem Ansturm der Sternenvampire außerhalb des Sternenwalls gefallen waren. Fabio fragte sich besorgt, wie viel Zeit ihnen noch blieb, um das Unheil von Astaria abzuwenden.

Er wusste nicht, wie lange er bereits Wache hielt, als er hinter sich in der Finsternis ein leises Tapsen vernahm. Mit einer geschmeidigen Bewegung zog er sein Langschwert und wirbelte herum.

»Nicht! Ich bin es«, hörte er ein erschrockenes Flüstern. Zu seinem Erstaunen tauchte Celeste jenseits des Felsens auf. Sie kletterte barfüßig und nur mit ihrem Schlafgewand bekleidet zu ihm herauf. Das Sternenlicht sorgte dafür, dass sich ihre weiblichen Rundungen fast überdeutlich unter dem dünnen Stoff abzeichneten. Fabio wurde rot und zwang sich dazu, Celeste in die Augen zu blicken. »Bist du sicher, dass Denebola deine Abwesenheit nicht jeden Augenblick bemerkt?«, flüsterte er.

»Pah, der habe ich einen Tee zubereitet, in dem so viel Immergrün und Melisse aufgekocht war, dass sie morgen Früh noch schläft.« Celeste grinste boshaft und setzte sich dicht neben ihn auf den Findling.

Fabio streifte seinen Rittermantel ab und legte ihn ihr über die Schultern. Die junge Sternenzauberin schenkte ihm ein Lächeln, strich sich das lange Haar in den Nacken und umschloss ihre Knie mit den Armen. Das schmale Gesicht mit den hohen Wangenknochen, ihre Augen, die trotz des Zwielichts wie Bernsteine leuchteten – sie war wirklich die Anmut in Person. Fabio räusperte sich leise. »Denebola hat offenbar etwas dagegen, dass wir uns allein unterhalten.«

»Ach, sie ist verärgert, weil sie weiß, dass wir Geheimnisse vor ihr haben«, wisperte Celeste und spähte besorgt den Weg zurück, den sie gekommen war. »Dass sie nicht alles unter Kontrolle hat, passt ihr gar nicht. Für sie sind die Himmelsmechaniker allesamt Feinde der Schöpfung und mit dieser Ansicht steht sie in der Sternenburg leider nicht allein da. Wäre nicht Aureana gewesen, die die ganze Zeit ihre schützende Hand über mich gehalten hat, ich befürchte, die Schwestern hätten meine Befragung mit magischen Mitteln fortgeführt.« Sie lachte freudlos. »Aber ich habe bis heute keine Namen genannt.«

»Ich auch nicht.« Fabio lächelte. »Hat mir aber auch nur Ärger eingebracht. Meine größte Sorge ist, dass Denebola irgendwann auf die Idee kommt, Odilio und Jacopo auszuquetschen.«

»Mach dir keine Sorgen. Abgesehen von Aureana habe ich meine Sternenschwestern in dem Glauben gelassen, dass die beiden gemeinsam mit meinem Vater nach Stella Tiberia gereist sind.«

»Ach, so ist das!«, antwortete Fabio überrascht. »Dass ihr Sternenmystikerinnen es mit der Wahrheit nicht so genau nehmt, habe ich inzwischen schon mitbekommen.«

»He!« Celeste stupste ihn sanft mit dem Ellenbogen an. »Wir Sternenmystikerinnen sind bloß pragmatischer.«

»Trotzdem«, sagte Fabio. »Mich wurmt es, dass mich Denebola wie einen besseren Lakaien behandelt. Gerade gut genug, um ihre Befehle auszuführen. Meine Fragen hat sie mir bislang nicht beantwortet, und das obwohl mir Aureana Antworten versprochen hat.«

»Dann frag mich.«

»Also, was hat die Untersuchung des Meteoreisenschwertes ergeben, das wir in Lugubra gefunden haben?«

»Ah, das Schwert.« Celeste atmete tief ein. »In ihm wirkt eine äußerst machtvolle Sternenmagie, aber leider ist das auch schon fast alles, was meine Schwestern in Erfahrung bringen konnten. Keinesfalls wurde das Schwert von Himmelsmechanikern erschaffen, so viel ist sicher. Außerdem muss die Waffe alt sein. Sehr alt sogar. Aureana vermutet, dass sie aus den Anfangstagen der Schöpfung stammt.« Fabio stieß einen leisen Pfiff aus, während Celeste fortfuhr. »Zu welchem Zweck die Waffe erschaffen wurde, ist ebenso rätselhaft wie die erstaunliche Biegsamkeit des Meteoreisens, aus dem das Schwert geschmiedet wurde. Erinnerst du dich an die rötliche Färbung der Klinge?«

»Ja, sicher.«

»Meteoreisen schimmert eigentlich silberhell. Das alles ist also sehr ungewöhnlich.«

»Ehrlich gesagt, ärgert es mich, dass das Schwert nutzlos in der Sternenburg herumliegt«, brummte Fabio. »Wäre ich nur etwas schneller gewesen, dann wäre es schon damals auf der *Sternenwind* mit Vesperuga aus gewesen. Jetzt reisen wir durch die Gegend und besitzen keine Waffe, die es mit einem solchen Ungeheuer aufnehmen kann.«

»Ich verstehe deine Enttäuschung. Aber Aureana hält das Schwert für zu bedeutend, als dass sie riskieren will, dass uns die Waffe verloren geht. Sollten wir Vesperuga erneut begegnen, werden wir Sternenschwestern uns ihr entgegenstellen.« Celeste atmete tief ein. »Das ist jedenfalls ein Grund, warum die Sternenburg unbedingt die Eiserne Bibliothek finden muss. Denn wenn sich irgendwo ein Hinweis auf das Schwert befindet, dann dort.«

»Schon wieder diese Bibliothek.« Fabio sah Celeste ernst an. »Wie kann es sein, dass der Sternenburg eine ganze Büchersammlung abhandenkommt?«

Celeste rang mit sich. »Fabio, das, was ich dir jetzt erzähle, gehört zu den größten Geheimnissen der Sternenburg. Wenn Denebola erfährt, dass ich mit dir darüber gesprochen habe, kann das vielleicht sogar meinen Ausschluss aus der Schwesternschaft zur Folge haben.«

»Meine Lippen bleiben versiegelt. Versprochen!«

»Die Sternenburg gebietet heute nur noch über einen Bruchteil ihrer einstigen Macht. Du hast ja bereits vom Krieg der Städte vor fünfhundert Jahren gehört …«

»Wer hat das nicht?«, unterbrach Fabio die junge Novizin. »Damals haben sich die Stadtfürsten untereinander bekämpft und sich der Hilfe der Himmelsmechaniker bedient. Auf dem Höhepunkt dieses Krieges ist die Stadt Napuli in einer gewaltigen Flutwelle untergegangen. Ihre Ruinen gelten noch heute als verflucht.«

»Das ist leider nicht alles, Fabio. Die Himmelsmechaniker haben damals versucht, die Macht über Astaria an sich zu reißen. Napuli ist deswegen gefallen, weil die Himmelsmechaniker die einstige Sternenburg angegriffen haben.«

Fabio musste unwillkürlich an das Deckengemälde im Sternensaal zurückdenken, das ihm vor dem Zusammentreffen mit Aureana aufgefallen war. Dort hatte er die Sternenburg brennen sehen. Doch wenn es richtig war, was Celeste ihm soeben offenbarte, dann war die Szene höchst rätselhaft. »Das verstehe ich nicht. Die Sternenburg steht doch in Stella Tiberia. Und Stella Tiberia liegt nördlich der Ruinen Napulis.«

»Ja, die heutige Sternenburg.«

»Meine Güte!« Fabio riss die Augen auf. »Du willst mir weismachen, dass die Sternenburg früher in Napuli stand?«

»Ja.« Celeste sah ihn wehmütig an. »Der einstige Sitz der Sternenmystikerinnen wurde zusammen mit Napuli zerstört. Der damalige Angriff der Himmelsmechaniker erfolgte so massiv und hinterhältig, dass ihm nicht nur die Sternenburg zum Opfer fiel, sondern auch die Schwesternschaft fast komplett ausgelöscht wurde. Allerdings ist überliefert, dass die einstige Hohe Sternenmystikerin frühzeitig ein Horoskop erstellte, das der Sternenburg großes Unglück prophezeite. Daher beschloss sie einen Monat vor dem Unglück, die Eiserne Bibliothek vor den Feinden in Sicherheit zu bringen. Leider hat das nicht ausgereicht, denn wie du bereits weißt, gilt der Wissensschatz seitdem als verschollen. Glücklicherweise wendete sich das Schlachtenglück und den Schwestern gelang es, die verräterischen Himmelsmechaniker zur Strecke zu bringen. Doch in den Überlieferungen heißt es auch, dass am Ende des Krieges der Städte nur noch zwei Dutzend Mystikerinnen übrig waren, um die alten Traditionen fortzuführen. Verstehst du jetzt?«

Fabio nickte fassungslos.

»Die heutige Sternenburg wurde nach dem Krieg der Städte in Stella Tiberia errichtet«, fuhr Celeste fort. »Allerdings haben sich die damaligen Schwestern bemüht, sie getreu des alten Vorbildes wieder aufzubauen.«

»Warum wusste ich davon nichts?«

»Weil fünfhundert Jahre seit der Neugründung verstrichen sind. Das sind immerhin über zwanzig Generationen. In dieser Zeit hat die Schwesternschaft alles getan, um die einstige Niederlage aus der Erinnerung der Bewohner Astarias zu tilgen. Heute wissen nur noch die Gelehrten Astarias vom Fall der Sternenburg.«

»Darin gründet also der Hass deiner Schwestern auf die Himmelsmechaniker.«

»Darin und weil mit dem Krieg unendlich viel Wissen um die Sternenzauberei verloren ging. Erinnerst du dich an das kristalline Material, aus dem die Venudhasbrücke in Stella Tiberia, aber auch die Säulen in der Sternenbasilika Venezias bestehen?« Fabio nickte. »Es stammt aus der Zeit vor dem Krieg der Städte und nennt sich Wolkenkristall. Man konnte darin mächtiges Zauberwerk speichern. Doch das Wissen um seine Herstellung ist mit ihren Erschafferinnen ebenso verloren gegangen wie viele andere Künste und Zaubertechniken, die die Schwestern jener Tage beherrschten. Die Sternenburg hat in den vergangenen Jahrhunderten alles getan, um diesen Umstand geheim zu halten. Doch jetzt naht das Ende des Zeitalters. Sternenvampiren gelingt es, die siebte Sphäre zu durchdringen und in die Schöpfung einzufallen, und niemand weiß, wie sie das vermögen. Aus dem Osten nahen Goblinschamanen wie Gruuk, die der schwarze Astronos mit Mitteln ausstattet, die ebenfalls unerforscht sind. Die Macht, die uns Sternenmystikerinnen heute noch zur Verfügung steht, reicht nicht aus, um all diesen Bedrohungen standzuhalten. Es ist daher unerlässlich, das einstige Wissen der Sternenburg zurückzuerlangen, bevor es zum Zusammentreffen mit unseren Feinden kommt. Insbesondere hegt der Hohe Rat die Hoffnung, mithilfe der Bibliothek die mächtigste aller stellaren Zaubereien zu rekonstruieren.«

»Und die wäre?«

Celeste zog sich den Rittermantel enger um die Schultern. »Du musst wissen, dass die stellare Ordnung es verbietet, dass ein Stellar die Schöpfung betritt. Nur einmal wurde gegen dieses ehernste aller Schöpfungsgesetze verstoßen. Damals, vor über eintausend Jahren, am Ende des Stellarskrieges, als Astronos nach Astaria flüchtete und damit einen Weltenbrand entfachte, der die Schöpfung fast vernichtete.«

»Ich weiß, die Zeit der großen Verfinsterung«, flüsterte Fabio unheilvoll. »Damals soll das Licht der Sonne selbst erloschen sein. Angeblich wurde der Orden der Morgenröte gegründet, als die Erzstellare das Licht wieder zurück in die Welt brachten. Daher unser Name.«

»Nicht nur die Gründung eures Ordens wird auf diese Zeit zurückdatiert«, korrigierte ihn die junge Novizin. »Molunah offenbarte sich damals auch den ersten Sternenschwestern und verlieh ihnen die Gabe der Zauberei. All das geschah, um das Gleichgewicht in der Schöpfung wiederherzustellen. Wir Sternenmystikerinnen sind bloß die Diener der Himmlischen, ihre Sendboten in dieser Welt, die dort wirken, wo es den Stellaren selbst verwehrt ist. Die mächtigste Waffe in diesem kosmischen Konflikt bestand in früheren Tagen darin, dass die erfahrensten Sternenmystikerinnen sich auf die Kunst verstanden, einen stellaren Geist auf sich herabzubeschwören.«

»Einen stellaren Geist?«

»Diese Schwestern verstanden es, so viel astrale Macht auf sich zu ziehen, dass Körper und Geist eins wurden mit den himmlischen Wächtern Astarias.« Celeste sah ihn aus großen Augen an. »Begreifst du, Fabio, diese Sternenmystikerinnen waren in der Lage, sich so von den stellaren Kräften durchdringen zu lassen, dass sie kaum noch etwas von einem richtigen Stellar unterschied.«

»Unglaublich …« Vor Fabios innerem Auge stiegen wieder die Bilder der geflügelten Frauengestalten auf, die er an der Kuppeldecke des Sternensaals entdeckt hatte. Dort waren Sternenmystikerinnen abgebildet gewesen! Die Wucht, mit der ihn diese Erkenntnis traf, machte ihn einen Moment lang sprachlos.

»Glaubst du, dass du das eines Tages auch können wirst?«

»Vielleicht.« Celeste zuckte die Schultern. »Dafür müssten wir aber erst einmal die Eiserne Bibliothek finden. Der astrale Beschwörungsritus muss sehr kraftraubend gewesen sein, denn die Überlieferungen deuten an, dass er nur in großen Notzeiten ausgeübt wurde. Und nur richtige Sternenmystikerinnen scheinen ihn beherrscht zu haben.«

»Wie lange wird dein Noviziat eigentlich dauern?«

»Ich weiß es nicht. Das ist bei uns Sternenmystikerinnen anders als bei euch Paladinen. Dafür muss ich meinen persönlichen Stellar unter den vielen Himmelslichtern am Firmament finden.«

»*Deinen* Stellar?«

»Ja, so ist es. Über jede von uns Schwestern wacht ein Patron am Firmament besonders. Wie ein Schutzgeist, wenn du so willst.« Sie lächelte. »Erst wenn sich mir mein Stern offenbart, dann gilt mein Noviziat als abgeschlossen. Und erst dann bin ich auch in der Lage, ohne Hilfe des Sternentaus zu zaubern.«

»Und wie findet eine Novizin ihren Stellar?«, fragte Fabio neugierig.

»Dafür gibt es keine Regeln, auch wenn es heißt, dass die

Art und Weise, wie sich die Zauberei bei einer Sternenmystikerin zeigt, einen Hinweis darauf birgt. Manchen Novizinnen offenbart sich ihr Stern in einer Vision, anderen erst auf gefährlichen Reisen. Ich befürchte, auf mich trifft wohl Letzteres zu.« Celeste seufzte. »In jedem Fall ist dies immer ein sehr intimes Ereignis. Die Schwestern enthüllen einander ihre Stellare nur dann, wenn sie tiefe Freundschaft miteinander verbindet. In solchen Fällen erweist es sich oft, dass die Sterne dieser Schwestern einem Sternbild zugehören. Das erklärt auch ihre innige Verbundenheit.«

Eine Weile hingen sie ihren Gedanken nach und betrachteten gemeinsam die vielen Himmelslichter über ihren Köpfen. Trotz all der aufregenden Enthüllungen fühlte sich Fabio in Celestes Gegenwart so ruhig und ausgeglichen wie schon seit Wochen nicht mehr.

»Das mit deinem Vater freut mich übrigens sehr«, hub er leise an, als die Stille zwischen ihnen fast unerträglich wurde.

»Was glaubst du, wie es mir erst ging, als er plötzlich wieder vor mir stand.« Celeste legte den Kopf schräg und schenkte Fabio ein versonnenes Lächeln. »Er hält übrigens sehr viel von dir.«

»Wirklich?« Fabio räusperte sich. »Leider trifft das nicht auf deinen Cousin zu. Raimondo hasst uns Paladine und macht mich offenbar persönlich für all das Leid verantwortlich, das ihm durch den Orden zugefügt wurde.«

»Warte ab, Raimondo wird sich schon beruhigen. Er ist zwar etwas von sich eingenommen, aber dafür tapfer und verlässlich.«

»Du scheinst viel von ihm zu halten.«

»Bist du etwa eifersüchtig?« Ein verschmitzter Zug umspielte Celestes Lippen.

»Ich?« Fabio spürte, wie ihm das Blut ins Gesicht schoss. Er war nur froh, dass ihn die Dunkelheit nicht verriet. Doch jetzt, in diesem Moment, lag etwas in ihrem Blick, das er nicht zu deuten wusste. Eine Aufforderung? Ein Versprechen? Ihn durchrieselte es und ihm wurde plötzlich so warm zumute, dass er am liebsten sein Kettenhemd abgestreift hätte.

»Wie kommst du denn darauf?«, brummte er und musste sich doch eingestehen, dass Celeste mitten ins Schwarze getroffen hatte.

»Doch, du bist eifersüchtig. Aber dazu besteht gar kein Anlass.« Celeste blickte ihm tief in die Augen und rückte unmerklich näher. Vorsichtig. Zögernd.

Sie roch so gut und Fabio musste unwillkürlich an den flüchtigen Kuss zurückdenken, den sie ihm damals auf der Lichtung mit dem Sternentau gegeben hatte. Fabio wünschte sich, ein ganzer Trupp Goblins würde auftauchen. Da wusste er wenigstens, was er zu tun hatte. Celestes Gegenwart war dagegen so verwirrend und unerhört betörend zugleich, dass er nicht anders konnte, als sie atemlos anzusehen. Unendlich langsam beugte sie sich zu ihm … als ein heller Blitz den Nachthimmel entflammte.

Dort, wo das prächtige Sternbild des Löwen am Firmament funkelte, jagte eine Sternschnuppe mit langem Schweif vorüber. Fabio und Celeste fuhren hoch und der Zauber des Augenblicks erlosch mit dem fallenden Stern. Ängstlich fasste

Celeste nach Fabios Hand, als im Lager ein spitzer Schrei zu hören war. Denebola!

Sofort war Fabio auf den Beinen. »Bleib hinter mir!«, befahl er seiner hübschen Begleiterin. Celeste mit Speer und Schild deckend, stürmte er hinunter zum Lager. Auch Odilio und Jacopo waren von dem Schrei geweckt worden und standen, die Hellebarden auf den Rand des Lagers gerichtet, Rücken an Rücken vor dem Zelt der Schwestern. Doch im Dunkeln war keine Gefahr auszumachen. Stattdessen öffnete sich der Zelteingang und Denebola stolperte ins Freie. Die korpulente Sternenmystikerin wirkte im Licht des ersterbenden Lagerfeuers wie ein verängstigtes Zerrbild ihrer selbst. Sie zitterte und ihre Augen waren vor Schreck geweitet. Sofort sprang Fabio an ihre Seite. »Schwester, was ist geschehen?«

Denebola blinzelte, als erwachte sie aus einem tiefen Traum. »Es … es tut mir leid«, ächzte sie und fasste sich an die Stirn. »Ich … es ist schon gut. Nur ein Albtraum.«

»Ein Albtraum?« Celeste war nun ebenfalls bei ihr und stützte sie.

»Vom Sternenwall … wie er zerbricht.« Denebola atmete noch immer heftig und blickte verstört zum Nachthimmel auf. Dort waren inzwischen einige Wolken aufgezogen, die sich gnädig vor die Sterne gelegt hatten. Immerhin, mit jedem Atemzug schien Denebola ihre Fassung wiederzugewinnen. Peinlich berührt wandte sich die Sternenmystikerin den Umstehenden zu. »Aber das ist natürlich nichts, von dem wir nicht bereits wüssten.« Dennoch mischte sich Sorge in ihre Züge und ihr Blick blieb an Celeste hängen. »Wie kommt es eigentlich, dass du hier draußen bist, Novizin? Und wieso trägst du Schwertbruder Fabios Mantel?«

»Weil …« Celeste sah sich hilflos zu Fabio um, der ihr den Mantel nun wieder abnahm.

»Ihr war kalt«, antwortete Fabio kurz angebunden.

»Kalt?« Denebola schien kurz davor zu stehen, Celeste eine Ohrfeige zu geben. Stattdessen wies sie streng zum Zelteingang. »Rein da mit dir!«

Celeste kam dem Befehl hastig nach und so stand Fabio der Sternenschwester allein gegenüber. »Schwertbruder, erwische ich euch beide noch einmal dabei, wie ihr eure Zeit miteinander vertändelt, statt euch um dringlichere Probleme zu kümmern, dann schicke ich dich zurück nach Stella Tiberia.« Denebolas Lippen bebten vor Zorn. Aufgebracht fuhr sie herum und schlüpfte ihrerseits zurück ins Zelt.

Fabio sah, dass sich Odilio und Jacopo vielsagende Blicke zuwarfen. Doch bevor dem Dicken eine Anzüglichkeit herausrutschen konnte, brachte ihn Fabio mit einem bösen Blick zum Schweigen. Breit grinsend trotteten die beiden Gardisten zu ihren Schlafplätzen zurück. Fabio beachtete sie nicht weiter. Selbst Denebolas Drohung kümmerte ihn nicht. Er dachte allein über den Ausdruck in den Augen der Sternenmystikerin nach, als sie aus dem Zelt getreten war. Darin hatte nackte Angst gelegen.

Firenze

Die Gesandtschaft der Sternenburg erreichte Firenze am späten Nachmittag des folgenden Tages. Fabio und seine Gefährten hatten sich auf einem erhöht liegenden Olivenhain eingefunden, von dem aus sie die Stadt weithin überblicken konnten. Die stolze Metropole, die von Dichtern als »Stadt der Blumen« verherrlicht wurde, lag auf einem sanft ansteigenden Hügel, der idyllisch von einer Schlaufe des Arno umspült wurde. Wie ein blaues Band begrenzte der Fluss die Stadt im Süden, deren übrige Grenzen von einer halbbogenförmigen Stadtmauer mit hohen Wehrtürmen geschützt wurden. Auf ganzer Breite schmiegten sich ockerfarbene Häuserreihen an den Flusslauf, und Fabio sah, dass sich gleich drei Brücken über den Arno spannten, über die man leicht zu jenen Straßen gelangte, die hinauf zu den Wohnvierteln der Adligen führten. Die Dächer ihrer Palazzi leuchteten inmitten des Häusermeers wie Rubine. Sie waren von grünen Ringgärten eingefasst, die sich zuweilen über mehrere Terrassen erstreckten. Firenze war bekannt für seine vielen Gärten. Der größte von ihnen, der für seinen gewaltigen Rosenbestand berühmte »Park der sieben Sphären«, befand sich gut sichtbar im Zentrum der Stadt, dort, wo auch die imposante Sternenbasilika Firenzes ihre goldschimmernde Bronzekuppel in den Himmel reckte.

Vor der Stadtmauer im Osten hingegen war ein riesiges Zeltmeer mit Exerzierplätzen und Koppeln für die Pferde zu erkennen, über dem nicht nur die blau-gelben Banner Firenzes, sondern auch die rot-blauen Fahnen Genovas im Wind wehten. Es handelte sich um das Heerlager der vereinten Truppen beider Stadtstaaten, und bereits aus der Ferne konnte man große Gruppen von Söldnern dabei beobachten, wie sie Angriffsformationen einübten.

Doch Fabios Aufmerksamkeit richtete sich vor allem auf den Turnierplatz vor dem Osttor. Inmitten flatternder Standarten war eine Tribüne für die Adligen beider Städte errichtet worden, von der aus man einen vortrefflichen Blick auf die Tjostbahn und den Platz für die Zweikämpfe hatte.

»Von nun an heißt es, überlegt vorzugehen«, sagte Denebola, die seit ihrem Aufbruch alles dafür tat, den nächtlichen Zwischenfall vergessen zu lassen. »Die Ratsherren Firenzes wissen zwar, dass wir anreisen, aber wir dürfen ihnen nicht sofort offenbaren, welche Absichten wir hier verfolgen. Dass du ebenfalls am Turnier teilnehmen wirst, Schwertbruder, darüber werde ich den Magistrat erst informieren, wenn der neue Vertrag unterschrieben wurde.« Fabio nickte und so wandte sich Denebola drohend zu Odilio und Jacopo um. Sie sagte kein Wort, doch in ihren Augen blitzte ein düsteres Versprechen für den Fall, dass die beiden sich vorzeitig verplappern sollten. Die beiden Gardisten lächelten, als könnten sie kein Wässerchen trüben.

Fabio nutzte diesen Moment, um Celeste einen Blick zuzuwerfen. Er hatte nicht vergessen, wie nah sie beide sich gestern gekommen waren – oder besser, fast gekommen wären, wenn nicht Denebola ihren Albtraum gehabt hätte. Zu seiner stillen Freude bemerkte Celeste seinen Blick und erwiderte ihn mit einem Lächeln.

»Auf jeden Fall ist es nun an der Zeit, die Adligen über unsere Ankunft zu informieren«, fuhr Denebola fort. Sie formte ihre Hände zu einer Muschel, schloss die Augen und blies sanft hinein. Abrupt verzog sie das Gesicht, als ob sie in eine saure Frucht gebissen hätte.

»Herrin?« Celeste ritt näher, doch Denebola gebot ihrer Novizin mit einer aufgebrachten Geste Einhalt. Selbst Fabio konnte sehen, dass die rundliche Sternenmystikerin einen Moment lang ratlos wirkte. Stirnrunzelnd wiederholte sie den Zaubervorgang und diesmal stieg zwischen ihren Händen ein hell schimmerndes Gespinst auf, das vor den Augen der kleinen Schar die Gestalt eines aus sich selbst heraus leuchtenden Schmetterlings mit langen Fühlern annahm. Odilio blies staunend seine Backen auf und auch Jacopo glotzte den Falter ungläubig an. Zart schlug das wundersame Geschöpf mit den Flügeln.

»Verkünde unser Kommen«, sagte die Sternenmystikerin fast erleichtert. Der Schmetterling stieg zum Himmel auf und flatterte, von unmerklichen Winden getragen, der Stadt entgegen. Sie sahen ihm hinterher, bis er als winziger Lichtpunkt zwischen hohen Pappeln verschwand.

»Ich denke, das wird die Ratsherren hinreichend beeindrucken«, meinte Denebola zufrieden. »Und jetzt das Banner der Sternenburg, Söldner.«

Jacopo und Odilio entrollten das silberweiße Banner mit den fünf farbigen Sternensymbolen und befestigten es an einer Lanze, sodass es von weit her gesehen werden konnte.

»Von nun an erwarte ich, dass jeder von uns seine Pflicht erfüllt«, forderte Denebola mit kühler Stimme. »Odilio, Jacopo, ihr werdet zum Osttor hinausreiten, sobald wir den Palazzo Vecchio erreicht haben, in dem der Adelsrat tagt. Ihr werdet uns ein günstig gelegenes Plätzchen nahe der Tribüne suchen, an dem ihr unsere Zelte errichtet. Möglichst so, dass wir morgen einen guten Blick auf das Turniergeschehen haben. Und da ich befürchte, dass meine Novizin und ich eine Weile von dem Magistrat in Anspruch genommen werden, wirst du, Schwertbruder Fabio, die erstbeste Gelegenheit nutzen, um dem Tuchweberviertel der Stadt einen Besuch abzustatten.« Denebola sah ihn vieldeutig an und senkte die Stimme. »Du weißt, wen du dort aufsuchen sollst. Ich möchte, dass du für morgen Früh eine *Anprobe* vereinbarst. Richte der Schneiderin aus, dass sie mich bei Sonnenaufgang in meinem Quartier aufsuchen soll.«

»Es wird geschehen, wie Ihr wünscht, Sternenschwester.«

»Gut, hoffen wir alle, dass uns die Stellare in den kommenden Tagen gewogen sind.«

Sie warteten noch eine Weile, dann trabten sie mit Denebola an der Spitze gemächlich einen schmalen Pfad hinunter. Der gewundene Weg lenkte sie an den vielen niedrigen Bäumen des Olivenhains vorbei hin zu einer staubigen Straße, die geradewegs auf die südlich des Flusses gelegene Vorstadt Firenzes zuführte. Schon bald begegneten ihnen ärmlich gekleidete Bauern und Tagelöhner mit Strohhüten, die mit offenen Mündern das Banner der Sternenburg anstarrten. Hastig räumten sie die Straße, als sie an ihnen vorüberritten und in ein Viertel aus schiefen Hütten einschwenkten, das von einfachen Arbeiterfamilien bevölkert wurde. Den Anblick von Sternenmystikerinnen und Paladinen war man hier offenbar nicht gewohnt, denn staunende Rufe wurden laut und immer mehr Bewohner des Viertels strömten am Straßenrand zusammen, um den Sternenschwestern ihre Ehrerbietung zu erweisen. Einmal lief ihnen sogar eine Frau mit einem Neugeborenen in den Armen hinterher, um das Kind von Denebola segnen zu lassen.

Langsam begriff Fabio, warum die Sternenmystikerin diesen Weg gewählt hatte, statt sich Firenze über eine der prachtvollen Alleen weiter im Westen anzunähern. Denn wo immer sie auftauchten, machte sich auf den Gesichtern der Menschen Hoffnung breit. Als sie den nach Fäkalien und Abfällen stinkenden Uferbereich mit den Fischerkaten und großen Bootsschuppen erreichten, führten sie eine riesige Menschenschar als Gefolge mit sich, die feierlich die alte Volksweise »Molunah und das Sternenmeer« angestimmt hatte.

Fabio warf der Sternenmystikerin einen anerkennenden Seitenblick zu. Wie hätte Denebola den Machthabern Firenzes besser begreiflich machen können, auf wessen Seite das Volk wirklich stand?

Vom jenseitigen Ufer des Arno war trotz des lauten Gesangs das Schmettern von Fanfaren zu hören. Fabio sah am Ende der Straße eine der weniger imposanten Brücken über den Fluss, auf der sie bereits eine Abordnung der Stadt erwartete. Die Gruppe der Würdenträger wurde von drei Magistratsangehörigen hoch zu Ross angeführt, die mit scharlachroten Roben mit blau-schwarzen Besätzen und schwarzen, nahezu viereckigen Magistratshüten bekleidet waren. Ihnen hatte sich ein gutes Dutzend weiterer Adliger angeschlossen, darunter zwei Männer aus dem verbündeten Genova, wie Fabio an den ballonartig gepolsterten Kniehosen erkannte, wie sie nur in der ligurischen Provinz im Norden getragen wurden. Hinter dem Aufgebot der Adligen bildeten beiderseits des Brückengeländers Stadtgardisten in den blau-gelben Waffenröcken Firenzes mit aufgepflanzten Hellebarden ein Ehrenspalier.

Denebola hob die Hand und wies den kleinen Trupp an, kurz vor der Brücke anzuhalten. Der laute Gesang hinter Fabio verstummte und eine feierliche Stille senkte sich über die Brücke, die nur vom Schnauben der Pferde unterbrochen wurde. Selbst vom jenseitigen Flussufer aus wurde das hochherrschaftliche Zusammentreffen von zahlreichen Augenpaaren beobachtet.

Denebola nickte Fabio und Celeste unmerklich zu und sie trabten zur Mitte der Brücke, bis sie nur noch eine Pferdelänge von den drei Würdenträgern entfernt waren.

»Ich bin Patrizio di Bossi, der Oberste Ratsherr Firenzes«, eröffnete der mittlere der drei Magistratsvertreter das Gespräch. Es handelte sich um einen älteren Mann mit unruhigem Blick. Er trug einen gepflegten weißen Bart, der ihm bis zu dem symbolischen Stadtschlüssel aus Gold reichte, der an einer Kette um seinen Hals hing. »Im Namen der Stadt möchte ich Euch begrüßen, Sternenschwester.«

Auch seine Begleiter nickten ihnen künstlich lächelnd zu, doch es gelang ihnen nicht zu verbergen, dass ihnen die große Menschenmenge auf der anderen Uferseite ein gewisses Unbehagen bereitete.

»Ich darf Euch meinerseits die Grüße der Sternenburg überbringen, Oberster Ratsherr«, antwortete Denebola freundlich. »Die Hohe Sternenschwester Aureana hofft inständig, dass unsere Differenzen schon bald der Vergangenheit angehören werden.«

»Glaubt uns, angesichts des nahenden Goblinheers wünschen wir uns nichts sehnlicher als einige Zauberinnen an unserer Seite«, antwortete Patrizio di Bossi erstaunlich offen.

»Allerdings überrascht ihr uns, Sternenschwester«, wandte einer der anderen Magistratsangehörigen giftig ein. Es handelte sich um einen schmallippigen Mann, der Fabio musterte, als sei er der Feind. »Ihr habt einen Begleiter an Eurer Seite, dessen Anwesenheit unsere bisherigen Vereinbarungen ausdrücklich ausgeschlossen haben: einen Paladin!« Er formulierte das Wort so, als würde er auf die Straße spucken. Fabio erwiderte seinen abweisenden Blick, ohne auch nur einmal zu blinzeln.

»Mein Schwertbruder ist durch den altehrwürdigen Bund von Sonne und Mond an mich gebunden, Ratsherren«, antwortete Denebola. »In Kriegszeiten wie diesen ist es einer

Sternenmystikerin leider nicht mehr möglich, ohne bewaffneten Schutz zu reisen. Ich hoffe daher auf Euer freundliches Entgegenkommen und erinnere daran, dass Euer Zwist mit dem Orden der Morgenröte ebenfalls schon bald der Vergangenheit angehört. Oder fürchtet ihr einen einzelnen Paladin so sehr, dass ihr dies zum Anlass nehmen wollt, mir und meiner Novizin den Zutritt zur Stadt zu verwehren?« Denebola lachte perlend, als habe sie einen Scherz gemacht. »In diesem Fall werde ich wohl hier auf der Brücke meine Zelte aufschlagen müssen.«

»Natürlich ist das nicht nötig«, antwortete der Oberste Ratsherr gespielt heiter. »Fühlt Euch in Firenze den Umständen entsprechend willkommen, Ordensritter.«

»Dieser Bauernritter soll aber keine Vergünstigungen erwarten, wie sie Rittern adligen Geblüts zustehen«, knurrte einer der Männer im Hintergrund. Fabio sah sich nach dem Sprecher um und entdeckte einen kräftigen Edelmann mit Stiernacken und unangenehm buschigen Augenbrauen, die ihm direkt über der Nasenwurzel zusammengewachsen waren.

»Ich stimme Euch ausdrücklich zu, Signore«, antwortete ihm Fabio im gleichen Tonfall. »Vergünstigungen wollen schließlich verdient sein. Auch wir Schwertbrüder sind es gewohnt, einen Mann nach seinem Blut zu bewerten. Wenngleich wir damit eher jenes Blut meinen, das er als Mann im Kampf vergießt, und nicht jenes, das seine Mutter für ihn ließ, als er zur Welt kam.«

Empörtes Getuschel machte sich auf der Brücke breit und

der Hüne verengte finster die Augen. Selbst Denebola warf Fabio einen bösen Blick zu. Hastig versuchte die Sternenmystikerin die Wogen zu glätten. »Wir sollten nicht vergessen, dass uns alle dasselbe Ziel eint.«

»Selbstverständlich, Sternenschwester«, gab sich Patrizio di Bossi bemüht ehrerbietig. »Natürlich haben wir bereits alles vorbereitet, damit die zugesagte Verstärkung aus Stella Tiberia schon bald nachfolgen kann. Wenn Ihr und Euer Gefolge uns nun zum Palazzo Vecchio folgen wollt? Dort sollte inzwischen auch Herzog Umberto da Castano, der Doge Genovas, eingetroffen sein.«

Denebola nickte huldvoll. Flankiert von der Abordnung der Stadt ritt die Gesandtschaft der Sternenburg nun durch das Ehrenspalier der Gardisten hindurch und schwenkte hinter der Brücke auf eine mit Kopfsteinen gepflasterte Promenade ein, die sie Richtung Stadtkern führte. Fabio entdeckte am Flussufer große hölzerne Schöpfräder, die das Wasser des Arno zur Stadt emporleiteten. Und während er ihrem Quietschen und Knarren lauschte, fühlte er die Blicke des stiernackigen Adligen, mit dem er sich eben angelegt hatte, wie brennende Lanzen in seinem Rücken. Trotzig widerstand er dem Impuls, sich umzudrehen. Stattdessen sog er weiter die Eindrücke der Stadt in sich auf. Denn auch hier, auf der Nordseite des Flusses, füllten sich die Straßen zunehmend mit Schaulustigen, die sich zum Ärger ihrer Begleiter hoffnungsvoll vor der Sternenmystikerin und ihrer Novizin verneigten.

Fabio, der seit den Geschehnissen in Stella Tiberia mit Überraschungen jeder Art rechnete, behielt derweil die ockerfarbenen Wohnhäuser rechts und links des Weges im Blick. Sie hatten allesamt quadratische Grundrisse und waren drei oder vier Stockwerke hoch. Ihre Eingangstüren waren oft nur über schmale Stiegen zu erreichen und insbesondere die älteren Häuser besaßen in den oberen Etagen spitzbogige oder runde Fenster aus buntem Glas, die kunstvoll mit Blumen- und Sternenmustern verziert waren. Doch weder hier noch im Schatten der braunen Stoffbahnen, die die Fiorentiner über Gassen und Marktstände gespannt hatten, waren verdächtige Gestalten auszumachen.

Umso mehr fiel Fabio jene eigenartige Stimmung auf, die in der Stadt herrschte. So waren an vielen Straßenecken Menschen zusammengelaufen, die begierig bunt gekleideten Ausrufern lauschten, die auf die Lustbarkeiten im Rahmen des anstehenden Turniers aufmerksam machten. Und auf allen Marktplätzen der Stadt waren Musikanten, Tänzer und Jongleure zu sehen, die die Zuschauer mit ihren Künsten in Bann schlugen. Doch die heitere Ausgelassenheit wirkte aufgesetzt. Ganz so, als suchten die Bürger nur nach einem Anlass, um ihre Angst zu betäuben. Zu diesem Eindruck passten die Werber, die scheinbar wahllos Männer im wehrfähigen Alter aus der Menge fischten, um sie zum Dienst an der Waffe aufzufordern. Sie prägten das Stadtbild ebenso wie die vielen Soldaten, die durch die Straßen patrouillierten oder mit Steinen und Mörtel beladene Karren zur Verstärkung der Stadtmauer vor sich herschoben. In einem der farbenfrohen Gärten, an denen sie vorüberritten, wurden sie sogar Zeuge, wie die Büsche und Bäume unter Protesten des Besitzers abgeholzt wurden. Der

Sinn des Ganzen erschloss sich Fabio erst, als er die Zimmerleute entdeckte, die im Hintergrund ein großes Katapult errichteten, mit dem sich Schleudersteine weit über die Stadtbefestigungen hinausschießen ließen. Der Krieg hatte die Stadt längst erreicht, auch wenn manche Bürger dies standhaft zu ignorieren versuchten.

Und noch etwas bemerkte Fabio. Nirgendwo in der Stadt war ein Gnom zu sehen. Ein Umstand, der ihm bereits in Stella Tiberia aufgefallen war, wenngleich er diese Beobachtung dort nicht weiter beachtet hatte.

Fabio grübelte noch über die Bedeutung seiner Entdeckung nach, als sie endlich die Amtsgebäude Firenzes erreichten. Der mächtige vierstöckige Häuserkomplex erhob sich zu beiden Seiten einer breiten Straße. Die Fassaden waren in den Eingangsbereichen von Arkadengängen, in den oberen Stockwerken hingegen von hohen Fenstern mit Zierbalkonen durchbrochen. Der nüchterne Anblick der Gebäude erinnerte Fabio daran, dass Firenze auch für seine Kaufleute bekannt war. Amtsleute in den blau-gelben Waffenröcken der Stadt waren damit beschäftigt, hohe Stapel mit Geschäftsbüchern sowie große Kisten, gefüllt mit Gold, auf Vierspänner zu verladen. Fabio vermutete, dass die Schätze in einem der Castelli im Mondschattengebirge in Sicherheit gebracht werden sollten. Die Männer und Frauen gingen den Reitern hastig aus dem Weg, sodass Fabio und seine Begleiter ungehindert auf einen großen Platz gelangten, an dessen Nordseite der imposante Palazzo Vecchio lag.

Das Ratsgebäude war ein rechteckiger Bau mit bogenförmigen Fenstern, in dessen rote Sandsteinfassade Nischen eingelassen waren, in denen bronzene Stellarsskulpturen das Licht der untergehenden Sonne spiegelten.

Jetzt war die melodische Tonfolge eines Glockenspiels zu hören, die laut über den Vorplatz hallte. Fabio erkannte darin die Melodie des Liedes »Molunah und das Sternenmeer« wieder, das die Menschen auf der anderen Flussseite gesungen hatten. Beeindruckt sah er hoch zu dem rundum laufenden Wehrgang des Palazzos. Hinter den Zinnen ragte ein quadratischer Palastturm, der sich nach oben hin wie der Kelch einer Blüte verbreiterte, steil in den roten Abendhimmel auf. Fabio hatte von diesem Turm bereits gehört. Es war das berühmte Astrarium von Firenze, das Wahrzeichen der Stadt.

Benannt war der Turm nach der monumentalen Schlagwerkuhr in über zwanzig Schritt Höhe, die weithin über den Dächern der Stadt sichtbar war. Auf dem Zifferblatt prangte neben den Symbolen für Sonne und Mond eine Vielzahl astrologischer Zeichen. Ein Schwertbruder hatte Fabio einst erzählt, dass die Uhr jede volle Stunde mit einem Glockenschlag ankündigte, und tatsächlich standen die beiden Hauptzeiger auf Punkt sechs Uhr am Abend. Der Glockenschlag verklang und Fabio erinnerte sich, dass ein kundiger Astronom am Stand der anderen Zeiger und Symbolscheiben sogar Sonnenstand, Mondphasen und die Stellung der fünf Wandelsterne am Himmelszelt ablesen konnte.

Längst hatte die Gruppe vor der mit Skulpturen flankierten Treppe des Palazzos haltgemacht. Das große Eingangsportal öffnete sich und eine Schar Diener strömte auf den Platz, um den Gästen aus dem Sattel zu helfen. Jacopo rollte mit Odilios Hilfe das Banner der Sternenburg zusammen, doch auf einen stummen Wink Fabios hin blieben auch sie vorerst auf ihren Pferden sitzen.

»Ich hoffe doch«, hörte Fabio den Obersten Ratsherrn di Bossi zu Denebola sagen, »dass Ihr der Stadt nach der Unterzeichnung des Vertrages die Ehre einer Andacht in der Sternenbasilika gewährt? Unsere Bürger haben allzu lange auf eine solche Gelegenheit verzichten müssen.«

»Nichts wäre mir lieber«, antwortete Denebola. »Um offen zu sprechen: Meine Novizin und ich haben bereits alles vorbereitet, um unser neues Bündnis mit einem solchen Festakt zu krönen. Jeder Bürger soll wissen, dass die Sternenburg wieder über Firenze wacht und von nun an drei Heere darauf brennen, die Streitmacht der Goblins mit Schwert und Zaubermacht zu schlagen.«

»Das freut uns zu hören, Sternenschwester«, säuselte der dünnlippige Magistratsvertreter. »Ach ja, falls Ihr Euch fragt, wo Ihr die Nacht verbringen werdet: Der Magistrat war so frei, Euch in der Villa der vornehmen Familie dal Vedici einzuquartieren, die für die Dauer Eures Aufenthaltes für euer Wohl und natürlich auch für Eure Sicherheit sorgen wird.« Der Ratsmann nickte ausgerechnet jenem stiernackigen Adligen zu, mit dem Fabio bereits auf der Brücke unangenehme Bekanntschaft gemacht hatte. »Darf ich Euch Signore Bronzino vorstellen, den erstgeborenen Sohn der dal Vedicis? Er ist ganz nebenbei einer jener Ritter, die morgen und übermorgen die Heerführerwürde für ihre Familien zu erstreiten versuchen.« Der Hüne gab ein Schnauben von sich, das nur mit viel gutem Willen als Ehrenbezeugung ausgelegt werden konnte.

»Ich danke Euch für dieses Angebot«, sagte Denebola zögernd. »Wir nehmen es gern an.«

»Was hingegen den Schwertbruder an Eurer Seite anbelangt«, der Oberste Ratsherr Firenzes wand sich wie ein Aal und vermied es, Fabio in die Augen zu sehen, »ich befürchte, hier gerät das offizielle Protokoll etwas durcheinander. Ihr müsst wissen, dass sich die dal Vedicis ebenso wie alle anderen ehrwürdigen Familien der Stadt sehr den alten Traditionen verpflichtet fühlen. Ich hoffe, Ihr versteht, dass die offizielle Beherbergung eines, äh, Paladins zum momentanen Zeitpunkt vielleicht nicht das richtige Signal …«

»Ich verstehe durchaus«, unterbrach ihn Denebola mit schneidender Stimme. »Aber ich hoffe, Firenze versteht auch, dass der Standpunkt der Sternenburg in dieser Frage unmissverständlich ist. Als Zeichen meines Entgegenkommens werde ich unsere bewaffneten Begleiter daher vorerst vor den Mauern der Stadt Quartier beziehen lassen. Sollte die Geduld der Sternenburg in dieser Frage allerdings weiter strapaziert werden, werden wir wohl nicht umhinkönnen, auf die Gastfreundschaft der Stadt zu verzichten. Vielleicht finden sich unter den angereisten Adligen Genovas einige Familien, die *dieses* Signal besser zu deuten wissen.«

Die zwei Genovesen unter den Adligen nickten höflich.

»Ich danke Euch für Euer Verständnis«, antwortete der gemaßregelte Ratsherr kleinlaut.

»Dankt meiner Geduld.« Denebola wandte sich zu Fabio um. »Schwertbruder, ich denke, heute Nacht benötige ich deine Dienste nicht. Sorge dafür, dass unsere Zelte nahe dem Turnierfeld aufgebaut werden, und halte dich anschließend für weitere Anweisungen bereit.«

Fabio behagte es zwar nicht, Denebola und Celeste zeitweise unbewacht in der Stadt zurücklassen zu müssen, andererseits war es als Gast dieser dal Vedicis wahrscheinlich unmöglich, sich unbemerkt in Firenze zu bewegen. Denebola, Celeste und die Adligen verschwanden im Palazzo und so gab Fabio seinen beiden venezianischen Freunden das Zeichen zum Abrücken.

»Diese fiorentinischen Laffen«, feixte Odilio, als sie außer Hörweite waren. »Weißt du, was der Unterschied zwischen einem Adligen und einem Stellar ist?«

»Nein.«

»Der Stellar denkt nicht, er sei von Adel.« Die beiden Gardisten klopften sich johlend auf die Schenkel.

»Seid mit euren Äußerungen bloß vorsichtig«, mahnte Fabio mit Blick auf einige Bürger, die ihnen interessiert nachschauten. Sie schwenkten jetzt auf eine Straße in Richtung Osttor ein, doch unglücklicherweise zog der rot-weiße Ordensmantel ebenso viele Blicke auf sich wie die silberne Tracht der Sternenmystikerinnen.

»Ist doch so«, meinte Odilio. »Wenn diese dünkelhaften Stutzer wüssten, dass sie uns gerade in die Hände gespielt haben, dann würden sie sich gehörig in ihre parfümierten Ärsche beißen. Ich dachte schon, wir müssten mit zu diesen dal Vedicis. Dann aber wäre es Essig gewesen mit geheimen Unternehmungen in der Stadt. Jetzt können wir hier machen, was wir wollen.«

»Vielleicht. Vielleicht auch nicht«, antwortete Fabio, der sich argwöhnisch nach etwaigen Verfolgern umsah. Ihn beschlich schon seit geraumer Zeit das Gefühl, beobachtet zu werden. Außerdem fragte er sich nicht ganz ohne Sorge, was Odilio genau mit »geheimen Unternehmungen« meinte.

»Hauptsache, ihr beide reißt euch zusammen, wenn ihr allein seid.«

»Na klar, verlass dich auf uns.« Der dicke Venezianer beäugte ein Wirtshaus, an dem sie vorüberritten. »Wir machen nichts, was wir sonst nicht auch machen würden. Stimmt doch, Jacopo?«

»Klar, Odilio!«

»Ja, genau das habe ich befürchtet.« Fabio hob mahnend einen Finger. »Denkt daran: Auch wenn ich mal nicht bei euch bin, die Stellare sehen alles.«

»Ja, aber die verraten uns nicht!«, antwortete Jacopo und grinste.

Als das Osttor der Stadt in Sicht kam, ließ Fabio seine beiden Begleiter anhalten. »Hier trennen sich unsere Wege vorerst. Ich habe in der Stadt noch etwas Wichtiges zu erledigen. Also seid vorsichtig.«

Mit einem letzten Gruß zog er an Aldebarans Zügeln, ritt zu einer Nebengasse und versuchte auf Umwegen wieder zurück zum Stadtzentrum zu gelangen. Doch das unangenehme Gefühl, beobachtet zu werden, schwand nicht. Im Gegenteil.

Wo auch immer der junge Paladin auftauchte, starrten ihn die Städter an, als wäre er ein Geist, der sich am helllichten Tage blicken ließ. Sogar drei Kinder liefen hinter ihm her, fuchtelten wild mit Stöcken in der Luft herum und spielten Ritter. So sehr Fabio die Szene auch berührte, zum ersten Mal in seinem Leben verfluchte er das auffällige Rot-Weiß des Ordens.

Fabio beschloss, es wie Jacopo und Odilio zu halten. Er hielt vor einem Gasthaus, band sein Pferd fest und betrat die Schankstube, um bei einer heißen Suppe den Einbruch der Dunkelheit abzuwarten. Er war kaum mit dem Essen fertig, als in der Stadt feierliches Glockengeläut ertönte. Handwerker, Kaufleute und Flussschiffer, die an den Nachbartischen saßen und über ihn tuschelten, blickten überrascht auf.

»Das ist die Glocke der Sternenbasilika!«, rief der pausbackige Wirt. »Das heißt, eine richtige Sternenmystikerin leitet die Andacht.« Hektisch wurden Geldbörsen gezückt, der helle Klang klimpernder Münzen war zu hören und schon drängten die Gäste ins Freie.

Fabio warf einen Blick durch das Fenster und erkannte im Dämmerlicht ganze Scharen von Bürgern, die in Richtung des Parks der sieben Sphären strömten. Er zahlte ebenfalls und wartete ab, bis sich der Trubel auf der Straße gelegt hatte. Dann schwang er sich wieder in den Sattel und ritt weiter zum Tuchweberviertel. Er war erstaunt über den Anblick, den die Stadt jetzt bot. Abgesehen von den allgegenwärtigen Soldatenpatrouillen und einigen alten Leuten, die nicht gut zu Fuß waren, wirkten die Straßen wie ausgestorben.

Als Fabio sein Ziel erreichte, war die Sonne bereits hinter

den Dächern Firenzes versunken. Die steile Gasse der Schneider und Knopfmacher lag in nächtliche Dunkelheit getaucht vor ihm. Nur das Leuchten der Sterne ermöglichte es dem jungen Paladin, Einzelheiten wahrzunehmen. Es dauerte daher ein wenig, bis er an einer der Hausfassaden mit den für die Stadt charakteristischen geriffelten Holzläden vor den Fenstern jenes gusseiserne Ladenschild mit Schere und Stern entdeckte, auf das ihn Denebola am Morgen hingewiesen hatte. Es hing gleich neben einem Hauseingang mit spitz zulaufendem Vordach. Die Gasse war so leer gefegt, wie die übrigen Straßen der Stadt. Fabio saß ab, zog Aldebaran ohne Hast auf einen verschwiegen gelegenen Hinterhof und band den Falben an einem Stapel Bauhölzer fest. Den schlanken Wurfspeer ließ er zurück, allein seinen Schild wuchtete er gewohnheitsgemäß auf den Rücken. Anschließend marschierte er zurück und betrat das Treppenhaus, wobei er sich wachsam umsah. Sein Kettenhemd klirrte leicht, als er die steilen Stufen hinaufstapfte. Als er das Dachgeschoss erreicht hatte, klopfte er vorsichtig gegen die Tür des Schneiderateliers. Doch niemand antwortete und ihm kam der Gedanke, dass die Spionin der Sternenburg, wie die meisten Bürger Firenzes, zur Sternenbasilika geeilt sein könnte. Er wollte sich bereits abwenden, als er bemerkte, dass die Tür einen Spaltbreit offen stand. Er drückte die Tür ganz auf und spähte in einen dunklen Gang. Die verbrauchte Luft roch nach Stoffen und Kleidern.

»Meisterin Astarte?«

Irgendwo in der Dachgeschosswohnung war das leise Knarren einer Diele zu hören. Misstrauisch griff Fabio nach seinem

Schwert und ging auf eine halb geöffnete Tür am Ende des Korridors zu. Er gelangte in ein verschattetes Atelier mit hohen Fenstern unter den Dachschrägen, die gerade so viel Licht in den Raum ließen, dass er die Umrisse menschengroßer Schneiderpuppen erkennen konnte. Von den Wänden hingen Rollen mit Stoffbahnen, und im ganzen Raum verteilt standen Tische, auf denen Garnrollen und Nadelkissen lagen. Fabio wollte seinen Ruf gerade wiederholen, als er hinter einem der Tische die vagen Umrisse eines menschlichen Körpers entdeckte, der am Boden lag. Astarte!

Alarmiert stürzte Fabio zu ihr und fühlte den Puls. Die Frau war um die fünfzig Jahre alt und ihr Haar war zu einem Dutt hochgesteckt. Sie war tot, aber aufgrund der Dunkelheit konnte er nicht erkennen, woran sie gestorben war. Doch ihr Körper war noch warm. Erst jetzt fielen ihm die verstreut herumliegenden Zettel und Pergamente auf, die sich hellgrau vor dem dunklen Untergrund abhoben, als er unter einer der Dachschrägen ein schabendes Geräusch vernahm. Zu seinem Entsetzen bewegten sich zwei der Schneiderpuppen. Fabio riss das Schwert aus der Waffenscheide und sprang wieder auf die Beine. Das waren keine Puppen! In den Händen der beiden verhüllten Gestalten blitzten lange Klingen auf.

»Stirb, Paladin!«, zischte einer der Unbekannten und schlug mit dem Schwert zu. Fabio wehrte den Streich ab und Stahl hämmerte gegen Stahl. Auch den zweiten Schlag konnte er parieren, doch der dritte erwischte ihn schwer am Kettenhemd und warf ihn gegen einen der Tische. Schubladen mit Garnrollen und Nadeln kippten zu Boden.

»Genug gespielt!«, rief Fabio. Mit ein paar wütenden Schlägen brachte er etwas Raum zwischen sich und seinen Gegner, dann unterlief er mit einer blitzschnellen Kreisbewegung die Deckung des Mannes und zog ihm sein Schwert quer über den Leib. Schreiend torkelte der Fremde nach hinten und ging zu Boden, als auch schon der zweite Angreifer heran war. Abermals blitzte kalter Stahl im spärlichen Schein der Dachfenster auf, dann prasselten Axthiebe auf Fabio nieder. Bei Marsakiel, sein Widersacher kämpfte mit zwei Waffen zugleich! Verzweifelt parierte Fabio die Schläge mit seinem Schwert und bekam so nur am Rande mit, wie weiter hinten eine Tür aufgetreten wurde. Zwei weitere Maskierte stürmten in das Atelier und auch der erste Kämpfer zog sich jetzt stöhnend an einem der Tische hoch.

Der Axtträger bearbeitete Fabio, als gelte es, einen Baumstamm zu fällen. Fabio versuchte mehrmals, selbst einen Treffer zu landen, doch sein Gegner lachte nur rau und wich ihm mit blitzschnellen Drehungen aus. »Ich wollte schon immer einen Paladin töten!«, fauchte der Unbekannte. Wütend griff Fabio nach einer der Schneiderpuppen und schleuderte sie zwischen sich und seinen Gegner. Endlich schaffte er es, seinen Schild nach vorn zu ziehen. Schon war der Fremde wieder heran und das Dröhnen von Axtschlägen auf Holz erfüllte den Raum. Fabio rammte die eiserne Kante seines Schilds nach oben. Der Axtschwinger wurde hart am Kinn getroffen und taumelte benommen gegen eine der Stoffrollen. Zeit zum Nachsetzen blieb Fabio nicht, denn zu allem Unglück hatten ihn die beiden Neuankömmlinge mit seltsamen Waffen ins

Visier genommen, die wie klobige Armbrüste mit trommelartigen Rollen auf den Läufen aussahen. Mit ratternden Geräuschen hämmerten die Geschosse los. Fabio sprang zur Seite und riss den Schild gerade noch rechtzeitig über den Kopf, der gleich von sechs oder sieben Bolzeneinschlägen auf einmal durchgeschüttelt wurde. Neben ihm wurde eine Truhe zertrümmert. Fabio prallte gegen die Wand des Ateliers, als eines der Dachfenster mit ungeheurer Gewalt zersplitterte. Ein wahrer Scherbenregen ging auf die Kontrahenten nieder. Direkt unter der Fensteröffnung hockte jetzt eine Gestalt in raubtierhafter Pose, die mit Lederhose, hohen Schnürstiefeln und verschmutzter Weste bekleidet war. Erst als Sylvana ihr verfilztes blondes Haar zurückwarf und die Zähne bleckte, erkannte Fabio die Wolfsfrau wieder.

»Komme ich zu spät?«, knurrte Sylvana.

»Allerdings!«, fluchte Fabio, der seine Verblüffung als Erster abschüttelte. Mit einem lauten Kampfschrei stürmte er auf die beiden Maskierten mit den seltsamen Schusswaffen zu und stach einen von ihnen nieder, bevor dieser erneut abdrücken konnte. Gurgelnd brach der Schütze zusammen und Fabio sah aus den Augenwinkeln, dass Sylvana den verwirrten Mann mit der Bauchwunde packte und seinen Kopf hart auf eine Tischkante krachen ließ. Sofort stürzte sich der Axtkämpfer auf die Werwölfin, die ihn bereits erwartete.

Fabio nahm es derweil mit dem letzten Gegner auf. Der Maskierte warf ihm die leer geschossene Waffe entgegen und zückte ein langes Messer. Mit dem Schild rammte Fabio den Unbekannten bis zur gegenüberliegenden Wand zurück, nagelte ihn dort mit seinem Körpergewicht fest und hämmerte so lange mit dem Knauf seines Schwertes auf ihn ein, bis er bewusstlos zu Boden sank. Auch auf der anderen Seite des Zimmers kehrte Ruhe ein. Sylvana hielt zwei blutige Messer in den Händen, die sie kurz in der Luft herumwirbelte und mit einer geschmeidigen Bewegung unter ihrer Kleidung verschwinden ließ. Mit schief gelegtem Kopf musterte sie den reglosen Gegner zu ihren Füßen. »Der war gar nicht mal schlecht. Aber leider nicht gut genug.«

»Ich kann es nicht glauben, was machst du hier?« Fabio starrte die Wolfsfrau schwer atmend an.

»Wieso? Freut sich unser frischgebackener Paladin etwa nicht, mich wiederzusehen?« Sylvana bleckte ihre Zähne und betrachtete interessiert Fabios Ordenstracht. »Die Frage ist doch wohl eher, was du hier treibst?«

»Später. Erst einmal muss ich wissen, wer hinter diesen Vermummten steckt.« Fabio riss der bewusstlosen Gestalt die Maske vom Kopf und starrte entgeistert auf ein junges Frauengesicht mit großen Augen und kurz geschnittenen dunklen Haaren. Er erkannte die Fremde sofort wieder. »Bei Molunah, das ist doch diese Pierina, die verräterische Laiendienerin, die uns damals in der Sternenbasilika Venezias ausgetrickst hat.«

»Ich weiß«, knurrte Sylvana zu Fabios großer Überraschung. »Schon seit Wochen will ich sie mir vornehmen und ausquetschen.«

»Nichts werdet ihr erfahren«, ächzte eine schmerzerfüllte Stimme. Fabio und Sylvana ruckten herum und entdeckten den Schützen, den Fabio niedergestochen hatte. Er lag in einer

Blutlache und zielte mit seiner Schusswaffe zitternd auf die Bewusstlose. Ein Bolzen jagte schräg an ihnen vorbei und traf die Laiendienerin mitten ins Herz. Der Schütze sank in sich zusammen und rührte sich nicht mehr.

»Verdammt!« Fabio sprang zornig auf und trat ihm die Waffe aus der Hand. Doch der Mann war nun ebenso tot wie die Laiendienerin. Verzweifelt wandte sich Fabio dem Leichnam Astartes zu. Ihr Kleid war offensichtlich bereits durchsucht worden.

»Sie war eine Sternenmystikerin?«, wollte Sylvana wissen.

»Ja«, antwortete Fabio überrascht. »Aber woher weißt du das? Ich meine, dass sie eine Zauberin war?«

»Ich wittere es.« Die Wolfsfrau schnüffelte und tippte sich gegen die Nase. »Selbst jetzt, da sie tot ist, umweht sie noch immer jene Aura der Macht, die nur einer Mystikerin zu eigen ist. Doch sie wird mit jedem Augenblick schwächer. Immerhin erklärt es, warum sich eine einfache Schneiderin für die Archive der Stadt interessiert hat.«

Fabio erhob sich und sah seine unheimliche Kampfgefährtin neugierig an. »Das musst du mir genauer erklären.«

»Mach ich, aber erst erzählst du mir, was du hier eigentlich treibst.« Sylvana warf ungeduldig ihre Mähne zurück. »Dass du in Begleitung von Celeste und dieser anderen Sternenmystikerin nach Firenze gekommen bist, weiß ich bereits. Ich habe euch seit eurer Ankunft heute Nachmittag beobachtet.«

Fabio seufzte und berichtete, was sich seit ihrer Trennung zugetragen hatte. Sylvana lauschte gespannt, während sich Fabio beim Erzählen weiter im Raum umsah. Wenn ihre Gegner nichts bei sich trugen, dann war das, was sie gesucht hatten, vielleicht noch hier.

»Und jetzt bist du dran«, endete der junge Paladin. »Bist du im Auftrag von Meister Arcimboldo unterwegs?«

»Für wen hältst du mich, als dass ich Aufträge von diesem durchtriebenen kleinen Himmelsmechaniker annähme?« Sylvana schüttelte verständnislos den Kopf. »Nein. Unsere Wege haben sich getrennt, kurz nachdem die Gnome euch vor Stella Tiberia abgesetzt hatten. Ich habe mich anschließend wieder auf den Rückweg nach Venezia gemacht.«

»Zurück zu den Goblins? Warum das?«

»Weil ich herausfinden wollte, was Vesperuga treibt. Offiziell ist sie schließlich noch immer die Ducchessa der Lagunenstadt. Kaum einer ahnt, dass sie ein Sternenvampir ist.« Sylvanas Augen leuchteten gelb. »Allerdings weiß diese dämonische Kreatur ihre Spuren gut zu verwischen. Als wüsste sie, dass ich hinter ihr her bin. Doch dann bin ich dieser Pierina über den Weg gelaufen.« Die Wilde deutete auf die tote Laiendienerin. »Ich habe sie zwei Wochen lang nicht aus den Augen gelassen in der Hoffnung, dass sie mich zu Vesperuga führt. Leider vergebens. Wenigstens ist es mir gelungen, ihr unbemerkt zu einem Treffen mit anderen Astronos-Anhängern zu folgen. Diese Bande plante einen Überfall.«

»Was für einen Überfall?«

»Auf eine Gesandtschaft aus Genova. Der Trupp war in Richtung Firenze unterwegs und wurde vor vier Tagen überfallen. Pierina und ihre Spießgesellen haben alle Männer niedergemetzelt.«

»Warum hast du nicht eingegriffen?«

»Weil ich keine Lust hatte, mich mit einer Übermacht anzulegen«, erklärte Sylvana mitleidlos. »Vesperuga tauchte dort nämlich ebenfalls auf. Außerdem befanden sich unter den Angreifern drei meiner Art. Mit so vielen Gegnern gleichzeitig wäre auch ich nicht fertig geworden.«

»Drei Werwölfe?«

»Ja, Herr Ritter vom Orden der Morgenröte.« Sylvana stieß ein gefährliches Knurren aus. »Ihre Rufe sind inzwischen in ganz Astaria zu vernehmen, vom Dolomitischen Himmelsmassiv im Norden bis hinunter zu den Reichen des Halbmondes im Süden. Selbst das Meer kann sie nicht aufhalten. Wir alle fühlen, dass die letzte Schlacht naht und eine Entscheidung bevorsteht, die unser Schicksal für immer beeinflussen wird. Einige von uns sind den Verlockungen des Astronos bereits erlegen, die meisten anderen schwanken noch und hadern mit ihrem Schicksal.«

»Welches Schicksal denn?«

Sylvana beugte sich mit verengten Augen vor. »Vielleicht wirst du es eines Tages erfahren, junger Paladin. Doch jetzt ist die Zeit dafür noch nicht reif. Es reicht zu wissen, dass nun auch einige meiner Art die Jagd auf dich eröffnet haben. Sie sind überall. Was du in Stella Tiberia erlebt hast, war nur ein harmloser Vorgeschmack. Du hattest Glück, das ist alles. Es waren die Wölfe, deren Rufe euer Kommen angekündigt haben. Doch die Nachricht war nicht für mich bestimmt. Schätze dich glücklich, dass ich so auf dich aufmerksam geworden bin. Reiner Zufall.«

»Wohl kaum«, murrte Fabio, der sich noch immer fragte, wie er bei dem Überfall auf die Abordnung Genovas reagiert hätte. Sylvana, die ihm offenbar ansah, was er dachte, spuckte auf den Boden. »Sei froh, dass ich nicht eingegriffen habe. Denn so habe ich Vesperugas Leute bis nach Firenze verfolgen können.«

»Um was ging es bei dem Überfall?«

»Um eine machtvolle magische Waffe, die Genova an Firenze überstellen sollte«, knurrte Sylvana.

»Was für eine Waffe?« Fabio schwirrte inzwischen der Kopf von all den niederschmetternden Neuigkeiten.

»Das habe ich leider nicht herausfinden können«, knurrte Sylvana. »Jedenfalls scheinen die Genovesen Vesperuga ein Schnippchen geschlagen zu haben, denn ihre Schergen wirkten nach dem Überfall ziemlich enttäuscht. Was sie gesucht haben, trugen die Toten nicht bei sich. Wenn Genova also tatsächlich etwas nach Firenze gebracht hat, dann muss es auf anderem Weg geschehen sein.«

»Diese Waffe scheint also ziemlich wichtig für unsere Gegner zu sein«, dachte Fabio laut nach.

»Und es sieht nicht so aus, als hätten unsere Feinde ihr Vorhaben bereits aufgegeben.« Sylvana fletschte die Zähne. »Vesperuga habe ich leider nicht nachstellen können, aber ich habe diese Pierina und ihre Leute weiter im Auge behalten.« Sie deutete mit dem Kinn auf die Toten. »Sie sind geradewegs nach Firenze geritten und haben in einer schäbigen Herberge unten am Fluss Quartier bezogen. Pierina hat in den letzten Tagen mehrfach das Stadtarchiv Firenzes aufgesucht. Warum, weiß ich nicht. Aber bei der Gelegenheit bin ich auch auf diese Schneiderin aufmerksam geworden. Die ist dort ebenfalls ein- und ausgegangen. Bis vorhin dachte ich, sie gehört auch zu dem Dreckshaufen.« Sylvana maß die ermordete Sternenmystikerin mit kühlem Blick. »Vielleicht hätte ich diese Bastarde schon früher stellen sollen, statt mich darauf zu beschränken, ihnen nachzuschleichen. Egal. Auf jeden Fall kannst du dir jetzt meine Überraschung vorstellen, als ich sah, dass dich dein Weg ausgerechnet hierher geführt hat.«

»Ja, kann ich«, antwortete Fabio nachdenklich.

Unten in der Gasse vor dem Haus waren plötzlich leise Kommandorufe zu hören, in die sich der Klang genagelter Stiefel mischte. Gardisten! Der Kampf im Atelier war offenbar nicht unbemerkt geblieben.

»Wir müssen weg hier«, flüsterte Fabio aufgeschreckt. »Ich kann es mir als Paladin nicht erlauben, mit fünf Toten erwischt zu werden. Darauf warten die Adligen in Firenze nur.«

Hastig sammelte er einige der herumliegenden Papiere ein und schnappte sich auch eine der seltsamen Schusswaffen, als ihm Sylvana eine zerfledderte Kladde zuwarf, an der sie eben noch geschnüffelt hatte. »Wenn du etwas von Wert suchst, könnte es das hier sein«, grollte sie. »Die Seiten stinken nach Sternenmacht.«

Obwohl er nicht lesen konnte, blätterte Fabio die Kladde kurz durch. Alles, was er fand, waren harmlose Schnittmuster. Dennoch ließ er die übrigen Papiere wieder fallen und eilte mit der Kladde und der Schusswaffe unter dem Arm und einem letzten Blick auf die verstorbene Astarte hinter Sylvana her. Die war durch die eingetretene Tür in eine benachbarte Schlafkammer gehuscht und hebelte dort ein Fenster auf. Sie packte Fabio, und trotz des stattlichen Gewichts, das er mit seinem Kettenhemd auf die Waage brachte, sprang sie mit ihm auf das Dach eines benachbarten Hauses. Über ihnen, zwischen den Wolken, war inzwischen Molunah aufgegangen, deren fahler Schein ihnen den Weg wies. Sie balancierten den Dachfirst entlang, erreichten auf diesem Weg ein weiteres Haus und kletterten über zwei Balkone wieder in die Tiefe. Fabio erkannte zu seinem Erstaunen, dass sie zu jenem Hinterhof gelangt waren, in dem er Aldebaran angebunden hatte. Der Falbe schnaubte unruhig.

»Von nun an trennen sich unsere Wege wieder.« Sylvana umschloss einen ihrer Messergriffe. »Mal sehen, ob ich in dieser hübschen Stadt nicht noch mehr herausfinde.«

»Wie erreiche ich dich?«

»Du nächtigst mit diesen beiden Schwachköpfen aus Venezia draußen vor der Stadt?«

»Wenn du Odilio und Jacopo meinst, liegst du richtig«, meinte Fabio empört.

»Gut, dann hänge ein Tuch an dein Zelt, wenn du mich brauchst.« Sylvana trat dicht an ihn heran, sodass er ihren strengen Raubtiergeruch wahrnehmen konnte. »Junge, dir ist hoffentlich klar, dass Vesperuga vermutlich ebenfalls in Firenze weilt? Abgesehen von mir gibt es niemanden, der auf ihrer Todesliste weiter oben steht als du.«

»Ja, ich weiß«, antwortete Fabio ernst. »Doch egal was sie vorhat, diesmal werde ich ihr die Suppe gehörig versalzen.«

Splitternde Lanzen

Der Hebebaum des hölzernen Krans quietschte und knarrte. Fabio, der trotz seines Visiers vom roten Licht der aufgehenden Sonne geblendet wurde, hörte gedämpft, wie sich Odilio und Jacopo stöhnend an dem Flaschenzug abplagten. Leider konnte er seinen beiden Weggefährten bei der mühevollen Tätigkeit nicht zur Seite stehen, denn er selbst baumelte samt der schweren Gestechrüstung hilflos in der Luft. Celeste führte Aldebaran heran, bis der Sattel des Falben direkt unter ihm war. »Und runter!«, rief sie. »Aber nicht zu schnell!«

»Ja, ja, schon verstanden«, ächzte Odilio. »Langsam begreife ich es: Kameradschaft ist, wenn Kamerad schafft.«

Das Rasseln von Kettengliedern war zu hören und Fabio fühlte zu seiner Erleichterung den Sattel unter seinem Hinterteil. Aldebaran schnaubte unwillig. Fabio hingegen war froh, den entwürdigendsten Teil des heutigen Tages überstanden zu haben. Die Rüstung war viel zu schwer und zu klobig, als dass er ohne Hilfe des Krans hätte aufsitzen können. Er konnte sich schon glücklich schätzen, wenn er angesichts des Gewichts der Rüstung nach einem Sturz wieder auf die Beine kam. Leider war der massive Schutzpanzer unerlässlich, wollte er das

Lanzenstechen, das ihn heute erwartete, unbeschadet überstehen. Selbst Aldebaran, der einen schmückenden roten Überwurf trug, war an Kopf, Hals und Brust gepanzert.

Fabio klappte sein Visier hoch. »Danke, Freunde.«

Celeste lächelte zum ersten Mal, seit sie und Denebola kurz vor Sonnenaufgang auf dem Zeltplatz erschienen waren. Die Nachricht von der Ermordung Astartes hatte die Frauen wie ein Hammerschlag getroffen. Vor allem Denebola war bei der Schreckensmeldung so bleich geworden, dass Fabio schon glaubte, sie würde ohnmächtig zusammensacken. Doch die Sternenmystikerin hatte sich schnell wieder gefangen und sich ganz der Kladde gewidmet, auf die Sylvana Fabio in der letzten Nacht aufmerksam gemacht und die er Denebola nach seinem Bericht über die Ereignisse in der Schneiderwerkstatt ausgehändigt hatte. Schon seit einer halben Stunde saß Denebola in dem größeren ihrer beiden Turnierzelte und studierte akribisch die Blätter. Von Sylvana hatte Fabio ihr natürlich nichts erzählt. Dass die Wilde aus dem Dolomitischen Himmelsmassiv ebenfalls in Firenze weilte, hatte er bislang nur Celeste und den beiden Venezianern anvertraut. So grobschlächtig die Wolfsfrau in mancherlei Hinsicht auch war, er war froh, sie in ihrer Nähe zu wissen.

»Wird das heute noch was, Signore?«, bellte hinter ihnen eine ungeduldige Stimme. Fabio drehte sich, so gut es ging, um und sah, dass noch drei weitere Ritter mit ihren Knappen und Helfern darauf warteten, den Kran benutzen zu können. Fabio gab das Zeichen zum Aufbruch und gemeinsam mit Celeste, Odilio und Jacopo trabte er zu den Zelten zurück.

»Dem Himmel sei Dank, dass wir dich nur heute aufs Pferd hieven müssen«, schnaufte Odilio, der noch immer schwitzte, als wäre er die Strecke zwischen Turnierplatz und Stadttor ohne Pause hin- und zurückgelaufen.

»Och, ich bin schon froh, dass *du* nicht in der Rüstung steckst«, lästerte Jacopo, was den Dicken böse zu ihm aufblicken ließ.

Fabio war nicht zum Lachen zumute. Auch das bunte Treiben auf dem Turnierplatz, der eingekeilt zwischen den beiden Heerlagern Firenzes und Genovas lag, hellte seine Stimmung nicht auf. Der quadratisch angelegte Platz maß über hundert Schritt. In seiner Mitte verlief eine lange Holzschranke, an der die Ritter bei den anstehenden Tjosten entlangreiten und ihre Gegner aus dem Sattel heben mussten. An beiden Enden des Platzes standen hohe Masten, an denen die farbigen Banner Firenzes, Genovas und – wie Fabio nicht ohne Genugtuung bemerkte – inzwischen auch der Sternenburg und des Ordens der Morgenröte im Wind wehten. An der überdachten Ehrentribüne, die unmittelbar an den Turnierplatz grenzte, flatterten hingegen unzählige bunte Flaggen und Wimpel in den Farben der teilnehmenden Adelsfamilien.

Noch war die Tribüne leer, doch das galt nicht für den Platz selbst. Obwohl die Sonne erst vor einer guten Stunde aufgegangen war, hatten sich bereits viele Schaulustige hinter den Absperrungen eingefunden. Stimmengewirr und lärmende Rufe hingen in der Luft. Vor der hohen Stadtmauer drückten sich zahlreiche Waffenknechte herum, die offenbar darauf hofften, dass ihre Abwesenheit nicht bemerkt wurde. Nicht weit von ihnen hatten sich Gaukler und Jongleure eingefunden, die mit ihren Künsten um die Aufmerksamkeit der Bürger buhlten. Andernorts stimmten Musikanten ihre Instrumente an und überall tobten Kinder herum, deren Eltern bereits in großen Scharen die Bier- und Suppenstände bis hinauf zum Stadttor belagerten. Und das, obwohl die Wirtsleute noch dabei waren, die Bierfässer heranzurollen.

Dass er selbst bald im Mittelpunkt des Interesses stehen würde, war ein Umstand, der Fabio nicht besonders glücklich stimmte. Einem Turnier hatte er bislang nur als Knappe beiwohnen dürfen. Und wenn er zu den Zelten der anderen Teilnehmer hinübersah, bot sich ihm dort ein Anblick, der ihm nicht viel Mut machte. Pferde tänzelten unruhig hin und her. Das Hämmern von Schmieden war zu hören, die letzte Hand an Rüstungen und Waffen legten, und seine Konkurrenten, die wie er auf den Turnierbeginn warteten, wirkten zu allem entschlossen. Siebzehn Adelsfamilien ließen heute auserwählte Ritter um die Heerführerwürde streiten und jeder dieser Familien war es erlaubt, bis zu zwei Kämpfer auf das Feld zu schicken. Dabei hatte Denebola direkt nach Vertragsunterzeichnung gleich drei Familien im Namen der Sternenburg ihr Vertrauen entzogen und damit ihr Ausscheiden bewirkt. Dennoch würden heute noch immer über dreißig Männer aufeinandertreffen. Fabio seufzte.

»Mach dir keine Sorgen«, versuchte ihn Celeste aufzumuntern. »Die Sterne sind mit dir. Wenn es jemand schafft, dann du!«

Fabio musste sich wieder einmal eingestehen, dass seine

hübsche Begleiterin trotz ihres schlichten Novizinnengewands einfach überwältigend aussah. Ihr langes Haar wurde von einem blauen Haarband zusammengehalten und schimmerte nussbraun im Sonnenlicht. Und ihm war, als habe sie sogar etwas Rot auf die Wangen aufgetragen. Auf jeden Fall harmonierte der pfirsichfarbene Ton in ihrem Gesicht wundervoll mit den glutvollen Augen. Und da war noch etwas. Zahlreiche Männer starrten ihr hinterher.

»Konzentriere dich einfach auf das Turnier«, fuhr sie fort, »wir werden dafür sorgen, dass dir zwischendurch nichts passiert.«

»Was soll das denn heißen?«

Celeste sah sich empört zu Jacopo und Odilio um. »Habt ihr ihm nichts gesagt?«

»Nö«, meinte Jacopo und zuckte gleichmütig mit den hageren Schultern. »Wir dachten, es wäre besser, wenn Fabio nichts weiß und seine Aufmerksamkeit nur auf das Lanzenstechen richtet.«

»Was nicht weiß?«, schimpfte Fabio.

»Na ja, die Teilnehmer hier scheinen es mit der Ehrlichkeit nicht so ernst zu nehmen«, meinte Odilio. Er zückte drei kleine Metallkugeln mit spitzen Dornen. »Das haben wir vorhin unter dem Sattel deines Falben gefunden. Aldebaran wäre vor Schmerzen wohl glatt mit dir durchgegangen, wenn wir die nicht entfernt hätten.«

»Ich glaube es nicht.« Der junge Paladin starrte die Dornenkugeln entgeistert an.

»Das ist noch nicht alles«, maulte Jacopo. »Von dem Knappen einer unserer Nachbarn haben wir erfahren, dass irgendjemand den Pferden seines Herrn in der Nacht salzige Lecksteine gegeben und sie dann zur Tränke geführt hat. Die Tiere haben sich so vollgesoffen, dass sie heute nicht mal mehr als Ackergäule taugen.«

»Ganz zu schweigen von diesem bärtigen Ritter, dessen Waffenknechte uns die Holzpflöcke für das Zelt geliehen haben«, ergänzte Odilio. »Dem haben sie gestern wohl irgendwas ins Bier gemischt. Jedenfalls haben ihn seine Leute bis jetzt nicht wach bekommen. Aber keine Bange«, der Dicke zwinkerte ihm zu, »so etwas wird dir nicht passieren. Du verfügst über zwei erfahrene Vorkoster.«

»Danke, dass ich das alles auch schon erfahre«, meinte Fabio verstimmt, als von einem der Zelte nicht weit von ihnen entfernt ein Reiter auf sie zugaloppierte. Er steckte in einer Rüstung mit spitz zulaufendem Stechhelm, über der er ein blaues Waffenhemd trug, auf das in Gold ein kunstvoller Greif genäht war. Farben und Wappenmotiv zeichneten sich auch auf der prachtvoll bestickten Pferdedecke ab.

»Raimondo!«, entfuhr es Celeste erfreut. Ausgerechnet. Fabio rollte mit den Augen.

Celestes Cousin hob das Visier und verneigte sich vor der Novizin. Odilio und Jacopo schenkte er nicht einmal einen Seitenblick. Dafür musterte er kühl die rot-weiße Ordenstracht Fabios. »Ich sehe, die Sternenmystikerin hat es tatsächlich geschafft, dass du heute antreten darfst, Bauernritter. Kompliment, damit bist du der am meisten gehasste Teilnehmer des Turniers.«

»Aber nicht doch, mein Freund«, antwortete Fabio mit öliger Stimme. »Den ganzen Aufwand haben wir bloß betrieben, um *Euch* nicht zu enttäuschen.«

»Ich bin vieles, Junge, aber ganz sicher nicht dein Freund.«

»Umso besser, denn in diesem Fall wird es mir ein Vergnügen sein, Euch aus dem Sattel zu werfen. Ich hoffe, Ihr seid unter Eurer Rüstung gut gepolstert.«

»Männer!« Celeste stemmte verärgert die Hände in die Hüften. »Ganz Astaria ist in Gefahr, doch ihr beide führt euch auf wie zwei eitle Gockel, denen nicht klar ist, um was es hier eigentlich geht!« Sie wandte sich wieder Raimondo zu. »Und jetzt sag schon, wann bist du angekommen?«

»Gegen Mitternacht«, antwortete ihr Cousin bemüht höflich. »Leider habe ich gestern deinen Auftritt in der Sternenbasilika versäumt, aber das werde ich nachholen. Und jetzt muss ich leider zurück. Da hinten wartet bereits einer der Herolde auf mich, um meine Anwesenheit in die Wappenrolle einzutragen.« Er lächelte Fabio zu, doch seine Augen blieben kalt. »Hoffen wir, dass er sich nicht wieder verschreibt. Andererseits, bei euch Bauernrittern macht das ja nichts, die meisten von euch können sowieso nicht lesen.«

Raimondo zog an den Zügeln und galoppierte wieder zurück zu seinem Lager.

Gedemütigt starrte ihm Fabio hinterher. »Was heute auch immer passiert, ich werde im Sattel bleiben«, knirschte er. »Und sei es auch nur, damit ich nicht die Gelegenheit verpasse, deinem Cousin mit meiner Lanze das abfällige Grinsen aus dem Gesicht zu bohren.«

»Untersteh dich!«, entrüstete sich Celeste.

Es dauerte nicht lange und sie erreichten ebenfalls ihr Lager. Sie hielten unmittelbar vor dem größeren ihrer beiden Turnierzelte, ein würdevolles Zweimasterzelt, dessen weiße Stoffbahnen Denebola mit einem magischen Sternenschimmer belegt hatte, der es im Sonnenlicht sanft golden leuchten ließ. Neben dem Eingang erhoben sich die Standarten der Sternenburg und des Ordens der Morgenröte. Kein anderer Teilnehmer des Turniers verfügte über eine stattlichere Unterkunft.

Celeste reichte Fabio soeben eine Feldflasche, als von der Stadt her der ferne Klang eines Glockenspiels zu hören war. Die Turmuhr des Astrariums hatte zur siebten Morgenstunde geläutet. Noch eine Stunde und das Turnier würde offiziell beginnen. Tatsächlich waren vor dem Osttor bereits mehrere Gruppen elegant gekleideter Adliger zu sehen, die in stolzer Haltung Richtung Tribüne ritten. Frauen mit eng taillierten Atlas- und Brokatkleidern waren ebenso unter ihnen wie Männer, deren reich bestickten Herrengewändern man selbst aus der Ferne ansah, dass sie ein halbes Vermögen gekostet hatten.

In diesem Moment trat Denebola ins Freie. Ihre Miene wirkte noch immer wie versteinert. »Schwertbruder«, rief sie Fabio mit scharfer Stimme zu sich, »würdest du mir verraten, wie du eigentlich darauf gekommen bist, ausgerechnet das hier aus dem Atelier mitzubringen?« Sie ließ kurz die Kladde mit den Schnittmustern sehen, die sie unter ihren Ärmelaufschlägen verborgen trug.

»Warum fragt Ihr?«, versuchte Fabio Zeit zu schinden. Sein Wahrheitsgelübde hin oder her, auf gar keinen Fall würde er Sylvana verraten. Er hatte Denebola ja noch nicht einmal von dem Überfall auf die Gesandtschaft der Genovesen berichten können, ohne bohrende Nachfragen zu riskieren. »Außer dieser Mappe lagen im Atelier nur einige lose Zettel herum. Und Eure ermordete Sternenschwester trug leider nichts bei sich.« Beides entsprach der Wahrheit.

»Ich frage, weil wir Glück im Unglück hatten.« Denebola sah sich misstrauisch nach allen Seiten um und senkte ihre Stimme. »Die Seiten dieser Mappe sind von Sternenmacht durchtränkt. Du hast durch Zufall Astartes persönliche Aufzeichnungen gefunden.«

»Diese Schnittmuster?«

Denebola winkte herrisch ab. »Auf den Seiten liegt ein Zauber, der verbirgt, was dort wirklich steht.«

»Und, könnt Ihr den Zauber brechen, Herrin?«, wollte Celeste wissen.

»Nein, leider nicht ohne Astartes Mithilfe«, seufzte ihre Lehrherrin.

»Soll das heißen, dass alles, was Eure Schwester über diese Baumeisterin Iuge Al'Cosma und die Eiserne Bibliothek herausgefunden hat, verloren ist?«, entfuhr es Fabio.

»Nein.« Denebola schüttelte den Kopf. »Es existiert eine Möglichkeit, die Aufzeichnungen sichtbar zu machen. Allerdings benötigen wir dazu etwas von dem Blut unserer toten Sternenschwester.«

»Wie bitte?«

»Zerbrich dir nicht den Kopf über die hohe Kunst der Zauberei, Schwertbruder. Konzentriere du dich ganz darauf, dass du den heutigen Tag heil überstehst und möglichst siegreich bist.« Sie wandte sich an Celeste. »Wir beide hingegen müssen herausfinden, wo die Stadtwache den Leichnam Astartes hingebracht hat. Und das möglichst heute noch. Da ich mich dummerweise auf der Tribüne sehen lassen muss, wirst du das erledigen, Novizin. Also gib dir Mühe. Du weißt, was davon abhängt.«

Celeste warf Fabio einen unglücklichen Blick zu, während Denebola in die Hände klatschte und Odilio und Jacopo zu sich heranwinkte. »Und ihr beiden Tunichtgute, bringt mir meine Kleiderkiste aus dem anderen Zelt, damit ich mich umziehen kann. Ich habe nicht mehr viel Zeit.«

Celeste wollte ihrer Lehrerin schon ins Zelt folgen, doch Denebola hielt sie zurück. »Habe ich dich gebeten, mir behilflich zu sein, Novizin? Nein. Du hast einen Auftrag, der sofortige Erfüllung verlangt. Also geh und komm mir erst wieder unter die Augen, wenn du herausgefunden hast, was wir wissen müssen!«

Denebola verschwand wieder im Zelt. Die beiden venezianischen Gardisten zogen umgehend Grimassen.

»Denkt ihr, eine Zeltbahn hält mich davon ab, euch zu sehen?«, tönte es wütend aus dem Zeltinnern. Peinlich berührt flitzten die beiden Venezianer zum Nachbarzelt.

Celeste ballte die Fäuste und marschierte wütend davon. Schnell trabte ihr Fabio auf Aldebaran hinterher.

»Dass meine Nachforschungen vielleicht nicht ganz ungefährlich sein könnten, sorgt sie offenbar nicht«, schimpfte Celeste in sicherer Entfernung.

»Mich aber«, sagte Fabio ernst. Celeste blieb stehen und sah dankbar zu ihm auf. »Nötigenfalls nimm Odilio und Jacopo mit. Ich werde schon irgendwie zurechtkommen.«

»Nein, du wirst die beiden noch brauchen«, erwiderte die Novizin bestimmt. »Mein Problem ist eher, dass ich nicht weiß, wie ich den Verantwortlichen meine Neugier erklären soll.«

»Dir wird schon etwas einfallen«, meinte Fabio aufmunternd und überprüfte, ob es auch keine unbemerkten Zeugen ihrer Unterhaltung gab. »Da ist übrigens noch etwas. Sylvana meinte, dass sowohl Astarte als auch diese Pierina mehrfach im Stadtarchiv waren. Vielleicht wäre es klug, wenn du dich dort ebenfalls umsiehst.«

Die junge Baroness nickte. Liebevoll berührte sie seine schimmernde Rüstung. »Für einen Bauernritter seht Ihr übrigens sehr stattlich aus, Signore Paladin«, zog sie ihn auf. »Ich hoffe, ich bin rechtzeitig zurück, um dich anzufeuern.« Sie griff sich in den Nacken, löste ihr blaues Haarband und legte es Fabio in die gepanzerte Rechte. »Hier, das soll dich daran erinnern, dass ich während des Turniers an dich denke.«

Ergriffen nahm Fabio Celestes Gunstbeweis entgegen und sah ihr nach, bis sie in der Menschenmenge verschwunden war. Da hallte auch schon das dreifache Schmettern von Fanfaren über den Platz und aufgeregtes Raunen machte sich unter den Zuschauern breit. Er sah sich zu den Fanfarenbläsern vor der Tribüne um und entdeckte, dass die Ränge inzwischen mit zahllosen Adligen gefüllt waren. Die Tonfolge war das Zeichen für die versammelte Ritterschaft, sich unweit der Tjostbahn einzufinden.

Eine feierliche Aufregung machte sich in Fabio breit. Er versuchte, alles aus seinem Kopf zu verbannen, was ihn davon abhielt, sich auf die bevorstehenden Kämpfe zu konzentrieren. Er schnürte sich Celestes Band um den rechten Arm und winkte Odilio und Jacopo zu sich heran, die ihm heute als Turnierhelfer dienen würden. »Was ist mit meinem Schild?«, fragte er. Ärgerlicherweise war sein Paladinschild mit der prächtigen Abbildung Marsakiels letzte Nacht derart zerbeult worden, dass er nicht mehr mit ihm antreten konnte. Odilio reichte ihm einen vierkantigen Eisenschild mit blanker Fläche, der immerhin eine Aussparung für die Lanze besaß. »Das war das Beste, was wir in der kurzen Zeit auftreiben konnten«, brummte er. »Leider hat die Zeit nicht mehr für eine Bemalung gereicht.«

Fabio betrachtete seinen Ersatzschild missmutig und trabte leicht verspätet zu einem der Herolde, der bereits darauf wartete, ihn und andere Turnierteilnehmer vor die große Adelstribüne zu führen. Pferde schnaubten und Sättel knarzten. Fabio spürte, dass die Wartenden ihn mit abfälligen Blicken musterten, während ein Ausrufer die Ritter der Reihe nach zur Tribüne brachte, um sie den Adligen vorzustellen. Dort hatte gerade Raimondo Aufstellung bezogen, der in seiner stattlichen Rüstung die Blicke zahlreicher Damen auf sich zu lenken verstand.

»Nun Ihr, Signore!« Der Herold winkte ihm zu. Fabio galoppierte vor die Tribüne und sah, dass Denebola soeben neben Patrizio di Bossi, dem Obersten Ratsherrn Firenzes, und Herzog Umberto da Castano, dem Dogen Genovas, Platz genommen hatte. Bei Letzterem handelte es sich um einen schnauzbärtigen Mann mit Halbglatze, der Fabio ruhig betrachtete.

»Schwertbruder Fabio, Mitglied des Ordens der Morgenröte und Abgesandter der Sternenburg zu Stella Tiberia«, verkündete der Herold vornehm. Die Adligen schwiegen und maßen ihn mit ungnädigen Blicken. Einzig der Doge Genovas musterte ihn weiterhin interessiert. Doch aus den Reihen der einfachen Zuschauer weiter hinten auf dem Platz war plötzlich schüchternes Klatschen zu hören. Denebola lächelte fast unmerklich, während sich Fabio zu einer trotzigen Geste entschloss. Gerade als der Herold seinen nächsten Konkurrenten vor die Tribüne rufen wollte, gab er Aldebaran die Sporen. Er umrundete einmal den Turnierplatz, zügelte sein Pferd würdevoll vor der Absperrung mit den einfachen Zaungästen und erhob sich in seinen Steigbügeln. Zur Verblüffung aller Anwesenden verneigte er sich vor der riesigen Schar der Handwerker, Kaufleute, Fährschiffer und Bauern, die den Platz bis hoch zur Stadtmauer ausfüllten. Jäh kam das Stimmengewirr zum Erliegen und gespannte Stille machte sich breit. Selbst der Herold vor der Tribüne hielt erstaunt inne.

»Im Namen des standhaften Marsakiel, seiner machtvollen Schwester Molunah und der übrigen Erzstellare«, rief Fabio lauthals, »ganz so wie ihr bin ich ein Mann aus dem Volke. Und doch stehe ich hier in blinkender Wehr. Ich habe gelobt, für Astaria mein Blut zu geben. Ein jeder Schwertbruder hat dies gelobt. Drum hört: Ungeachtet, wie das Turnier von Firenze ausgehen wird, seid euch sicher, dass die Paladine vom Orden der Morgenröte kommen werden, um euer Leben zu verteidigen. Ungeachtet eurer Herkunft, eures Ranges und eures Namens. Allein aus Liebe zur stellaren Schöpfung. Ich bin nicht hier, um eure Stadtherren zu erfreuen, ich kämpfe für euch!«

In der Menge schoss ein Jubeln und Klatschen wie eine Welle hoch, während die Adelsfamilien auf der Tribüne empört tuschelten. Fabio trabte gelassen zurück zum Sicherheitsbezirk, während weiter hinten die übrigen Turnierteilnehmer vorgestellt wurden. Doch kaum jemand beachtete sie. Alle Blicke ruhten auf Fabio, der bereits von Odilio und Jacopo erwartet wurde.

»Auweia«, begrüßte ihn der Dicke missmutig. »Damit dürftest du dir eine Menge Feinde gemacht haben.«

»Ich dachte, die hätte ich schon«, spottete der junge Paladin freudlos und sah sich zu den anderen Rittern um. Die Männer starrten ihm mit unverhohlener Feindschaft entgegen, einzig Raimondo de Vontafei, der mit seinen Leuten am Rande des Platzes wartete, wo schier endlose Reihen bunter Turnierlanzen in den Himmel ragten, betrachtete ihn ausdruckslos.

Der Herold stellte dem Publikum nun den letzten Turnierteilnehmer vor. Es handelte sich um einen Hünen von der Statur des Großmeisters Silvestro, der die Huldigungen der Adligen auf der Tribüne reglos entgegennahm. Der Unbekannte saß auf einem Kaltblüter mit zotteligen Fesseln und war mit einem schweren Plattenpanzer gerüstet, der über einen hohen eisernen Kinnbart und zusätzliche Panzerungen auf der linken Brust und Schulterpartie verfügte.

»Signore Bronzino dal Vedici«, vernahm Fabio den Ruf des Herolds. Verflucht, den Kerl hatte er ganz vergessen.

Bronzino wartete die Vorstellung nicht lange ab, sondern ritt mit eisiger Gelassenheit über den Platz direkt auf Fabio zu. »Du wirst den heutigen Tag nicht überleben, Bauernjunge!«, zischte er ihm durch das Visier entgegen. »Ich werde dich zermalmen!«

Ohne ein weiteres Wort galoppierte er hinüber zu seinem Gefolge, als die Fanfarenbläser nach vorn traten und abermals ihr Signal schmetterten. Stille senkte sich über den Platz und der Herold trat vor die Schranke der Tjostbahn.

»Hört, hört, Volk von Firenze. Willkommen zum großen Turnier! Eine Gefahr aus dem Osten naht, wie sie Astaria seit vielen Jahrhunderten nicht mehr erlebt hat. Doch Firenze, Genova und die Sternenburg stehen Seite an Seite, um die Goblins in den Osten zurückzuwerfen!« Vereinzelte Hochrufe wurden laut. »Heute treten Ritter aus den vornehmsten Adelsgeschlechtern der Bündnispartner gegeneinander an, um für ihre Familien nach alter Sitte die Führung des vereinten Heeres zu erstreiten. Das Turnier dient nicht der Lustbarkeit, weswegen wir auf viele Vergnügungen verzichtet haben, es dient der Hoffnung, dass die Stellare selbst auf uns herabblicken, um in ihrem himmlischen Ratschluss jenen Heerführer zu erwählen, der am fähigsten ist, uns durch die Zeit der kommenden Dunkelheit zu führen. Wahrt daher den Turnierfrieden!« Fabio hörte, wie einer der Ritter hinter ihm verächtlich schnaubte. »So vernehmt nun die Regeln des Turniers. Heute wird jeder Teilnehmer gegen fünf zufällig ausgeloste Streiter antreten. Schläge und Stiche, die sich gegen das Pferd des Widersachers richten, sind verboten und führen zum Ausschluss. Treffer auf den Schild bringen jedem Teilnehmer einen Punkt, Treffer auf Kopf und Helm zwei Punkte. Vermag es gar einer der Teilnehmer, seinen Gegner aus dem Sattel zu werfen, wird dies mit vollen fünf Punkten prämiert. Bricht die Lanze, so werden zusätzlich zwei Punkte vergeben. Allein den zwanzig besten Streitern des heutigen Tages wird es vergönnt sein, morgen beim großen Gestampfe gegeneinander anzutreten, um im Kampf Mann gegen Mann den endgültigen Sieger des Turniers zu ermitteln. Doch nicht nur die Familie des Ritters soll belohnt werden, auch dem Streiter selbst winkt ein unschätzbarer Preis: ein wunderbarer Schild, dem magische Kräfte nachgesagt werden und der seinen Besitzer kämpfen lässt wie fünf Ritter zugleich! Und nun lasst uns mit dem Wettstreit beginnen!«

Der Herold schritt zurück zur Tribüne, um aus einer Lostrommel mit Tontäfelchen die Paarungen des heutigen Tages zu ziehen. Fabio erinnerte sich wieder daran, dass die Hohe Sternenmystikerin den magischen Schild während der Unterredung im Sternensaal kurz erwähnt hatte. Im Zuge all der Ereignisse hatte er ihn fast vergessen. War dieser Wunderschild vielleicht jene Waffe, auf die es ihre Feinde abgesehen hatten?

Der Herold übertrug die Paarungen auf eine Pergamentrolle und sah kurz zur Tribüne auf, wo er Patrizio di Bossis Blick suchte. Fabio war sich sicher, dass ihm der Oberste Ratsherr Firenzes unmerklich zunickte. Was ging da vor sich?

Der Herold drehte sich nach einer Weile um und abermals ertönten die Fanfaren. »Ich verkünde nun die Namen der Ritter, die sich heute im Gestech messen werden«, rief er gegen das Lärmen der Menge an. Fabio verdrängte den Gedanken an den Wunderschild, da nun der Reihe nach die Namen aufgerufen wurden. Ein Vorgang, den die Ritter in Fabios Rücken wechselweise mit Unmutsbekundungen und triumphierenden Lauten begleiteten. Jetzt vernahm Fabio seinen Namen und den eines unbekannten Firenzers in gelb-schwarzem Waffenrock. Sein zweiter Gegner war ein Adliger aus Genova, dessen Helm mit einer Pfauenfeder geschmückt war, dann wurde Raimondos Name genannt. Fabio seufzte. Bei seinem Glück musste das ja so kommen. Den vierten Gegner, einen Genovesen mit Topfhelm, auf dessen Wappenschild ein Wildschweinkopf zu sehen war, nahm er kaum zur Kenntnis, da gleich darauf sein fünfter Gegner aufgerufen wurde: Bronzino dal Vedici. Der Hüne ritt dicht an Fabio vorbei und stieß ihn unsanft mit seinem Schild an. »Was für ein glücklicher Zufall, Bauernjunge.« Das Wort »Zufall« betonte er eigentümlich, und Fabio begriff, dass die Paarungen manipuliert worden waren. Wütend umfasste er seine Zügel.

Der Herold rief nun die ersten beiden Kontrahenten auf den Platz. Knechte reichten ihnen Turnierlanzen. Untermalt vom Wirbel der Trommler nahmen sie auf den gegenüberliegenden Seiten der Tjostbahn Aufstellung. Ein pummeliges Mädchen, bei dem es sich um die Tochter des Obersten Ratsherrn von Firenze handelte, erhob sich und ließ ein Seidentuch fallen. Der Trommelwirbel brach ab und die beiden Ritter gaben ihren Pferden die Sporen. Das Hämmern der Hufe auf dem erdigen Untergrund war zu hören und die beiden Widersacher senkten ihre Lanzen. Dann erfüllte lautes Krachen und Splittern das Areal, in das sich das Schreien und Wiehern von Menschen und Pferden mengte. Einer der beiden Ritter hing schief und mit geborstener Lanze im Sattel, der andere hingegen hatte den Stoß an seinem Schild abgleiten lassen, seine hölzerne Lanze war so gut wie unbeschädigt.

»Drei Punkte für Signore Laurenco, einen Punkt für Signore Adalberto«, überschlug sich die Stimme des Herolds. Waffenknechte und Wundheiler eilten herbei, um sich der beiden Kontrahenten anzunehmen.

Fabio dachte daran, dass insgesamt fünf schmerzhafte Lanzengänge auf ihn warteten. Ein jeder von ihnen konnte tödlich sein. Und das trotz der vergleichsweise stumpfen Turnierlanzen und trotz der schweren Rüstung. Dennoch fühlte er allein bei dem Gedanken an das Kräftemessen die gleiche atemlose Aufregung, die inzwischen jeden Kämpfer erfasst hatte. Selbst die Pferde, die eben noch ruhig gewesen waren, wirkten nun so feurig und ungestüm wie ihre wartenden Herren.

Die nächste Ritterpaarung nahm Aufstellung und abermals trafen die Gegner unter dem Krachen ihrer Lanzen und Schilde aufeinander. Dann wurde Raimondo aufgerufen, der gegen einen Adligen mit roter Helmzier antreten musste. Celestes Cousin überstand seinen ersten Lanzengang mit Bravour und hebelte seinen Gegner kunstvoll aus dem Sattel. Fabio versuchte sich Raimondos riskante Technik einzuprägen. Sie war offenbar darauf ausgelegt, einen Stich gegen den Helm anzutäuschen und den Gegner dazu zu verleiten, den Schild anzuheben und die Deckung im Hüftbereich zu öffnen.

Zwei weitere Ritter maßen sich im Lanzengang und schließlich ritt Bronzino dal Vedici auf das Turnierfeld. Dem Hünen schien es egal zu sein, welche Trefferfläche er seinem Gegner bot. Tobsüchtig preschte er auf seinen Widersacher zu, erhob sich jäh im Sattel und rammte ihm die splitternde Lanze frontal gegen den Schädel, während er selbst den gegnerischen Stoß wegsteckte, als bestünde sein Leib aus solidem Fels. Sein Konkurrent überschlug sich samt seiner Rüstung in der Luft und krachte schwer auf den Boden. Jubel ertönte in den Reihen der Schaulustigen. Er ebbte ab, als die Ersten das Blut sahen, das aus dem Helm des Verlierers rann. Bronzino klappte sein Visier hoch, maß den Gestürzten mit kaltem Blick und trabte wieder zurück zum Wartebereich. Heiler und Turnierhelfer stürzten aufs Feld und transportierten den Verletzten ab. Unter den Adligen setzte erregtes Getuschel ein.

»Sieben Punkte für Signore Bronzino!«, rief der Herold über den Platz, während die Heiler im Hintergrund um das Überleben des anderen Ritters kämpften. Fabio ließ den Hünen fortan nicht mehr aus den Augen. Abgelöst vom steten Trommelwirbel und dem Schall der Fanfaren zogen sich die Zweikämpfe fast zwei Stunden hin, bis endlich Fabio und der

Ritter im gelb-schwarzen Waffenrock aufgerufen wurden. Sie waren die letzten Kämpfer der ersten Gruppe. Unter den aufmunternden Zurufen der Zuschauer wurde Fabio eine Turnierlanze gereicht und er bezog Position auf der Tjostbahn. Das Startzeichen fiel und mit einem Stoßgebet an Marsakiel gab er seinem Pferd die Sporen. Es war etwas anderes, gegen eine Stechpuppe anzureiten als gegen einen Ritter, der selbst mit hoch erhobener Lanze auf ihn zupreschte. Fabio senkte die Lanze, klemmte sie fest unter die Achsel und visierte seinen Gegner an, der immer näher kam. Plötzlich dröhnte es unter Fabios Visier, während ein heimtückischer Schleuderstein aus den Reihen der Zuschauer vor seinem Sichtschlitz zerbarst. Über seinem linken Auge flammten Schmerzen auf und Fabio zuckte zurück. Schon krachte es und er fühlte, wie die Lanze seines Gegners mit ungeheurer Gewalt gegen seinen Brustharnisch rammte. Holz splitterte, Metall schepperte und sein Körper wurde mit brachialer Gewalt nach hinten gerissen. Nur mit Mühe konnte sich Fabio im Sattel halten.

»Drei Punkte für …«, der Rest ging in den enttäuschten Rufen der Zuschauer unter. Fabio zog sich mühsam wieder hoch und starrte wütend zu seinem Gegner hinüber, der sich bereits vor der Tribüne feiern ließ. Unter Schmerzen ritt er zurück zu Jacopo und Odilio, während der Herold die zweite Tjostrunde einläutete.

»Diese elenden Hunde«, keuchte Fabio. Blut rann ihm aus einer Platzwunde ins Auge und trübte seinen Blick. »Diese Mistkerle treiben ein falsches Spiel. Jemand hat mich mit einer Schleuder beschossen!«

»Siehste, wusste ich doch, dass ich Recht hatte!«, meinte Jacopo zu Odilio. »Ich hab's gesehen. Da vorn, gleich neben dem Flaggenmast von Firenze. So ein Kerl mit roter Kapuze auf dem Kopf.«

»Ich kümmere mich darum«, knurrte Odilio, krempelte seine Ärmel hoch und tauchte in der Menge der Zuschauer unter.

»Noch mal darf das nicht passieren«, knirschte Fabio, dem die Knochen schmerzten. »Eine weitere Runde ohne Punkte, und ich bin mit Sicherheit draußen.«

Die nächsten zwei Stunden vergingen ohne größere Überraschungen, dann war Raimondo wieder an der Reihe. Diesmal hatte er nicht so viel Glück. Seine Lanze stieß wie beim ersten Mal durch die geöffnete Deckung seines Gegners und zersplitterte. Doch der Fremde blieb im Sattel. Dafür wurde Raimondo selbst schwer in die Seite getroffen.

Bald darauf ritt Bronzino dal Vedici aufs Turnierfeld. Abermals fegte der Hüne seinen Rivalen mit äußerster Brutalität aus dem Sattel, während er den gegnerischen Lanzenstich ohne Schaden überstand.

Schon war Fabio wieder an der Reihe. Der Genovese mit der Pfauenfeder am Helm nahm ihm gegenüber Aufstellung, doch er wirkte bereits aus der ersten Runde angeschlagen. Fabio entdeckte, dass das Visier des Gegners an der linken Seite eingedellt war und die Sicht auf ihn behinderte. Das musste er ausnutzen. Zumindest wenn Odilio ihm diesen Steinschleuderer vom Leib hielt. Mit dem Startzeichen preschten die beiden Kontrahenten aufeinander zu und Fabio besann sich des Tricks von Raimondo de Vontafei. Die Lanze hoch erhoben, jagte er auf den Genovesen zu, der sich wie erwartet mit seinem Schild zu schützen versuchte. Im letzten Moment stemmte sich Fabio in die Steigbügel und ließ die Lanze sinken. Scheppernd prallten er und der Fremde aufeinander. Die gegnerische Lanze schrammte an Fabios Schild entlang, während seine in einer Splitterwolke explodierte und den Genovesen vom Pferd katapultierte. Stöhnend blieb sein Gegner im Dreck liegen.

»Sieben Punkte für Signore Fabio«, tönte der Herold mit pikierter Stimme. Lauter Jubel erfüllte die Zuschauermenge, und Fabio entdeckte direkt hinter einer der Absperrungen einen ihm bestens bekannten Venezianer, der wüst auf einen Mann mit roter Kapuze eindrosch.

Abermals verstrichen fast zwei Stunden, wie am fernen Glockenspiel des Astrariums zu hören war, in denen sich Fabio ausruhte und gedanklich auf die dritte Runde vorbereitete. Zunehmend setzte ihm die hochstehende Sonne zu und die beiden Venezianer mussten seine Rüstung mehrmals mit Wasser kühlen, damit er nicht vor Hitze umkam. Derweil wurden den Gästen auf der Tribüne Erfrischungen und kleine Leckereien gereicht, und Fabio sah, dass Denebola höflich mit einigen Adligen plauderte. Seufzend ließ er Celestes blaues Band zwischen seine Finger gleiten, während auf dem Turnierplatz weitere Tjoste ausgetragen wurden. Bereits zum zweiten Mal wurde ein Schwerverletzter vom Feld geschleppt. Fabio hielt nach Celeste Ausschau, doch er konnte sie nirgends entdecken. Vielleicht war das ganz gut so, denn in dieser Runde würde er gegen Raimondo antreten müssen. Sicher hatte Celestes Cousin bemerkt, dass er seinen Trick übernommen hatte. Beide würden also die Taktik ändern müssen.

»Irgendwelche Ideen?«, fragte Fabio in die Runde.

Odilio, der ihm ansah, worüber er nachsann, blies seine Backen auf. »Na ja, ich hab ja noch diese Dornenkugeln. Ich könnte mich rüberschleichen und …«

»Odilio!« Fabio sah ihn böse an. »Ich bin ein Paladin.«

»Schon gut, schon gut«, murrte der Venezianer. »War ja nur ein Vorschlag.«

»Er lässt immer seinen Schild fallen«, meinte Jacopo und schniefte.

»Er tut was?«, wollte Fabio wissen.

»Na ja«, Jacopo deutete unmerklich rüber zu Raimondo, der sich von einem Schmied den Brustpanzer ausbeulen ließ. »Jedes Mal wenn Seine Hochwohlgeboren de Vontafei auf einen Gegner trifft, dann senkt er ganz leicht seinen Schild. Ganz so, als wäre er selbst mal Opfer dieses Tricks geworden, dessen er sich stets bedient.«

»Ja, so wie du«, grunzte Odilio an Fabio gewandt.

Der junge Paladin räusperte sich. »Ihr beide kennt euch offenbar gut aus im Turniergeschäft.«

»Klar«, brummte Odilio und reckte stolz die Brust. »Jacopo und ich lassen nie eines aus. Da kommen die Bierbrauer nämlich von nah und von fern. Und du weißt ja: Mit des Bieres Hochgenuss …«

»… wächst des Bauches Radius«, unterbrach ihn sein hagerer Kamerad schelmisch.

»Gibt es Spaß im Überfluss, wollte ich sagen«, knurrte der Dicke.

Fabio achtete nicht auf die Streiterei der beiden, sondern dachte darüber nach, wie er Jacopos Entdeckung zu seinem Vorteil nutzen konnte. Dann war es so weit und der Herold rief ihn und Raimondo aufs Feld. Die beiden Kontrahenten maßen sich beim Empfang der Turnierlanzen mit kühlen Blicken, klappten ihre Visiere herunter und nahmen an den gegenüberliegenden Enden der Tjostbahn Aufstellung, bis das Startzeichen gegeben wurde. Hart gaben sie ihren Pferden die Sporen und senkten die Lanzen. Fabio hatte einen Moment lang das Gefühl, als würde Aldebaran über den Boden fliegen. Doch auch Raimondo jagte wie ein funkelnder Meteor auf ihn zu. Fabio ließ seinen verhassten Rivalen in dem Glauben, sich des bekannten Tricks zu bedienen, und hob seine Waffe im letzten Moment ein Stück weit über Raimondos obere Schildkante empor. Ein lautes Scheppern dröhnte über den Turnierplatz und Fabio fühlte, wie auch er von einem harten Stoß durchgeschüttelt wurde. Die Zügel entglitten ihm, die Lanze wurde ihm aus der Hand geprellt und schon flog er in hohem Bogen durch die Luft und schlug hart auf dem Erdboden auf. Eine Weile sah er nur Sterne vor seinen Augen blitzen. Raimondo hatte ihn voll erwischt!

»Fünf Punkte für Signore Raimondo«, schallte die Stimme des Herolds von irgendwoher. »Und fünf Punkte für Signore Fabio!« Die Menge tobte vor Begeisterung. Obwohl Fabio das Gefühl hatte, als wäre sein Schildarm taub, mühte er sich wieder hoch und klappte sein Visier hoch. Wieso fünf Punkte für ihn? Erst jetzt sah er, dass es auch Raimondo vom Pferd gerissen hatte. Celestes Cousin lag nur drei Schritt von ihm entfernt jenseits der Schranke. Soeben kamen seine Helfer angerannt, um ihn wieder aufzurichten. Der junge Paladin und Raimondo warfen sich Blicke zu, in denen sowohl Wut als auch Genugtuung lagen.

Gestützt von Odilio humpelte Fabio zurück zum Ruheplatz, während Jacopo Aldebaran einfing. Zu allem Unglück kam ihm Bronzino dal Vedici auf seinem Kaltblüter entgegen. Der Hüne klappte sein Visier hoch, sodass Fabio sein wölfisches Grinsen sehen konnte. »Gewöhn dich schon mal an die Schmerzen, Bauernjunge. Denn im Vergleich zu dem, was ich mit dir anstellen werde, werden sie dir wie ein harmloses Jucken vorkommen.« Rau lachend ritt er zur Tjostbahn, um sich dort seinem dritten Gegner zu stellen. Auch ihn pflügte er mit der Kraft eines Katapultgeschosses aus dem Sattel und gewann so zum dritten Mal hintereinander sieben Punkte.

»Verflucht, ich habe noch nie einen Kämpfer wie ihn gesehen«, presste Fabio zwischen seinen Zähnen hervor. Die Luft um ihn herum roch inzwischen nach Schweiß und Rost.

»Um den kümmern wir uns später«, meinte Odilio, der ebenfalls ratlos wirkte. Selbst als Fabio dem Genovesen mit dem Wildschweinkopf im Wappen gegenübersaß, grübelte er noch über Bronzino nach. Wenigstens war sein vierter Gegner eine leichte Beute. Fabio erwischte ihn hart am Schild und seine Lanze brach, was ihm sichere drei Punkte einbrachte, während sein Kontrahent leer ausging. Auch Raimondo holte sich einige weitere Punkte. Sorgenvoll sah Fabio dabei zu, wie

Bronzino dal Vedici zum vierten Mal antrat. Sein übler Ruf hatte sich inzwischen auch bei den anderen Teilnehmern herumgesprochen und man konnte sehen, wie fahrig sein Gegner auf der anderen Seite der Tjostbahn wirkte. Die beiden Ritter preschten aufeinander zu, doch Bronzinos Kontrahent scherte plötzlich aus. Dal Vedici brüllte zornig auf, riss sich den Schild vom Arm und schmetterte ihn seinem Widersacher mit großer Wucht hinterher. Hart am Kopf getroffen, kippte der Flüchtende vornüber und wurde aus dem Sattel geschleudert. Ein staunendes Raunen ging durch die Menge, in das sich schadenfrohes Gelächter mischte.

»Fünf, äh, fünf Punkte für Signore dal Vedici?«, haspelte der Herold unsicher und sah sich fragend zur Tribüne um.

Fabio starrte den Hünen mit offenem Mund an. Der Mann war wie ein lebender Rammbock. Wie war ihm bloß beizukommen? Fabio war froh, dass es nun zu einer fast einstündigen Verzögerung kam, weil sich die Turnierrichter darüber stritten, ob dal Vedicis ungewöhnlicher Sieg anerkannt werden durfte. Er sah zur Nachmittagssonne auf, die bereits weit über den Himmel gewandert war, doch er hatte noch immer keine Idee, wie er mit diesem Gegner fertig werden sollte. Wieder kam ihm der magische Schild in den Sinn, den der Turniersieger erringen konnte. Er hätte ihn jetzt gut gebrauchen können.

»Odilio, Jacopo!«, rief er die beiden Venezianer zu sich. »Schickt nach Denebola. Ich muss sie sprechen.« Klaglos marschierten sie hinüber zur Tribüne, doch es dauerte eine Weile, bis die Sternenmystikerin an die Absperrung trat.

»Bist du verletzt, Schwertbruder Fabio?«, fragte sie ihn überraschend fürsorglich. »Dein Sturz vorhin sah gefährlich aus. Leider bin ich keine gute Heilerin.«

»Nein, Schwester, sorgt Euch nicht.« Fabio beugte sich im Sattel zu ihr herab und senkte seine Stimme. »Es geht um etwas anderes. Der Schild, den es bei diesem Turnier zu gewinnen gibt, ist er wirklich magischer Natur?«

Denebola blickte überrascht zu ihm auf. »Ich dachte, Seneschall Ernesto hätte dich bereits in alles eingeweiht?«

»Nein.« Fabio schüttelte den Kopf. »Ich befürchte, Schwertbruder Ernesto war vor unserer Abreise mit zu vielen anderen Dingen beschäftigt.«

»Also gut. Man sagt diesem Schild tatsächlich magische Kräfte nach«, erklärte die korpulente Mystikerin. »Ein Abenteurer aus Genova hat dieses Artefakt angeblich vor weit über fünfhundert Jahren an den Ufern des Mondsees gefunden. Irgendwann vor dem Krieg der Städte, in dem die Genovesen den Schild erstmals gegen die arkanomechanischen Apparaturen der Himmelsmechaniker einsetzten. Es grenzt an ein Wunder, dass die Adligen Genovas die Einsicht besaßen, ihn als Preis zur Verfügung zu stellen.«

»Hat die Sternenburg diesen Schild genauer untersucht?«

»Das hätten wir natürlich gern«, sagte Denebola säuerlich. »Aber die Genovesen ließen uns nie einen Blick darauf werfen. Wir vermuten daher, dass es sich bei ihm um eine himmelsmechanische Erfindung handelt, auch wenn sie es abstreiten. Offenbar befürchten die Adligen, wir würden den Schild einziehen, wenn wir ihn erst einmal in unserem Besitz haben.« Fabio verstand die Ängste der Adligen nur zu gut. »Zumindest ist überliefert, dass dieser Schild die Blitzschläge der einstigen Donnertürme zurückwerfen konnte. Das waren gewaltige Turmbauten auf Eisenrädern, die den Waffenschmieden der Himmelsmechaniker entstammten. Ihre Feuerkraft stand den größten Katapulten in nichts nach, nur dass sie sich selbsttätig über ein Schlachtfeld bewegen konnten. Wir hoffen natürlich, dass du diese Trophäe gewinnen wirst, immerhin scheinst du ein Talent darin zu besitzen, seltsame Waffen aufzuspüren.«

»Und wo ist dieser Schild jetzt?«

»Ich weiß es ehrlich gesagt nicht. Er wird sich vermutlich im Besitz der Gesandtschaft Genovas befinden. Warum willst du das wissen?«

»Na ja«, sagte Fabio gedehnt, »dieser Schild könnte auch für unsere Feinde interessant sein.« Die Sternenmystikerin hob beunruhigt eine Augenbraue. »Gut, ich werde in Erfahrung bringen, wo der Schild derzeit verwahrt wird. Sieh du nur zu, dass du mit diesem Bronzino fertig wirst. Ein unangenehmer Kerl. Es wäre mir nicht recht, wenn ausgerechnet er das Turnier gewönne. Seine ganze Familie besteht aus einem Haufen selbstgefälliger Gecken, von denen mir keiner so recht als Heerführer geeignet scheint.«

Fabio ritt wieder zurück. Längst hatten die Fanfarenbläser zur fünften und letzten Tjostrunde geblasen. Fabio wusste, dass er ausscheiden würde, sollte er gegen Bronzino keine weiteren Punkte machen. Was hatte die Hohe Sternenmystikerin Aureana bloß dazu bewogen, ausgerechnet ihn zum

Turnier zu entsenden? Seine Unerfahrenheit würde sie alle noch teuer zu stehen kommen.

Verzweifelt sah Fabio den übrigen Rittern dabei zu, wie sie zum letzten Mal am heutigen Tag ihre Lanzen brachen, und er versuchte ihnen ihre Tricks abzuschauen. Doch so einfach war das nicht. Selbst Odilio und Jacopo waren verstummt und schauten bang zu ihm auf, wenn sie glaubten, er bemerke es nicht. Die Zeit verstrich, als endlich sein Name aufgerufen wurde. Sein Zweikampf gegen Bronzino dal Vedici würde das Turnier beschließen. Wenn die Adligen auf der Tribüne auf einen dramatischen Abschluss des heutigen Tages gesetzt hatten, dann würde ihre Rechnung wohl aufgehen.

Mit einem üblen Gefühl in der Magengrube packte Fabio eine der ihm dargereichten Turnierlanzen und ritt unter den anfeuernden Rufen der Menge zur Tjostbahn. Dennoch war ihm zumute wie einem Lamm, das man zur Schlachtbank führt. Selbst Raimondo, dem es ein weiteres Mal gelungen war, seine Lanze zu brechen, spähte ihm aufmerksam hinterher. Sicher war er froh, nicht selbst gegen Bronzino antreten zu müssen.

Der Hüne nahm derweilen unter rhythmischen Trommelschlägen am gegenüberliegenden Ende der Bahn Aufstellung. Mit seiner gepanzerten Rechten deutete er am Hals eine Bewegung an, die an einen Mörder erinnerte, der seinem Opfer die Kehle aufschnitt. Fabio schloss ergeben die Augen und atmete tief ein.

Da entdeckte er Celeste, die sich bis zur vordersten Absperrung durchgedrängt hatte. Ihr langes Haar wurde vom Licht der untergehenden Sonne umschmeichelt und sie erschien ihm in diesem Moment wie ein himmlischer Bote, ausgesandt, um ihm Kraft und Glauben an die stellaren Mächte zu schenken. Die stellaren Mächte. Bei Marsakiel, das war es!

Der Trommelwirbel brach ab und mit dem letzten Ton senkte sich eine atemlose Stille über den Platz. Das Startzeichen wurde gegeben. Fabio klappte sein Visier herunter und gab Aldebaran die Sporen. Bronzino hielt es ebenso und walzte wie ein schnaubender Stier mit gesenkten Hörnern auf ihn zu. Unerbittlich. Unbesiegbar. Fabio senkte die Lanze und bot all seine Konzentration auf, um seinen blanken Schild so anzuheben, dass sich auf ihm das glutvolle Licht der Sonne spiegelte. Aldebaran zu letzten Höhenflügen treibend, doch seine Deckung völlig vernachlässigend, richtete er den blendenden Schein des Himmelslichts auf Bronzinos Helm aus, der sein Sichtfeld mit einer ruckhaften Bewegung zu schützen versuchte. Im nächsten Augenblick krachten sie aufeinander und die Welt um Fabio herum versank in einem lärmenden Getöse aus splitterndem Holz und quietschenden Blechen. Der Zusammenprall war so heftig, dass Fabio einen Moment lang glaubte, nicht mehr atmen zu können.

Als er wieder zu sich kam, hing er schräg im Sattel. Seine Lanze war zersplittert, sein Schild hing ihm völlig zerbeult vom Arm und er fühlte, dass sein Brustharnisch eine tiefe Delle abbekommen hatte. Unter Aufbietung der letzten Kräfte zog er sich wieder in den Sattel hoch. Umgehend setzte tosender Jubel ein, der seine Ohren trotz des Helms zum Klingen brachte. Die Menge tobte vor Begeisterung, und im nächsten

Augenblick war er umringt von Zuschauern, die die Tjostbahn stürmten, ihn beglückwünschten und ihm Blumen und Bier hinaufreichten. Benommen warf er einen Blick zurück und sah, dass es ihm gelungen war, Bronzino zu blenden. Er hatte den Hünen frontal am Kopf erwischt. Dal Vedici hing mit seinem rechten Fuß noch immer im Steigeisen und wurde von seinem Kaltblüter samt der schweren Rüstung über den Platz geschleift. Immerzu brüllte er und versuchte, den Gaul dazu zu bewegen, stehen zu bleiben. Fabio lachte trotz seiner Schmerzen, während der Herold vor der Tribüne hilflos Gehör zu finden hoffte.

Da preschten zwei Botenreiter aus dem Osten heran, die die Schaulustigen auseinandertrieben und ihre Pferde erst zügelten, als sie die Tribüne mit den Stadtfürsten erreicht hatten. Der Lärm auf dem Turnierfeld ebbte ab und so konnte auch Fabio sie verstehen. »Hohe Herren, Ihr müsst sofort mitkommen. Die Goblins stehen vor der Stadt!«

Freund und Feind

Die Sonne versank als glühender Ball hinter den Baumwipfeln eines nahen Wäldchens, das sich dunkel gegen den roten Horizont abhob. Staub und Dreck lagen in der Luft, aufgewirbelt von den Pferdehufen der fast dreißigköpfigen Ritterschar, die, angeführt von Denebola, dem Obersten Ratsherren Firenzes und dem Dogen Genovas, in Richtung Osten donnerte. Fabios Körper peinigten noch immer große Schmerzen, dennoch hatte er es sich nicht nehmen lassen, sich dem Gefolge anzuschließen. Ebenso wie Celeste, die einen Schimmel aufgetrieben hatte und dicht neben ihm ritt.

Einen Moment lang hatte Fabio wie viele andere geglaubt, das gewaltige Heer der Goblins hätte bereits vor der Stadt Aufstellung genommen. Unter den Schaulustigen am Turnierplatz war es sogar zu ersten Tumulten gekommen, bis sich herumgesprochen hatte, dass die Botenreiter lediglich einige Unterhändler der Unholde gemeint hatten. Angeblich warteten sie drei Meilen östlich von Firenze darauf, mit Vertretern der Stadt zu sprechen. Und tatsächlich konnte Fabio in der Ferne bereits ein hohes Klippenmassiv erkennen, dessen spitze Felsformationen sich wie die Zähne eines Ungeheuers von der ansonsten sanft geschwungenen Hügellandschaft abhoben.

Direkt vor den Felsen hatten die Goblins Standarten aufgestellt, an denen das blutrote Kriegsbanner Zagrabs mit dem stilisierten Fledermauskopf sowie eine Fahne im strahlenden Weiß der Unterhändler flatterten.

Je näher sie dem Aufgebot der Goblins kamen, desto mehr Einzelheiten wurden im Zwielicht sichtbar. Insgesamt zählte Fabio acht Gestalten, die im Schatten der Felsen auf sie warteten. Er wusste nur zu gut, dass die Goblins das Tageslicht hassten. Ort und Zeitpunkt ihres Zusammentreffens waren also klug gewählt. Selbst ein einladend offen stehendes Zelt aus Bärenfellen hatten die Goblins zwischen den Standarten aufgebaut, ganz so, als richteten sie sich bereits darauf ein, länger mit den Abgesandten Firenzes und Genovas zu verhandeln. Immer näher kam der Reitertrupp dem Lager, doch die gedrungenen Kreaturen wichen nicht einen Zollbreit zurück, sondern blickten dem massiven Aufgebot der zwei Städte scheinbar gelassen entgegen.

Erst knapp fünf Schritte vor dem Goblinlager gaben die beiden Stadtherren von Firenze und Genova das Zeichen zum Halten. Ihr schwer bewaffnetes Rittergefolge baute sich wie eine Wand aus Eisen um das Lager herum auf. Den Reitern war anzusehen, dass sie nur auf einen Befehl warteten, die Goblins niederzumachen. Fabio sah zu den Klippen auf und entdeckte auf Höhe der Baumwipfel gleich vier gewaltige Riesenfledermäuse mit angelegten Flügeln, die im Schatten großer Felsnasen hingen und auf sie herabstarrten.

Aus dem Zelteingang trat ein Goblin, der einen schlichten Sack in den Händen hielt. Einem aufrecht stehenden Menschen reichte der Unhold fast bis zur Brust und seinen Muskelbergen sah man an, dass er ein gefährlicher Kämpfer sein musste. Im Gegensatz zu seinen Kriegern, die mit Leinenpanzern, Sichelschwertern und Holzschilden bewaffnet waren, trug er lediglich einen Hüftschurz aus rot gefärbten Tierfellen. Seine ledrige Haut war mit kunstvollen Schmucknarben übersät, die jedem Anwesenden klarmachte, dass es sich bei ihm um einen der gefürchteten Goblinschamanen handelte. Die langen Fledermausohren zuckten unruhig und er verzog sein widerliches Rattengebiss zu einem spöttischen Lächeln, als er sich vor der Gesandtschaft verneigte. »Ich grüße Euch im Namen Gruuks, des Unbezwingbaren, Imperators der Felsenhöhlen von Zagrab, Herrn der astarischen Steppen und Schutzherrn der Menschenstädte Venezia und Verona.«

»Spar dir die kriecherischen Huldigungen deines verderbten Herrn!«, blaffte ihn Herzog Umberto da Castano an. Der Doge Genovas behielt die Hand am Schwertgriff. »Sag uns, was du uns zu sagen hast, und dann werden wir darüber entscheiden, ob wir mit dir und deinesgleichen kurzen Prozess machen.«

»Aber, aber, Mensch, wer wird denn so aufbrausend sein«, zischte der Schamane und hob den Sack in seinen Händen leicht an. »Wir beanspruchen das gleiche Recht auf die Herrschaft Astarias wie ihr. Noch vor tausend Jahren siedelten wir Goblins im ganzen Land. Doch dann kamt ihr Menschen und habt uns in den Osten vertrieben.«

»Willst du unser Mitleid wecken, Goblin?«, rief Denebola in verächtlichem Ton. »Wo auch immer deinesgleichen auftauchte, brannten Dörfer und kamen Unschuldige zu Tode. Ein friedliches Leben Seite an Seite mit euch ist nicht möglich. Außerdem wissen wir, wem ihr Goblins in Wahrheit dient: dem Herrn der Lüge und des Verrats.«

Die übrigen Goblins knurrten.

»Niemals, Sternenhexe, im Gegensatz zu euch dienen wir einem Herrn der Stärke!«, fauchte der Schamane. »Besser also, du hörst dir an, was euch Gruuk anzubieten hat! Unser Herr gewährt den Städten Astarias die Freiheit, wenn sie sich dem großen Heerzug der Goblins anschließen. Firenze und Genova werden den Status von Vasallen erhalten, denen das Recht zugesprochen wird, sich in Gruuks künftigem Großreich selbst zu verwalten. Ein Reich, das sich schon bald vom Sternenmeer im Osten bis zur Kometensee im Süden spannen wird. Selbst vor den Reichen des Halbmondes werden wir nicht haltmachen.«

»Und was ist der Haken bei der Sache?«, wollte Patrizio di Bossi wissen.

»Kein Haken, nur eine Neuordnung der Verhältnisse«, lockte ihn der Goblin. »Ihr werdet Gruuk als euren neuen Herrn anerkennen. Zweimal jährlich werdet ihr eine Karawane mit Tributleistungen an Zagrab entsenden. Und natürlich werdet ihr künftig von eurem falschen Glauben ablassen. Ihr werdet die Sternenbasiliken einreißen, die Sternenhexen von Stella Tiberia totschlagen und uns jeden flüchtigen Paladin ausliefern, dessen ihr habhaft werdet.«

»War es das?«, fragte Denebola mit eisiger Stimme. »Oder wollen wir unsere Zeit weiter miteinander verschwenden?«

Der Schamane starrte sie lauernd an. »Nein, Gruuk möchte euch außerdem etwas zum Geschenk machen. Einen Beweis seiner Gunst.« Er griff in den Sack, in dem es leise klirrte. Fabio zog misstrauisch die Augenbrauen zusammen, als der Goblin ein filigranes Netz aus bronzenen Ketten enthüllte, die oben in einem metallenen Ring zusammenliefen. Unruhe erfüllte die Ritterschaft, denn in dem Bronzegeflecht baumelte ein pechschwarz bemalter Totenkopf, auf dessen Stirn das blutrote Motiv eines Kometen samt Schweif zu sehen war.

»Ein Astronos-Schädel!«, rief Fabio alarmiert und mehrere Ritter blickten ihn fragend an. Denebola beschrieb eine Zaubergeste, doch der Schamane kam ihr zuvor. Jäh flammten die Augenhöhlen des Schädels in rotem Licht auf und die Sternenmystikerin stöhnte. Schlagartig wuchsen um sie herum Schatten empor und ein angestrengtes Keuchen lief durch die Reihen der Männer. Auch Fabio spürte unvermittelt einen Druck auf den Schläfen, als tauchte er tief unter Wasser. Zwei der Ritter hoben bereits ihre Speere zum Wurf, doch der glühende Schein erfasste auch ihre Gesichter, und ebenso wie ihre Kameraden vermochten sie nichts anderes zu tun, als den schwarzen Schädel fasziniert anzustarren.

Die Goblins verschwammen vor Fabios Augen, stattdessen stiegen die Bilder einer brennenden Stadt auf, über deren Nachthimmel glühende Meteorschauer vom Himmel regneten. Ein gewaltiges Heer brandete gegen die Stadtmauern an, während die stellaren Feuerbälle unter lautem Donnerhall im Häusermeer einschlugen, Mauerkronen zertrümmerten, Wehrtürme zum Einsturz brachten und tiefe Schneisen in die

Heimstatt der Menschen rissen. Die Luft roch nach Feuer und Tod und das Schlachtfeld war vom Geschrei Tausender erfüllt. *Noch könnt ihr eure Heimat retten*, rasselte eine gespenstische Stimme im Nachtwind, der heiß über die entsetzliche Szenerie wehte und die Feuersbrünste immerzu neu entfachte. Ein gewaltiger Schatten stieg am Horizont auf und entfaltete seine majestätischen Schwingen. Astronos! *Meine Geschwister, die euch mit ihren Lügen getäuscht haben, sind schwach. Sie sterben. Sie können euch nicht helfen.* Fabio versuchte, die Einflüsterungen des abtrünnigen Stellars abzuschütteln, doch das lockende Wispern blieb. *Ein neues Zeitalter wird kommen, doch darin ist nur Platz für die Starken. Wollt ihr die Schwachen in einer Welt der Starken sein? Wollt ihr euer Leben einer aussichtslosen Sache opfern? Ich sehe doch, dass ihr mit euch hadert.* Himmel, es schien so leicht zu sein. Er musste nur … Nein, er hatte Astronos schon einmal widerstanden. Fabio richtete all sein Flehen an die fünf Erzstellare und spürte, wie sich der Druck in seinem Kopf verstärkte. Ein Ächzen entrang sich seiner Kehle und ihm lief der Schweiß in Rinnsalen über den Rücken.

»Marsakiiiieeel!« Mit einem lauten Schrei befreite sich Fabio von den Trugbildern und preschte an die Seite eines Ritters, der noch immer gebannt auf den glosenden Schädel starrte. Auf seinem Gesicht lag ein Lächeln, in dem Fabio Verzückung und Gier erkannte. Schon hatte er den Bogen des Mannes ergriffen, riss einen Pfeil aus dem Köcher und legte auf den Schamanen an. Der Goblin fauchte voller Wut und richtete den Astronos-Schädel direkt auf Fabio, doch dessen

Pfeil war bereits unterwegs. Mit einem dumpfen Laut schlug das Geschoss in dem Schädel ein und das Gebein zerbarst, als bestände es aus trockenem Lehm. Von einem Augenblick zum anderen fiel das rote Leuchten in sich zusammen. Der Schamane schrie zornig auf und deutete auf den jungen Paladin. Brüllend stürmten aus allen Richtungen Goblins auf Fabio zu. Er gewahrte erst jetzt, dass die Unholde die Zeit ihrer Erstarrung genutzt hatten, um in den Ring der Gepanzerten einzufallen und den Großteil der Ritter zu entwaffnen. Ein Speer krachte wirkungslos gegen sein Panzerhemd und er war froh, noch immer in der schweren Gestechrüstung zu stecken. Fabio riss sein Schwert aus der Scheide und schon klirrte Stahl gegen Stahl.

»Molunahs Strafgericht soll euch heimsuchen!« Eine kalte Frostböe fiel von oben auf Menschen und Goblins herab und brachte Schnee und Graupelschauer mit sich. Von einem Moment zum anderen erfassten klirrend kalte Wirbelwinde die Goblins, die die Unholde noch in der Bewegung packten und sie zu ihrem Lager zurückschleuderten, wo sie unter dicken Lagen von Schnee und Reif begraben liegen blieben. Nur langsam kamen die anderen Bewaffneten wieder zu sich und blickten verstört auf die Szene, die sich ihnen nun darbot. Fabio wandte sich zu der Sprecherin um und sah, dass sich Celeste in gebieterischer Pose auf ihrem Schimmel erhoben hatte und die Arme zum Himmel gestreckt hielt. Noch immer bauschte der kalte Wind ihr langes Haar, auf dessen Strähnen feine Eiskristalle funkelten. In ihren Augen lag ein Glanz, wie er ihn bei ihr zuletzt in Venezia gesehen hatte, als sie gegen Vesperuga gekämpft hatte. Brüllend vor Wut preschten jene Ritter vor, die noch Waffen besaßen, und richteten unter den Goblins ein entsetzliches Blutbad an.

»Nicht den Schamanen!«, schrie Fabio und galoppierte nach vorn, um einem fiorentinischen Ritter in den Schwertarm zu fallen. Gruuks Gesandter stand mittlerweile dicht an einen der Felsen gepresst und sah mit flackerndem Blick zu den Reihen seiner Feinde auf.

Herzog Umberto da Castano, der Doge Genovas, drängte sich durch die Reihen der Männer, maß Fabio über seinen dichten Schnauzbart hinweg mit einem knappen Blick und packte den Goblin zornig am Hals. »Elende Kreatur, wie konntest du es wagen?«, begann er mit donnernder Stimme. »Doch heute ist dein Glückstag. Flieg zurück zu deinem Herrn und richte Gruuk aus, dass wir darauf brennen, euch hier auf diesem Boden zu schlagen. Sag ihm, dass wir Menschen unseren Fehler von einst nicht noch einmal wiederholen werden. Denn diesmal werden wir dafür sorgen, dass ihr euch von der Niederlage nicht mehr erholt. Und jetzt geh und überbringe die Nachricht. Sicher wird Gruuk ebenso viel Gnade kennen wie wir.« Er warf den Schamanen zu Boden und deutete die Klippen hinauf. »Lasst nur eine von ihnen leben.«

Ein Hagel aus Pfeilen und Bolzen schwirrte in die Höhe und drei der vier Riesenfledermäuse stürzten getroffen in die Tiefe. Zwei der zähen Monster versuchten, wild flatternd zu entkommen, doch ein weiterer Pfeilhagel bereitete auch ihnen ein Ende. Fabio war sich sicher, dass die meisten der Männer noch nie zuvor Riesenfledermäuse gesehen hatten.

Der Schamane sah sich gehetzt zu den Menschen um und rief das letzte Flugtier mit einem kurzen Pfiff zu sich. Mit rauschenden Schwingen glitt die Riesenfledermaus an seine Seite und die Ritter machten der Kreatur mit erhobenen Waffen Platz. Hastig saß der Goblin auf. »Ihr habt keine Ahnung, wie weit die Macht Gruuks reicht, Menschen!«, giftete er. »Ihr seid alle schon tot. Ihr wisst es bloß noch nicht.« Dann drückte er seinem Flugtier die Stiefel in die Flanken und jagte dem Nachthimmel entgegen.

Abermals fühlte Fabio die Blicke des Dogen auf sich. Sein Amtskollege aus Firenze hingegen hockte zusammengesunken im Sattel seines Pferdes. Direkt neben ihm saß Denebola. Die Sternenmystikerin blinzelte benommen und hielt sich die Stirn mit einem Gesichtsausdruck, der tiefe Verwirrung zeigte. Celeste war bereits bei ihr und sprach sanft auf sie ein. Denebola schüttelte den Kopf und antwortete leise.

»Ich schlage vor, dass wir zurückreiten«, sagte der Oberste Ratsherr Firenzes zögernd. »Die Angelegenheit muss im kleinen Kreis besprochen werden.«

»Da gibt es nicht viel zu besprechen«, schimpfte der Doge Genovas und ritt die Reihen der Ritterschaft entlang. »Was wir eben erlebt haben, war eine Prüfung des Glaubens und der Standhaftigkeit. Ich will hoffen, dass sie jeder von euch bestanden hat!«

Die Ritter sahen sich bedrückt an, dann folgten sie Herzog da Castano, der ohne viel Federlesens die Führung übernahm.

Unvermittelt ritt einer der Genoveser an Fabios Seite.

»Schwertbruder Paladin, unser Doge würde dich nachher gern sprechen. Du wirst ihn im Zelt der Kommandantur finden.« Ohne eine Antwort abzuwarten, preschte der Reiter wieder nach vorn. Fabio sah ihm nach und tauschte dann einen Blick mit Celeste, die noch immer dicht neben Denebola ritt, als befürchtete sie, dass ihre Lehrherrin vom Pferd fallen könnte.

Als sie das Turnierfeld erreichten, war die Sonne bereits untergegangen. Längs der Tjostbahn waren brennende Fackeln in den Boden gerammt worden, die den Platz in flackerndes Licht tauchten. Die Bürger Firenzes hatten sich längst wieder hinter die Stadtmauer zurückgezogen. Auch die beiden Heerlager wurden vom Schein zahlloser Feuerstellen beleuchtet und der Wind trug Lautenspiel und das raue Lachen von Männern heran.

»Wir treffen uns in zwei Stunden im Palazzo Vecchio«, sagte Patrizio di Bossi gefasst und sah sich zu seinen Rittern um. »Ich werde die Torwachen darüber unterrichten, dass ihr kommt.« Er winkte seinen Rittern zu und der Haufen ritt hinauf zum Osttor. Auch der Doge Genovas rief seine Männer zusammen und galoppierte zu seinem Heerlager. Zurück blieben Fabio, Denebola und Celeste.

Die korpulente Sternenmystikerin atmete tief ein. »Ich bin sehr stolz auf euch beide«, hub sie stockend an und Fabio konnte ihr trotz der Dunkelheit ansehen, wie schwer ihr das Lob fiel. »Wäret ihr nicht gewesen, hätten die Goblins jetzt einen Triumph feiern können, der das Bündnis schwer getroffen hätte.«

»Habt Dank«, antwortete Fabio und rang mit sich. »Darf

ich Euch dennoch fragen, warum Ihr nicht rechtzeitig eingegriffen habt, Sternenschwester?«

Denebola presste ihre Lippen aufeinander und blinzelte, als ob ihr schwindlig wäre. »Ich … konnte nicht«, flüsterte sie überraschend offen. »Ich habe es versucht, doch da war etwas, was … du würdest es nicht verstehen, Schwertbruder. Ich verstehe es nicht einmal selbst.« Sie hielt inne und in ihrem Blick flackerte eine Unruhe, die sie hastig zu überspielen versuchte. »Doch das darf uns nicht von dem abhalten, wozu wir ausgeschickt wurden. Hört ihr? Aureana verlässt sich darauf, dass wir unser Bestes geben.«

»Selbstverständlich.« Fabio und Celeste warfen sich besorgte Blicke zu. »Wie sieht Euer Plan aus, Herrin?«, wollte die junge Novizin nun wissen.

»Bist du schon dazu gekommen, den Schwertbruder über deine Nachforschungen in Kenntnis zu setzen, Novizin?«

»Nein«, antwortete Celeste. Sie wandte sich an Fabio. »Ich habe herausfinden können, wo Astartes Leichnam liegt. Im ›Anatomischen Theater‹.«

»Wo?«

»In einem Gebäude, das der Ärztezunft Firenzes gehört«, erklärte ihm die junge Baroness geduldig. »Firenze ist für die besten Heiler in ganz Astaria bekannt. Sie werden an Menschen- und Tierleichen ausgebildet, um zu verstehen, wie die Körper aufgebaut sind, und um herauszufinden, wo ihre Organe sitzen und wie ihre Säfte fließen.«

»Du meinst, sie schneiden Tote auf?«

»Ja, man nennt es ›sezieren‹«, antwortete Celeste. »Im

Anatomischen Theater, einer Art Gelehrtensaal mit hohen Rängen, können die Schüler den Anatomen bei ihrer Arbeit zuschauen. Sie üben an Tierkörpern und an menschlichen Verstorbenen, die keine Verwandten haben. Auf jeden Fall wurde Astarte dorthin geschafft.«

»Was bedeutet, dass wir da reinmüssen?«

»Ja, und das noch heute Nacht«, ergänzte Denebola. »Natürlich könnte ich den Magistrat offiziell um eine Begutachtung ihres Leichnams bitten, aber dann müsste ich offenlegen, warum ich Interesse daran habe. Also werden wir dem Anatomischen Theater einen heimlichen Besuch abstatten.«

Fabio, der eigentlich darauf gehofft hatte, sich endlich etwas ausruhen zu können, seufzte innerlich. »Und wann?«

»Wir treffen uns kurz vor Mitternacht an der Sternenbasilika«, bestimmte die Sternenmystikerin. »Das Anatomische Theater liegt nicht weit entfernt im Park der sieben Sphären. Bis dahin hoffe ich, diese Beratungen im Palazzo Vecchio hinter mich gebracht zu haben. Uns wird schon etwas einfallen, um der Beobachtung der Familie dal Vedici zu entgehen.«

Die drei verabschiedeten sich voneinander und Fabio ritt zurück zu den Turnierzelten, wo ihn bereits Jacopo und Odilio erwarteten. Die beiden Venezianer bestürmten ihn sogleich mit Fragen, die er so gut wie möglich beantwortete. Vor allem aber holten sie ihn vom Pferd und halfen ihm aus der schweren Gestechrüstung. Fabio wusch sich und ließ sich erschöpft auf sein Lager fallen. Sein ganzer Körper war von blauen Flecken übersät und er konnte kaum noch gehen. Gierig machte er sich über eine Fleischsuppe her, die Odilio zubereitet hatte, und diesmal war es ihm egal, welche Zutaten er dafür verwendet hatte. Fast zwei Stunden verbrachte er in unruhigem Dämmerschlaf, bis er hochschreckte, weil ihm einfiel, dass ihn der Doge Genovas zu sehen wünschte. Er ließ sich von seinen beiden ungleichen Freunden in Kettenhemd und Rittermantel helfen, gürtete sein Waffengehänge und suchte das Heerlager der Genovesen auf.

Rund um die vielen Lagerfeuer saßen Waffenknechte beim Würfelspiel, tranken und rissen derbe Zoten. Vor einem der Zelte sang ein Pferdebursche Lieder aus der Heimat. Die Männer sahen auf, als er sich den Weg zum großen Zelt der Kommandantur bahnte, das aus roten und blauen Stoffbahnen in den Farben Genovas erbaut worden war. Offenbar wurde er schon erwartet, denn die beiden Wachen vor dem Zelt kündigten ihn an und ließen ihn durch, kaum, dass er den Eingang erreicht hatte.

Fabio betrat einen sehr angenehm gestalteten Wohn- und Schlafbereich aus Fellen, kunstvoll bestickten Wandbehängen und kostbaren Sitzmöbeln. Auf einem Tisch mit Karten der Umgebung erhob sich ein silberner Kerzenleuchter, dessen Arme die Gestalt schlanker Stellare mit angelegten Flügeln hatten. In seinem Licht saß Herzog Umberto da Castano über einen Brief gebeugt. Als Fabio eintrat, blickte er auf und musterte den jungen Paladin von oben bis unten. »Ich freue mich, dass du gekommen bist, Ordensritter«, hub er an. Fabio betrachtete den Dogen zum ersten Mal genauer. Er schätzte den schnauzbärtigen Mann mit Halbglatze auf Ende fünfzig. Der Herzog trug jetzt eine dunkle Amtsrobe mit weiten Ärmeln, doch was für Fabio noch viel wichtiger war, in seinem Blick lag keine Falschheit.

»Es ist mir eine Ehre«, antwortete Fabio.

»Du hast heute mehrfach Aufsehen erregt.«

Fabio lächelte schwach. »Ich bemühe mich lediglich, meinem Orden ein guter Gefolgsmann zu sein.«

»Ja, in der Tat, das tust du. Mit Erfolg, möchte ich meinen.« Der Doge bot ihm einen Kelch mit verdünntem Wein an und sie ließen sich am Tisch nieder. »Ich habe dich heute beobachtet. Damit meine ich nicht nur das Turnier, auf dem du dich für dein Alter überraschend gut geschlagen hast. Ich spreche von dem Zusammentreffen mit den Goblins. Ich habe mich rechtzeitig genug von diesen Lügengespinsten befreien können, um zu sehen, dass du uns alle mit deinem wohlgezielten Schuss gerettet hast.«

»Das heißt, Ihr habt den Verlockungen des Astronos widerstanden?«

»Ja, Ordensritter, das heißt es wohl.« Herzog da Castano trank einen Schluck. »Nicht nur unter den Sternenmystikerinnen und dem Orden der Morgenröte finden sich treue Diener, die ihr Leben für die Stellare geben würden. Wenngleich ich auch befürchte, dass ihre Zahl in diesen dunklen Stunden rar gesät ist.«

Er erhob sich und ging einige Schritte auf und ab. »Der Tod Großmeister Silvestros hat mir gezeigt, dass der Feind schon viel tiefer in unsere Reihen eingefallen ist, als wir befürchtet haben. Doch wenn dein Orden noch mehr deines Schlages hervorbringt, dann sehe ich der kommenden Schlacht mit

Hoffnung entgegen. Ich habe dich hergebeten, weil du deinem Seneschall bestellen sollst, dass Genova die törichten Ansichten Firenzes nicht teilt. Im Gegenteil, Genova wird die Paladine mit offenen Armen empfangen. Und wenn wir etwas zur Versorgung der Männer beitragen können, dann werde ich dies unverzüglich veranlassen.«

»Ich danke Euch, hoher Herr«, antwortete der junge Paladin. »Seid gewiss, ich werde Eure Nachricht übermitteln, sobald ich Schwertbruder Ernesto sehe.« Fabio hielt kurz inne, doch dann beschloss er, die Gelegenheit zu nutzen. »Darf ich Euch etwas anderes fragen?«

»Nur zu.«

»Gerüchten zufolge soll vor einigen Tagen eine Gesandtschaft Eurer Provinz überfallen worden sein.«

»Du bist überraschend gut unterrichtet«, stellte der Doge Genovas fest.

»Eine Freundin berichtete mir davon. Sie weilt schon seit Längerem in Firenze und hält ihre Augen und Ohren für mich offen. Mir kam der Gedanke, dass es bei diesem Überfall eventuell um den magischen Siegesschild ging, den Ihr nach Firenze überstellen solltet.«

»Ja, das ist richtig. Wir haben beschlossen, den Schild Molunahs dem besten Kämpfer des Turniers zu überlassen.«

»Der Schild Molunahs?«, bohrte Fabio neugierig nach.

»Ja, dieser Name ist seit fast sechshundert Jahren überliefert. Warum, das weiß ich nicht. Aber der Schild besteht ganz aus Meteoreisen und weist erstaunliche Kräfte auf, die Genova zuletzt während des Krieges der Städte geholfen haben.«

»Er entstammt also nicht den Schmieden der Himmelsmechaniker?«

»Nein.« Da Castano schüttelte den Kopf. »Ich weiß, dass die Sternenmystikerinnen dies annehmen, aber es entspricht nicht der Wahrheit. Dieser Schild ist, nach allem, was wir wissen, in seiner Machart absolut einzigartig.«

»Doch die Gesandtschaft hatte ihn nicht bei sich, richtig?«

»Offiziell schon.« Der Doge presste die Lippen aufeinander. »Doch inoffiziell haben wir den Schild auf einem anderen Weg nach Firenze schaffen lassen, da einige von uns befürchteten, dass auch unsere Feinde daran interessiert sein könnten. Wie wir jetzt wissen, lagen wir richtig.«

»Wo ist der Schild jetzt?«

Der Herzog zögerte und sah Fabio eine Weile prüfend an. »In der Schatzkammer des Astrariums von Firenze.«

»In diesem Uhrenturm?«, fragte Fabio verwundert.

»Ja, in diesem Uhrenturm. Das Astrarium birgt im obersten Geschoss eine Schatzkammer himmelsmechanischer Fertigung«, erklärte der Mann und zwirbelte nachdenklich seinen Schnauzbart, als überlegte er, ob er nicht bereits zu viel verraten hatte. »Unsere Firenzer Verbündeten hüten dort ihre wertvollsten Schätze. Darunter die alte Staatskrone Firenzes und viele andere Kostbarkeiten.«

»Ist das Versteck denn sicher?«, wollte Fabio wissen.

»Ich denke schon. Das dürfte den Sternenmystikerinnen zwar nicht gefallen, doch angeblich bestehen die Wände der Schatzkammer des Astrariums aus einer Meteoreisenlegierung, die sogar Sternenmagie widersteht.«

»Und wer weiß davon?«

»Abgesehen von Patrizio di Bossi, dem Obersten Ratsherrn Firenzes, und mir nur drei ausgewählte Vertrauenspersonen, darunter der Schatzmeister dieser Stadt – und jetzt du. Dürfte ich erfahren, warum du ein solch auffallendes Interesse an dem Schild zeigst?«

Fabio entschloss sich, ebenfalls ganz offen zu reden. »Zufällig weiß ich, dass Vesperuga, die Ducchessa von Venezia, hinter dem Raubversuch Eures Schildes steckt. Hütet Euch vor ihr, denn sie ist ein Sternenvampir!«

»Was?!« Fabios Gegenüber riss entsetzt die Augen auf.

»Warum sie die Waffe in ihre Gewalt bringen will, weiß ich nicht. Aber ich befürchte, unsere Feinde könnten einen neuen Versuch wagen, den Schild an sich zu reißen.«

»Das sollte ihnen schwerfallen«, sagte der Genover. »Der Schatzmeister Firenzes wurde von besagten Vertrauensleuten zu seiner Sicherheit ins Mondschattengebirge gebracht. Er trifft erst übermorgen wieder in Firenze ein, sobald der Sieger des Turniers gekürt wird.«

»Ihr habt ihn ins Gebirge schaffen lassen?«

»Allerdings. Immerhin ist der Schatzmeister der Einzige, der weiß, wie sich die Schatzkammer öffnen lässt. Du siehst also, wir haben nichts dem Zufall überlassen. Der Rest liegt nicht mehr in unseren Händen. Denn die einzige Möglichkeit, die unsere Feinde jetzt noch haben, besteht darin, den Schild im Kampf zu gewinnen.« Ergeben hob Umberto da Castano die Hände. »Und sollte das geschehen, dann wird dies wohl dem Willen der Stellare entsprechen. Gerade du solltest wissen, dass nichts in dieser Welt ohne den Willen der Himmlischen geschieht.«

Fabio sah auf, denn im Hintergrund schlug das Astrarium zur elften Nachtstunde. »Leider muss ich Euch nun wieder verlassen.« Er erhob sich und verneigte sich vor dem Dogen. »Firenze kann froh sein, dass die Bürger Genovas zu ihrem Schutz herbeigeeilt sind«, sagte er in ehrlicher Anerkennung. Der Doge lächelte freudlos. »Wenn du das glaubst, dann sei morgen nicht wieder so grob zu meinem Sohn. Er kämpft immerhin dafür, dass ich Heerführer der vereinigten Truppen aller Bündnispartner werde.«

Fabio sah sich suchend im Zelt um, bis er ein Familienwappen fand, das einen goldenen Pfau auf blauem Hintergrund zeigte. »Ah, Ihr meint den Ritter mit der Pfauenfeder, gegen den ich heute angetreten bin?«

»Richtig. Er hat es glücklicherweise ebenfalls bis zur zweiten Runde geschafft.«

»Nun, nach dem Seneschall seid Ihr sicher der geeignetste Anwärter für dieses Amt, hoher Herr.« Fabio zwinkerte seinem Gegenüber zu und der Doge musste lachen, dass sein Schnauzbart wippte.

»Du hast ja sogar Humor, Paladin!«

»Noch, hoher Herr. Noch!« Fabio verabschiedete sich und eilte zurück zu seinem Lager. Eine Leiche erwartete ihn noch in dieser Nacht.

Das Anatomische Theater

Fabio band Aldebaran zwischen zwei schlanken Zypressen fest und lauschte auf die nächtlichen Geräusche im Park der sieben Sphären. Doch außer dem Wind, der sanft durch die Blätter und Zweige der vielen Bäume um ihn herum strich, war kein Laut zu hören. Die Stadt schlief und der Park war bis auf zwei Nachtwächter, die vom Sternenlicht beleuchtet auf einem der hellen Kieswege zu erkennen waren, völlig verwaist. Das Kettenhemd hatte Fabio diesmal im Zeltlager zurückgelassen. Sein auffällig weißer Ritterumhang hing zu einer Rolle zusammengebunden hinter dem Sattel. Seufzend überprüfte er noch einmal die Auswahl an Brechstangen, die sich wenig überraschend im Besitz von Jacopo und Odilio befunden hatten. Die zwei Venezianer besaßen ohne Zweifel einen Sinn fürs Praktische, dennoch hatte er die beiden zurückgelassen. Unwillkürlich musste er an seinen Einbruch in die Sternenbasilika Venezias zurückdenken. Damals hatte ihm Meister Arcimboldo zur Seite gestanden. Fabio gestand sich ein, dass er den Gnom vermisste.

Die zwei Nachtwächter waren kaum verschwunden, als Fabio auch schon auf die große Sternenbasilika zuging, deren Silhouette sich düster am Westende des Parks erhob. Über der gewaltigen Kuppel huschte eine Sternschnuppe vorbei und Fabio hoffte, dass dies kein schlechtes Omen war. Er erreichte die Rückseite des mächtigen Gebäudes und sah zu der Vielzahl der Stellarsfresken empor, die die Basilika auf Höhe der Dachkante umgaben. Fenster mit sakralen Motiven blitzten im Sternenlicht und Fabio konnte zwischen den Blumenbeeten, die den Bau umringten, die verschatteten Standbilder geflügelter Marmorstatuen mit ausgebreiteten Schwingen erkennen.

Er wollte gerade zum Vorplatz der Sternenbasilika schleichen, als er hinter einem Busch ein leises »Pssst!« hörte. Es raschelte und Celestes schlanke Gestalt kam auf ihn zu.

»Wo ist Denebola?«, begrüßte Fabio die junge Novizin leise und sah sich um.

»Zurückgeblieben«, antwortete Celeste bedrückt. »Es geht ihr nicht gut. Die Unterredung im Palazzo Vecchio hat sie noch einigermaßen gut überstanden, doch dann hat sie einen Schwächeanfall erlitten. Ich weiß nicht, was mit ihr ist, aber sie ist irgendwie so …«

»Irgendwie was?«, bohrte Fabio nach.

Celeste ließ den Kopf hängen. »Ich mache mir große Sorgen, Fabio. Sie sagt, dass sie Schwierigkeiten habe, Magie zu wirken. Sie will aber nicht, dass du das weißt. Vorhin hat sie mich sogar gebeten, sie zu untersuchen.«

»Was für Schwierigkeiten?«

»Sie meint, es sei so, als ob sie durch Schlamm waten müsse, um aus der Sternenkraft zu schöpfen. Ich kenne dieses Gefühl. Es ist wie ein Hindernis, das man durchdringen muss, um die

Quelle der magischen Kraft berühren zu können. Ohne den Sternentau ist mir das unmöglich. Aber ich bin eine Novizin, für eine ausgebildete Sternenmystikerin ist das mehr als ungewöhnlich.«

»Ist sie heute etwa Astronos' Versuchungen erlegen?« Fabio starrte sie erschrocken an und musste an seine eigenen Schreckensvisionen zurückdenken. Celeste zuckte hilflos mit den Schultern. »Ich glaube, dass sie diese Schwierigkeiten schon länger hat. Erinnerst du dich an den Lichtschmetterling, den sie beschworen hat, als wir Firenze erreichten? Schon da hatte ich das Gefühl, dass etwas nicht mit ihr stimmt. Das Schlimme ist, dass ich von so etwas nicht zum ersten Mal höre.« Celeste verzog sorgenvoll ihr Gesicht. »In den letzten Wochen habe ich auf der Sternenburg von mindestens zwei weiteren Schwestern gehört, von denen es hieß, dass sie, na ja, krank seien.«

»Krank?«

»Zumindest, dass sie Schwierigkeiten beim Zaubern hätten. Ich weiß davon nur, weil ich dabei war, als die Hohe Sternenmystikerin Aureana von den Fällen unterrichtet wurde.«

»Haben diese Sternenschwestern sich vielleicht an den Gesetzen der Stellare versündigt?«, fragte Fabio zögernd. »Ich meine, es heißt doch, dass die Stellare euch Mystikerinen die Sternenkräfte entziehen, wenn ihr sie aus selbstsüchtigen Motiven einsetzt.«

Celeste starrte ihn eine Weile nachdenklich an. »Vielleicht. Ich habe selbst schon darüber nachgedacht. Meine Lehrherrin mag streng und manchmal auch etwas voreingenommen sein, aber ihr Verhalten als Sternenmystikerin war bislang immer tadellos.«

»Trotzdem, vielleicht hatte sie deswegen vor zwei Nächten diesen Albtraum«, flüsterte Fabio. »Übrigens habe auch ich schon seit einiger Zeit seltsame Träume.«

»Albträume?«, wollte Celeste wissen.

»Nein, nicht wirklich«, flüsterte er. »Es sind eher Visionen. Zum Beispiel auf dem Castello di Arborea. Mir war, als würden die Sterne selbst zu mir sprechen. Die Stimmen sagten, ich würde dem Sechsten angeblich dreimal begegnen und er würde mir dreimal seine Macht offenbaren, auf dass ich standhaft bleibe. So ähnlich jedenfalls.«

»Bei Molunah, du redest doch nicht etwa von Astronos?«

»Natürlich, von wem denn sonst? Er hat die fünf Erzstellare einst angeführt.« Fabio presste unglücklich die Lippen aufeinander. »Und ich habe fast den Eindruck, als begänne sich diese Warnung zu erfüllen. Denn zweimal stand ich dem Finsteren bereits gegenüber.«

»Wann?«

»Einmal auf der *Sternenwind*, bei meinem Kampf gegen Gruuk.« Fabio seufzte. »Er ist mithilfe dieses Astronos-Schädels irgendwie in meinen Geist eingedrungen, so wie heute. Damals hat Astronos zum ersten Mal versucht, mich auf seine Seite zu ziehen. Und vorhin, bei unserer Zusammenkunft mit dem anderen Goblinschamanen, das muss die zweite Versuchung gewesen sein, vor der mich der Traum warnen wollte.«

»War das alles, was dir die Stellare im Traum mitgeteilt haben?«

»Nein, da war noch mehr, aber der Rest war ehrlich gesagt noch rätselhafter. Ich werde es dir erzählen, wenn wir Astarte gefunden haben. Zuerst würde ich die leidige Sache gern hinter mich bringen.«

»Gut, dann folge mir.« Celeste zog ihn quer über ein Blumenbeet auf einen verschwiegenen Spazierweg zu, der sich zwischen gedrungenen Steinlinden in Richtung Süden schlängelte. Nach einem kurzen Fußmarsch erreichten sie einen hohen, kastenartigen Bau mit überhängendem Dach, der am Rande des Parks lag. Die Schlusssteine der Fensterbogen an der Außenfassade bestanden aus nachgebildeten Rinder- und Pferdeschädeln, die durch Verwitterungen angefressen und recht unheimlich wirkten. Eine dichte Wand aus hochgewachsenen Zypressen schützte das Gebäude vor allzu neugierigen Blicken. Fabio war sich sicher, dass der hohe Bewuchs ebenso wenig Zufall war wie die abgeschiedene Lage des Schulungsgebäudes.

»Das ist es. Das Anatomische Theater von Firenze«, wisperte Celeste. »Wir müssen auch zu dieser späten Stunde vorsichtig sein. Sie bringen die Toten nur nachts hierher, weil die Ärzteschaft um ihren Ruf fürchtet.«

Sie traten vor ein großes Portal mit kunstvollen Schlössern. In die Mauer war eine Marmortafel mit dem Zunftzeichen der Heiler und Ärzte eingelassen: ein vereinfacht dargestelltes Schröpfglas, das von den Flügeln eines Stellars umschlossen wurde.

»Hier muss es doch noch irgendwo einen Hintereingang geben«, flüsterte Fabio.

Sie umrundeten das Gebäude und stiegen dabei über ein Bodengitter, unter dem das Plätschern von Wasser zu hören war. Den Geräuschen nach strömte es zum Anatomischen Theater. Seltsam. Wenig später erreichten sie eine breite Pforte an der Rückseite des Baus, der an einen halbrunden Platz mit Karrenspuren angrenzte. Der Platz war ebenfalls von hohen Bäumen umgeben.

»Ich wette, hier karren sie die Toten heran«, flüsterte Celeste.

»Also, dann wollen wir mal.« Fabio nahm das längste der Brecheisen zur Hand und setzte es an der Hintertür an. Obwohl er sich mit ganzer Kraft dagegenstemmte, benötigte er drei Versuche, um das Schloss aus seiner Verankerung zu hebeln.

»Wenn wir erwischt werden, wird die Sternenburg in große Erklärungsnöte geraten«, stöhnte Celeste.

»Dann lassen wir uns eben nicht erwischen.« Forsch zog Fabio die Tür auf. Celeste entzündete eine kleine Laterne, deren Lichtschein sie hastig abblendete, und sie gelangten in einen dunklen Gang, der sie an mehreren Türen vorbeiführte. Die Türen, die nicht verschlossen waren, zogen sie auf und entdeckten dahinter Lehrräume, kleinere Bibliotheken sowie aromatisch riechende Zimmer, an deren Wänden hohe Regale aufgestellt waren. Bis unter die Decke waren sie mit Krügen und Glasgefäßen vollgestellt, in denen Arzneien aller Art verwahrt wurden. Schließlich gelangten sie in eine getäfelte Halle mit einer großen Treppe, die hinauf zu den oberen Stockwerken führte.

»Hast du eine Ahnung, wo wir suchen müssen?«, fragte Fabio, der einen skeptischen Blick auf einen Marmorsockel mit der detailliert ausgearbeiteten Plastik eines liegenden Toten warf. »Den Zugang zum Keller müssen wir irgendwie übersehen haben.«

»Nein.« Celeste schüttelte den Kopf. »Aber ich bin mir sicher, wenn wir den Hörsaal finden, finden wir über ihn auch den Weg nach unten. Das wirkt hier so ein bisschen wie im Lehrflügel der Sternenburg. Ich wette, es geht dort entlang.« Zielstrebig schritt sie auf ein Eichenportal mit Sternenschnitzereien zu und zog es auf. Sie betraten einen großen, kreisförmigen Saal mit hohen Wänden und trichterförmig aufsteigenden Sitzreihen, in dem ihre Schritte leise widerhallten. In Wandnischen standen die Büsten gelehrt dreinschauender Männer. Filigran verzierte Holzgeländer wanden sich spiralförmig bis zur Kuppel des Raums empor. Plastische Dekormalereien zeigten dort oben einen wolkenbedeckten Himmel, an dem gütig dreinblickende Stellare mit Pinzetten, Skalpellen, Schröpfgläsern und Spachteln in den Händen dargestellt waren. Fabio konnte sich gut vorstellen, dass die Gelehrten von den Zuschauerrängen aus einen guten Blick auf den fleckigen Tisch in der Mitte des Saals hatten. Der Tisch war leer, aber an den Kanten waren tiefe Rillen ins Holz eingelassen, die sicher dazu dienten, austretende Körperflüssigkeiten aufzunehmen. Fabio war den Anblick von Blut gewohnt. Dennoch konnte er sich an den Gedanken, dass die Ärzte Firenzes hier Leichen aufschnitten, nicht so recht gewöhnen.

Celeste ging bereits durch einen niedrigen Gang unter den

Sitzreihen auf ein zweites Portal zu. Wahrscheinlich wurden von hier aus die toten Körper in den Saal geschoben. Zu ihrer Erleichterung stand die Tür offen und so gelangten sie direkt in eine Halle mit hohen Regalen. Alkoholgeruch schlug ihnen entgegen. Celestes Lampenschein riss Schalen mit Sezierbestecken und präparierte Knochen aus der Dunkelheit. Sogar die mit Draht umwickelten Skelette eines Rindes und eines Menschen konnten sie erkennen. Doch dieser Anblick war nicht das Schlimmste, was das Schreckenskabinett bereithielt. In Celestes Lampenschein blitzten zahllose bauchige Gläser in allen Größen und Formen auf, die mit einer gelblichen Flüssigkeit gefüllt waren. In ihnen ruhten konservierte Körperteile – abgetrennte Hände, herausgeschnittene Organe und sogar ganze Köpfe von Tieren und Menschen, die sie vorwurfsvoll anzustarren schienen. Celeste presste die Hand vor den Mund und schluckte krampfhaft.

»Komm weiter!«, flüsterte Fabio. Hastig zog er sie zur Stirnseite des Kabinetts, denn dort führte ein Korridor schräg nach unten. Der Gang war gerade breit genug, dass zwei Männer eine Bahre nach unten tragen konnten. Fabio war sich nun sicher, dass sie ihr Ziel bald erreicht hatten. Es wurde kühler, außerdem schlug ihnen ein süßlicher Geruch entgegen, der Fabio nur zu vertraut war. Hier roch es nach Tod.

»Verdammt«, flüsterte Celeste angewidert, während sie immer tiefer schritten. »Früher hatte ich mir meine Aufgaben als Sternenmystikerin anders vorgestellt.« Stocksteif blieb sie stehen und suchte nach Fabios Hand, denn sie kamen in ein hohes Kellergewölbe, in dem es immerzu gluckste und plätscherte. Celeste hob ihre Laterne und beleuchtete ein gutes Dutzend Totenbahren, die rechts und links von ihnen an den Wänden aufgereiht waren. Alle waren mit weißen Tüchern bedeckt, unter denen sich die Konturen menschlicher Körper abzeichneten. Doch am meisten erstaunten Fabio die glitzernden Wände des Kellers. Durch schmale Schlitze an der Raumdecke sprudelte immerzu Wasser an ihnen hinunter, das sich in Rinnen am Boden sammelte, wo es wieder abfloss. Endlich begriff er, warum es hier unten so kühl war. Die Verdunstungskälte sorgte dafür. Celeste umklammerte fröstelnd ihre Arme und wagte es nicht, auch nur einen Schritt tiefer in den Raum zu gehen.

»Warte hier«, flüsterte Fabio. »Ich suche Astarte.«

»Aber beeil dich«, wisperte die junge Novizin bedrückt.

Fabio ging die Bahren der Reihe nach ab, hob die Leichentücher auf Kopfhöhe etwas an und starrte auf bleiche, ausgezehrte Gesichter jeden Alters und Geschlechts. Alte Männer mit struppigen Bärten waren ebenso unter den Toten zu finden wie Frauen, denen bereits einige Zähne herausgefault waren.

Endlich fand er Astarte. Sie lag ganz hinten nahe einer Treppe, die wieder nach oben führte. Ihr Kopf war von einem grauen Haarkranz umgeben und sie wirkte fast so, als schliefe sie.

»Ich habe sie!«, gab er Celeste leise zu verstehen.

»Du musst ihr etwas Blut abnehmen«, entgegnete Celeste, die sich noch immer nicht rührte. Die Laterne in ihrer Hand zitterte leicht. »Es muss nicht viel sein.«

Fabio ärgerte sich, dass er nicht daran gedacht hatte, entsprechendes Werkzeug mitzubringen. Er griff zu einem Dolch, flehte die tote Sternenmystikerin insgeheim um Vergebung an und schnitt ihr vorsichtig in den Oberarm. Trotz der Blutgerinnung blieb etwas von dem roten Lebenssaft an der Klinge hängen. Mit erhobenem Messer kehrte er zu Celeste zurück.

»Nichts wie weg hier«, flüsterte er.

Sie eilten den Korridor zurück nach oben, durchquerten das Schreckenskabinett und gelangten wieder in den Anatomiesaal, wo Celeste ihre Tasche auf den Seziertisch warf und die Kladde mit den Schnittmustern herauskramte.

»Denebola hat dir die Mappe mitgegeben?«, flüsterte Fabio verwundert. Seine Stimme hallte durch den hohen Raum.

»Und sie hat mich gelehrt, wie der Enthüllungszauber zu bewerkstelligen ist«, wisperte die junge Novizin. »Ich wollte nicht riskieren, dass uns die Aufzeichnungen bei den dal Vedicis abhandenkommen. Die sind ziemlich neugierig für eine so vornehme Adelsfamilie.«

Sie klappte die Seiten der Kladde auf, sodass die Schnittmuster sichtbar wurden, nahm Fabio das Messer aus der Hand und strich etwas Blut der Toten auf die Seiten.

»Bist du eigentlich auch der Sache mit dem Archiv nachgegangen?«, wollte Fabio wissen, während er ihr bei den Zaubervorbereitungen zusah.

Celeste sah kurz zu ihm auf. »Stimmt, das habe ich dir noch gar nicht erzählt. Eine Schneidermeisterin Astarte ist dort nie vorstellig gewesen, aber in den Besucherlisten war eine Adlige mit diesem Namen eingetragen. Offenbar hat Astarte mit ihren Zauberkräften etwas nachgeholfen, um den Archivar zu täuschen. Ich habe es ebenso gehalten.«

»Und?«

»Na ja, Astarte scheint sich besonders für den Palazzo Vecchio interessiert zu haben. Mehr war den Leihlisten des Archivbestands nicht zu entnehmen. Von dieser Pierina habe ich nichts entdecken können. Wenn sie das Archiv ebenfalls aufgesucht hat, dann hat sie dort keine Spuren hinterlassen. Gut möglich, dass sie den Archivar ganz einfach bestochen hat. Aber jetzt kommt die wichtigste Entdeckung: Dieselben Unterlagen, die Astarte eingesehen hat, sind vor sechs Monaten auch von einer weiteren Person begutachtet worden. Ein gnomischer Baumeister, der im Auftrag des Magistrats mit der Reparatur der Bodenheizung im Palast betraut worden war. Meister Arcimboldo!«

»Wie bitte?« Fabio sah Celeste mit großen Augen an. »Du willst mir weismachen, dass Meister Arcimboldo vor einem halben Jahr hier in Firenze war?«

»Allerdings, und ich halte das für alles andere als einen Zufall.« Celeste kramte zwei kristallene Flakons hervor, die mit Sternentau gefüllt waren. »Nur noch zwei Fläschchen«, seufzte sie. »Aber was soll's.« Sie entkorkte eines, bat Fabio zurückzutreten und leerte es. Sofort umgab sie wieder jener silberne Schimmer, den Fabio nun schon mehrfach an ihr gesehen hatte. Ein wundersames Glitzern trat in ihre Augen, die fest auf die Aufzeichnungen gerichtet waren. Sie murmelte unverständliche Worte. Staunend sah Fabio dabei zu, wie das Blut von dem Papier wie von einem Schwamm aufgesogen wurde. Schlagartig wurden zwischen den Schnittmustern Zeichen in einer krakeligen Handschrift sichtbar. Fabio konnte sie zwar nicht lesen, doch sie bedeckten die Seiten vorn und hinten.

»Ich habe es geschafft«, flüsterte Celeste stolz. Der helle Schimmer, der von ihr ausging, verblasste und zufrieden blätterte sie die Seiten um und überflog die verborgenen Notizen.

»Ich fasse es nicht«, sagte sie nach einer Weile. »Weißt du, wer das Astrarium von Firenze gebaut hat?«

»Nein, aber ich ahne es«, murmelte Fabio.

»Iuge Al'Cosma!«, erklärte Celeste unbeeindruckt. »Diese Baumeisterin war damals tatsächlich hier in Firenze. Genau zwei Jahre, nachdem sie ausgeschickt wurde, um die Eiserne Bibliothek in Sicherheit zu bringen.«

»Wusstest du, dass im Astrarium eine Schatzkammer verborgen ist?«

Celeste sah auf und schüttelte den Kopf. »Nein, das wusste ich bisher nicht. Aber Astarte erwähnt diese Schatzkammer in ihren Aufzeichnungen.«

»Vielleicht ist die Eiserne Bibliothek dort oben im Turm versteckt?«

»Nein.« Celeste schüttelte den Kopf. »Immerhin wird die Schatzkammer von den Firenzer Adligen genutzt. Von einer Bibliothek hätte die Sternenburg längst erfahren. Aber«, sie tippte auf eine Textzeile, »unsere ermordete Schwester listet hier andere Dinge auf, die dort seit alters her verwahrt werden. Dinge, die aus dem persönlichen Besitz Iuge Al'Cosmas stammen könnten. Alte Bücher, kunstvolle Sternenkarten, eine seltsame Puppe und noch einiges andere mehr. Wenn wir einen Hinweis auf das Versteck der Bibliothek finden wollen, müssen wir diese Dinge unbedingt begutachten.« Sie runzelte die Stirn. »Und Astarte hat noch etwas herausgefunden. Früher stand nahe der Sternenbasilika ein Gedenkstein für die einstige Baumeisterin des Astrariums. Hier im Park der sieben Sphären. Allerdings musste der Stein schon vor über einhundertzwanzig Jahren einer künstlichen Grotte weichen. Und zwar auf Geheiß des damaligen Schatzmeisters von Firenze. Seltsam.«

»Was ist seltsam?«

»Astarte hat hier eine Inschrift vermerkt, die auf dem Stein eingraviert war.« Leise las sie den Sinnspruch vor:

»Ich singe ohne Zunge und rufe ohne Lunge.
Nahe meinem Herzen, aus strahlend silbern Erzen.
Es sei dein sodann,
wenn du tust, was ich nicht kann.«

»Ein Rätsel?« Fabio verzog abfällig das Gesicht. »Was das betrifft, seid ihr Sternenmystikerinnen nicht viel besser als die Himmelsmechaniker.«

Im Gang vor dem Hörsaal war plötzlich ein Geräusch zu hören, in das sich verärgerte Stimmen mischten.

»Mist!«, fluchte Celeste, löschte ihre Lampe und kramte hastig ihre Sachen zusammen. Gehetzt sahen sie sich im dunklen Saal nach einem Versteck um.

»Los, rauf da und Kopf runter!«, zischte Fabio und deutete zu den Zuschauerrängen. »Wer auch immer das ist, ich lenke ihn ab.«

Celeste schlich hastig nach oben, um sich hinter einer der Brüstungen zu verstecken, während sich Fabio im Korridor vor dem Schreckenskabinett gegen die Wand presste. Schon öffnete sich die Flügeltür und Laternenlicht fiel in den Seziersaal. Die beiden Nachtwächter, die Fabio bereits vor einer guten Stunde im Park gesehen hatte, betraten den Raum mit gezückten Hellebarden.

»Herr Prosektor, seid Ihr hier?«, rief einer der Männer mit hallender Stimme.

»Idiot«, schimpfte der andere. »Denkst du, der hohe Herr bricht 'ne Tür auf, wenn er ins Anatomische Theater will?«

Fabio stürmte mit gezogenem Schwert aus seinem Versteck, schlug mit Wucht die Hellebarde des ersten Nachtwächters beiseite und rammte den anderen mit der Schulter gegen die Holztäfelung. Dann stürmte er an den überrumpelten Männern vorbei auf den Korridor und rannte zurück zur aufgebrochenen Hintertür.

»Alarm!« Die Nachtwächter rappelten sich wieder auf und liefen ihm nach. Fabio hetzte über den Vorplatz mit den Zypressen und trampelte gut hörbar durch die Rabatten und Blumenbeete des Parks. Hauptsache, er verschaffte Celeste genügend Zeit, damit sie das Gebäude unentdeckt verlassen konnte.

Hinter ihm flammte Licht auf. »Na warte, du elender Lump. Dich kriegen wir!«

Leider waren die Nachtwächter in besserer Kondition, als Fabio gedacht hatte, denn er konnte sie auch noch hören, als er bereits die majestätische Sternenbasilika am Rande des Parks erreicht hatte. So leise wie möglich schlich er an dem wuchtigen Sakralbau vorbei und gelangte auf einen Marktplatz, der von vornehmen Prachtbauten gesäumt wurde. Hastig versteckte er sich hinter einer Säule am Vordereingang der Basilika, da er im Mondlicht vier Reiter entdeckt hatte. Sie standen neben einem mit Stellarsfiguren geschmückten Brunnen in der Mitte des Platzes. Auch das noch. Die Männer sprachen leise miteinander und Fabio konnte sehen, wie der Anführer der Schar einem der Männer einen Geldbeutel in die Hand drückte. Der Empfänger nickte und galoppierte sogleich Richtung Stadttor. Fabio nutzte den Lärm des Hufschlags, um sich an der Vorderfront der Basilika von Säule zu Säule zu schleichen. In diesem Augenblick stürmten die Nachtwächter auf den Platz, worauf die verbliebenen drei Reiter ihre Schwerter zückten.

»Was soll das?«, peitschte eine befehlsgewohnte Stimme über den Platz. Herrje, das war doch der Oberste Ratsherr Firenzes. Warum trieb sich Patrizio di Bossi zu nachtschlafender Stunde vor der Basilika herum? Fabio hielt inne und drückte sich gegen eine der Säulen, um mehr zu erfahren.

»Entschuldigt, hoher Herr!« Die Nachtwächter senkten nicht minder verblüfft ihre Waffen. »Wir jagen einen Eindringling, der sich im Anatomischen Theater zu schaffen gemacht hat. Er muss hier vorbeigekommen sein.«

»Da!«, brüllte der andere Nachtwächter plötzlich und deutete auf Fabios Versteck. »Da hinten ist er!« Sofort stürmten die beiden auf ihn zu. Patrizio di Bossi machte eine Handbewegung und seine beiden Begleiter preschten nun ebenfalls auf Fabios Versteck zu.

Der junge Paladin rannte, so schnell er konnte, weiter und hoffte, dass ihn niemand erkannte. Mit einem großen Satz sprang er über eine Pferdetränke hinweg, stürmte einen Arkadengang entlang und tauchte in eine Seitengasse mit Geschäften ein, kurz bevor ihn die Reiter einholen konnten.

»Licht!«, brüllte einer von ihnen und schon waren auch die Nachtwächter heran. Fabio rannte weiter und rüttelte immerzu an den Ladentüren. Doch in der Straße waren vornehmlich Kunsthandwerker und Juweliere ansässig, die ihre Geschäfte gut verrammelt hatten. Hinter ihm war bereits Hufgetrappel zu hören, als er auf ein Kellergeschäft aufmerksam wurde, über dem ein Metallschild baumelte, auf dem kaum sichtbar astrologische Zeichen eingraviert waren. In der Hoffnung, sich im Eingangsbereich verstecken zu können, stürzte Fabio die Stufen hinunter und gelangte zu einer Tür, die über einen seltsamen Drehgriff verfügte. Er war wie eine Sanduhr geformt. Verblüfft stellte Fabio fest, dass sich die Tür öffnen ließ. Irgendwo rieselte Sand und an der Decke über der Tür erklang ein mit silbernen Schweifsternen und astrologischen Zeichen behängtes Windspiel. Die Tür schloss sich wieder und abrupt verstummten die Geräusche auf der Straße.

Der Innenraum des Ladens war von einem blauen Zwielicht erfüllt, wie er es schon einmal gesehen hatte. Der Schein ging von Dutzenden kobaltblauen Glaskugeln aus, die in Netzen von der Decke baumelten und in denen fast unbewegt kleine Öllichter brannten. Erstaunt ließ Fabio seinen Blick über kostbare, mit Sternen- und Kometendarstellungen bestickte Wandteppiche aus den Reichen des Halbmondes wandern. Sie schmückten die Wände hinter langen Regalen, die unter der Last von Pergamenten, Sternenkarten, Folianten, Kalendern und seltsamen Arbeitsgeräten schier ächzten. Zwischen ihnen standen Uhren, deren Ticken den Raum erfüllte, eine Rechentafel mit glänzenden Metallkugeln sowie astronomische Instrumente, die wie verkleinerte Modelle jenes Astrolabiums wirkten, mit dem Meister Arcimboldo damals die *Sternenwind* zum Fliegen gebracht hatte.

Es gab keinen Zweifel. Er kannte das Geschäft aus Venezia. Doch das konnte nicht sein.

»Ah, ich sehen, mein junge Freund haben wieder zu mir gefunden«, ertönte zwischen den Regalen die fremdländische Stimme des Ladenbesitzers. »Und wieder du so wirken, als ob du sein in Eile.«

Fabio starrte den Astrologen mit den breiten Schultern und dem gestutzten Bart fassungslos an. Der Südländer trug wie damals einen Turban und seine Haut besaß einen dunklen, bronzefarbenen Ton, der gut mit seinem schwarzen Kaftan harmonierte. Wie schon vor einigen Wochen in Venezia betrachtete ihn der Mann mit glutvollen, fast schwarzen Augen, die in einer beunruhigenden Intensität funkelten.

»Ihr … Ihr seid aus Venezia entkommen?«, haspelte Fabio und sah sich verwirrt um. »Und Ihr habt sogar all Euer Hab und Gut retten können.«

»Wer lesen kann in Buch von Sterne, wissen, dass Auf und Ab des Schicksals sein wie die Gezeiten«, sagte der Südländer. Der Mann, der Laden, die ganze Situation, Fabio schien es fast, als durchlebe er die Begegnung mit dem Südländer ein zweites Mal. Und wie damals in Venezia vernahm er draußen auf der Straße die leisen Rufe seiner Verfolger, die es ihm unmöglich machten, den Laden einfach wieder zu verlassen.

»Ich, äh, ich bin eigentlich nur zufällig hier«, sagte Fabio mit krächzender Stimme.

»Nein«, antwortete der Astrologe in einem Ton, der keinen Widerspruch zuließ. »Du sein hier, weil es stehen in Buch von Sterne geschrieben.« Ohne den Blick von Fabio abzuwenden, griff er in eines der Regale und zog eine Pergamentrolle hervor, an der ein Wachstäfelchen baumelte. Er trat zu einem Pult, entrollte das Papier unter knisternden Lauten und beschwerte es mit einer Bronzefigur, die einen skelettierten Stellar darstellte, der Sense und Stundenglas in den Händen hielt. Fabio schluckte, denn er erinnerte sich wieder daran, dass die Figur angeblich aus dem versunkenen Napuli stammte und die Vergänglichkeit allen Seins symbolisierte. Das Horoskop selbst war mit mehreren konzentrischen Kreisen versehen, die in zwölf gleich große Abschnitte eingeteilt waren. Jeder von ihnen war mit den Darstellungen der Monatszeichen und anderen Sternensymbolen beschriftet. Dazwischen befanden sich schraffierte Flächen, Winkelmaße, Zahlen und die verschlungenen Symbole der Wandelsterne.

»Wollt Ihr mir wieder mein Horoskop deuten?«

»Vielleicht du mir hören jetzt aufmerksamer zu«, antwortete ihm der Astrologe vielsagend. »Noch sein alles in Fluss, doch Muster sich verfestigen. Die planetaren Herrscher erreichen Ende von ihre Wege. Du dich erinnern an dein achtes Haus, das stehen für Tod und Schicksal, Paladin?« Der Südländer legte seinen Finger auf das Symbol einer Krone und fuhr von dort hinüber zum Abbild des Himmelsskorpions. »Skorpion sein in Opposition zu Krone. Ein Regent sein bereits gefallen, ein anderer lauern darauf, eine Königin zu berauben ihre Macht.«

Fabio atmete tief ein und aus. Natürlich, mit Ersterem musste Großmeister Silvestro gemeint sein. Er hätte es wissen müssen. Doch wer war der andere Regent? Gruuk? Einer der Stadtfürsten? Gar Patrizio di Bossi?

»So sei gewarnt, Paladin, denn der Löwe, das Sternbild von deine Geburt, verlieren an Kraft. Verwundet ist das Tier und tief verhüllt von Nachtseite Molunahs. Doch er leiten nicht dein Schicksal allein.« Fabio starrte den Südländer atemlos an, der ungerührt fortfuhr. »So höre auf Warnung von Sternbild der Zwillinge, denn sie stehen in Verbindung zu Marsakiel. Des Löwen verräterische Pranke wird niederfahren auf den Diener von Sterne, wenn der Schatten der Nacht entsteigt. Tod und Unglück wird er bringen, und dein Schicksal es sein, ihm Tür und Tor zu öffnen.«

»Niemals«, keuchte Fabio erschrocken. »Niemals werde ich das tun!«

»Du allein haben dein Schicksal in Hand«, sagte der Astrologe mitfühlend. »Doch Adler und Zentaur sein noch immer in schlechte Konjunktion, auch wenn der Kleine Wagen am

Himmelsrund erstrahlt im Licht des Sterns der Sterne. Hoch im Norden du finden ihn, wenn Venudha in Trigon zur Jungfrau steht. Aus ihnen schöpfe Kraft, doch wisse auch, dass du dann sein verwundbar wie der Löwe, der verlieren sein Himmelslicht!«

»Verdammt, was soll ich denn tun?«

»Folge dem Ruf der trügerischen Delfine!«, wisperte der Astrologe und die kleinen Lichter über ihnen in den blauen Glaskugeln flackerten. »Sie dich leiten zur flüsternden Stadt. Denn wo der Gezeiten Kraft, dort ringen Tod und Schatten um die Macht der Zeit.«

»Wer seid Ihr?«, fragte Fabio fassungslos.

»Ich dir haben es schon einmal gesagt«, antwortete der Astrologe geheimnisvoll. »Nur ein unbedeutender Hüter. Denn so wie du sehen in Sterne, Sterne sehen auch auf dich. Sie lügen nie!«

Auf Leben und Tod

Fabio lag auf seinem Felllager und starrte erschöpft zur Zeltplane empor. Es hatte eine Weile gedauert, bis er mit Aldebaran wieder zurück zum Turnierplatz gefunden hatte. Dort war er bereits besorgt von Odilio erwartet worden, während Jacopo fest schlief.

Fabio gönnte seinem schlaksigen Weggefährten die Ruhe, doch ihm selbst spukten all die Ereignisse des zurückliegenden Tages so sehr im Kopf herum, dass an Schlaf nicht zu denken war. Erst das Lanzenstechen gegen Raimondo de Vontafei und Bronzino dal Vedici, dann die Auseinandersetzung mit den Goblins und danach die Geschehnisse im Anatomischen Theater. Hoffentlich hatte Celeste das Gebäude unbemerkt verlassen können. Doch am meisten beschäftigte ihn noch immer die Begegnung mit dem geheimnisvollen Südländer. Dass er dem unheimlichen Astrologen ausgerechnet hier in Firenze wieder begegnet war, war mehr als eigenartig. Die damaligen Vorhersagen des Mannes hatten sich allesamt erfüllt und das war etwas, was Fabio nicht gerade zuversichtlicher stimmte. Wie mochte es also um die neuen Prophezeiungen bestellt sein? Fabio seufzte. Dabei sollte er sich besser auf den kommenden Turniertag konzentrieren. Der Orden und die Sternenburg verließen sich auf ihn. Konnte er denn überhaupt gewinnen?

Fabio wälzte sich unruhig hin und her, setzte sich schließlich auf und rieb sich die Schläfen. Wenn er überhaupt noch etwas Schlaf finden wollte, dann musste er seine Gedanken ordnen. Wie Irrlichter huschten sie durch seinen Geist und ihm war, als würde er etwas Entscheidendes übersehen. Was wollten ihre Feinde hier in Firenze? Ging es ihnen tatsächlich nur um den Schild Molunahs? Wenn die Waffe wirklich ganz aus Meteoreisen bestand, dann war sie allein schon deshalb so kostbar wie das Meteoreisenschwert, das er damals im Dolomitischen Himmelsmassiv gefunden hatte. Konnte das ein Zufall sein? Er musste wieder an die Worte des Dogen von Genova denken: *Gerade du solltest wissen, dass nichts in dieser Welt ohne den Willen der Himmlischen geschieht.*

Was, wenn die beiden Waffen irgendwie zusammengehörten? Der Gedanke ließ Fabio hochschrecken.

Überhaupt, was sollte er von den Umständen halten, die den magischen Schild ausgerechnet in die Stadt geführt hatten, die vielleicht einen Hinweis auf die verschollene Eiserne Bibliothek der Sternenburg barg? Und was, bei der Macht aller Stellare, hatte Meister Arcimboldo hier in Firenze zu suchen gehabt? Gut, der Aufenthalt des Gnoms im Palazzo Vecchio lag schon ein halbes Jahr zurück, doch er glaubte den kleinen Himmelsmechaniker gut genug einschätzen zu können, dass dieser nicht ohne triftigen Grund in Firenze aufgekreuzt war. Mehr und mehr schien es Fabio, als würden alle Fäden in diesem verdammten Uhrenturm zusammenlaufen.

Ihm wurde schlagartig klar, dass es nur einen gab, der ihm seine Fragen beantworten konnte. Hoffentlich war es dafür noch nicht zu spät.

Fabio erhob sich, drehte seine Laterne auf und griff zu der Packtasche, in der noch immer die beiden Uhrwerksvögel verstaut waren, die ihm Baron de Vontafei mitgegeben hatte. Er wickelte einen der beiden Merkurielsboten aus und betrachtete den metallisch schimmernden Sternensittich argwöhnisch. Entschlossen drückte er auf die beiden Achataugen. Die Knöpfe waren kaum eingerastet, als im Innern des Vogelkörpers das Rasseln eines Uhrwerks erklang. Ein Ruck ging durch den Vogel und Kopf und Flügel bewegten sich. Der Schnabel schnappte auf und das Blechtier starrte ihn mit seinen leblosen Edelsteinaugen auffordernd an.

Fabio räusperte sich. »Dies ist eine Nachricht an Meister Arcimboldo, denn wir brauchen dringend Eure Hilfe. Offenbar sind wir gezwungen, dem Astrarium von Firenze einen heimlichen Besuch abzustatten. Doch Vesperuga ist in der Stadt, Werwölfe und Astronos-Paktierer machen uns das Leben schwer und ich befürchte, ohne Euer Wissen wird es uns nicht gelingen, in die Schatzkammer einzudringen. Soweit ich weiß, seid Ihr …« Klackend schloss sich der Schnabel und Fabio fiel wieder ein, dass die Nachricht nur drei Sätze umfassen durfte. Unter dem schwirrenden Laut seines Lamellengefieders erhob sich der Merkurielsbote aus seiner Hand, flatterte einmal rund um die hohe Zeltstange herum und jagte dann durch eine schmale Öffnung im Zelteingang nach draußen. Hastig stürzte Fabio ihm hinterher und sah noch, wie der Vogel mit unglaublicher Geschwindigkeit hoch zum Nachthimmel aufstieg, bevor ihn die Dunkelheit verschluckte. Fabio hoffte, das Richtige getan zu haben.

Er setzte sich ins Gras und blickte zu den Sternen auf. Abermals musste er an die Worte des Astrologen denken. Er suchte zwischen den Wolken das Sternbild des Löwen, unter dem er einst geboren war. Er fand es mühelos. Doch sein Anblick war alles andere als beruhigend. Das Himmelszeichen verfügte nur noch über acht Sterne. Jener Stern, der den Schwanz des Löwen markierte, fehlte. Fabio erinnerte sich wieder an den grellen Schweifstern, den er mit Celeste in der Nacht vor ihrem Eintreffen in Firenze gesehen hatte. War er etwa Zeuge gewesen, wie der Stern dort oben erloschen war?

Fabio suchte aufgewühlt weitere Sternbilder am Firmament und sah, dass auch einige von ihnen unvollständig waren. Überhaupt wirkte der Sternenwall blasser als sonst. Zahlreiche weitere Sterne flackerten unruhig, als wollten sie den Sterblichen von dem Sturm künden, der von außerhalb der Sphären auf Astaria hereinbrach.

Da an Schlaf nicht mehr zu denken war, verbrachte Fabio die verbliebenen zwei Stunden bis Sonnenaufgang in stiller Meditation. Er beendete sie erst, als die Strahlen der Morgensonne sein Gesicht kitzelten. Dann begann er den Tag mit leichten Waffenübungen.

Inzwischen waren auch Odilio und Jacopo aufgewacht, die den Paladin verblüfft anstarrten. »Junge, Junge, du bist schon wach?«, fragte Jacopo.

Odilio gähnte.

»Tja, es heißt doch bekanntlich: ›Morgenstund hat Gold im Mund‹«, antwortete Fabio und steckte sein Schwert weg.

»Komisch«, Odilio knöpfte seine Hose auf und erleichterte sich missmutig an dem Pfahl, an dem die Pferde angebunden waren, »bei uns Gardisten ist immer vom Morgengrauen die Rede.« Die beiden Venezianer wieherten vor Lachen, doch ihre heitere Stimmung trug nicht dazu bei, Fabios Laune zu verbessern. Er wusste nur zu gut, dass heute die Entscheidung bevorstand.

Wie schon am Vortag füllte sich der Turnierplatz jenseits der Absperrungen langsam mit Zuschauern, während Fabio eine kräftigende Mahlzeit zu sich nahm. Auf dem Zeltplatz war wieder das Hämmern der Waffenschmiede zu hören, die letzte Reparaturen an den Gestechrüstungen vornahmen. Fabio konnte sehen, dass auch die Knappen und Turnierhelfer vor den Nachbarzelten damit begannen, ihren Herren in die Harnische zu helfen.

»Hier, ich hab deinen Paladinschild richten und verstärken lassen«, schnaufte Odilio, als sich auch Fabio in sein Zelt begab, um sich anzukleiden. Zufrieden betrachtete er den mandelförmigen Schild und klopfte Odilio auf die Schulter. Selbst die rot-weiße Bemalung hatte der Dicke aufs Kunstvollste erneuern lassen.

Jacopo schleppte soeben die schweren Bauchreifen seiner Rüstung heran, doch Fabio winkte ab. »Nein, ich werde mir das nicht noch einmal antun. Heute steht mir ein Gruppenkampf bevor. Ich weiß zwar nicht, wie es die anderen halten, aber ich werde diesmal auf Beweglichkeit setzen. Ganz so, wie ein Paladin es gewohnt ist zu kämpfen. Helm, Schild, Kettenhemd und meinethalben Beinröhren und die Handschuhe. Das muss reichen. Ich werde versuchen, den zusätzlichen Rüstschutz meiner Gegner durch Schnelligkeit wettzumachen.«

Odilio und Jacopo sahen sich an und nickten. Sie waren noch dabei, Fabio in sein Kettenhemd zu kleiden, als Denebola und Celeste das Zelt betraten. Mit einer fahrigen Handbewegung verscheuchte die korpulente Sternenmystikerin die beiden Venezianer.

Celeste und Fabio lächelten sich kurz zu. Zu wissen, dass Celeste letzte Nacht unbehelligt davongekommen war, erleichterte Fabio ungemein.

»Meine Novizin hat mir berichtet, wie eure kleine Exkursion verlaufen ist«, hub Denebola an und zückte Astartes Kladde. »Das habt ihr gut gemacht. Niemals hätte ich es für möglich gehalten, dass ausgerechnet Iuge Al'Cosma das Astrarium von Firenze erschaffen hat. Nur begreife ich noch immer nicht, wie eine himmelsmechanische Errungenschaft zu einer Sternenmystikerin passt.«

»Der Magistrat hat Euch also gestanden, welches Geheimnis der Uhrenturm birgt?«, wollte Fabio wissen. »Und das, obwohl jeder weiß, wie ihr Sternenschwestern reagiert, wenn die Rede auf das Erbe der einstigen Himmelsmechaniker kommt?«

»Der *einstigen* Himmelsmechaniker?«, spottete die Sternenmystikerin und strich ihr Damastgewand glatt. »Schwertbruder, ich denke, wir beide wissen es besser, oder? Aber um deine Frage zu beantworten: Die Sternenburg weiß schon lange, was es mit der Schatzkammer oben im Uhrenturm Firenzes auf sich hat.« Fabio starrte sie verblüfft an und Denebola rollte mit den Augen. »Es gibt weitaus mehr verbliebene Artefakte der Himmelsmechaniker, als du denkst, Schwertbruder. Wenn die Sternenburg von den heutigen Besitzern die Herausgabe solcher Objekte fordert, dann ist das eher als moralische Empfehlung zu verstehen. In diesen Gerätschaften schlagen bekanntlich die Herzen gefallener Stellare, denn nichts anderes ist Meteoreisen. Viele von uns Schwestern, sehr viele von uns, halten es nicht für rechtens, was die Himmelsmechaniker treiben. Denn im übertragenen Sinne ist das, was sie tun, Leichenfledderei. Und doch versucht sich die Sternenburg versöhnlich zu zeigen. Denn wenn man in der Politik etwas erreichen will, ist es im Sinne eines höheren Ziels erforderlich, Zugeständnisse zu machen. Die Sternenburg greift daher nur dann mit aller Schärfe durch, wenn uns die Kunde von einer alten Waffe der Himmelsmechaniker erreicht.« Denebola bedachte Fabio mit einem Blick, der klarstellte, dass die Sternenmystikerinnen in diesem Fall auch zu härteren Maßnahmen griffen. »Eine Schatzkammer aber ist keine Waffe.«

»Gut, denn wir müssen da rein«, erklärte Fabio und zog den Schwertgurt straff. »Und zwar nicht nur, um dort nach einem Hinweis zu forschen, der uns Auskunft über den Verbleib Eurer verschollenen Bibliothek gibt, sondern auch um diesen magischen Schild in Sicherheit zu bringen. Inzwischen bin ich davon überzeugt, dass die Waffe ein ähnliches Geheimnis umgibt wie das Meteoreisenschwert, das Ihr in der Sternenburg verwahrt.«

Denebola warf ihm einen verärgerten Blick zu. »Willst du mir mit alledem sagen, dass du Kenntnis von Dingen besitzt, von denen ich noch nichts weiß?«

»Bitte, Sternenschwester«, flehte Fabio die Frau an. »Bringt mich nicht dazu, mein Wahrheitsgelübde zu brechen. Wenn ich vor Euch Geheimnisse habe, dann allein aus einem Grund: um Freunde zu schützen, die ebenso für die Sache der Erzstellare streiten wie wir.«

»Also doch!«, brauste Denebola triumphierend auf und stemmte ihre Arme in die Hüften. Auch Celeste wurde mit einem strafenden Blick bedacht. »Du sprichst von diesen Himmelsmechanikern, die meine Novizin in ihrem Bericht angedeutet hat, richtig? Du gibst also zu, dass du noch immer Kontakt zu diesen nichtswürdigen Maden hast?«

»Gewöhnt Euch besser daran, dass die Fronten in diesem Krieg nicht so eindeutig verlaufen, wie Ihr vielleicht glaubt.« Fabio hob den Schild auf und seine Stimme nahm einen beschwörenden Tonfall an. »Vesperuga ist hier in Firenze! Und ganz sicher ist sie längst auf uns aufmerksam geworden. Sie hat es auf diesen magischen Schild abgesehen. Ihre Leute sind wahrscheinlich sogar unter den Rittern da draußen.« Er deutete aufgebracht zum Zeltausgang. »Macht Euch klar, was das bedeutet. Gewinne ich das Turnier, wird Vesperuga versuchen, den Schild zu rauben, bevor er mir morgen überreicht werden kann. Verliere ich das Turnier, müssen wir das Gleiche versuchen, wenn wir nicht riskieren wollen, dass die Waffe in falsche Hände gerät. Mit anderen Worten: Völlig egal, wie ich mich heute schlage, wir müssen in das Astrarium. Und das noch heute Nacht. Auch, um Eure verschwundene Bibliothek zu finden.«

»Wenn es tatsächlich so ist, wie du sagst, Schwertbruder«, antwortete Denebola gereizt, »was hält die Ducchessa von Venezia davon ab, dich einfach umzubringen?« Offenbar traute sie sich noch immer nicht, das Wort Sternenvampir in den Mund zu nehmen. »Wir weilen immerhin schon seit zwei Tagen in der Stadt.«

»Das verrate ich Euch gern, Sternenschwester. Vesperuga fürchtet sich vor einer guten Freundin, die ihre schützende Hand über mich hält. Oder sollte ich eher *Franke* sagen?« Denebolas Augen weiteten sich ungläubig. »Sollte es also zum Zusammentreffen mit dem Sternenvampir kommen, dann wünscht Euch bei allen Stellaren, dass diese Freundin rechtzeitig zur Stelle ist, um uns beizustehen.« Fabio war jetzt doch froh, der verdammten Geheimniskrämerei endlich ein Ende bereitet zu haben. Er nickte Celeste energisch zu, klappte den Zelteingang zurück und trat nach draußen.

Dort erwartete ihn lärmendes Treiben. Die Wiese hinter den Absperrungen war inzwischen hoch bis zur Stadtmauer mit Schaulustigen gefüllt. Auf der Tribüne nahmen die Adligen in ihren prachtvollen Gewändern Platz und zwischen den Zelten galoppierten die Teilnehmer des Turniers in blinkenden Rüstungen, um sich und ihre Pferde warm zu machen.

Jacopo und Odilio hatten inzwischen Aldebaran aufgezäumt, der bei Fabios Eintreffen erwartungsvoll schnaubte.

Der Falbe war wie schon gestern in einen schmückenden Überwurf aus zinnoberrotem Stoff gehüllt und die Rüstungsteile an Kopf, Hals und Brust des Tieres funkelten im Licht der Morgensonne. Fabio tätschelte sein Streitross und gab ihm einen Leckerbissen. Aldebaran hatte sich tapfer geschlagen und Fabio musste an Waffenmeister Gaspare denken, der ihm das Pferd ausgesucht hatte. Gaspare saß nun bereits seit einer halben Woche im Kerker und Fabio hoffte noch immer, dass sich seine Unschuld erweisen würde. Sein Knappe Perusio hatte sogar Fabio getäuscht, warum also nicht auch seinen Herrn?

Fabio saß auf. Die beleibte Sternenmystikerin warf ihm einen ungnädigen Blick zu und rauschte gemeinsam mit Celeste in Richtung Tribüne davon. Diesmal ließen sich die Veranstalter des Turniers Zeit und so befestigte Fabio ein rotes Tuch an einer der Zeltstangen und sah sich aufmerksam zur Menschenmenge um.

Ob Sylvana hier war?

Eine Stunde verging, bis sich endlich die Fanfarenbläser vor der Tribüne aufbauten und drei lang gezogene Tonfolgen über den Turnierplatz schmetterten. Erwartungsvolles Raunen ging durch die Reihen der Zuschauer.

»Auf ein Neues!« Fabio nickte Jacopo und Odilio zu und gab seinem Falben die Sporen. Abermals wurden die Turnierteilnehmer den Adligen und einfachen Bürgern vorgestellt, doch diesmal schenkte der Doge Genovas Fabio ein offenes Lächeln. Patrizio di Bossi hingegen blickte säuerlich drein und versuchte den jungen Paladin nach besten Kräften zu ignorieren. Fabio fragte sich erneut, was der Mann gestern Nacht vor der Sternenbasilika zu suchen gehabt hatte.

Wie erwartet, begegnete er auch Raimondo und Bronzino dal Vedici wieder. Beide Männer maßen ihn mit herausfordernden Blicken. Allein Bronzino erweckte den Eindruck, nur deswegen angetreten zu sein, um Fabio die Niederlage von gestern heimzuzahlen.

Der Herold bat um Ruhe und trat auf den Platz. »Hört, hört, Volk von Firenze. Der heutige Tag bringt eine Entscheidung, die über Wohl und Wehe Astarias entscheiden mag. Denn heute wird sich erweisen, welcher vornehmen Familie die Himmlischen die Gunst schenken, unser vereintes Heer in die Schlacht gegen die Goblins zu führen. Begegnet dem Geschehen auf dem Turnierfeld mit dem nötigen Respekt. Heute treten die zwanzig siegreichen Ritter des gestrigen Tages im großen Gestampfe gegeneinander an.«

Lautes Klatschen erhob sich hinter den Absperrungen.

»Zu diesem Zwecke wird die antretende Ritterschaft in zwei gleich große Gruppen eingeteilt, die sich durch die bunten Federn unterscheiden, mit denen die Teilnehmer ihre Helme schmücken werden. Der Wille zur Zusammenarbeit soll von den anwesenden Rittern ebenso unter Beweis gestellt werden wie das persönliche Kampfgeschick eines jeden – sei es zu Pferde oder im Zweikampf auf dem Boden. Die Regeln sind denkbar einfach: Beide Gruppen werden beritten gegeneinander antreten, um die Federn an den Helmen der Gegner zu erbeuten. Wer aus dem Sattel geworfen wird, darf sein Pferd nicht wieder besteigen. Ein Ritter, dem die Feder abgerissen wird, scheidet aus dem Turnier aus. Mitglieder der eigenen Gruppe dürfen erst dann gegeneinander antreten, wenn kein Ritter der anderen Partei mehr eine Feder trägt. Der Kampf wird so lange geführt, bis nur noch ein Ritter mit Helmzier übrig ist. Möge der Beste gewinnen!«

Abermals hoben die Bläser ihre Fanfaren und der Herold schritt zu seiner Lostrommel mit den Wappentäfelchen der Teilnehmer. Diesmal wechselte er keine Blicke mit den Adligen auf der Tribüne. Gespannte Stille senkte sich über den Platz, als er die Gruppenzuteilungen verkündete. Fabio zuckte überrascht zusammen, da er und Raimondo de Vontafei derselben Gruppe zugelost wurden. Raimondo warf ihm einen verärgerten Blick zu und sprach wütend mit seinen Turnierhelfern. Bronzino dal Vedici hingegen lächelte eisig, als er hörte, dass er der Einheit zugeteilt wurde, die Fabio gegenüberstand. Junge Männer in der blau-gelben Tracht Firenzes verteilten an alle Teilnehmer Markierungen in den Farben der Stadt. Fabio bekam eine gelbe Feder ausgehändigt. Grimmig zurrte er sie am Helm fest.

Die beiden gegnerischen Rittergruppen preschten zu den Waffenständern, wo bereits eine große Auswahl an Turnierwaffen bereitstand: schlanke Schwerter, langstielige Streitkolben, zweihändig zu führende Kriegshämmer, Morgensterne mit stumpfen Kugeln sowie lange Wurfspieße und Speere. Fabio, der nicht auf seinen Schild verzichten wollte, ließ die Zweihandwaffen außer Acht und nahm Schwert und Speer entgegen. Damit kannte er sich aus. Raimondo hingegen griff zu Schwert und Morgenstern. Doch noch mehr interessierte den jungen Paladin die Wahl Bronzino dal Vedicis. Der Riese wog einen der schweren Kriegshämmer in den Händen und deutete mit ihm zwei wuchtige Schläge an. Er starrte zu Fabio hinüber und seine Lippen formten drei unhörbare Worte: *Heute stirbst du!*

Zum dritten Mal ertönten die Fanfaren, Trommelwirbel hallte über den Platz und die Ritter nahmen an zugewiesenen Plätzen in zwei breiten Reihen an den gegenüberliegenden Seiten des Turnierfeldes Aufstellung. Fabio bemerkte zu seiner Erleichterung, dass er Bronzino dal Vedici nicht sofort gegenübertreten musste. Die Pferde schnaubten und das Klirren von Rüstungsteilen war zu hören. Die Schranke in der Mitte des Platzes war längst entfernt worden, nichts würde die Kontrahenten heute voneinander trennen.

Die dicke Tochter des Obersten Ratsherrn von Firenze erhob sich mit einem weißen Spitzentuch in der Hand, die Trommeln verstummten und das Tuch sank vor der Tribüne zu Boden. Im selben Moment brandete lautes Kampfgeschrei auf und die beiden Reitergruppen stürmten aufeinander los. Das Donnern der Hufe rollte über den Platz, Dreck wirbelte auf und schon krachten zwanzig Ritter aufeinander. Fabio riss seinen Schild abwehrend empor und konnte nur mit Mühe einen heransausenden Wurfspieß abwehren, der scheppernd abprallte und irgendwo im Getümmel verschwand. Schon raste ein Streitkolben auf ihn zu. Fabio lenkte den Schlag mit seinem Speer ab, wirbelte die lange Waffe über den Kopf und hämmerte sie seinem Gegner mit großer Wucht gegen die Beckenhaube. Ein Schlag, der seinem Gegner gerade genug Aufmerksamkeit abverlangte, dass Fabio mit einem Stoß seiner Schildkante nachsetzen konnte. Doch der Fremde warf sich schnell zurück und holte bereits zu einem zweiten Hieb aus, als sich die Kette eines Morgensterns um seinen Hals wickelte. Raimondo! Celestes Cousin zog an der Waffe und riss den Fremden rücklings aus dem Sattel.

Überall auf dem Platz droschen die Ritter aufeinander ein. Schmerzensrufe waren ebenso zu hören wie das Wiehern der Pferde und das Lärmen splitternder Schilde und sich verbiegender Bleche. Fabio holte aus und schleuderte seinen Speer gegen einen anderen Ritter, der soeben ein weiteres Mitglied seiner Gruppe bedrängte. Ob sein Wurf erfolgreich war, sah er nicht, denn kurz unterhalb seiner Rippen presste ihm ein harter Schlag, der von seinem Kettenhemd nur unzureichend abgemildert wurde, die Luft aus den Lungen. Einer der gegnerischen Ritter hatte dem Paladin im Vorbeireiten das Schwert über die Seite gezogen.

Fabio japste nach Luft. Dann zog er sein Schwert, riss Aldebaran herum und hämmerte mit der Waffe zornig auf einen dritten Adligen mit blauer Feder auf dem Kopf ein, der ihn von links bedrängte. Aus den Augenwinkeln sah er Bronzino dal Vedici, der hoch erhoben in seinen Steigbügeln stand und seinen Kriegshammer gegen den Helm eines anderen Reiters schmetterte. Es schepperte furchtbar und der Ritter kippte aus dem Sattel. Fabio wehrte den Schlag seines eigenen Gegners mit dem Schild ab und führte einen Streich gegen das Gittervisier des Mannes, das sich unter der Wucht verbog. Wütend heulte der Fremde auf und Fabio nutzte die kurze Ablenkung, um dessen Schild zur Seite zu rammen. Statt erneut mit dem Schwert zuzustoßen, packte er den Fremden an den Schulterblechen und gab Aldebaran die Sporen. Fabio hatte das Gefühl, als würde ihm die Schulter ausgekugelt, doch sein Vorhaben gelang. Vom Schwung des Falben getragen, riss er den Ritter seitwärts aus dem Sattel. Hinter ihm krachte und schepperte es.

Zunehmend verlor der erste Ansturm der Kontrahenten an Schnelligkeit. Fabio wusste nicht, wie lange er schon Hiebe ausgeteilt und eingesteckt hatte, doch sein ganzer Körper schmerzte unter zahllosen Prellungen. Eine Menge Pferde galoppierten herrenlos auf dem Platz herum, während ihre Herren am Boden erbitterte Zweikämpfe austrugen. Insgesamt waren bisher vier gelbe und zwei blaue Kämpfer ausgeschieden.

Raimondo befand sich etwas abseits und wurde dort von drei Fußkämpfern bedrängt, die ihn von seinem Pferd zu zerren versuchten, während die meisten der verbliebenen gelben Ritterschaft der Vernunft folgten und Bronzino dal Vedici attackierten, der sich wie ein Tobsüchtiger gebärdete. Der Kriegshammer des Hünen krachte immerzu mit vernichtender Gewalt gegen Schilde und Brustpanzer und abermals flog ein Ritter aus Fabios Gruppe aus dem Sattel. Fabio wehrte sich mit kreisförmigen Rundumschlägen gegen zwei Reiter, die ihn gemeinsam ins Visier genommen hatten, schaffte es, auszubrechen und preschte schräg im Sattel sitzend hinüber zu Raimondo de Vontafei. Bevor Raimondos Gegner erkannten, was er vorhatte, riss er einem der Fußkämpfer im Vorbeireiten die Feder vom Helm. Frustriert schleuderte der Mann seine Waffe fort, was Raimondo die Zeit verschaffte, sein Pferd laut wiehernd aufsteigen zu lassen. Die Hufe des Rosses hämmerten gegen die Rüstung des zweiten Fußkämpfers, der von der Wucht weit über den Platz geschleudert wurde. Regungslos blieb der Ritter liegen und die Zuschauer johlten begeistert.

Fabio wendete und sah, dass ihm die beiden Reiter von vorhin nachgesetzt waren. Auch er ritt an und stürmte seinen beiden Verfolgern mutig entgegen. Er duckte sich hinter seinen Schild und schmerzhafte Schläge prasselten rechts und links auf ihn ein. Doch statt selbst zuzuschlagen, packte er das Bein seines rechten Gegners und riss es im Galopp aus dem Steigbügel. Der Reiter schrie auf, wurde aus dem Sattel gehebelt und fiel hart auf den Boden, wo bereits ein Ritter mit gelber Feder zu Fuß heranstürmte und dem Gestürzten die blaue Helmzier vom Kopf riss. Leider wurde Fabios unbekannter Helfer kurz darauf von einem anderen gegnerischen Ritter erbarmungslos niedergeritten. Fabio vermochte ihm nicht zu helfen, da ihn der zweite Reiter eingeholt hatte und ihn in einen brutalen Schlagabtausch verwickelte. Der Fremde kämpfte zweihändig mit Schwert und Morgenstern. Die Kettenwaffe wickelte sich krachend um Fabios Schildkante und prellte seinen Schildarm, dann traf ihn das Schwert des Widersachers. Kettenglieder platzten und Fabio schrie schmerzerfüllt auf. Im nächsten Augenblick wurde ihm der Schild vom Arm gerissen. Schnell ließ Fabio sein eigenes Schwert mehrmals wuchtig auf den Helm seines Gegners niedersausen. Doch der Mann war zäh. Stahl verbiss sich in Stahl, und sie bedrängten einander derart, dass sie schließlich ihre Waffen fallen ließen und auf den Pferden sitzend eng umschlungen miteinander um ihre Federn rangen. Fabios Rivale drosch immer wieder mit seiner Faust auf ihn ein. Der Handrücken war mit heimtückischen Metallzacken besetzt, die so spitz waren, dass sie durch das Kettenhemd tief in Fabios Fleisch stachen. Fabio schrie auf, stemmte sich trotz der Wunden in die Steigbügel und gab Aldebaran auf. Mit seinem ganzen Gewicht riss er den Ritter mit sich in die Tiefe. Gemeinsam schlugen sie auf dem harten Untergrund auf, wo sie dröhnend zum Liegen kamen. Fabios Gegner erhob sich bereits wieder, doch ein Schatten preschte an ihnen vorbei, und bevor der Fremde reagieren konnte, hatte ihm Raimondo de Vontafei die Feder vom Helm gerissen.

Der junge Paladin ignorierte das viele Blut, das sich unter ihm auf dem Boden gesammelt hatte, und sah, dass Raimondo der Einzige aus ihrem Verband war, der noch im Sattel saß. Bronzino dal Vedici hatte inzwischen alle seine Gegner bezwungen und trampelte mit seinem Kaltblüter rücksichtslos einen der Gestürzten nieder. Fabio griff erschöpft nach Morgenstern und Schwert seines ausgeschiedenen Kontrahenten, rappelte sich mühselig wieder auf und taumelte über den Platz auf Bronzino zu. Der lachte rau und wandte sich nun nach Raimondo und einem zweiten Kämpfer mit Kriegshammer um, der dem Hünen zu Fuß entgegenstürzte. Bevor Fabio ihnen zu Hilfe kommen konnte, baute sich vor ihm ein Ritter mit Wurfspieß auf. Doch der Paladin befand sich im Kriegsrausch. Mit dem Schwert parierte er den gegnerischen Streich und schlug dann mit dem Morgenstern zu. Die Kettenwaffe wickelte sich um das Bein seines Widersachers und mit einem Ruck riss er ihn von den Füßen. Bevor der Mann wusste, wie ihm geschah, hielt Fabio auch schon dessen blaue Feder in der Hand.

Bronzino. Er musste Bronzino ausschalten! Der hatte inzwischen den letzten Fußkämpfer niedergemäht. Raimondo schaffte es nur mit Müh und Not, seinen wuchtigen Schlägen zu entgehen. Fabio griff nach dem Wurfspeer, ignorierte seine Schmerzen und schleuderte Bronzino die Waffe mit Macht entgegen. Doch es war, als habe der Hüne den Wurf vorausgesehen. Der Adlige warf sich zurück und die Waffe verkantete sich lediglich am Blechrand seines Schulterharnischs. Raimondo reagierte, bevor Bronzino erneut zuschlagen konnte. Er hieb mit dem Morgenstern zu, der sich um den Schaft des Spießes wickelte, und ritt scharf an. Unter wütendem Gebrüll wurde der Riese aus dem Sattel gezogen. Doch noch im Sturz schnappte er nach der Kette und auch Raimondo wurde vom Pferd gerissen.

Fabio hielt nun nichts mehr. Das Schwert hoch über den Kopf haltend, wankte er zu Bronzino und hieb von unbändigem Zorn erfüllt auf den Liegenden ein. Die Zurufe der Adligen, das Johlen der Menge, alles versank im Lärmen der Klinge, mit der er wieder und wieder auf Bronzino einschlug. Fabio zielte vornehmlich auf den Kopf. Doch hinter dem Visier der schweren Rüstung war nur ein Grunzen zu hören und der Koloss kam schnaufend wieder auf die Beine. Fabio konnte nicht fassen, wie ein einzelner Mann solche Schläge einfach wegstecken konnte. Weit holte er zum letzten Schmetterschlag aus, doch Bronzino wehrte die Klinge mit seinen Panzerhandschuhen ab, riss sie Fabio aus den Händen und rammte seinen Kopf nach vorn. Fabios Visier krachte und wurde eingedrückt, als wäre es von einem Katapultgeschoss getroffen worden. Fast im gleichen Moment traf ihn ein heimtückischer Schlag mit voller Wucht vor die Brust, der seine Rippen knacken ließ und ihn rücklings durch die Luft wirbelte. Wie eine hilflose Gliederpuppe schlug er irgendwo auf dem Boden auf. Die Schmerzen waren nun kaum mehr zu ertragen. Keuchend rang Fabio nach Luft und kämpfte dagegen an, sich zu übergeben. Ihm war, als würde sein Brustkorb von einer Presse zusammengedrückt. Bronzino musste ihm mehrere Rippen gebrochen haben.

»Jetzt stirb, Bauernjunge!«, vernahm Fabio die höhnische Stimme dal Vedicis. Verschwommen gewahrte er, wie Bronzino auf ihn zustampfte, als hinter dem Hünen ein schwankender Schatten sichtbar wurde. Raimondo war wieder auf die Füße gekommen, stolperte im Rücken des Riesen heran und rammte ihm sein Schwert mit aller Kraft gegen die Halsreifen. Es knirschte und zwei der Reifen platzten ab. Fabio konnte sehen, wie Blut aus der Wunde troff.

Bronzino griff sich aufgebracht in den Nacken und wirbelte herum. Mit einem Schlag fegte er Celestes Cousin die Waffe aus der Hand und packte ihn. »Lästige Made!« Trotz der schweren Rüstung hob er Raimondo hoch über den Kopf und schleuderte ihn mit aller Kraft auf den Boden. Es krachte fürchterlich. Stöhnend blieb Raimondo liegen und versuchte sich mühsam aus der Reichweite der Tritte zu rollen, mit denen ihn der Hüne eindeckte. Fabio traute seinen Augen nicht. Während Bronzino mit Raimondo beschäftigt war, schloss sich die Halswunde seines Gegners. Endlich begriff er. Dal Vedici wirkte nicht nur unbezwingbar, er war es! Wer war er? Ein Splitterträger, so wie sein einstiger Herr Ludovico? Verflucht, er hätte es wissen müssen.

Trotz der stechenden Schmerzen in seiner Brust mühte sich Fabio wieder auf die Beine und tastete nach der einzigen Waffe in Reichweite: Bronzinos Kriegshammer. Wenn sie gegen diese Urgewalt von Mann bestehen wollten, dann nur mit einer List.

»Marsakiiiieeel!« Mit einem gewaltigen Schrei auf den Lippen taumelte Fabio nach vorn und ließ den Kriegshammer zwischen Kniekachel und Beinröhren ihres unheimlichen Gegners niederfahren. Das metallische Gelenk knirschte und Bronzino ließ von Raimondo ab. Doch diesmal behinderte ihn die verbogene Kniekachel, sodass Fabio unter seinem Schlag wegtauchen konnte. Seine Schmerzen ignorierend, schlug Fabio ein zweites Mal zu und abermals gelang es ihm, das Bein seines Gegners zu erwischen. Wieder quietschte Metall, dann wurde Fabio von einem Faustschlag getroffen, der ihn einige Schritte zurückwanken ließ. Bunte Sterne blitzten vor seinen Augen und sein Atem ging stoßweise. Er wusste, wenn er jetzt stürzte, würde er nicht wieder hochkommen. Bronzino schnaubte und versuchte sich von seinem hinderlichen Beinpanzer zu befreien, als erneut das Dröhnen von Metall auf Metall und das Quietschen sich verbiegender Bleche zu hören war. Ungläubig starrte Fabio Raimondo an, der ebenfalls mit einem erbeuteten Kriegshammer bewaffnet hinter Bronzino stand und auf das andere Bein gezielt hatte. Schwankend vor Erschöpfung erwiderte Raimondo Fabios Blick, dann brach er bewusstlos zusammen.

Bronzino brüllte vor Wut und bewegte sich auf seinen steifen Beinen wie eine unbeholfene Marionette, deren Fäden sich verwickelt hatten. Ständig quietschten und knirschten die verbogenen Rüstteile. Fabio hörte kaum hin. Das Blut rauschte durch seine Adern, sein eigener Herzschlag trieb ihn wie das Trommeln der Heerpauken voran und der flammende Schmerz in seiner Brust wurde zu einem fernen Stechen. Immer wieder gelang es ihm, in den Rücken Bronzinos zu gelangen und mit dem Hammer auf die Schwachstellen seiner Beinwehr einzuschlagen. Den letzten Schlag führte er mit einer solchen Wucht, dass der Holzstiel der Waffe zerbrach und der eiserne Kopf des Hammers weit über das Turnierfeld flog. Rumpelnd stürzte Bronzino um und der Boden erzitterte unter seinem Gewicht. Fabio schlug wie in Trance mit dem abgebrochenen Waffenstumpf auf den Hünen ein, der nun mit aller Macht versuchte, sich aus seinem eisernen Gefängnis zu befreien. Zufällig erwischte Fabio die blaue Feder am Helm des schrecklichen Ritters und riss sie unter ohrenbetäubendem Jubel der Zuschauer ab.

»Elender Astronos-Paktierer!« Fabio sank auf die Knie und erblickte wie hinter einem Schleier das viele Blut, das unter seinem Kettenhemd hervorsickerte. Der Schmerz in seiner

Brust loderte mit Macht auf und völlig ermattet spähte er zur Tribüne empor, wo Celeste stand und ihn entsetzt ansah. Da fiel ein Schatten auf ihn und er spürte an seinem Helm einen Ruck. Jemand hatte seine Feder abgerissen.

»Guter Kampf, junger Paladin«, sagte eine ihm unbekannte Stimme. »Aber der Sieg gehört nun mir!«

Fabio kümmerte es nicht mehr. Er kippte um und verlor das Bewusstsein.

Das Astrarium

Fabio erwachte und sein Kopf war noch immer vom Lärmen der Schwerter, Schilde und anderen Waffen erfüllt. Es dauerte eine Weile, bis er begriff, dass er sich nicht mehr auf dem Turnierplatz befand. Stattdessen lag er halb nackt und im Schein einer Laterne auf seinem Felllager. Sein Brustkorb war von weißen Bandagen umwickelt. Schmerzen spürte er seltsamerweise nicht, stattdessen peinigte ihn an mehreren Stellen seines Körpers ein Jucken, das ihn fast wahnsinnig machte.

»Bei Marsakiel, wie lange bin ich bewusstlos gewesen?«

»Sieh nur, Jacopo, er ist wieder zu sich gekommen«, rief eine erfreute Stimme, die Fabio als die Odilios erkannte. Der dicke Gardist beugte sich über ihn und betrachtete ihn erleichtert. Auch sein schlaksiger Kamerad grinste ihn an. »Das war vielleicht knapp«, meinte er nur.

Ein Blick zum Zelteingang verriet Fabio, dass draußen bereits die Sonne untergegangen war.

»Wie spät ist es?« Der junge Paladin mühte sich hoch und kratzte sich an den Bandagen.

»Vorsichtig!«, ermahnte ihn Odilio, doch eine Frauenstimme unterbrach ihn. »Lasst ihn. Er sollte jetzt wiederhergestellt sein.« Fabio sah sich um und entdeckte Sylvana, die nicht weit von seinem Lager entfernt auf den Satteltaschen hockte. Die Wolfsfrau mit der langen blonden Haarmähne trug einen Verband am rechten Unterarm und sah ihn abschätzig an. Immerhin, der Juckreiz verebbte allmählich. Ein weiteres Mal befühlte er seine Bandagen und bewegte sich prüfend. »Bronzino hat mir mehrere Rippen gebrochen. Wie kommt es, dass ich nichts davon fühle?«

Sylvana schwieg und so bequemte sich Odilio zu einer Antwort. »Na ja, die beiden Sternenschwestern haben für dich getan, was in ihrer Macht stand. Aber das war nicht besonders viel. Diese Schweine heute Mittag haben dich fast totgehauen. Dein Körper war eine einzige Wunde. Bis, äh … bis sich Sylvana deiner angenommen hat.«

»Wolfsblut«, knurrte die Wilde aus dem Dolomitischen Himmelsmassiv und krempelte ihren Hemdsärmel über den Verband. »Ich habe deinen Heilungsprozess etwas beschleunigt. Aber glaube nicht, dass ich so etwas noch einmal mache. Ich hab jetzt was bei dir gut.«

»Deine Wunden haben sich vor unseren Augen geschlossen«, flüsterte Odilio und deutete mit den Augen unmerklich hinüber zu ihrer unheimlichen Gefährtin. »Auf gar keinen Fall ist das mit rechten Dingen zugegangen.«

»Dicker, wenn du was zu sagen hast, sag es«, knurrte Sylvana und ihre Augen bekamen einen Stich ins Gelbe. »Denn wenn ich will, höre ich dich sogar furzen, wenn du drüben am Stadttor stehst.«

»Schon gut, schon gut«, wiegelte der ehemalige Gardist ab.

»Also, wie lange liege ich hier?«, wollte Fabio wissen, der seine wundersame Heilung noch immer nicht fassen konnte.

»Acht oder neun Stunden«, klärte ihn Jacopo auf und pulte sich gelassen zwischen den Zähnen. »Du müsstest jetzt also ausgeschlafen sein.«

»Ausgeschlafen?«, herrschte Odilio seinen Kameraden an. »Sag mal, was muss eigentlich passieren, damit du dich mal aufregst?«

»Na ja«, Jacopo hielt in seinem Tun inne und dachte nach. »Irgendetwas Aufregendes.«

»Also acht oder neun Stunden?« Fabio sah sich verärgert um. »Wo sind Denebola und Celeste?«

»Hoch zum Palazzo Vecchio«, murrte der dicke Venezianer. »Da findet heute eine Abschlussfeier statt. Eigentlich wollte dich die junge Baroness nicht allein lassen, aber ihre Selbstgefälligkeit von Lehrmeisterin hat ihr befohlen mitzukommen. Angeblich, weil du es so wolltest.«

»Herrje, richtig. Das Astrarium!« Fabio richtete sich auf und leichter Schwindel erfasste ihn. Hoffentlich nur vom langen Liegen.

»Für meinen Geschmack hat diese Sternenmystikerin hier viel zu lange herumgelungert«, knurrte Sylvana. »Sonst hätte ich dir schon früher auf die Beine geholfen. Willst du nicht wissen, was ich in der Zwischenzeit herausgefunden habe?«

»Doch«, antwortete Fabio und schlüpfte zur Verwunderung der beiden Venezianer in seine Hose. »Hat es vielleicht etwas mit Bronzino dal Vedici zu tun?«

»Wer?« Sylvana sah ihn misstrauisch an.

»Dieser schreckliche Riese, gegen den ich heute gekämpft habe«, schimpfte Fabio und griff zu einem sauberen Hemd. »Bronzinos Wunden haben sich immer wieder geschlossen, so wie damals bei meinem verräterischen Herrn Ludovico. Ich glaube, er ist ebenfalls einer dieser Splitterträger. Ein hoher Günstling Astronos'.«

»Sieh an«, fauchte Sylvana. »Nein, das war es nicht. Ich habe vielmehr Vesperuga entdeckt. Rate, wo?«

»Mach es nicht so spannend.«

»In der Villa des Stadtfürsten von Firenze.«

Fabio sah Sylvana entsetzt an. »Wie bitte?«

»Leider waren die beiden zu weit entfernt, als dass ich hätte einschreiten können. Außerdem hat dieser Sternenvampir das Gespräch mit seinen Kräften abgeschirmt. Ich weiß daher nicht, worum es bei dem Treffen ging.«

»Aber ich ahne es.« Fabio stieß einen Fluch aus und ließ sich von Jacopo in sein beschädigtes Kettenhemd helfen. Noch immer klebte Blut an den eisernen Ringen. »Alles dreht sich um diese Waffe aus Genova. Der Schild Molunahs. Sagt dir das etwas?«

Sylvana verengte fragend die Augen.

»Es handelt sich dabei um eine machtvolle magische Waffe«, fuhr Fabio fort. »Vielleicht ebenso machtvoll wie das Schwert, das wir im Dolomitischen Himmelsmassiv aufgespürt haben. Aus irgendeinem Grund wollen unsere Feinde ihn an sich bringen. Der Schild wird im Astrarium verwahrt und dort versuchen Denebola und Celeste heute einzudringen.«

»Warum lässt du ihnen nicht das Vergnügen?«, grollte Sylvana. »Man kann ja von den Sternenschwestern halten, was man will, aber sie sind nicht gerade wehrlos. Zwei Einbrecher sind außerdem unauffälliger als drei … oder gar vier.«

Fabio hielt kurz inne und musterte seine Kameraden nachdenklich. »Wer hat das Turnier heute gewonnen?«

»Ein Ritter aus Genova«, meinte Odilio. »Der Kerl war schlau. Er hat einfach abgewartet, bis du mit Bronzino dal Vedici fertig gewesen bist.«

»Und sein Wappen?«

»Ein Pfau auf blauem Grund.«

»Bei allen Stellaren, dann sind die beiden erst recht in Gefahr!« Hastig zog er sich weiter an.

»Wieso?«, wollte Odilio wissen.

»Weil das der Sohn des Dogen von Genova war. Und der ist über jeden Zweifel erhaben.«

»Ich weiß zwar nicht, was das eine mit dem anderen zu tun haben soll«, brummte Sylvana, »aber mit solchen Einschätzungen wäre ich vorsichtig.«

»Nein«, widersprach Fabio und schlüpfte in die Stiefel. »Ich hatte in der letzten Nacht eine heimliche Unterredung mit Herzog da Castano. Ich gebe zu, dass ich selbst überrascht war. Aber der Mann steht unmissverständlich auf unserer Seite. Sogar den Kräften des Astronos-Schädels draußen bei den Goblins hat er widerstanden. Offenbar ganz im Gegensatz zu seinen fiorentinischen Amtskollegen. Wenn der Sohn des Dogen von Genova auch nur halbwegs aus dem gleichen Holz geschnitzt ist wie sein Vater, dann ist zumindest das vereinte Heer von Firenze in guten Händen.«

»Klingt doch gut.« Odilio sah sich verständnislos zu Jacopo um. »Aber wenn dem so ist, warum sind die beiden Sternenmystikerinnen dann in so großer Gefahr?«

»Überlege doch!« Fabio sah den Dicken aufgebracht an. »Weder uns noch Vesperuga und ihren Schergen ist es gelungen, den Schild als Trophäe zu gewinnen. Das heißt, unsere Feinde werden ebenfalls versuchen, in das Astrarium einzusteigen, bevor der Schild offiziell seinem neuen Besitzer überreicht werden kann. Celeste und Denebola könnten ihnen genau in die Hände laufen!«

Erschrocken sahen sich die beiden ehemaligen Gardisten an und selbst Sylvana stieß ein Fauchen aus.

»Euch beide«, Fabio wandte sich an Odilio und Jacopo, »kann ich nicht ohne Probleme mit in den Palazzo nehmen. Ihr packt daher in der Zwischenzeit das Wichtigste zusammen. Gut möglich, dass wir auffliegen und vorzeitig aus der Stadt verschwinden müssen. Dich hingegen«, er nickte Sylvana zu, »hätte ich gern in meiner Nähe.«

»Ich hätte mich an deiner Stelle auch gern in der Nähe.« Die Wolfsfrau fletschte die Zähne.

»Ja, nur weiß ich noch nicht wie. Dich bekäme ich nicht mal in den Palazzo, wenn ich dich in ein Gewand Denebolas stecken würde.«

Sylvana winkte ab. »Ich steige über die Hausfassade in den Hof des Palazzos«, knurrte sie. »Wir treffen uns am Turm.«

»Gut.« Fabio nahm Waffengurt und Rittermantel an sich, sattelte Aldebaran, der angesichts der Nähe Sylvanas ängstlich schnaubte, und saß auf.

»Also los!«

Ungestüm preschte er hinauf zum Osttor Firenzes und von dort durch die nächtlich erleuchteten Straßen der Stadt in Richtung Palazzo Vecchio. In vielen Gassen schlug ihm Gesang entgegen und immer wieder musste er sich durch große Gruppen betrunkener Bürger hindurchquälen. Die Bewohner Firenzes führten sich auf, als gäbe es zum letzten Mal einen Grund zum Feiern.

Vielleicht war dem auch so.

Endlich erreichte er den Palazzo mit dem schlanken Uhrenturm, der wie ein mahnender Finger weit über ihm in die Dunkelheit aufragte. Das Zifferblatt der großen Turmuhr war nur als hellgrauer Fleck zu erkennen. Dafür waren viele Fenster des Ratsgebäudes hell erleuchtet. Hinter den Butzenscheiben waren Schatten zu sehen und vornehme Musik drang bis auf den großen Platz vor dem Gebäude. Eine ganze Horde Gardisten hielt vor dem Vordereingang Wache und kümmerte sich gemeinsam mit einigen Lakaien um die Pferde und Sänften der anwesenden Gäste. Sie nahmen Fabio Aldebaran ab, ignorierten großzügig das Schwert an seiner Seite und machten ihm zögernd Platz, sodass er das mächtige Gebäude ungehindert betreten konnte.

Im Innern des Palazzos erwartete ihn festliches Treiben. Zahllose vornehm gekleidete Adlige waren in den Palast gekommen. Die Männer trugen Baretthüte mit prachtvollen Federn, während die Frauen ihre kunstvollen Frisuren mit goldenen Haarnetzen geschmückt hatten, die mit Perlen und Edelsteinen besetzt waren. Sie bevölkerten die von Säulen gestützte Eingangshalle mit dem marmornen Standbild Juprabims. Auch in den Korridoren flanierten Gruppen von Adligen. Sie lauschten dem Gesang von Lautenspielern, die sanft an den Saiten ihrer Instrumente zupften.

Wo auch immer Fabio auftauchte, machte sich erregtes Getuschel breit und die Adligen starrten ihn an, als habe er sich von den Toten erhoben. Fabio kam sich in seinem verdreckten Aufzug wie ein Ausgestoßener vor. Er gehörte einfach nicht hierher. Immerhin, vereinzelt wurde ein Kristallpokal gehoben und man prostete ihm respektvoll zu. Er erwiderte die Gesten mit angespanntem Nicken und sah sich unauffällig nach Denebola und Celeste um. Leider fand er die beiden Sternenmystikerinnen nicht.

Dafür erreichte er einen großen Saal, in dem liebliches Harfenspiel zu hören war und in dem es köstlich nach gebratenen Speisen duftete. Staunend blickte er sich um, denn an den Wänden des Raums standen lange Tischreihen, auf denen prachtvoll arrangierte Leckereien dargeboten wurden, wie er sie noch nie zuvor gesehen hatte. Der Saal quoll förmlich über vor goldenen und silbernen Karaffen mit Nudeln und warmer Milchsuppe, die im Kerzenschein großer Leuchter glänzten. Dazwischen standen Tabletts mit Rehköpfen, Flussbarschen und Hühnerkeulen, zu denen exotisch duftende Soßen gereicht wurden. Vor allem die gebratenen Fasane zogen viel Aufmerksamkeit auf sich, denn die aufgerichteten Federn der großen Vögel waren reich mit Blattgold überzogen. Auch die kalten Pasteten, die die Form von Adlern, Löwen und Wölfen besaßen, waren vergoldet. Auf den Tischen gegenüber waren Süßspeisen und Konfitüren zu sehen. Dazwischen schimmerten wertvolle Gold- und Silberteller voller Pinienkerne und Kekse. Fabio lief das Wasser im Mund zusammen, als ein Dutzend Palastköche den Saal betraten, um Platten mit kunstvollen Desserts aus einer Zuckermasse hereinzutragen, die zu großen Schiffen, Häusern und Löwen geformt war. Vornehm applaudierten die Gäste.

Fabio gab seinem knurrenden Magen nach und griff nach zwei Hühnerschenkeln, während er sich weiter aufmerksam umsah. Noch immer zog sein verdreckter Paladinsmantel die Aufmerksamkeit der Anwesenden auf sich, doch niemand wagte es, ihn anzusprechen. Er entdeckte ein paar bekannte Gesichter inmitten der Menge, doch die Sternenmystikerinnen waren nicht darunter. Er ahnte, dass Denebola und Celeste sich bereits unbemerkt in Richtung Astrarium aufgemacht hatten.

Nur, wie gelangte man zu dem Turm?

»Was machst du denn hier?«

Fabio fuhr herum und entdeckte hinter sich Raimondo de Vontafei, der sich aus einer aufgeregt tuschelnden Gruppe junger Damen löste, deren Haare von kleinen Schmuckhauben, zarten Schleiern und golddurchwirkten Netzen gehalten wurden. Celestes arroganter Cousin trug einen weißen Kopfverband, unter dem sein halblanges Haar hervorlugte, und war davon abgesehen in ein vornehm besticktes Wams aus blauem Stoff gehüllt. Im Gegensatz zu Fabio verunzierten Schrammen sein Gesicht. Die beiden ungleichen Männer musterten sich argwöhnisch, doch in Raimondos Blick lag ein

Anflug von Respekt. Fabio wusste nur zu gut, dass er das Ende des Turniers ohne Raimondo nicht erreicht hätte, Raimondo ohne ihn jedoch ebenfalls nicht.

»Du müsstest halb totgeschlagen in deinem Zelt liegen«, zischte sein Gegenüber aufgebracht und zog Fabio in den Schatten eines hohen Kamins, über dem das blau-gelbe Wappen Firenzes prangte. »Wie kann es sein, dass du hier vor mir stehst?«

»Das zu erklären, würde zu weit führen«, antwortete Fabio lahm. »Ich muss Denebola und Celeste finden. Dringend.«

Raimondo verzog das Gesicht und sah sich misstrauisch nach ungebetenen Zuhörern um. »Gut, wenn du mir sagst, um was es geht, dann helfe ich dir vielleicht bei deiner Suche nach den beiden.«

»Jetzt ist keine Zeit für irgendwelche Spielchen«, fuhr Fabio ihn wütend an.

»Ich treibe nie Spielchen«, entgegnete Raimondo böse. »Du solltest langsam begreifen, dass es auch noch andere gibt, die sich um die Zukunft Astarias sorgen, als nur ihr Bauernr…, als nur ihr Paladine oder die Sternenmystikerinnen. Außerdem bin ich nicht blind. Ich weiß längst, dass ihr drei hier in Firenze irgendetwas vorhabt.«

Fabio atmete tief ein. Der verdammte Palazzo Vecchio war viel größer, als er gedacht hatte. Ohne Hilfe würde er sich hier hoffnungslos verirren. Er hatte sich mit Werwölfen und Himmelsmechanikern verbündet. Warum also nicht auch mit Raimondo de Vontafei?

»Na gut.« In knappen Worten erklärte er, was sie in Firenze

suchten und welche Gegner sie hier erwarteten. Raimondo wurde bleich. »Das heißt, Celeste ist in Gefahr? Verflucht. Und ich Narr habe ihnen auch noch Zutritt zur goldenen Galerie verschafft.«

»Die goldene Galerie?«

»Ja, verdammt.« Raimondo sah sich unbehaglich um und senkte die Stimme. »Die Galerie liegt im Westflügel des Palazzos. Der Magistrat hat dort einige der bedeutendsten Kunstschätze Firenzes zusammengetragen. Allerdings ist die Galerie geschlossen. Celeste bat mich vorhin darum, einige der Gäste abzulenken. Angeblich, damit sie und Denebola sich dort ungestört umsehen können. Jetzt weiß ich auch warum. Denn an die Galerie grenzt ein Treppenhaus, über das man hoch zum Uhrenturm gelangt.« Er zog verärgert die Augenbrauen zusammen. »Warum hat sie mir nichts gesagt?«

»Ich schätze, weil Eure Cousine über den gleichen Dickschädel verfügt wie Ihr«, antwortete Fabio. »Also gehen wir dorthin.«

Gemeinsam drängten sie sich durch die Schar der Gäste und erreichten so einen weiß gekalkten Säulengang mit hohen Fensterfronten, an dessen Ende sich eine Flügeltür befand. Der Zutritt zum dahinterliegenden Raum wurde durch eine rote Kordel verwehrt, die zwischen zwei gusseisernen Pfosten hing. Leider wurde der Gang von einem guten Dutzend gelangweilter Adliger bevölkert, die einem Lautenspieler zuhörten, der eine manierliche Melodie zum Besten gab. Auch hier zog Fabio alle Blicke auf sich. Er fragte sich bereits, wie sie unbeobachtet die Absperrung überwinden sollten, als Raimondo dem Barden eine Silbermünze zuwarf und ihn zum Vergnügen der anderen Gäste aufforderte, etwas Schwungvolleres vorzutragen. Der Sänger nickte und schlug kraftvoll die Saiten seiner Laute an. Schnell wandte sich die allgemeine Aufmerksamkeit von Fabio und Raimondo ab und Celestes Cousin zog den jungen Paladin bei der erstbesten Gelegenheit durch die Tür hinter der Absperrung.

Dort erwartete sie ein düsterer Trakt, an dessen hohen Wänden eine endlose Abfolge von kleinen und großen Gemälden hing. Dazwischen standen männliche und weibliche Marmorstatuen in verschiedenen Posen.

Fabio hielt Raimondo zurück, weil er im Zwielicht eine Bewegung bemerkt hatte. Ein Gardist im blau-gelben Waffenrock Firenzes. Der Mann stand an die Wand gelehnt, hielt leicht schwankend eine Hellebarde in der Hand und lächelte verklärt. Fabio winkte mehrmals vor den Augen des Wächters, doch der Mann reagierte nicht.

»Sieht ganz so aus, als ob die Sternenschwestern ihn mit einem Zauber belegt hätten«, flüsterte er.

»Ja, stellt sich bloß die Frage, wie lange dieser Bann anhält.« Raimondo nahm dem Mann kurzerhand die Hellebarde ab und wog sie in der Hand. »Besser als nichts.«

Sie schlichen den Gang entlang und kamen an zwei weiteren Wachen vorbei, die ebenso selig lächelten wie ihr Kamerad weiter vorn. Auch sie wirkten teilnahmslos, besaßen aber immerhin Laternen, von denen Fabio eine an sich nahm.

Wenig später gelangten sie zu einer halb geöffneten Tür, die in ein Treppenhaus mit eiserner Wendeltreppe führte. Fabio leuchtete am Geländer empor und sah, dass die Stufen weit über ihnen in die Dunkelheit reichten.

»Ich schätze, hier sind wir richtig«, meinte Raimondo leise. »Hoffen wir, dass wir Celeste und ihre Lehrherrin rechtzeitig finden.«

»Einen Moment noch.« Fabio schlich an der Treppe vorbei zu einer Gittertür, die nach draußen auf den Innenhof des Palazzos führte. Erfolglos rüttelte er an ihr.

»Was willst du da?«, fragte Raimondo.

»Einer Freundin Einlass verschaffen.« Fabio nahm Raimondo die Hellebarde ab und rammte sie zwischen Schloss und Wand. Mit einem Ruck brach er das Türschloss auf. Warme Nachtluft schlug ihnen entgegen, die von einem strengen Vanillegeruch erfüllt war. Der junge Paladin überblickte einen im Dunkeln liegenden Innenhof mit sternförmigen Beeten, in denen Palastgärtner schlanke Königslilien mit trichterförmigen Köpfen gepflanzt hatten.

»Sylvana?«

»Schon da«, tönte es leise. Die Wolfsfrau tauchte hinter einer marmornen Sitzbank auf und huschte im Zwielicht zu ihnen.

»Beim schwarzen Astronos!« Raimondo tastete erschrocken nach seinem nicht vorhandenen Waffengurt. »Das ist doch diese verdammte Einbrecherin, die damals in den Palazzo meines Onkels eingestiegen ist. Die bezeichnest du als Freundin?«

»Ach, tut unser Jungchen das?« Sylvana grinste Raimondo herausfordernd an. »Eigentlich, mein Hübscher, müsste ich dich fragen, wie es kommt, dass ausgerechnet du dich uns angeschlossen hast.«

»Hört auf«, wiegelte Fabio leise ab und gab Raimondo die Hellebarde zurück. »Streit ist das Letzte, was wir jetzt brauchen können. Kommt!«

Gemeinsam hetzten sie die Stufen des Turms immer weiter hinauf, bis sie keuchend an eine Tür gelangten, hinter der rasselnde Laute ertönten, die von einem gelegentlichen Klingen unterbrochen wurden. Fabio war sich sicher, dass die Geräusche von den Zahnrädern der großen Turmuhr kamen. Sogar ein schwaches Ticken war hinter der Tür zu hören.

»Wir haben das Astrarium erreicht!«, flüsterte er.

Fabio zog die Tür vorsichtig auf und spähte in ein überraschend großes Turmzimmer mit hohen Glasfenstern an den Fronten, durch die schräg das Licht des Mondes fiel. Es roch nach Holz, Metall und Schmieröl. An der Südwand war ein breiter Holzverschlag mit eisenverstärkten Bändern in die Turmwand eingelassen, dessen Rückseite vergitterte Sichtfenster besaß. Durch sie hindurch konnte er Zahnräder, Kettenglieder und sogar ein hin- und herschwingendes Pendel erkennen: die Mechanik der Turmuhr. Er wollte gerade nach den Sternenschwestern rufen, als hinter dem Verschlag mit der Uhrmechanik ein Schatten hervortrat. Jäh flammte an der Decke über ihm ein strahlend helles Lichternetz auf, das herabwirbelte und ihn wie ein unvorsichtiges Reh umschlang. Fest zogen sich die Lichtstränge zusammen und Fabio krachte zu Boden.

»Nicht, Herrin. Das ist Fabio!«, ertönte von der anderen

Seite des Raums der Ruf Celestes. Auch dort waren jetzt Bewegungen auszumachen. Denebola fluchte und löste die strahlende Fesselung mit einem Fingerschnippen wieder auf. Und doch bemerkte Fabio, dass sie dabei überaus angestrengt wirkte.

»Bei Molunah!«, brauste die beleibte Sternenmystikerin auf. »Du warst doch vorhin noch halb tot!« Sofort machte sie sich wieder kampfbereit, da nun auch Raimondo und Sylvana die Turmkammer betraten.

»Nicht! Sie sind gekommen, um euch zu helfen.« Fabio rappelte sich stöhnend wieder auf. Celeste sah die Neuankömmlinge mit offenem Mund an. Es war weniger Sylvanas Erscheinen, sondern vor allem das ihres Cousins, das sie aus der Fassung zu bringen schien. »Was macht ihr hier?«

Schnell klärte Fabio die beiden Frauen über die Notwendigkeit ihres Kommens auf. Dennoch reagierte Denebola wütend. »Hier ist niemand außer uns. Und euch haben wir sogar bis hier oben gehört, ihr Tölpel. Dass du Geheimnisse der Sternenburg an Außenstehende weitergegeben hast, Schwertbruder Fabio, ist unverzeihlich.« Mit einer Mischung aus Faszination und Abscheu starrte sie Sylvana an. »Ist das etwa diese …«

»Werwölfin?«, beendete Sylvana die Frage. »Ja, Sternenschwester. Sei froh, dass nur ich es bin, die euch hier oben aufgestöbert hat.«

»Eine … was?« Raimondo brachte schnell etwas Raum zwischen sich und Sylvana und starrte die Blonde fasungslos an.

Celeste war derweil zu Fabio getreten. »Was ist mit deinen Wunden?«

»Später!« Fabio seufzte. »Es tut mir leid, ich dachte, ihr beide seid in großer Gefahr. Gut, dass ich mich geirrt habe.«

»Das hat ein Nachspiel, Schwertbruder!«, giftete Denebola, die offenbar noch immer nicht wusste, wie sie mit der veränderten Situation umgehen sollte.

»Ja, mag sein.« Der junge Paladin zuckte mit den Schultern. »Aber ich bin für Euren Schutz verantwortlich, vergesst das nicht.« Aufmerksam betrachtete er durch eines der hohen Turmfenster das nächtliche Dächermeer der Stadt. Die verwinkelten Straßenzüge waren noch immer von Girlanden und Laternen beleuchtet. Von hier aus wirkten sie wie bunte Glühwürmchen.

»Also, habt ihr gefunden, wonach ihr gesucht habt?«, fragte Fabio.

»Ja und nein«, sagte Celeste. »Wir haben gerade die Turmuhr näher inspiziert. Aber sie ist frei von jedweder Magie.«

»Ich dachte, ihr sucht die Schatzkammer mit diesem Schild«, murrte Raimondo, der noch immer Sylvana beobachtete.

»Ja, das stimmt«, antwortete Celeste. »Sie liegt direkt über uns.« Sie deutete zur Decke des Raums empor, in deren Mitte eine quadratische Eisenluke mit schweren Scharnieren eingelassen war. Auf ihr prangten sechs Sternensymbole, die zusammen das Sternbild der Sanduhr ergaben. Doch es schien keinen Griff zu geben. Nur zwei eiserne Haken in der Raumdecke waren zu erkennen, in die sich eine Sprossenleiter einhängen ließ. Die Eisenplatte selbst war in massiven Granit eingebettet. Die ganze Decke des Raums bestand aus dem harten Gestein.

»Die Decke ist irgendwie magisch versiegelt«, erklärte Denebola, die sich widerwillig zur Zusammenarbeit entschlossen hatte. »Selbst für mich gibt es keine Möglichkeit, sie zu durchdringen. Wir müssen also diese verdammte Eisenluke aufbekommen. Leider wissen wir nicht wie. Alles, was wir haben, ist ein merkwürdiger Sinnspruch.«

Fabio runzelte die Stirn und Celeste erklärte ihm ihre Vermutung. »Ich habe mir schon die ganze Zeit über den Spruch auf dem einstigen Gedenkstein von Iuge Al'Cosma Gedanken gemacht, der damals im Park stand. Erinnerst du dich, Fabio?«

»Ja, vage.«

»Wir glauben, dass unsere einstige Sternenschwester darin einen Anhaltspunkt hinterlassen hat, wie sich die Schatzkammer öffnen lässt.« Da Fabio sie skeptisch ansah, fuhr sie aufgeregt fort. »Nach allem, was wir wissen, hat sie hier in Firenze nur dieses Astrarium geschaffen. Ich bin daher davon überzeugt, dass sie den Bauherren Firenzes und vielleicht auch uns einen versteckten Hinweis hinterlassen wollte, wie sich die Kammer öffnen lässt, falls das Wissen darum im Laufe der Zeit verloren geht. Immerhin war es ein Schatzmeister, auf dessen Anordnung hin der Gedenkstein entfernt wurde. Wenn meine Annahme stimmt, wissen wir jetzt auch warum. Er muss wohl erraten haben, um was es bei dem Sinnspruch ging.« Hastig blätterte sie in ihren Notizen. »In der ersten Zeile heißt es: ›Ich singe ohne Zunge und rufe ohne Lunge.‹«

»Ja, und?«

»Ich glaube, Iuge Al'Cosma meinte das Glockenspiel des Astrariums!«, erklärte Celeste stolz. »Das passt auch zur zweiten Zeile: ›Nahe meinem Herzen, aus strahlend silbern Erzen.‹«

»Ich sehe hier kein Herz«, knurrte Sylvana, die nun ebenso wie Raimondo unter die eiserne Klappe trat.

»Das ist nur eine Sache der Interpretation«, stand Raimondo seiner Cousine bei. »Das eigentliche Herz des Astrariums ist die Schatzkammer, nicht die Uhr.«

»Aber das scheint noch nicht alles zu sein«, mischte sich Fabio ein. Er stieß Sylvana an und deutete nachdenklich zu dem Sternbild empor, das symbolisch auf der eisernen Verschlussplatte prangte. »Schon wieder eine Sanduhr. Wenn auch als Sternzeichen. Findest du nicht, dass das Ganze irgendwie dem Fund ähnelt, den wir damals unter dem Schlussstein der Kuppel in der Sternenbasilika Venezias gemacht haben? Ich spreche von der Mulde, die ebenfalls die Form einer Sanduhr aufwies.«

»Ziemlich weit hergeholt«, schnaubte Sylvana. »Wie soll das hier mit unseren Entdeckungen in Venezia zusammenhängen?«

»Keine Ahnung, aber es war das Abbild einer Sanduhr, die uns damals zu der Sonnenuhr geführt hat. Vielleicht ist das hier ähnlich gemeint.«

»Das wäre ein mehr als seltsamer Zufall.«

»Der uns jetzt auch nicht weiterbringt«, sagte Celeste. »Wir sollten vielmehr herausfinden, was der Abschluss des Rätsels zu bedeuten hat. Darin heißt es: ›Es sei dein sodann, wenn du tust, was ich nicht kann.‹«

»Nur, dass wir leider nicht darauf kommen, was damit gemeint sein könnte«, meinte ihre Lehrherrin.

»Eure umtriebige Schwester ist schon lange tot«, knurrte Sylvana. »Die kann heute gar nichts mehr tun.«

»Treib es mit deinem Spott nicht zu weit, Wolfskreatur«, warnte Denebola sie.

»Ach, und was, wenn doch, Schwesterlein?«, fauchte Sylvana gereizt.

»Streit hilft uns nicht weiter«, ging Raimondo dazwischen. »Dieses Rätsel ist doch kinderleicht. Kein Wunder, dass dieser Schatzmeister den Gedenkstein entfernen ließ. Die Textzeile bezieht sich natürlich auf die Turmuhr und nicht auf eure einstige Sternenschwester. Kennt jemand die Melodie des Glockenspiels dieser Uhr?«

»Es ist die Melodie von ›Molunah und das Sternenmeer‹«, meinte Fabio verwundert. »Wieso fragt Ihr?«

»Weil dieses Glockenspiel eine Sache tatsächlich nicht kann, nämlich singen.«

»Natürlich!« Celeste bat Fabio und Raimondo, ihr dabei zu helfen, eine bereitstehende Leiter in die Haken an der Decke einzuhängen. Sie drängte ihre Gefährten zur Seite und kletterte die Sprossen empor, bis sie direkt unter der Verschlussplatte der Schatzkammer stand. Dann begann sie jenes Lied anzustimmen, das die Fiorentiner bei ihrer Ankunft gesungen hatten. Ihre Stimme war klar und melodisch und erfüllte den Raum mit lieblichem Klang. Kaum hatte sie den Refrain angestimmt, als über ihnen an der Decke die sechs Sternzeichen aufblitzten und ein scharfes Klicken durch den Raum hallte. Celeste verstummte und die kleine Gruppe sah staunend dabei zu, wie der Zugang zur Schatzkammer wie von Geisterhänden bewegt aufklappte.

»Es hat tatsächlich funktioniert«, murmelte Denebola ungläubig. Raimondo grinste überheblich. Celeste ließ sich von Fabio die Laterne reichen und drang in den Raum über ihren Köpfen ein. Denebola folgte ihr hastig und auch Fabio, Raimondo und Sylvana hielt nun nichts mehr an ihren Plätzen.

Sie gelangten in eine ebenso breite wie hohe Kammer, die offenbar den Abschluss der Turmspitze bildete. Ihre Wände waren komplett mit einer glatten, milchig weißen Schicht aus jenem Zaubermaterial ausgekleidet, das Celeste vor einigen Tagen als Wolkenkristall bezeichnet hatte. Allein dieser Umstand war schon aufsehenerregend genug, doch Fabios Blicke richteten sich auch auf die vielen blinkenden Schätze in den Regalen und offenen Truhen. Überall blitzte es golden und silbern im Licht ihrer Laternen und wo auch immer sie hinsahen, funkelten ihnen kostbare Kristallkelche, golddurchwirkte Wandteppiche und mit Edelsteinen geschmückte Pokale entgegen. Einige Truhen waren bis zum Rand mit Goldmünzen gefüllt und Raimondo schaute soeben in eine Kassette mit bunt leuchtenden Halsketten und Ringen. An fast allen Objekten hingen kleine Tontäfelchen, von denen Fabio annahm, dass sie die Kostbarkeiten den jeweiligen Besitzern zuordneten. Halb Firenze schien hier oben seine Schätze gelagert zu haben.

»Seien wir froh, dass wir diese beiden Habenichtse aus Venezia zurückgelassen haben.« Sylvana fletschte die Zähne. »Die würden wir hier nie wieder rausbekommen.«

»Novizin, sieh nach, ob du etwas findest, was wir Iuge Al'Cosma zuordnen können. Beeil dich! Und du, Schwertbruder Fabio«, Denebola deutete mit schmalem Lächeln zu einem prachtvollen silbernen Rundschild, der erhaben auf einem Holzständer thronte, »sieh dir das dort mal an!«

Ehrfürchtig traten Fabio und Raimondo vor Molunahs Schild. Er schien auf den ersten Blick aus poliertem Silber zu bestehen, doch ein leichter metallischer Blaustich verriet, dass er ganz aus Meteoreisen bestand. Der Buckel des runden Schildes war wie ein sechsstrahliger Stern geformt und auf den vier gegenüberliegenden Seiten der Schildfläche blitzten die Zeichen für Voll- und Neumond sowie die Symbole der zu- und abnehmenden Mondsichel.

»Kein Wunder, dass die Genovesen diese prächtige Waffe Molunahs Schild nennen«, wisperte Fabio. Raimondo nickte ebenso ergriffen und sogar Sylvana trat neugierig zu ihnen. Fabio atmete tief ein und hob den Schild vom Ständer. Er war ungewöhnlich leicht und besaß auf der Rückseite Griffe, mit denen man ihn gut fassen konnte. Respektvoll strich er über das wundersame Metall.

Denebola und Celeste hingegen waren noch immer damit beschäftigt, die Regalreihen abzusuchen. Doch nirgends im Raum befand sich ein Buch, eine Karte, ein Pergament oder ein anderes Objekt, das sich Iuge Al'Cosma zuordnen ließ.

»Ich verstehe das nicht«, meinte Celeste geknickt. »Astarte

hat in ihren Aufzeichnungen Dinge aus dem Besitz unserer einstigen Sternenschwester erwähnt, die hier oben noch immer gehütet werden.«

»Dann müssen wir weitersuchen.« Celestes Lehrherrin warf enttäuscht einen Goldbecher zu Boden. »Vielleicht hat unsere Schwester damals in der Kammer selbst einen magischen Hinweis hinterlassen?« Ihr Blick wanderte zu der milchig weißen Decke des Raums. »Vielleicht haben wir ihre Hinweise einfach nur übersehen? Wir …«

»Still!«, herrschte Sylvana sie an. Die Wolfsfrau ruckte zur eisernen Bodenklappe herum und verengte ihre Augen. Fabio konnte sehen, dass sich ihre Armhaare aufrichteten. »Wir sind nicht mehr allein!«

Mit einem Satz war sie an der Luke und ließ sich mit gezogenen Messern durch die Öffnung fallen. Auch Fabio und Raimondo hetzten jetzt an den beiden Sternenmystikerinnen vorbei. Mit dem wundersamen Schild voran, sprang Fabio Sylvana hinterher.

Seine Füße hatten kaum den Boden berührt, als er sah, vor wem die Wilde aus dem Dolomitischen Himmelsmassiv sie gewarnt hatte. In der Tür zur Treppe stand eine ihm wohlbekannte Gestalt: Bronzino dal Vedici.

Trotz seines geckenhaften Festgewands, das sich über seine gewaltige Brust spannte, wirkte der Hüne alles andere als harmlos. Mit ihm zusammen hatten sich zwei weitere Männer in den Raum gedrängt, die einen älteren Mann gepackt hielten, der verstört wimmerte. Seine Peiniger machten einen ebenso verschlagenen Eindruck wie Bronzino, nur dass ihre

Kleidung so abgerissen aussah, als trieben sie sich sonst in der Gosse Firenzes herum.

»Sieh an«, grollte Bronzino mit Blick auf Fabio und Raimondo. Er ließ seine Handknöchel knacken. »Unser Bauernjunge. Und die andere lästige Made als Dreingabe noch dazu. Dann kann ich ja zu Ende bringen, was ich heute angefangen habe.« Einzig beim Anblick Sylvanas runzelte er irritiert die Stirn.

Sylvana knurrte warnend und gebot Fabio und Raimondo mit einer raschen Bewegung, sich neben ihr aufzustellen.

Jetzt mühte sich auch Denebola auf der Leiter nach unten, als die Flammen in ihren Laternen knisterten und zu kleinen Glutpunkten schmolzen. Die Raumtemperatur sank schlagartig ab und ein wallender, dunkler Nebel quoll durch die Tür. Bronzino trat furchtlos zur Seite und wartete ab, bis sich das trügerische Gespinst zu einer entsetzlichen Kreatur zusammengeballt hatte, die nur aus manifestierter Dunkelheit zu bestehen schien.

»Vesperuga!«, zischte Fabio und baute sich mit Schild und Schwert vor Denebola auf, die das unheimliche Wesen entsetzt anstarrte.

Der Sternenvampir richtete seine glühend blauen Augen auf Fabio, und der junge Paladin spürte darin nicht enden wollenden Hass.

»Wir hätten den Jungen sofort umbringen sollen«, hub der Dämon mit Grabesstimme an. »Und dieses blonde Biest gleich dazu!«

»Versuchs, feige Kreatur!«, fauchte Sylvana.

»Rück den Schild heraus, Paladin«, wisperte Vesperuga mit kalter Stimme. »Dann lasse ich vielleicht den Schlüsselmeister am Leben.«

Endlich begriff Fabio, wer der gefangene Alte war und mit welchem Auftrag der Oberste Ratsherr Firenzes letzte Nacht seinen Boten entsandt hatte. Patrizio di Bossi hatte den Schatzmeister vorzeitig aus seinem Versteck im Mondschattengebirge holen lassen. Dieser elende Verräter! Verzweifelt sah sich Fabio zu Denebola um, weil er nicht wusste, was er tun sollte. In den Augen der Sternenmystikerin blitzte kalte Wut. »Nichts werden wir, Sternenvampir!«

»Auch gut, dann holen wir uns den Schild eben so«, raunte der Dämon gefühllos. Vesperuga berührte den Schatzmeister mit ihren Klauen und ein gespenstisches Knistern erfüllte den Raum. Der Mann schrie gellend auf. Seine Haut überzog sich mit einem Netz spröder Risse, schrumpelte innerhalb von Augenblicken zusammen und mit einem knackenden Laut bröselte sein gekrümmter Körper auseinander, als bestände er aus Sand.

»Molunah!« Denebola warf ihre Hände nach vorn und schrie gepeinigt auf, als habe sie große Schmerzen zu überwinden. Im selben Moment traten Bronzino und die anderen Eindringlinge einen Schritt vor, sodass sie im Mondlicht standen. Ihre Augen nahmen einen schwefelgelben Glanz an. Gemeinsam rissen sie die Köpfe in den Nacken und stießen ein lang gezogenes wölfisches Heulen aus. Unter den ungläubigen Blicken der Gefährten verformten sich ihre Köpfe zu hundeartigen Schnauzen mit langen Reißzähnen, ihre Haare wurden struppig und länger und ihre Hände schwollen zu Pranken mit langen Krallen an.

Keine Splitterträger! Bronzino und seine Spießgesellen waren Werwölfe!

Schon prallten im Turmzimmer die mächtigen Kräfte der Feinde wie Urgewalten aufeinander. Sylvana, die ebenfalls Wolfsgestalt angenommen hatte, jagte mit einem langen Satz auf einen der gegnerischen Werwölfe zu und riss ihn von den Füßen, während schräg hinter Fabio ein gleißender Lichtbogen über die Raumdecke schoss und sich mit einem grellen Blitzschlag im Schattenleib Vesperugas entlud. Der Sternenvampir heulte getroffen auf und wurde zur Treppe zurückgeworfen, und doch lag in dem gepeinigten Blick des Dämons ein Ausdruck, der Fabio Furcht einjagte. War das Triumph?

Zu weiteren Gedanken war Fabio nicht mehr fähig, denn Bronzino jagte auf ihn zu. Fabio riss im letzten Moment den erbeuteten Schild über den Kopf und lange Krallen schrammten ohne Wirkung über das blanke Meteoreisen. Dennoch reichte der Angriff des Werwolfs aus, um Fabio bis zur Leiter zurückzuwerfen. Verflucht, was war mit der Wunderwirkung der Waffe? Mit dem Mut der Verzweiflung rammte er Bronzino die Schwertklinge ins Fleisch. Doch der riesige Werwolf knurrte nur, fegte ihm die Klinge mit einem gewaltigen Hieb aus der Hand und prügelte ihn immer weiter in der Turmkammer zurück.

Im magischen Blitzlichtgewitter Denebolas war zu erkennen, dass Sylvana mit ihrem Gegner fauchend am Boden rang. Soeben schlug sie ihrem Kontrahenten die Fänge in die Schulter, während schräg hinter ihr Raimondo kämpfte. Irgendwie hatte es Celestes Cousin geschafft, seine Hellebarde in den Leib des dritten Werwolfs zu stoßen und ihn damit auf Distanz zu halten. Doch sein tobender Gegner zerschlug den Schaft der Waffe mit einem kraftvollen Prankenhieb und riss sich die eiserne Spitze aus dem Körper. Die Wunde verheilte sofort wieder. Da jagte von der Deckenluke her ein Hagel aus Eissplittern auf die Bestie zu, der sie durchrüttelte und in Windeseile mit einem klirrenden Eispanzer bedeckte. Celeste! Die junge Novizin stand keuchend auf der Leiter und starrte voller Genugtuung auf die eisige Statue herab, in die sie den Werwolf verwandelt hatte. Doch ihr letzter Vorrat an Sternentau war mit diesem Zauber verbraucht. Und noch immer kämpfte Denebola verzweifelt gegen Vesperuga, in deren Schattenleib bereits unzählige dampfende Löcher klafften. Immerzu schlugen weitere Blitze in den Körper des kreischenden Sternenvampirs ein. Doch der Dämon wehrte sich nicht. Im Gegenteil, Vesperuga schien es sogar darauf anzulegen, dass Denebola sie mit aller Macht attackierte.

»Ja, Sternenhexe, kämpfe! Kämpfe mit mir«, geiferte der Sternenvampir mit schriller Stimme. »Doch wenn du mich töten willst, dann bedarf es dazu schon mehr. Viel mehr!«

Fabio, dessen Meteoreisenschild immerzu unter den Hieben Bronzinos dröhnte, schmetterte die Schildkante hart gegen den Kiefer seines Gegners. Einer der langen Reißzähne des Werwolfs brach ab und Bronzino winselte unter Schmerzen. Voller Wut packte er den Schild. Fabio kam gegen die Kräfte des Werwolfs nicht an. Er wurde herumgeschleudert, verlor den Schild und prallte mit dem Rücken gegen den großen Kasten mit dem Uhrwerk. Es schepperte. Bronzino riss den erbeuteten Schild unter triumphierendem Heulen empor, als Denebola in Todesangst aufschrie. Noch immer hielt die Sternenmystikerin ihre Hände weit von sich gestreckt, doch auf ihrem Gesicht lag jetzt der Ausdruck blanken Entsetzens. Sie röchelte, ihr Blick verlor jeden Glanz und sie brach vor den Augen ihrer Gefährten zusammen.

Vesperuga, deren gebeutelter Schattenkörper wie fettiger Rauch am hinteren Ende der Turmkammer aufstieg, ließ ein höhnisches Rasseln hören. Die Einzige, die mit ihrem Gegner fertig geworden war, war Sylvana. Doch die Wolfsfrau schwankte. Ihr fellbedeckter Körper war von zahlreichen blutigen Bissspuren und Schrammen gezeichnet und auch sie konnte nicht verhindern, dass Bronzino mit dem Meteoreisenschild nach seinem vereisten Kumpan schlug. Der glitzernde Frostpanzer, der den Leib des Werwolfs wie ein Kokon gefangen hielt, zerplatzte wie Glas. Der Befreite schüttelte sich und sah sich knurrend im Raum um.

»Vernichtet sie!«, zischte Vesperuga.

In diesem Augenblick erfüllte ohrenbetäubender Lärm das Turmzimmer. Eines der hohen Fenster zersplitterte und Hunderte Scherben regneten unter der Wucht einer breiten Holzplanke in den Raum, die jemand mit Macht von außen gegen das Fensterkreuz geschmettert hatte. Die beiden Werwölfe wirbelten mit gefletschten Reißzähnen herum und auch Fabio sah erstaunt mit an, wie über die Planke drei kleinwüchsige Gestalten mit Rundhelmen, eisernen Brustharnischen und schweren doppelschüssigen Armbrüsten in das Turmzimmer drängten.

»Silberwaffen frei, aber nicht die Blonde!«, peitschte eine Stimme durch das Turmfenster, die Fabio nur zu vertraut war. Meister Arcimboldo! Ohne zu zögern, feuerten die drei Gnome ihre erste Salve ab. Ein Hagel flirrender Geschosse schlug in die Körper ihrer Werwolfsgegner ein und hinterließen schwere Wunden. Jaulend vor Schmerzen wichen Bronzino und das andere Wolfsungeheuer vor den Eindringlingen zurück, als nun auch Meister Arcimboldo durch das Turmfenster stürmte. Mit seiner Halbglatze, der runden Nickelbrille und dem ledernen Schurz sah der kleine Himmelsmechaniker genauso aus wie am Tag ihrer ersten Begegnung. Hoch erhoben hielt er die seltsame Linsenapparatur seines Kollegen Poliogenes und schon flammte ein greller Lichtstrahl auf, der tief in Vesperugas Schattenleib schnitt. Der angeschlagene Sternenvampir stieß einen schrillen Schmerzenslaut aus und floh raschelnd wie schwarzes Laub zurück zum Eingang des Turmzimmers. Zwei weitere Bewaffnete stürzten über die Planke ins Zimmer und Fabio erkannte zu seinem Erstaunen Odilio und Jacopo. Den Werwölfen schlug eine zweite und dritte Salve Silberbolzen entgegen. Doch diesmal wehrte sich der verwandelte Bronzino mit dem magischen Schild. Die Geschosse prallten an dem Meteoreisen ab, während der andere Werwolf von den Treffern mehrfach durchgeschüttelt wurde und brüllend zu Boden ging. Sylvana packte ihn und brach ihm mitleidlos das Genick.

Meister Arcimboldo fuhr zu Bronzino herum und riss zusätzlich sein Tranceometer hervor, doch der behaarte Hüne reagierte schnell. Mit dem Schild in der Hand stieß er Raimondo um, der noch immer wie gebannt Sylvana und den anderen Werwolf anstarrte, und warf sich mit Macht gegen eines der anderen Turmfenster. Klirrend zerbrachen auch dort die Scheiben und der massige Leib des Werwolfs stürzte nach draußen in die Nacht. Gemeinsam mit Raimondo rannte Fabio zu dem zertrümmerten Fenster und starrte an der Turmwand hinunter in die Tiefe. Irgendwo weit unter ihnen, auf dem Dach des Palazzo Vecchio, klaffte ein großes Loch zwischen den Dachziegeln. Kurz war ein taumelnder Schatten im Sternenlicht zu sehen, der sich weiter hinten über die Dachkante fallen ließ. Sie konnten nichts mehr tun. Bronzino besaß den Schild und er war mit ihm entkommen.

»Verflucht!«, entfuhr es dem jungen Paladin. »Wir haben den Schild verloren.«

»Ich bin zu spät gekommen, stimmt's?« Fabio und Raimondo drehten sich zu Meister Arcimboldo um, der sie über seine Brillengläser hinweg ansah. Er wirkte zerknirscht.

»Ich würde eher sagen, Ihr seid gerade noch rechtzeitig gekommen, Meister Arcimboldo.« Fabio klopfte dem Himmelsmechaniker dankbar auf die Schulter. »Andernfalls wären wir jetzt alle tot.«

Raimondo schüttelte beim Anblick des Gnoms den Kopf. »Also noch mehr alte Freunde.«

Fabio beachtete diese Worte nicht weiter, sondern eilte hinüber zu Celeste, die mit Odilio und Jacopo über Denebola gebeugt stand und deren Augenlider anhob.

»Sie atmet noch«, sagte die Novizin erleichtert. »Aber ich habe keine Ahnung, was mit ihr geschehen ist. Dabei hat Vesperuga sie nicht einmal angegriffen.«

»Darum müssen wir uns später kümmern«, knurrte Sylvana, die nicht weit entfernt das seltsame Aufgebot der Gnome musterte und sich dabei das Blut von den Pranken leckte. Zunehmend gewann sie wieder ihr menschliches Äußeres zurück. »Ich kann Schritte unten im Turm hören. Wachen. Und zwar ziemlich viele.«

»Gut, dann raus hier!«, kommandierte Meister Arcimboldo und deutete zu der Planke, die noch immer durch das zerstörte Fenster ins Turmzimmer stach. Fabio, der sich schon gewundert hatte, wie die Gnome ihnen hier oben überhaupt hatten beistehen können, entdeckte hinter der Fensterfront die Reling der *Sternenwind*. Bei allen Stellaren, der Himmelsmechaniker war ihnen mit dem arkanomechanischen Flugschiff zu Hilfe geeilt.

»Wir können hier noch nicht weg«, flehte Celeste den Gnom an. »Wir müssen die Schatzkammer weiter durchsuchen.«

»Vertraut mir, Baroness«, seufzte Meister Arcimboldo. »Das Astrarium birgt nichts, was Euch weiterhelfen könnte. Was auch immer ihr hier sucht, sein Geheimnis ist ganz anderer Natur.«

Wolkenreiter

Kalter Flugwind schlug Fabio entgegen. Der Paladin trauerte noch immer dem Verlust des Meteoreisenschildes hinterher. Frustriert stand er auf dem Vorderkastell der *Sternenwind* und starrte besorgt die tiefschwarze Wolkenfront an, die sich über den westlichen Horizont schob. Das Wolkengebirge türmte sich bis zum nächtlichen Firmament, und hin und wieder flackerte darin heller Lichtschein auf, gefolgt von einem tiefen Grollen, das dem Magen eines gewaltigen Ungeheuers entstiegen zu sein schien. Die Gewitterfront war überraschend vom Sternenmeer her aufgezogen, kaum dass sie Firenze verlassen hatten. Und das nahende Unwetter trug nicht gerade dazu bei, Fabios Stimmung aufzubessern. Im Gegenteil. Dass Vesperuga und Bronzino entkommen waren, quälte ihn zusätzlich. Sicher heckten ihre Feinde schon den nächsten finsteren Plan aus.

»Sturmsegel setzen! Auf, auf, worauf wartet ihr?«, kommandierte Meister Arcimboldo hinten vom Achterdeck. »Die Männer sollen alles anbinden, was nicht niet- und nagelfest ist. Außerdem will ich, dass Strecktaue zum Festhalten über das Schiff gespannt werden. Das könnte hier schon bald sehr unangenehm werden!«

Fabio warf einen Blick über die Schulter und betrachtete die vielen kleinen Gestalten an Deck der *Sternenwind*, die Meister Arcimboldos Befehle ohne Murren ausführten. Die Gnome turnten auf den Masten herum, spannten angesichts des heraufziehenden Sturms lange Taue quer über das Deck und bargen überraschend flink das silbern schimmernde Großsegel. Stattdessen setzten sie dreieckige Segel aus demselben eigenartigen Stoff. Sogar auf den ruderartigen Streben, die steuerbords und backbords aus dem Schiffbauch ragten, kraxelten einige waghalsige Gestalten, um eigentümliche Tonnen zu verschieben, die Fabio für Ausgleichgewichte hielt.

Meister Arcimboldo stand mit hinter dem Rücken verschränkten Armen auf dem Heckkastell gleich neben dem wundersamen Astrolabium und hoffte offenbar darauf, die Schlechtwetterfront noch umfliegen zu können. Wie hoch sie inzwischen gestiegen waren, wusste Fabio nicht. Die Landschaft unter der *Sternenwind* war tief verschattet und nur ein gelegentliches Glitzern verriet ihm die Existenz eines Wasserlaufs oder Sees. Schon die ganze Zeit wartete er darauf, endlich unter vier Augen mit dem Himmelsmechaniker sprechen zu können. Denn abgesehen von den Fragen, die das Eingreifen der Gnome aufgeworfen hatte, wollte Fabio allmählich auch wissen, welchen Kurs Meister Arcimboldo eingeschlagen hatte. Soweit er erkennen konnte, flog die *Sternenwind* in Richtung Süden.

Überhaupt kam sich Fabio mehr als nutzlos vor. Celeste hatte sich mit Denebola ins Heckkastell zurückgezogen, um ihren Leib nach verborgenen Wundmalen abzusuchen. Männer konnte sie dabei nicht gebrauchen. Jacopo und Odilio hingegen hatten das Treiben an Bord dazu genutzt, um heimlich in der Kombüse zu verschwinden, und Sylvana hockte auf einer Taurolle neben dem Hauptmast und ließ sich ausgerechnet von Raimondo dabei helfen, ihre zahlreichen Verletzungen zu verbinden.

Überhaupt zeigte Celestes Cousin inzwischen Seiten, die Fabio überaus erstaunten. Vielleicht hatte er den arroganten Kerl doch falsch eingeschätzt und Celeste behielt am Ende Recht? Ein guter Kämpfer war er. Und dass sich Raimondo von Sylvanas schroffer Art nicht hatte abwimmeln lassen, war ebenfalls erstaunlich. Das Erscheinen der Werwölfe schien ihn tief beeindruckt zu haben. Fabio vermutete, dass Raimondo nun versuchte, Sylvanas Vertrauen zu gewinnen, um so mehr über sie und ihr geheimnisvolles Volk zu erfahren. Doch an Sylvana würde er sich die Zähne ausbeißen, so viel war sicher. Fabio für seinen Teil sehnte jedenfalls die Stunde herbei, da sie Raimondo wieder loswurden.

In diesem Augenblick sah er, wie Celeste das Deck betrat. Fabio löste sich von seinem Platz, sprang aufs Hauptdeck und lief an einem Kran mit bewehrter Plattform sowie einigen übergroßen Speerschleudern vorbei.

»Und?«

»Nichts. Ich habe keine einzige Wunde gefunden.« Celeste zuckte unglücklich mit den Schultern und warf Raimondo und Sylvana einen knappen Blick zu, da die Wolfsfrau derb über einen Scherz lachte, den Raimondo offenbar gemacht hatte. Sylvana lachte, das war unglaublich.

»Denebolas derzeitiger Zustand ist mir ein absolutes Rätsel«, sagte Celeste. »Aber wenigstens lebt sie. Trotzdem weiß ich nicht, was ich jetzt tun soll. Eigentlich müsste ich sie zur Sternenburg zurückbringen, doch ich kann Aureana unmöglich ohne Ergebnisse unter die Augen treten. Der Hohe Rat verlässt sich auf uns.«

»Ich schätze, es wird Zeit, dass uns Meister Arcimboldo ein paar Fragen beantwortet.« Fabio nahm Celeste an die Hand und sie stiegen zum Heckkastell hinauf, wo der Himmelsmechaniker gerade zwei Gnomen mit dicken Wollmützen Befehle erteilte.

»Nein, wir werden keinen Ballast abwerfen. So einen kleinen Sturm muss die *Sternenwind* aushalten. Seht besser zu, dass die Ladung unter Deck gut verzurrt ist. Wir wissen nicht, wie sich herumfliegende Kisten und Fässer auf die Trimmung des Schiffes auswirken.«

»Aye, aye, Käpt'n!« Die beiden Gnome tippten sich gegen die Kopfbedeckungen und eilten an den Neuankömmlingen vorbei. Sie erstaunten Fabio ebenso wie der Anblick der restlichen Gnomenmannschaft.

»Ihr tragt jetzt den Titel Kapitän?« Fabio sah den kleinen Himmelsmechaniker fragend an.

»Ja, was denn sonst!«, rief Meister Arcimboldo gegen den Flugwind an und warf einen prüfenden Blick auf die zitternden Ringe und Reifen des arkanomechanischen Astrolabiums. »Das Kind muss ja schließlich einen Namen haben. Und das hier ist noch immer ein Schiff. Gebt es ruhig zu, die *Sternenwind* ist seit unserer letzten Begegnung kaum wiederzuerkennen! Hier an Bord arbeiten jetzt fast dreißig Mann.« Er zwinkerte ihnen zu. »Ihr werdet überhaupt überrascht darüber sein, was Poliogenes und ich in den letzten Wochen alles auf die Beine gestellt haben.«

»Das heißt, Ihr bringt uns zu ihm?«

»Allerdings. Und nicht nur zu ihm.« Der Himmelsmechaniker zwinkerte geheimnisvoll. »Bevor das geschieht, müsst Ihr uns bitte einige Fragen beantworten«, meinte Celeste ungeduldig. »Was hat es mit Euren geheimnisvollen Worten von vorhin auf sich? Ich habe erfahren, dass Ihr bereits vor einem halben Jahr in Firenze wart.«

Der kleine Himmelsmechaniker nahm seine Brille ab, um den feuchten Beschlag auf den Gläsern fortzuwischen. »Ihr wisst es wirklich nicht?«

»Was wissen wir nicht?«, fragte Fabio.

»Als mich deine Nachricht erreichte, Junge, war ich ehrlich gesagt etwas überrascht. Ist euch beiden eigentlich klar, wer das Astrarium erbaut hat?«

»Allerdings«, meinte Celeste. »Es handelte sich um eine ehemalige Sternenmystikerin namens Iuge Al'Cosma. Sie lebte vor fünfhundert Jahren und war eine angesehene Baumeisterin der Sternenburg.«

»Wie bitte, eine Sternenmystikerin?« Meister Arcimboldo runzelte die Stirn. »Ist euch an dem Namen denn nichts aufgefallen?«

Fabio sah Celeste an, die plötzlich die Augen aufriss. »Bei allen Stellaren, das kann nicht sein.«

»Doch! Iuge Al'Cosma ist nichts weiter als ein weiteres

Anagramm. Ganz so wie damals der Name Aucos Galmei und all die anderen. Stellt man die Buchstaben um, dann geben sie den wahren Schöpfer des Uhrenturms preis. Es handelt sich um den Seher Cagliomaeus!«

Fabio stieß einen überraschten Laut aus und trat einen Schritt zurück. »Der Verfasser jener Offenbarung, die wir an Gruuk verloren haben? Aber ich dachte, Cagliomaeus war ein Mann?«

»Ja, davon bin ich bis eben auch ausgegangen«, murrte Arcimboldo. »Aber ich gebe zu, dass keine Aufzeichnungen existieren, die Cagliomaeus' Geschlecht festlegen. Wir wissen nicht einmal, ob das überhaupt der richtige Name des Sehers ist. Cagliomaeus ist bloß der bekannteste Name von allen, da er unter diesem Namen seinen berühmten Almagest verfasst hat. Ihr wisst schon, dieser sternenkundliche Himmelsatlas, von dem ich euch in Venezia erzählt habe.«

»Cagliomaeus, ich meine Iuge Al'Cosma, muss eine Frau gewesen sein«, warf Celeste ein. »Niemals hätte die Sternenburg einen Mann in ihren Reihen aufgenommen. Es gibt überhaupt keine männlichen Sternenmystiker. Molunah hat die Gabe der Magie allein den Frauen geschenkt.« Eine nasskalte Böe fuhr durch ihr Haar.

»Das, meine Liebe, ist eine Sache der Interpretation!« Der kleine Himmelsmechaniker hob einen Finger. »Nach allem, was *wir* wissen, war Cagliomaeus ein waschechter Himmelsmechaniker. Oder habt ihr je von einer Sternenmystikerin gehört, die Uhren wie jene gebaut hat, die Euer Vater damals erstanden hat?«

»Nein, aber …« Celeste zögerte und so fuhr der Gnom fort. »Außerdem konnte ich noch mehr Beweise sammeln. Als ich vor einem halben Jahr in Firenze war, habe ich mich ebenfalls in diesem Astrarium umgesehen …«

»Ihr wart bereits in der Schatzkammer?« Fabio wunderte inzwischen gar nichts mehr.

»Allerdings.« Meister Arcimboldo trat verschwörerisch näher. »Die größte Schwierigkeit war es, einen Vorwand zu finden, um unbemerkt in den Palazzo Vecchio zu gelangen. Dennoch haben wir schon lange in Sicherheit bringen können, was Cagliomaeus im Turm für uns hinterlassen hat.«

»Ihr meint Iuge Al'Cosma«, korrigierte ihn Celeste. »Kein Wunder, dass wir in der Schatzkammer außer dem Schild Molunahs nichts gefunden haben. Und jetzt verstehe ich auch Eure geheimnisvollen Worte. Bitte, Meister Arcimboldo, Ihr müsst mir die Aufzeichnungen zeigen. Wohl und Wehe der Sternenburg hängen davon ab.«

»Es waren keine Aufzeichnungen, Baroness. Es war …« Meister Arcimboldo stockte und kratzte sich verlegen die Halbglatze. »Es war Yargo, den wir damals dort oben entdeckt haben.«

»Was?!« Ungläubig sahen ihn Fabio und Celeste an.

»Ihr wisst ja bereits, welches Geheimnis Yargo umgibt«, seufzte der Gnom. »Yargo ist eine mechanotempische Uhrwerksmarionette und die Krönung der himmelsmechanischen Zunft. Und damit ist der Junge zugleich auch der beste Beweis dafür, dass Cagliomaeus ein Himmelsmechaniker und keine Sternenmystikerin war.«

»Lebt er wieder, äh, ich meine, konntet Ihr ihn reparieren?«, wollte Fabio wissen. Vor seinem geistigen Auge stiegen wieder die schrecklichen Bilder des von Gruuk verletzten Jungen auf. Noch immer fiel es ihm schwer zu begreifen, dass Yargo von einem Gewirr aus Zahnrädern, Schwungscheiben und Pendelstangen angetrieben wurde.

»Ja, wir stehen kurz davor, die Reparaturen abzuschließen«, antwortete der Himmelsmechaniker. »Poliogenes ist sehr zuversichtlich, dass Yargo schon bald wieder auf den Beinen ist. Schon deswegen, weil wir bei seiner Reparatur eine aufsehenerregende Entdeckung gemacht haben. Es hat sich nämlich gezeigt, dass …«

»Käpt'n!«, überschlug sich plötzlich eine Gnomenstimme im Ausguck. »Unbekannte Objekte auf halb neun, höchstens eine Meile entfernt. Schnell näher kommend!«

Ebenso wie Meister Arcimboldo fuhren Fabio und Celeste zur Backbordseite herum. Der Himmelsmechaniker zückte ein kupfernes Fernrohr, auf dessen Außenseite mehrere aufgereihte Zahnräder schnarrten. Angestrengt blickte der Gnom hindurch, während Fabio jenseits der Reling nichts als Finsternis ausmachen konnte.

»Bei Molunahs Sternenlicht, das hat uns noch gefehlt«, fluchte Arcimboldo. »Wolkenreiter der Goblins. Mindestens zwei Dutzend!«

Fabio nahm dem Himmelsmechaniker das seltsame Linsenrohr aus der Hand und sah nun selbst hindurch. Zu seinem Erstaunen zeigte der runde Ausschnitt den nächtlichen Horizont in einem Licht, als stände eine von Nebeln verschleierte Nachmittagssonne am Firmament. Auch er entdeckte den großen Verband von Riesenfledermäusen, der auf sie zuflog. Einer der Goblins hatte sie offenbar ebenfalls entdeckt, denn er deutete aufgeregt in ihre Richtung. Der Schwarm ging jetzt auf Kollisionskurs.

»Alarm! Wolkenreiter!«, brüllte Meister Arcimboldo hinter ihm. »Alle Mann an Deck! Besetzt die Geschütze und teilt die Waffen aus!« Trotz des Windes waren vom Hauptdeck vielstimmige Rufe und lautes Getrappel zu hören. Auch Sylvana und Raimondo sprangen auf, während die Gnome Armbrüste und Speere austeilten. Doch abgesehen von dem halben Dutzend Helmträgern unter der Mannschaft starrten viele Gnome die Waffen hilflos an.

»Das wird so nichts, Meister Arcimboldo«, fluchte Fabio, der längst sein Schwert gezogen hatte. »Eure Männer machen nicht gerade den Eindruck, auf solch eine Konfrontation vorbereitet zu sein.«

»Es tut mir leid.« Der Himmelsmechaniker wirkte ehrlich zerknirscht. »Die Mannschaft befindet sich noch im Aufbau. Die meisten hier an Bord sind Fischer und Handwerker. Und so viele Gnome mit Kampferfahrung gibt es leider nicht.«

»Gut, dann rein da!«, rief Fabio und deutete energisch auf die schwarze Gewitterfront, die ihnen auf ganzer Breite näher gekommen war. »Mit etwas Glück schaffen wir es, den Wolkenreitern zu entkommen.«

»Dann fleh schon einmal Marsakiel um Beistand an.« Meister Arcimboldo brüllte neue Befehle und warf das Steuerrad herum. Ein Knarren und Ächzen lief durch den Rumpf der

Sternenwind, und Fabio musste sich festhalten, als sich die Himmelsgaleere auf die Steuerbordseite neigte und sich samt Rammsporn nach Westen ausrichtete. Rund um sie herum strichen erste nasskalte Wolkenfetzen vorbei. Die Arkanomechanik des Schiffes stemmte sich gegen die zunehmend heftiger werdenden Böen und die *Sternenwind* begann gefährlich zu schwanken. Sie hielten nun direkt auf das Herz des Wolkengebirges zu, in dem es immerzu blitzte und donnerte.

Celeste war zu Fabios Überraschung längst hinunter zum Hauptdeck gestürmt. Gemeinsam mit Raimondo half sie den Gnomen dabei, die übergroßen Armbrüste kampfbereit zu machen, die auf drehbaren Gestellen gelagert über die Reling ragten. Auch Jacopo und Odilio verstärkten die schmalen Reihen der Bewaffneten, während Sylvana den Ansturm der Goblins mit gezückten Messern am Hauptmast erwartete. Fabio selbst beschloss, bei Meister Arcimboldo zu bleiben, um im Notfall ihn und das arkanomechanische Astrolabium verteidigen zu können.

Derweilen zog sich rund um sie herum die Dunkelheit zusammen. Die Orkanböen rüttelten immer heftiger an den Aufbauten des Schiffes. Erste Regentropfen spritzten ihnen ins Gesicht, die sich innerhalb nur weniger Augenblicke in gewaltige Regenschauer verwandelten, die nasskalt über das Deck peitschten. In der Schwärze vor ihnen flammte es gleißend hell auf und ein lautes Krachen dröhnte in ihren Ohren, dem ein spitzes Kreischen folgte. Riesenfledermäuse! Auf der Backbordseite huschte ein erster Schatten vorüber. Ihm folgten ein zweiter und ein dritter Wolkenreiter.

»Schießt!«, brüllte Meister Arcimboldo gegen das Heulen des Windes an. Unten an Deck dröhnten die Bolzenschleudern, doch Fabio vermochte angesichts der Fluten, die vom Himmel stürzten, nicht zu erkennen, ob die Schützen getroffen hatten. Seltsamerweise entdeckte er keine weiteren Gegner am Himmel. Argwöhnisch spähte er wieder durch das wundersame Linsenrohr und sah, dass der Großteil der Wolkenreiter eine halbe Meile hinter dem Schiff zurückgeblieben war. Warum griffen die Unholde nicht an? Das aus drei Wolkenreitern bestehende Vorauskommando kehrte wieder zu den anderen Goblins zurück und ihr Anführer beschrieb über seinem Kopf einen Kreis. Zu Fabios maßlosem Erstaunen schwenkte die Formation jetzt scharf in Richtung Westen ab, ebenfalls auf die Gewitterfront zu. Das Unwetter war es also nicht, was die Goblins von dem Angriff abgehalten hatte. Doch was war es dann?

»Sie sind weg!«, brüllte Fabio Meister Arcimboldo zu, der die Entwarnung nach unten zum Hauptdeck weitergab. »Ich glaube fast, die waren gar nicht hinter uns her.«

»Das verstehe ich nicht«, antwortete der Gnom. »Wenn diese Goblins nicht hinter uns her waren, was wollen die vielen Wolkenreiter dann in dieser Gegend?«

Die Riesenfledermäuse tauchten nun samt ihren Reitern in eine dunkle Wolkenbank ein, die selbst dem arkanomechanischen Linsensystem die Sicht versperrte.

»Ich weiß es nicht«, rief Fabio. »Aber wenn sie ein derart lohnendes Ziel wie die *Sternenwind* ausschlagen, kann das nur bedeuten, dass sie wegen eines anderen Auftrags unterwegs sind, der noch wichtiger sein muss. Und das stimmt mich nicht gerade froh.«

»So weit im Westen?« Meister Arcimboldos Stimme klang überaus besorgt.

»Im Westen?«, ertönte Celestes fragende Stimme. Ohne dass die beiden Männer es bemerkt hatten, war die Novizin wieder zu ihnen auf das Heckkastell geklettert. Sie war inzwischen klitschnass und ihr Kleid klebte eng am Körper.

»Meister Arcimboldo, was liegt von hier aus gesehen im Westen?«, fragte sie atemlos.

»Wir haben bereits die nördlichen Ausläufer der Lemurenberge erreicht«, rief der Gnom und wischte sich Regenwasser aus dem Gesicht. Abermals flammte ein Blitz auf, dem krachender Donnerhall folgte. »Weiter westlich liegen nur noch das Sternenmeer und Stella Tiberia.«

»Worauf wartet Ihr dann noch?«, rief Celeste. »Wir müssen die Sternenschwestern warnen.«

»Baroness, ich werde Eurem Vater gern eine Nachricht schicken«, entgegnete der Gnom. »Doch zunächst müssen wir weiter nach Süden, zum Sternensichelgebirge.«

Fabio hob überrascht eine Augenbraue. Die Sternensichel war nach dem Mondschattengebirge und den Lemurenbergen das südlichste der drei Festlandsgebirge. Seine Ausläufer wurden vom Sternenmeer und der Kometensee umspült. Bislang hatte es ihn noch nie in diese Region verschlagen.

»Wartet Poliogenes dort auf uns?«, wollte er wissen. »Das wird doch sicher noch einen Tag Zeit haben.«

»Ich wünschte, es wäre nur Poliogenes, der dort auf uns

wartet«, seufzte der Gnom. »Nein. Vielmehr wünscht euch die Matriarchin zu sehen!«

»Wer?«, rief Fabio gegen den Wind an.

»Die Matriarchin! Habt ihr nie von ihr gehört? Sie ist das Oberhaupt aller Gnome in Astaria.«

Die Tauweberinnen

Die Strahlen der Morgensonne schnitten schräg durch die aufgerissene Wolkendecke und hüllten die *Sternenwind* in orangefarbenes Licht. Die halbe Nacht über hatte sich die Himmelsgaleere durch die Gewitterfront gekämpft und die nassen Planken und Aufbauten dampften in der langsam wärmer werdenden Luft.

Fabio stand in seinen Paladinsmantel gehüllt zusammen mit Raimondo und Sylvana an der Steuerbordreling, während die eifrige Gnomenmannschaft die Segel einholte und die Ankertrossen besetzte.

»Wo ist denn dieses verdammte Tal?«, brummte Raimondo. »Wir müssten es doch längst erreicht haben.« Angestrengt starrte er auf die Höhenzüge des Sternensichelgebirges hinab, über deren messerscharfe Gipfel die *Sternenwind* langsam hinwegglitt. »Offenbar hat sich euer Freund, dieser Himmelsmechaniker, ordentlich verschätzt.«

»Er heißt Meister Arcimboldo«, korrigierte Fabio ihn.

»Und er ist kein Freund, sondern bloß ein Verbündeter«, knurrte Sylvana und schüttelte sich die wilde Haarmähne.

Fabio entschloss sich, den Einwand zu ignorieren. »Wenn Ihr euch umblickt«, sagte er, »seht Ihr, dass die Gnome das

Schiff längst zur Landung bereit machen. Wir dürften das Lager dieser Matriarchin also bald erreicht haben.«

Die *Sternenwind* überflog in diesem Moment einen hohen Gebirgsrücken und der Anblick, der sich ihnen nun bot, ließ selbst Sylvana verstummen. Jenseits des schroff abfallenden Felsmassivs erstreckte sich ein ovales Tal mit grünen Wiesen, auf denen dicht an dicht die Sippenwagen der Gnome standen. Die blattförmigen Wagendächer schimmerten in erdigen Farben. Fabio begann gar nicht erst, sie zu zählen. Dort unten hatten sich Hunderte von Fuhrwerken eingefunden, zwischen denen dünne Rauchsäulen in den Himmel aufstiegen. Die Wagen reihten sich rechts und links entlang eines sprudelnden Wildbaches auf und waren in regelrechte Wohnviertel unterteilt, die bis zu den aufsteigenden Hängen reichten. Zwischen ihnen waren bunte Zelte und breite Gassen zu erkennen, die zu Koppeln führten, auf denen Ponyherden grasten. Überall im Tal wuselten winzige Gestalten umher.

»Unglaublich«, entfuhr es Raimondo. »Da unten dürften sich zweitausend oder dreitausend Gnome herumtreiben. Das scheint eine regelrechte Gnomenstadt zu sein!«

»Eine Gnomenversammlung wie diese hat es schon seit fünfhundert Jahren nicht mehr gegeben«, meinte Sylvana ungewöhnlich nachdenklich. »Der Krieg wirft also auch hier seine Schatten voraus.«

Fabio schnupperte, denn die Luft über dem Tal roch würzig nach dem Rauch der vielen Kochfeuer. »Ich hatte mich schon gewundert, warum ich in Stella Tiberia und Firenze keinen einzigen Gnom zu Gesicht bekommen habe.«

»Ich auch!«, meinte Odilio, der schnaufend neben sie trat und ebenfalls in die Tiefe spähte. »Einer unserer Gnomenkameraden hier an Bord hat uns vorhin erzählt, dass die Gnomenkönigin ihr Volk vor einigen Wochen zusammengerufen hat. Es sollen aber immer noch nicht alle da sein.« Der dicke Venezianer deutete zum Taleingang, wo soeben zwei weitere Tonnenwagen heranruckelten. »Die kleinen Kerle sind übrigens nicht ohne«, brummte er. »Sind zwar nicht gerade die erfahrenen Kämpfer, die wir uns wünschen würden, können aber einen ganz guten Schluck vertragen. Jacopo und ich haben uns schon überlegt, ob wir die Jungs nicht unter unsere Fittiche nehmen und ihnen ein paar gemeine Tricks beibringen.« Er lachte hämisch, bis er den Seitenblick des jungen Paladins bemerkte. »Na ja«, meinte er entschuldigend, »ich meine, bloß für den Fall, dass sie es wirklich mal mit Goblins zu tun kriegen. Dagegen wird diese Gnomenkönigin doch wohl nichts haben, oder?«

»Sicher nicht.« Fabio sah in die Runde. »Bin ich eigentlich der Einzige, der noch nie etwas von einer Matriarchin der Gnome gehört hat?«

Raimondo und Odilio zuckten mit den Schultern.

»Du solltest inzwischen wissen, dass das Gnomenvolk seine Heimlichkeiten pflegt.« Sylvana verzog geringschätzig die Lippen. »Und glaube mir, das kleine Volk hütet noch manch anderes Geheimnis, von dem du lieber nichts wissen willst.« Sie wandte sich von der Reling ab und Fabio sah der Wilden beunruhigt nach.

Inzwischen verlor die *Sternenwind* an Fahrt, drehte sich in den Wind und steuerte einen Hügel westlich der großen Wagensiedlung an, der mit seinen hölzernen Stützstreben und Kränen unwillkürlich an ein Dock erinnerte. Die Gnome schienen die Anlage eigens für die *Sternenwind* erbaut zu haben. Die Himmelsgaleere senkte sich immer weiter auf das Tal herab, während Meister Arcimboldo vom Achterdeck aus Kommandos gab. Dutzende Gnome liefen den Hang hinauf, darunter zahlreiche Gnomenkinder, die ihnen fröhlich zuwinkten. Hinter ihnen, am Heckkastell, klappte eine Tür und auch Celeste betrat das Deck. Inzwischen hatte sie sich umgezogen, doch da sie sich die ganze Nacht über um Denebola gekümmert hatte, wirkte sie erschöpft. Voller Mitgefühl ging ihr Fabio entgegen. »Alles in Ordnung?«

»Es geht schon.« Celeste lächelte zögernd. »Ich kann nur hoffen, dass wir hier bei den Gnomen Hilfe für meine Lehrherrin finden.« Die junge Novizin sah sich zum Tal um und auch sie riss die Augen auf. »Meine Güte, ich wusste nicht, *wie* viele Gnome sich hier versammelt haben.«

Ein scharfer Ruck ging durch den Schiffsrumpf, dem ein hölzernes Knirschen folgte, dann stand die *Sternenwind* still. Jenseits der Reling erhoben sich begeisterte Jubelrufe.

Jacopo und Odilio schafften ihr Gepäck herbei, eine Planke wurde über die Reling geschoben und es dauerte nicht mehr lange, dann hatten sie endlich wieder festen Boden unter ihren Füßen. Die Mannschaftsmitglieder der *Sternenwind* wurden begeistert von Frauen und Kindern empfangen, allein Fabio, Celeste, Sylvana und Raimondo wurden mit großem Misstrauen beäugt.

»Fabio! Celeste!« Ein Gnomenmädchen mit zerstrubbelten dunklen Haaren und Sommersprossen kam aus der Schar der Umstehenden hervor und stürmte auf sie zu. Begeistert umarmte das winzige Mädchen Fabios Bein und lief dann zu Celeste, die sich vorsichtshalber niedergekniet hatte. »Ambra, schön, dich wiederzusehen.«

Auch Jacopo und Odilio verließen das Schiff. Sie schleppten eine Trage von Bord, auf der die bewusstlose Sternenmystikerin lag. Denebolas Antlitz war so bleich und wächsern, wie das einer Toten.

Ambra löste sich aus Celestes Armen und sah mit leuchtenden Augen zu ihnen auf. »Ich hab mich schon gefragt, wann wir uns endlich wiedersehen«, plapperte sie drauflos. »Die anderen waren ganz schön neidisch, als ich ihnen von unseren Abenteuern erzählt habe.«

»Das hat sich gegeben, als sie von der Tracht Prügel erfuhren, die du bei deiner Rückkehr kassiert hast«, schimpfte eine vertraute Frauenstimme. Munadella, die Frau Meister Arcimboldos, erschien und warf sich herrisch ihre Zöpfe auf den Rücken. Missmutig sah die Gnomin die Menschen an und ihr Blick blieb schließlich an Raimondo hängen. »Ach, Ihr habt den Überfall auf den Palazzo Eures Onkels ebenfalls überlebt, Hochwohlgeboren?«

»Ja, habe ich«, antwortete Raimondo, der, umringt von den vielen kleinen Gestalten, offenbar nicht recht wusste, wie er sich verhalten sollte.

»Gut, dann benehmt Euch, denn hier im Tal gilt allein Gnomengesetz.«

Raimondo verzog empört das Gesicht, was Sylvana ein gehässiges Grinsen entlockte. »Das Gleiche gilt natürlich auch für dich!«, fuhr Munadella die Wolfsfrau an. Sylvanas Grinsen machte einem frostigen Ausdruck Platz.

»Aber Munadella, begrüßt man denn so Freunde?«, war hinter ihnen die Stimme Meister Arcimboldos zu hören. Der Himmelsmechaniker trug einen schweren Rucksack auf dem Rücken. Freudig flog ihm seine Tochter in die Arme, dann begrüßte der Gnom seine Frau.

»Und, wie macht sich dein neues Spielzeug?« Munadella maß die Himmelsgaleere mit einem bösen Blick. »Seit Wochen treibt sich mein Mann ausschließlich mit Poliogenes und den anderen herum. Für die Familie hat er schon lange keine Zeit mehr.«

»Aber Munadella, ich mach das alles doch auch für euch«, stammelte der Zurechtgewiesene unglücklich.

»Ja, die Betonung liegt auf *auch*!« Munadella winkte ab. »Na gut, dann kommt mal mit. Ihr werdet schon erwartet.«

»Wir benötigen zunächst ein Zelt für meine Lehrherrin«, sagte Celeste. »Sie ist … krank.«

Munadella trat an die Trage heran und strich der Sternenmystikerin über die Stirn. »Sie ist kalt wie der Tod«, murmelte sie. »Das sieht nicht gut aus.«

»Könnt ihr Frauen etwas für sie tun?«, fragte Meister Arcimboldo.

»Ich kann leider nichts versprechen«, antwortete Munadella. »Doch hier im Tal sind einige der besten Heilerinnen Astarias versammelt.« Sie wandte sich Celeste zu. »Bis dahin,

Baroness, richtet Euch schon einmal darauf ein, dass Ihr Eure Sternenschwester bei der anstehenden Audienz vertreten müsst. Ich hoffe, Arcimboldo hat euch bereits darüber informiert, dass Ihr erwartet werdet.«

»Ihr meint die Matriarchin?« Celestes Blick wanderte zu Fabio und Raimondo. »Ehrlich gesagt hat uns Euer Mann nicht erklärt, warum sie uns eigentlich zu sehen wünscht.«

»Vor allem möchte sie mit euch Sternenschwestern sprechen. Den Grund dafür werdet Ihr schon bald erfahren.«

Auf einen Wink Munadellas hin nahmen die Ankömmlinge ihr Gepäck auf und folgten der Gnomin den Hügel hinunter, hinein in das Labyrinth aus Wohnwagen.

»Soll ich ihr vielleicht mein leckeres Igelrezept verraten«, wisperte Odilio hinter Fabio. »Vielleicht stimmt sie das freundlicher?« Fabio winkte schnell ab.

Wo auch immer sie entlangkamen, überall starrten ihnen die Gnome argwöhnisch hinterher und begannen zu tuscheln. Dennoch erfreute sich Fabio an ihren bunten Kleidern und dem gepflegten Eindruck der unzähligen Wohnwagen. Viele der tonnenförmigen Gefährte waren in leuchtenden Frühlingsfarben bemalt und die Blumenkübel, die unter den Fenstern hingen, verstärkten den Eindruck der Frische und Lebendigkeit noch. Es war ein Anblick, der Fabio seltsamerweise Mut machte und ihn zugleich daran erinnerte, wofür sie kämpften.

Kurze Zeit später erreichten sie einen breiten Wagen mit hohen Rädern, vor dem drei Gnome Brennholz hackten. Munadella unterbrach sie in ihrem Tun und schickte sie aus, um zwei Heilerinnen zu holen. Klaglos kamen die Gnome Munadellas Anweisung nach und nicht zum ersten Mal seit ihrer Ankunft fiel Fabio die Autorität auf, die Munadella unter ihresgleichen genoss. Anschließend trugen er, Raimondo, Odilio und Jacopo die bewusstlose Sternenmystikerin in den Wagen, der selbst für einen Menschen recht geräumig wirkte. In die halbrunden Wände des Gefährts waren Schränke und Schlafkojen eingebaut, die über und über mit bunten Teppichen und Stickereien behängt waren. Es war der gleiche gnomentypische Zierrat, der Fabio schon vor Wochen im Wagen von Meister Arcimboldos Familie aufgefallen war. Sie legten Denebola auf ein Lager aus Fellen und deckten sie mit einem grünen Tuch zu.

»Ich möchte, dass ihr beide hierbleibt«, sprach Munadella Odilio und Jacopo an. »Unsere Heilerinnen werden sich zwar gleich um sie kümmern, trotzdem halte ich es für angebracht, wenn weiterhin jemand Wache hält.« Die beiden Venezianer sahen Celeste gequält an, doch sie machte keine Anstalten, Munadellas Vorschlag zu widersprechen. »Ihr anderen folgt mir bitte.«

Meister Arcimboldo, der draußen zusammen mit Ambra auf sie gewartet hatte, wies zu einem Karrenpfad, der sie ins Zentrum der Wagensiedlung führte. Sie erreichten einen Platz, der vollständig mit braunen Matten ausgelegt war. Zwei Dutzend Pfähle mit Buntglaslaternen grenzten den Bereich in Sichthöhe ab. In seiner Mitte aber thronte ein beeindruckendes, dreimastiges Spitzzelt aus bunten Stoffbahnen, das selbst die Kastenwagen rund um den Platz überragte. Vor dem Zelteingang standen zwei Gnome Wache, die mit ihren Rundhelmen, Brustharnischen und Armbrüsten ähnlich bewaffnet waren wie ihre Kameraden auf der *Sternenwind.* Allerdings gingen sie in der großen Schar der Gnominnen unter, die sich auf dem Platz eingefunden hatten. Fabio entdeckte Frauen jeden Alters. Greisinnen befanden sich ebenso unter ihnen wie junge Mädchen, die nicht viel älter als Ambra waren. Allesamt trugen sie Röcke, Blusen und Kopftücher in den Farben des Regenbogens. Und doch strahlten sie eine Würde aus, die Fabio nachdenklich stimmte.

Munadella hieß die Besucher vor dem Platz zu warten und begrüßte die Versammlung herzlich. Auch Ambra wurde von den Gnominnen auf eine Art und Weise empfangen, als habe man sie schmerzlich vermisst.

»Ist das das Hofgefolge Eurer Matriarchin?«, wollte Raimondo von Meister Arcimboldo leise wissen.

»Oh nein, weit mehr.« Der Himmelsmechaniker räusperte sich und polierte hektisch seine Brillengläser. »Besser, ihr macht euch alle auf eine große Überraschung gefasst.«

Von der anderen Seite her nahten soeben zwei weitere Frauen des kleinen Volkes, die schwer an einem aufgerollten Teppich trugen. Die Aufmerksamkeit der Gnominnen wandte sich sofort von den Menschen ab, um den Teppich bewundernd zu begutachten. Dennoch beschlich Fabio der Eindruck, als schirmten die Frauen das Motiv des Läufers bewusst vor ihnen ab. Eilig trugen die Gnominnen den Teppich ins Zeltinnere. Eine der Greisinnen sprach mit Munadella. Diese nickte und kam wieder zu ihnen zurück.

»Ich denke, du wartest besser hier draußen«, sagte sie zu Arcimboldo. »Ihr anderen kommt bitte mit mir.«

Fabio, Celeste, Sylvana und Raimondo betraten einen großen Empfangsraum, der über und über mit kunstvoll bestickten Sitzkissen und bunt bemalten Vasen ausgestattet war. Rote, blaue und gelbe Glaslampen hingen unter den Bahnen des Zeltdachs und verbreiteten ein geheimnisvolles Licht. Die vielen Gnominnen, zu denen sich jetzt auch Munadella und Ambra gesellten, hatten sich rechts und links des Eingangs niedergelassen, ohne dass den Gästen ebenfalls eine Sitzgelegenheit angeboten wurde. Sylvana kommentierte die unfreundliche Behandlung mit einem Knurren.

In diesem Moment wurde weiter hinten eine Stoffbahn mit der Darstellung des Mondes zurückgeschlagen und zwei kräftige Gnome trugen einen prächtig mit Sternen- und Monddarstellungen verzierten Holzstuhl herein, der Fabio an einen Thronsitz erinnerte. Auf ihm saß in einem feuerroten Kleid eine dicke Gnomin mit fleischigen Wangen und großer Oberweite. Der Stoff schimmerte wie kostbarer, von Silberfäden durchwirkter Samt. Auch die Zeremonialhaube der Frau bestand aus diesem Material. Der Hut ragte birnenförmig über ihrem Kopf auf, war mit silbernen Troddeln behängt und reichte ihr bis zum Nacken. Die beiden Träger setzten den Stuhl an der Stirnseite des Raums ab und verließen das Zelt wieder.

Längst waren alle Gespräche verstummt. Die Gnomenfrauen rechts und links von ihnen verneigten sich und auch Celeste knickste vornehm. Fabio und Raimondo folgten mit einer tiefen Verneigung. Nur Sylvana bleckte amüsiert die Zähne und starrte die Matriarchin mit schief gelegtem Kopf an. »Sieh an, Ihr seid also die Königin dieses seltsamen Haufens«, sagte sie respektlos. Empörtes Tuscheln machte sich im Zelt breit, dem die Matriarchin mit einer knappen Geste Einhalt gebot.

»Und du bist diese Wolfsfrau, von der mir berichtet wurde«, erwiderte die Matriarchin in gleichem Tonfall. Sie musterte Sylvana mit einem Blick, der nicht den leisesten Anflug von Furcht erkennen ließ. »Ich wurde bereits davor gewarnt, dass ich mich auf Unverschämtheiten gefasst machen müsste.«

Sylvana grinste und fing sich einen Rippenstoß von Celeste ein. Mit höflich geneigtem Haupt trat die junge Novizin einen Schritt vor. »Entschuldigt das Benehmen unserer Begleiterin«, bat Celeste bemüht freundlich. »Wir anderen sind uns der Ehre dieses Empfangs wohl bewusst.«

»Das hoffe ich, Kind.« Die Matriarchin betrachtete Celeste interessiert. »Ich habe schon von dem Unglück gehört, das deiner Meisterin widerfahren ist. Wir werden für sie tun, was in unserer Macht steht. Denn ich habe nach euch schicken lassen, um mit deiner Sternenschwester zu sprechen.«

»Mit meiner Lehrherrin Denebola?«

»Richtig. Doch da du das Gewand einer Novizin der Sternenburg trägst, hoffe ich, dass du deine erkrankte Herrin hier und heute vertreten kannst.«

»Ich werde mich nach besten Kräften bemühen, Matriarchin«, antwortete Celeste zögernd. »Darf ich fragen, warum Ihr uns zu sehen wünscht?«

»Zuvor lass mich einen Blick auf deine Begleiter werfen«, sagte die Matriarchin mit seltsam verschleierter Stimme und erhob sich schwerfällig. Mit ernstem Gesichtsausdruck baute sie sich vor Fabio auf. »Du bist also jener Paladin, von dem mir Munadella und Ambra berichtet haben?« Fabio nickte. »Interessant. Du stehst im Zentrum des Musters. Die Sterne umkreisen dich, wie ich es noch nie zuvor bei einem Sterblichen gesehen habe. Höre auf ihr Licht, Schwertbruder!« Sie schritt weiter zu Raimondo.

»Gebt Euch keine Mühe, Matriarchin«, murrte er. »Ich bin eher zufällig zu diesem Haufen gestoßen.«

»Es gibt auf Astaria keine Zufälle, Edelmann«, antwortete die Matriarchin in einem Tonfall, als spräche sie mit einem ungezogenen Jungen. »Auf Euch wartet eine Aufgabe, die Mut, Tapferkeit und Selbstlosigkeit verlangt. Die Fäden Eures Schicksals wurden schon lange vor Eurer Geburt gesponnen.« Überrumpelt starrte Raimondo der dicken Gnomin nach, die nun vor Sylvana trat. »Und was dich betrifft, Wolfsfrau, dir folgen Schuld und Sühne auf Schritt und Tritt.«

»Verschont mich mit Eurem Geschwätz«, grollte die Wolfsfrau verärgert.

»Und doch bist du dabei, aus dem Schatten herauszutreten«, erwiderte die Matriarchin unbeeindruckt. »Es wird sich noch erweisen, ob du Molunahs Licht zu folgen vermagst. Denn dein Volk ist befleckt von Astronos' Wirken.«

»*Mein* Volk?« Die Wilde beugte sich mit zynischem Lächeln vor. »Oder sprichst du eher von *deinem* Volk, kleine Frau. Glaube nicht, dass ihr Gnome die Einzigen seid, die noch um die alten Zeiten wissen. Denn wenn mein Volk von Astronos' Wirken befleckt ist, dann ist es dein Volk erst recht. Heimatlos streift ihr Gnome durch die Welt. Und ich hoffe, ihr habt noch nicht vergessen, warum.«

Fabio sah, dass die Gnominnen im Zelt entgeistert zu Sylvana aufblickten, als habe sie mit ihrer Äußerung an ein Tabu gerührt.

»*Wir* haben schon vor langer Zeit eine Entscheidung getroffen, Wolfsfrau«, entgegnete die Matriarchin der Gnome mit gefasster Stimme. »Kann dein Volk das ebenfalls von sich behaupten?«

»Lächerlich. Ich warte draußen auf euch«, brauste Sylvana auf. Ohne ein weiteres Wort drehte sie der Matriarchin den Rücken zu und rauschte aus dem Zelt. Die Gnomenherrscherin sah ihr schweigend nach und setzte sich wieder auf den Thron.

»Jetzt wieder zu dir, Kind«, wandte sie sich an Celeste und ignorierte den Zwischenfall. »Wie ich bereits erklärt habe, haben wir euch vornehmlich deswegen zu uns bringen lassen, weil wir Frauen mit euch Sternenschwestern reden müssen. Die Entscheidung, Kontakt zur Sternenburg aufzunehmen, ist uns sehr schwergefallen. Doch der Schatten des finsteren Astronos erhebt sich am Horizont und droht ganz Astaria in ewige Finsternis zu stürzen. Er wird vor niemandem haltmachen. Weder vor euch Menschen und ganz sicher nicht vor uns Gnomen. Wir sind daher zu der Überzeugung gelangt, dass jetzt die Zeit gekommen ist, sich der stellaren Bande zu besinnen, die uns Frauen miteinander verbinden.«

»Ich verstehe ehrlich gesagt nicht ganz, wovon Ihr sprecht, Matriarchin.«

»Nun, es ist so«, die Matriarchin hielt kurz inne und nickte den Reihen der anderen Frauen zu. »Wir Gnominnen bedürfen der Hilfe der stellaren Schwesternschaft. Dies ist ein Eingeständnis, das uns auszusprechen sehr schwerfällt. Doch Dinge geschehen, die wir uns nicht erklären können. Aus diesem Grund bitten wir die Sternenburg um Beistand, und zwar von Sternenschwestern zu Sternenschwestern.«

»Ihr wünscht … was?« Celeste wirkte einen Moment lang sprachlos. »Wollt Ihr mir weismachen, unter euch Gnominnen gäbe es ebenfalls Sternenschwestern? Wäre dem so, dann wüsste die Sternenburg davon.«

Die Matriarchin lächelte geduldig. »Nein, wir Gnominnen können nicht zaubern. Jedenfalls nicht so wie ihr Menschenfrauen.« Sie berührte ihr Gewand mit den Fingerspitzen, dessen Fasern Wellen warfen wie ein See, in den man einen Stein geworfen hatte. Jäh nahm das rote Kleidungsstück eine tiefblaue Färbung an. Celeste keuchte ungläubig und trat näher. »Wie habt Ihr das vollbracht?«

»Auch wir Gnominnen sind Teil der Schöpfung. Und so hat Molunah auch uns mit der Sternengabe gesegnet.« Die rundliche Gnomin machte eine bedeutungsvolle Pause. »Wir sind Tauweberinnen.«

»Tauweberinnen?«

»Ja, Kind. Molunah hat uns die Gabe verliehen, den Sternentau zu spinnen.«

Fabio sah verblüfft zu Munadella hinüber, auf deren Lippen sich ein stolzes Lächeln abzeichnete. Langsam begriff er, woher die Leidenschaft der Gnominnen für Stickereien und Handarbeiten rührte.

»Warum weiß die Sternenburg nichts von dieser magischen Tradition?« Celestes Stimme klang zutiefst verunsichert.

»Weil diese Gabe ebenso einem höheren Zweck dient wie jene, die euch Menschenfrauen geschenkt wurde«, erklärte die Matriarchin. »Nur, dass wir unsere Gabe im Verborgenen ausführen. Dass wir uns nun offenbaren, zeigt dir hoffentlich unsere Verzweiflung. Hilft uns die Sternenburg, dann sind wir im Austausch bereit, euch Sternenmystikerinnen an einem Geheimnis teilhaben zu lassen, das die Erzstellarin Molunah allein uns Gnominnen anvertraut hat.«

»Wovon sprecht Ihr?«

»Wenn Molunah es will, wirst du es erfahren. Zuvor aber muss ich die anwesenden Männer bitten, das Zelt zu verlassen.« Die Matriarchin nickte Fabio und Raimondo zu. »Ihr wart hier«, sagte sie geheimnisvoll, »weil die Sterne euer Kommen bereits vor Jahrhunderten angekündigt haben. Der Rest ist einstweilen allein Sache zwischen uns Tauweberinnen und der Vertreterin der Sternenburg.«

Fabio und Raimondo warfen sich einen knappen Seitenblick zu, verneigten sich wortlos und traten aus dem Zelt ins Sonnenlicht. Keiner von ihnen sprach ein Wort, bis sie das mit Matten abgegrenzte Areal verlassen hatten. Fabio fühlte, dass auch Raimondo klar war, dass sie soeben Zeuge eines historischen Ereignisses geworden waren. Die Gnominnen waren also ebenfalls mit wundersamen Kräften gesegnet. Unglaublich. Mehr noch, die Eröffnung der Matriarchin deutete an, dass die Gnominnen nun ihren Platz unter den Schwestern der Sternenburg beanspruchten. Andererseits, warum auch nicht? Was sollte die Stellare dazu bewogen haben, die Menschenfrauen zu bevorzugen? Abgesehen vielleicht von Sylvanas mysteriöser Andeutung, die Fabio nicht aus dem Kopf gehen wollte.

Die meisten Menschen betrachteten die handwerklich begabten Gnome lediglich als Herumtreiber und Konkurrenten. Dass es einen Grund dafür geben könnte, warum der größte Teil von ihnen heimatlos durch die Lande streifte, darüber hatte er nie nachgedacht.

»Tauweberinnen also!« Fabio sah Arcimboldo durchdringend an, der gemeinsam mit Sylvana vor dem Platz auf sie wartete. »Gibt es noch mehr, was wir wissen sollten? Ich dachte, wir hätten uns in die Hand versprochen, keine Geheimnisse voreinander zu haben?«

»Es tut mir leid, wirklich.« Der Himmelsmechaniker sah durch seine Brille hindurch verlegen in die Runde. »Aber ebenso, wie wir Himmelsmechaniker unsere Traditionen hüten, tun dies auch die Frauen unserer Gemeinschaft. Es stand mir nicht zu, eine Entscheidung in dieser Frage vorwegzunehmen.« Er seufzte schwer. »Ich hoffe doch, zwischen uns bleibt alles beim Alten?«

»Keine Ahnung, wovon ihr sprecht«, mischte sich Raimondo ein. »Aber wenn ich schon in das Ganze hineingezogen werde, dann hocke ich garantiert nicht untätig herum und warte ab, bis mich mein angebliches Schicksal einholt. Das suche ich mir lieber selbst.« Sylvana knurrte zustimmend. »Was haltet Ihr also davon, Meister Arcimboldo«, schlug Raimondo vor, »wenn ich mir eines Eurer Ponys ausleihe und auf Patrouille reite? Ich hoffe, Ihr habt diese Wolkenreiter von letzter Nacht noch nicht vergessen? Gut möglich, dass sich auch in dieser Gegend Goblins herumtreiben. In diesem Fall wäre es wohl besser, wenn hier im Gebirge jemand die Augen aufhält, der sich seiner Haut im Zweifel auch zu erwehren weiß.«

»Ja, dieses Angebot nehmen wir gerne an.« Meister Arcimboldo wirkte regelrecht dankbar. »Ich komme mit«, knurrte Sylvana. »Mir käme es gerade gut gelegen, ein paar Goblins zur Strecke zu bringen.«

Kurz darauf stapfte die Wolfsfrau gemeinsam mit Raimondo davon. Fabio wusste immer noch nicht, was er von dem seltsamen Gespann halten sollte.

»Und wir beide«, sagte Meister Arcimboldo sichtlich besser gelaunt, »suchen jetzt Poliogenes auf. Und dann zeigen wir dir, was uns überhaupt in dieses Tal geführt hat.«

Geheimnisse in Stein

Lautes Schmiedehämmern sowie geräuschvolles Surren, Schnarren und Quietschen erwarteten Fabio und Meister Arcimboldo, als sie ein mit Holzpfählen umzäuntes Areal erreichten, um das sich dicht an dicht viele Sippenwagen der Gnome drängten. Die hölzerne Palisade war über zwei Schritt hoch, sodass es den Gnomen nicht möglich war, einen Blick in den abgegrenzten Bereich zu werfen.

»Ihr treibt es mit eurer Geheimniskrämerei ja fast so weit wie die Schiffsbauer in Venezia«, sagte Fabio.

»Nur, dass wir Himmelsmechaniker auch allen Anlass dazu haben«, antwortete Meister Arcimboldo. »Du glaubst nicht, wie neugierig unsere Nachbarn hier im Tal sind.« Er seufzte. »Zumindest konnten wir das Geheimnis nicht länger bewahren, das wir Himmelsmechaniker um unsere Existenz gemacht haben.«

Fabio sah sich zu einer Gruppe Gnome um, die nicht weit entfernt ein Pony mit Säcken beluden und ihnen erwartungsvoll hinterherstarrten. »Ich dachte, Eurem Volk wäre bekannt, dass es in seinen Reihen Himmelsmechaniker gibt.«

»Bist du noch bei Trost?« Meister Arcimboldo sah ihn vorwurfsvoll an, während er gegen das hohe Tor der Anlage klopfte. »Das wäre viel zu gefährlich gewesen. Ein Geheimnis bleibt nur dann ein Geheimnis, wenn möglichst wenige davon wissen. Stell dir vor, einer von uns Gnomen hätte sich verplappert und das Wissen um uns Himmelsmechaniker hätte sich auch bei euch Menschen verbreitet. Die Folgen für mein Volk wären nicht auszumalen gewesen.« Er zuckte mit den Schultern. »Doch das Zeitalter der stellaren Ordnung neigt sich dem Ende entgegen. Alles, was bisher verborgen war, scheint langsam ans Tageslicht zu treten.«

»Wer da?« Eine Klappe öffnete sich in Brusthöhe Fabios und ein bärtiger Gnom mit Augenklappe starrte misstrauisch nach draußen. Erschrocken keuchte er auf, als er die rot-weiße Ordenstracht Fabios gewahrte. »Meister Arcimboldo, seid Ihr wirklich sicher, dass dieser, ähem, Mensch …«

»Verflucht, Nestor, lass uns rein«, herrschte ihn der Himmelsmechaniker an. »Was glaubst du, für wen wir unsere Apparaturen wohl bauen?«

Das Tor öffnete sich knarrend und hastig zog Meister Arcimboldo den jungen Paladin durch den Spalt, sodass der bärtige Wächter das Tor schnell wieder schließen konnte. Fabio verharrte mitten im Schritt, denn hinter der Umzäunung erwartete ihn ein Treiben, das den konservativ eingestellten Schwestern der Sternenburg sicher Albträume beschert hätte. Auf dem Gelände arbeiteten gut und gern zwei Dutzend gnomische Himmelsmechaniker samt ihren Gesellen, die Fabio nun ebenfalls argwöhnisch musterten. Es roch nach Eisen, Öl und anderen Schmiermitteln. Überdachte Arbeitshallen und Schmiedehütten waren errichtet worden, zwischen denen

Werkbänke, Kräne, Staffeleien, Drehbänke und andere Geräte standen, deren genauer Verwendungszweck sich Fabio nicht gleich erschloss. Viel interessanter war jedoch das, woran die Himmelsmechaniker tüftelten. Fabio entdeckte auf einem Holzblock zu seiner Rechten einen gusseisernen Kreisel, der ihm fast bis zur Hüfte reichte und immerzu um die eigene Achse wirbelte. Soeben warfen zwei Gnome in lederner Arbeitskleidung einen Hammer in die Luft, der jäh seine Flugbahn änderte, mit schepperndem Geräusch gegen den Kreisel schlug und daran hängen blieb. Als Fabio näher an das rotierende Objekt herantreten wollte, spürte er einen eigenartigen Zug an seinem Kettenhemd.

»Schön zurückbleiben!«, warnte ihn einer der beiden Gnome. Er sprach erst weiter, als sich Meister Arcimboldo neben Fabio stellte. »Das ist ein Magnetosphär, der Eisen anzieht. Mit ihm werden wir den grässlichen Goblins noch ordentlich zusetzen.«

Bevor der junge Paladin nachfragen konnte, was genau sich die Gnome von dem Gerät erhofften, kamen sie an einer Werkzeughalle vorbei, vor der ein Gnom einen klobigen Kasten ankurbelte. Das Ungetüm bestand aus gezackten Radkränzen, Schwungscheiben und Linsenröhren. Helles Licht flammte im Kasten auf und die Luft vor dem Gerät flirrte wie unter großer Hitze. Einen Moment lang zeichnete sich auf dem Platz das trügerische Abbild einer Katze ab. Plötzlich knirschte es. Metallteile flogen durch die Luft und die Luftspiegelung verschwand, so wie sie gekommen war.

»Das ist der siebenhundertzweiundfünfzigste Versuch! Der

siebenhundertzweiundfünfzigste!«, brüllte der Gnom, ohne die Neuankömmlinge auch nur eines Blickes zu würdigen. Stattdessen trat er wütend auf sein Wunderwerk ein. Seine beiden Gesellen rangen ihn nieder, bevor der Himmelsmechaniker auch auf die aufwendige Linsenkonstruktion einschlagen konnte.

»Koronus ist immer noch zu stolz, um die Hilfe von Poliogenes anzunehmen«, flüsterte Meister Arcimboldo, als sie den Tobenden hinter sich gelassen hatten. »Sicher wäre sein Illuminator dann schon längst fertig.« Fabio kam nicht dazu, etwas zu erwidern, denn er wich angeekelt einem armlangen Tausendfüßer aus, der mit seinem metallischen Lamellenkörper unter der Plane eines Arbeitszelts hervorschlüpfte. Auf unzähligen klackernden Beinen schlängelte sich das Ding hinüber zum Tor.

»Haltet ihn auf! Haltet ihn auf!« Ein dürrer Gnom mit Lederhaube und großem Käscher in den Händen stürmte dem künstlichen Tier hinterher und rannte dabei fast einen Lehrling um, der bei Fabios Anblick erschrocken stehen geblieben war. Als ihm Meister Arcimboldo einen beruhigenden Wink gab, eilte er weiter zu einer der Werkhallen. Fabio entdeckte erst jetzt das Samttuch in den kleinen Händen des Lehrlings, auf dem glitzernde Gesteinsbrocken lagen. Silbrig hell funkelten sie im Sonnenlicht und Fabio ahnte, um was für ein Material es sich dabei handelte: kostbares Meteoreisen!

»Meister Arcimboldo, seht nur!«, rief ihnen ein junger Himmelsmechaniker in einem Zelt schräg gegenüber zu. Der Gnom trug einen Stirnreif mit großer Lupe vor dem rechten

Auge, die seine Pupille unnatürlich vergrößerte. Aufgeregt machte er Arcimboldo auf eine Messingkugel aufmerksam, in der ein Uhrwerk summte. Grüne, rote und blaue Lichtbälle stiegen über der Gerätschaft auf und zerplatzten zu Hunderten kleiner Lichtfunken.

»Und wozu soll das gut sein?«, wollte Meister Arcimboldo wissen.

»Keine Ahnung«, meinte der Gnom begeistert. »Aber ist das nicht fantastisch?«

Meister Arcimboldo räusperte sich verlegen. »Ich gebe zu, an den Abläufen und ihrer Wirkkraft müssen wir noch arbeiten. Aber wir sind dabei, einige durchschlagende Gerätschaften zu entwickeln, die wir gegen unsere Feinde einsetzen können. Das da zum Beispiel!« Er deutete hinüber zu drei Gnomen, die über Zeichnungen brüteten, die Apparaturen mit großen Schwingen zeigten.

»Was ist das?«, wollte Fabio wissen.

»Die Konstruktionsskizzen für einen Ornithopter«, erklärte Meister Arcimboldo. »Eine arkanomechanische Flugmaschine, die es uns erlauben wird, uns mit den Wolkenreitern der Goblins zu messen. Ich setze große Hoffnungen in diese Erfindung und habe eine Menge Mittel in die Entwicklung solcher Flugapparate umleiten lassen.«

»Das heißt, Ihr seid inzwischen der Anführer all der Himmelsmechaniker hier?«

»Nun ja«, brummte Meister Arcimboldo. »Sagen wir es mal so: Dass ich die *Sternenwind* hierherbringen konnte, hat mir eine gewisse Autorität verschafft. Ich wurde bei der großen Logenversammlung vor drei Wochen zum Sprecher unserer Zunft gewählt.« Er zwinkerte Fabio zu. »Das Erste, was ich gemacht habe, war, jeden hier auf dem Gelände mit meinem Tranceometer zu überprüfen. Das Beispiel von Meridianus vor einigen Wochen hat schließlich gezeigt, dass wir im Zweifel nicht einmal vor Verrat in den eigenen Reihen gefeit sind.«

»Habt Ihr eigentlich etwas Neues von Eurem Zunftkollegen gehört, der damals mit Meridianus verschwunden ist?«, wollte Fabio wissen.

»Du meinst Pollux?«

»Ja, ich glaube, das war sein Name.»

»Nein.» Der Gnom seufzte. »Im Gegenteil. Es hat sich herausgestellt, dass noch sechs weitere Himmelsmechaniker verschwunden sind.«

»Entführt oder übergelaufen?» Fabio sah Meister Arcimboldo fragend an.

»Das Beispiel von Meridianus und Pollux zeigt, dass beides möglich ist. Und ich weiß nicht, was ich schlimmer finde.»

Der Gnom führte Fabio weiter zu einem Himmelsmechaniker mit weißen Haaren und Knollennase, der an einem fassförmigen Apparat schraubte. Aus der Erfindung ragte ein tulpenförmiger Trichter aus Bronze hervor, der sich nach oben hin neigte und zugleich so hoch war, dass er sogar die Palisade überragte. Für Fabio hatte die Apparatur Ähnlichkeit mit einer übergroßen Topfpflanze.

»Na, Lynx, funktioniert dein Otoglot wieder?«

»Aber ja, Arcimboldo«, sagte der weißhaarige Gnom erfreut und vergaß sogar, sich über Fabios Erscheinen zu wundern. »Ich kann jetzt weit entfernte Geräusche damit auffangen!«, erklärte er eifrig. Der Gnom betätigte stolz ein Schwungrad und die trompetenartige Konstruktion über ihren Köpfen richtete sich auf die Tonnenwagen vor dem Tor des Werkgeländes aus. Dann legte er einen Hebel um. Unvermittelt drangen aus einem kleineren Trichter Stimmen. *»Nimm dir ein Beispiel an deinem Vater. Der schlingt seinen Nachtisch auch nicht einfach so runter. Stimmt doch, Liebling. Liebling? Ich fasse es nicht. Das kann doch wohl nicht wahr sein …«*

Lynx grinste und drehte weiter an der Kurbel. »Der Empfang des Otoglots reicht inzwischen bis zum Talrand, wo die Wagen der Meteoreisensucher stehen.« Wieder knisterte es in dem Trichter. *»… ist mir völlig egal, was die Himmelsmechaniker von uns denken. Dieser Lynx hat seit einem Jahr seine Schulden nicht bezahlt. Und wenn ich ihn erwische, dann …«* Hastig stellte der weißhaarige Gnom die Apparatur ab und lief feuerrot an. »Ähem, was ich damit zum Ausdruck bringen wollte, ist, dass ich nicht mehr lange brauche und dann können wir den Otoglot einsetzen, um unsere Feinde zu belauschen.«

»Wenn dich die Meteoreisensucher bis dahin nicht zu fassen bekommen haben«, grummelte Arcimboldo. Kopfschüttelnd führte er Fabio zu einem Kastenwagen, vor dem ein Vorzelt aus grün-weißen Stoffbahnen aufgebaut war. Darunter befand sich ein chaotischer Arbeitsbereich, der mit Kisten, Tischen, Konstruktionsskizzen, Fernrohren, Sternentafeln und Werkzeugen übersät war.

»Hallo, Poliogenes!«, begrüßte Fabio den spitzbärtigen Gnom, der mit einer Pinzette in der Hand an einer faustgroßen Gitterkugel fummelte. Der Himmelsmechaniker sah von seiner Arbeit auf und lachte. »Unser junger Paladin!«, krächzte er erfreut. Poliogenes humpelte mit seinem steifen Bein auf Fabio zu und schüttelte ihm herzlich die Hand. »Donnerwetter, du bist also kein Knappe mehr! Gut so. Du kommst übrigens gerade rechtzeitig, denn heute ist der Tag der Tage. Ich bin soeben fertig geworden.«

Fabio warf einen näheren Blick auf die seltsame Gitterkugel, deren Streben vollständig aus hellsilbern schimmerndem Meteoreisen bestanden. Im Innern des Gitterballs schwebte eine goldene Kugel, um die herum auf unterschiedlichen Bahnen kleinere Kugeln sausten.

Meister Arcimboldo reichte Poliogenes derweilen den arkanomechanischen Linsenball, mit dem er im Astrarium die Lichtlanzen verschossen hatte. »Hier, mein Freund, dein Helioskop.«

»Ach, behalte es einstweilen für den Feldeinsatz.« Poliogenes winkte ab. »Im Moment benötige ich es nicht.«

»Auch gut.« Meister Arcimboldo steckte das Artefakt wieder ein. »Es hat uns gute Dienste gegen Vesperuga geleistet.«

»Wie bitte?! Ihr habt wieder den Weg dieses Sternenvampirs gekreuzt?«

Kurz berichteten ihm Meister Arcimboldo und Fabio, was sich in Firenze zugetragen hatte. Poliogenes stöhnte. »Und ihr seid euch sicher, dass dieser Zauberschild vollständig aus Meteoreisen bestand?«

»Ja, es besteht kein Zweifel«, meinte Fabio, der nur ungern an den Schild erinnert wurde.

»Ein schlimmer Verlust«, klagte der spitzbärtige Himmelsmechaniker. »Vor allem sollten wir uns fragen, was unsere Feinde mit dem Raub eigentlich bezwecken.«

»Ich schätze, sie wollten ganz einfach verhindern, dass *wir* die Waffe in die Hände bekommen.«

»Ich weiß nicht so recht.« Meister Arcimboldo strich sich nachdenklich über das Kinn. »Was, wenn der Raub des Schildes einem speziellen Zweck dient? Vergessen wir nicht, dass unsere Feinde Cagliomaeus' Offenbarung besitzen. Haltet ihr es nicht für merkwürdig, dass unsere Gegner diesem Schild nachjagen, kaum dass sie die Aufzeichnungen des geheimnisvollen Sehers kennen?«

»Noch mehr Fragen.« Fabio stellte seinen Rucksack seufzend auf eine Kiste und öffnete ihn. »Ich habe euch übrigens etwas mitgebracht.« Er wickelte die klobige Schusswaffe aus, die er seinen Angreifern im Schneideratelier abgenommen hatte. »Hier, vielleicht könnt ihr damit etwas anfangen. Diese Waffe verschießt Bolzen. Aber nicht nur einen, sondern gleich ganze Salven.«

»Sieh an«, murmelte Poliogenes, der die Waffe in Empfang nahm und aufmerksam betrachtete. »Das Ding sollten wir den anderen zeigen. Über genau so etwas zerbrechen wir uns bereits den Kopf.«

»Das ist noch nicht alles.« Fabio entnahm seinem Gepäck einen der tückischen Messingskorpione, die sie in der Sternenburg angegriffen hatten, sowie die zertretene Metallheuschrecke. Meister Arcimboldo stieß einen Pfiff aus und begutachtete die künstlichen Tiere interessiert. Fabio berichtete, was sich im Sternensaal der stellaren Schwesternschaft zugetragen hatte. »So wie es aussieht«, schloss er, »hat mein Knappenkamerad Perusio diese heimtückischen Geschöpfe mit auf die Sternenburg gebracht.«

»Und das trotz dieser Sicherung, von der du erzählt hast?«, rätselte Poliogenes. »Ich dachte, der magische Alarm warnt die Sternenmystikerinnen vor Metallen aller Art, die auf das Burggelände gebracht werden?«

»Dem ist auch so«, erklärte Fabio niedergeschlagen. »Perusio hat sich offenbar den Umstand zunutze gemacht, dass wir Schwertbrüder am Tag des Anschlags samt unserer Waffen auf die Sternenburg eingezogen sind. Als der Alarm losging, war den Sternenmystikerinnen klar, dass wir Paladine es waren, die ihn ausgelöst hatten. Mit so etwas wie dem hier«, er deutete auf den Skorpion, »hat niemand gerechnet.«

»Dennoch seltsam. Dir wäre doch bestimmt aufgefallen, wenn dieser Knappe all die Skorpione mit sich herumgeschleppt hätte. Wie viele waren es denn?«

»Etwa zwanzig, würde ich schätzen«, meinte Fabio grübelnd.

»Das hier«, Meister Arcimboldo hob die zertretene Heuschrecke ins Licht, »ist übrigens ein sogenannter Rufer, wie er im Krieg der Städte benutzt wurde. Mörderische Apparaturen wie diese Skorpione sind dumm. Sie können zwar klettern, sich flink bewegen und kämpfen, doch um an einen bestimmten Ort zu gelangen, bedürfen sie eines Rufers wie diesem hier, der ihnen mit seinen Geräuschen den Weg zum Ziel weist.«

»Ihr meint, Perusio war vielleicht gar nicht in den Anschlag verwickelt?« Fabio schöpfte wieder Hoffnung, denn noch immer bereitete es ihm Bauchschmerzen, dass ihn ausgerechnet Perusio betrogen haben sollte.

»Darauf will ich mich nicht festlegen«, murmelte Meister Arcimboldo und legte die arkanomechanischen Geschöpfe in eine Kiste mit Schrauben. »Ganz eindeutig sind die Beweise gegen den Knappen jedenfalls nicht. Aber dass dieser Anschlag überhaupt durchgeführt werden konnte, sollte uns mehr Sorgen machen.«

»Ich weiß.« Fabio nickte. »Ständig sind uns unsere Feinde um einige Schritte voraus. Es ist niederschmetternd.«

»Abwarten!« Meister Arcimboldo zwinkerte dem Paladin zu. »Poliogenes, ich denke, wir sollten Fabio nun endlich einweihen.«

»Gern!«, sagte der spitzbärtige Gnom und nahm den Gitterball mit den hin und her sausenden Kugeln im Innern vom Tisch. Dann humpelte er zum Eingang des Tonnenwagens, über dem die Zeltplane befestigt war. »Kommt!«

Gemeinsam mit den Gnomen betrat Fabio den Wohnwagen, dessen Innenraum ebenso durcheinander wirkte wie das Vorzelt. Überall lagen Werkzeuge, metallene Bauteile sowie flache Kisten mit Schrauben, Zahnrädern und Metallzangen herum. Und doch wusste er sofort, wohin ihn die Gnome führen wollten: zu Yargo!

Die Himmelsmechaniker hatten den künstlichen Gnomenjungen mit Arm- und Beinschellen an ein hölzernes Gestell gespannt. Yargos Augenlider waren geschlossen und trotz der x-förmigen Körperhaltung wirkte der Junge so, als würde er schlafen. Noch immer klaffte auf Höhe seiner Bauchdecke ein Loch mit Brandrändern, durch das hindurch Stangen, Zahnräder, Schwungscheiben sowie drehbar gelagerte Pendel und Gelenke zu sehen waren. Viele der Bauteile schwangen und zitterten in einem unhörbaren Takt.

»Seit Wochen schon kümmere ich mich ausschließlich um ihn«, flüsterte Poliogenes ehrfurchtsvoll. »Doch noch immer weiß ich nicht, wie all die Teile in ihm zusammenwirken. Yargo ist wirklich ein Meisterwerk unserer Zunft.«

Fabio trat näher an die mechanotempische Uhrwerksmarionette heran und betrachtete sie staunend. »Wenn Yargo wirklich von dieser Sternenmystikerin geschaffen wurde, dann ist ihm vielleicht eine Aufgabe bestimmt.«

»Welche Sternenmystikerin?«, fragte Poliogenes irritiert. »Yargo wurde von Cagliomaeus erschaffen.«

Meister Arcimboldo klärte Poliogenes über das Namensrätsel auf. Der spitzbärtige Gnom hob verblüfft eine Augenbraue. »Der Seher Cagliomaeus soll eine Frau gewesen sein?«

»Oder Iuge Al'Cosma war ein Mann«, sagte Fabio lakonisch. Er wandte sich wieder Meister Arcimboldo zu. »Habt Ihr nicht von einer aufsehenerregenden Entdeckung gesprochen, die mit Yargo in Zusammenhang steht?«

»Allerdings. Komm, Poliogenes, zeig es unserem jungen Paladin.« Meister Arcimboldos Zunftkollege nestelte unter seiner Weste und präsentierte Fabio eine handtellergroße, silbrig schimmernde Platte aus Meteoreisen, die von einem Kranz aus Zahnrädern umgeben war. Sie sah den Bauteilen, die sie damals in den Uhren gefunden hatten, recht ähnlich.

»Faszinierend«, meinte Fabio. »Dieses Ding besteht ebenfalls aus Meteoreisen, richtig?«

»Nicht nur das«, erklärte Poliogenes. »Wir haben es gut verborgen im Innern von Yargos Körper gefunden.«

»Wie bitte, *in* ihm?«

»Allerdings.«

»Und was ist das hier?« Fabio deutete auf die Zahnräder, die das ovale Fundstück umgaben. Es waren acht Stück und auf jedem von ihnen prangte ein Symbol, das er für einen Buchstaben hielt.

»Dort steht ›SEI URALT‹«, las ihm Meister Arcimboldo die Buchstabenfolge vor.

»Und was bedeutet das?«

»Wir wissen es nicht«, klagte sein Zunftkollege. »Das ist übrigens noch nicht alles.« Poliogenes drehte die Meteoreisenplatte um. »Auf der Rückseite dieses Fundstücks ist eine detaillierte Karte eingraviert, die uns überhaupt erst in dieses Tal geführt hat. Deshalb haben wir Himmelsmechaniker auch vorgeschlagen, das Gnomentreffen hier in der Sternensichel auszurichten. So können wir das Geheimnis des Tals ergründen, während die Tauweberinnen weiter über das Schicksal unseres Volkes beraten.«

»Das Tal birgt ein Geheimnis?« Fabio betrachtete die Karte auf dem Stück Meteoreisen etwas genauer. Er konnte Flussläufe und Höhenzüge erkennen sowie die Markierung für eine Art Senke, in deren Mitte fünf spitze Erhebungen eingraviert waren.

»Ja, wir zeigen dir nachher, was wir entdeckt haben«, ergänzte Meister Arcimboldo. »Allerdings ist die Sache etwas knifflig. Deshalb sollten wir uns zunächst darum kümmern, Yargo wiederzubeleben. Er wurde sicher nicht ohne Grund erschaffen. Vielleicht kann er uns bei dem Rätsel des Tals weiterhelfen.«

Poliogenes zückte die Gitterkugel, in der die vielen Kugeln unruhig um den goldenen Ball in der Mitte schwirrten, und setzte sie vorsichtig in einem Hohlraum im Körper Yargos ein. Unvermittelt summte es und zahlreiche Zahnräder, die bislang stillgestanden hatten, begannen sich zu drehen. Ein scharfes Klicken ertönte und Yargo schlug die Augen auf.

»Nicht der Knappe!«, schrie der künstliche Junge unter dem Einfluss seiner letzten Erinnerung. Sein ganzer Körper spannte sich, sodass die Schellen ächzten, die ihn an das Gerüst fesselten. Verwirrt ruckte Yargos Kopf herum.

»Oh, Meister Arcimboldo und Meister Poliogenes«, hub er mit tonloser Stimme an. Doch erst als er Fabio entdeckte, entspannte er sich wieder. »Du lebst. Das ist gut.«

Entgeistert starrten die Männer den Jungen an.

»Wie fühlst du dich, Yargo?«, wollte Meister Arcimboldo wissen.

Der Kleine schien auf sein Inneres zu lauschen. »Ich fühle, dass ich funktioniere. Und ich hoffe, ihr seid mir nicht böse, denn ich habe mich darauf verlassen, dass ihr mich wieder reparieren könnt.«

»Gewiss nicht.« Poliogenes lächelte.

Yargos Blick erfasste einen Falter, der unter einem der Wagenfenster flatterte, und auf seinem Gesicht zeigte sich wieder jene Verzückung, die Fabio bereits bei ihrer gemeinsamen Reise nach Venezia bemerkt hatte. »Schön«, flüsterte der Kleine und die Zahnräder in seinem Innern surrten leise. »Das Leben ist so schön …«

Betroffen sahen sich Fabio und die beiden Gnome an. Meister Arcimboldo räusperte sich und befreite Yargo von seinen Fesseln, während Poliogenes eine harte Lederplatte über die offene Bauchdecke des Jungen spannte und sie mit Riemen am Rücken stramm zog. »Leider habe ich bis heute nicht herausfinden können, aus welchem Material deine Haut besteht, Yargo. Aber ich hoffe, das hilft dir einstweilen?«

Yargo betastete die Abdeckung prüfend.

»Yargo, sagt dir der Name Iuge Al'Cosma etwas?«, wollte Meister Arcimboldo wissen. Verständnislos sah ihn der mechanische Junge an. »Nein.«

»Und der Name Cagliomaeus?«, fragte Fabio gespannt.

»Das hat mich Meister Arcimboldo bereits gefragt«, sagte Yargo mit schräg gelegtem Kopf. »Angeblich ist er mein Schöpfer. Aber ich kenne ihn nicht. Ich würde es nur gern.«

»Warum?«, fragte Fabio.

»Weil ich dann wüsste, wozu ich erschaffen wurde«, antwortete ihm der Junge. »Würdest du nicht ebenfalls gern wissen, wozu du erschaffen wurdest?«

Fabio war einen Moment lang sprachlos.

»Womit wir wieder genau da angelangt sind, wo wir schon

vor ein paar Monaten waren.« Meister Arcimboldo atmete tief ein und präsentierte Yargo die Platte mit der eingravierten Karte. »Dann weißt du auch nicht, warum wir das hier in deinem Körper gefunden haben?«

Bedauernd zuckte Yargo mit den Schultern. Es quietschte. »Meister Poliogenes, ich glaube, meine Gelenke sind noch etwas steif.«

»Tja, dann muss ich sie wohl noch einmal schmieren.« Der Himmelsmechaniker griff zu einer Kanne mit schwarzem Öl. »Wäre schön, wenn das mit meinem steifen Bein auch so ginge.«

Meister Arcimboldo strich Yargo väterlich über das Haupt. Der Junge lächelte ihn beglückt an. »Schön, dass du wieder unter uns weilst, Yargo.« Der Gnom wandte sich wieder an Fabio. »In der Zwischenzeit werde ich dir zeigen, was das Tal noch zu bieten hat.«

Der Himmelsmechaniker schlüpfte bereits durch die Wagentür, doch Fabio blieb zurück und ergriff Yargos Hand. Sie fühlte sich ganz natürlich an. »Yargo, ohne dich würde ich heute nicht mehr leben. Ich denke, das weißt du?«

»Ja, das weiß ich.«

»Danke. Ich stehe tief in deiner Schuld.«

Fabio folgte Meister Arcimboldo nach draußen auf das Werkgelände. Dort begrüßte ihn ein lauter Knall und eines der kleineren Zelte stand plötzlich in Flammen. Doch die Gnome hatten das Feuer schnell wieder im Griff. Die Himmelsmechaniker schienen eine gewisse Routine im Umgang mit solchen Zwischenfällen zu haben.

»Und, wo geht es jetzt hin?«, wollte Fabio wissen, kaum dass er Meister Arcimboldo durch das Tor zurück zur Wagenstadt der Gnome gefolgt war.

»Du wirst es in Kürze erfahren«, sagte der Gnom geheimnisvoll. Sie folgten dem Verlauf des Wildbaches, ließen die vielen Tonnenwagen hinter sich zurück und kletterten eine bewaldete Anhöhe empor, über die ein leichter Bergwind strich. Schließlich erreichten sie eine große Lichtung, auf der sie aufgeregte Gnomenstimmen sowie das Geräusch sprudelnden Wassers begrüßten. Fabio entdeckte an der Bergflanke hinter den Bäumen einen Wasserfall, der aus der Felswand trat. Rauschend floss er irgendwo inmitten des kleinen Wäldchens ab und vereinte sich weiter unten mit dem Wildbach. Doch dann richtete sich seine Aufmerksamkeit allein auf die fünf kolossalen Felsblöcke, die sich auf der Lichtung erhoben. Die schroffen Steine waren fast so groß wie die Bäume ringsum, bestanden aus Granit und waren unregelmäßig behauen. Zwischen ihnen wuselte ein halbes Dutzend gnomischer Himmelsmechaniker samt ihrer Helfer herum. Einige hielten Messbänder in den Händen, mit denen sie die Zwischenräume zwischen den Felsblöcken vermaßen. Andere Gnome bekritzelten Schiefertafeln mit Zahlen und wieder andere peilten durch lange Linsenrohre hindurch die Spitzen der Granitblöcke an.

»Was ist das hier?«, wollte Fabio wissen.

»Tja«, murmelte Meister Arcimboldo. »Wenn wir das so genau wüssten.« Ohne auf seine Kollegen zu achten, die bei ihrem Erscheinen in der Arbeit innehielten, trat er an eine der gewaltigen Säulen heran und deutete empor. Hoch über ihm prangte die vollendet aus dem Stein gehauene Abbildung des Erzstellars Merkuriel. Der himmlische Bote trug unverkennbar den von zwei Schlangen umgebenen Heroldstab und war mit hoch aufgerichteten Schwingen dargestellt.

»Auf den anderen vier Steinen sind die übrigen Erzstellare abgebildet«, erklärte der Gnom. »Molunah, Venudha, Marsakiel und dort hinten Juprabim!« Meister Arcimboldo deutete zu einem etwas entfernt stehenden Granitblock. »Cagliomaeus hat uns sicher nicht ohne Grund auf diese Stelle im Gebirge hingewiesen. Im Moment vermessen wir die fünf Felsen und versuchen etwas über ihre unregelmäßige geometrische Aufstellung herauszubekommen.« Er deutete zur Spitze des vor ihnen stehenden Felsens hinauf. Fabio kniff die Augen zusammen und entdeckte vor dem wolkenverhangenen Himmel die Darstellung eines gezackten Sterns.

»Diese Sterne finden sich auf der Spitze eines jeden der Felsblöcke«, erklärte der Himmelsmechaniker. »Einer meiner Leute hat die Vermutung geäußert, dass sie vielleicht auf den Sternenhimmel verweisen sollen. Er meinte, die Steinsäulen könnten nach Art eines der Sternzeichen aufgestellt worden sein, dessen Entschlüsselung uns dann einen weiteren Hinweis auf das Geheimnis dieses Ortes liefert. Aber alle aus fünf Sternen bestehenden Sternzeichen, etwa die Himmelskrone, der Rabe oder der Hund sind anders angeordnet.« Meister Arcimboldo seufzte. »Immerhin haben wir herausgefunden, dass die beiden größten dieser Quader jenen Punkt am Firmament markieren, der die nächste Tagundnachtgleiche anzeigt. Den astronomischen Herbstanfang. Und das stimmt uns ziemlich besorgt.«

Fabio sah unwillkürlich zu den schroffen Felswänden auf, die das Tal umgaben.

»Warum?«, fragte er.

»Weil wir in den letzten Wochen einige Berechnungen durchgeführt haben. Wenn die Sterne über uns am Himmelszelt weiterhin so schnell verblassen wie in den letzten Monaten, dann entspricht die Tagundnachtgleiche jenem Zeitpunkt, da sich der Nachthimmel vollends verfinstert. Kurz, wir befürchten, dass das der Zeitpunkt sein könnte, auf den alles hinausläuft: Astronos' Ausbruch aus dem Sternenkerker!«

»Bei Marsakiel, das ist nicht mehr lange hin.«

Meister Arcimboldo nickte verbittert. »Ich weiß. Die Zeit läuft uns davon. Wir sollten deshalb so schnell wie möglich herausfinden, was das steinerne Rätsel hier für eine Bedeutung hat. Denn ehrlich gesagt haben wir keine Ahnung.«

Fabio betrachtete den Gnom nachdenklich. »Aber ich ahne es«, antwortete er.

»Du weißt vielleicht, was das alles hier zu bedeuten hat?!«, keuchte Arcimboldo ungläubig. Die anderen Gnome, die sie still beobachtet hatten, traten neugierig näher.

»Ja, gut möglich, dass Cagliomaeus, Iuge Al'Cosma oder wie auch immer dieser Seher in Wahrheit hieß, exakt hier im Tal etwas aus dem Besitz der einstigen Sternenburg versteckt hat: die Eiserne Bibliothek. Sie gilt seit dem Krieg der Städte vor fünfhundert Jahren als verschollen. Wir waren unter anderem deswegen im Astrarium Firenzes, weil wir uns dort

Hinweise auf die Bibliothek erhofft hatten. Und genau dieser Hinweis könnte in Yargo verborgen gewesen sein.«

Die anderen Himmelsmechaniker flüsterten aufgeregt miteinander. »Unfassbar«, meinte ein Gnom, der eine braune Lederkappe mit Sternenapplikationen trug. »Das würde heißen, hier im Tal befindet sich ein Hort unermesslichen Wissens.«

»Ich vermute es«, gab sich Fabio überzeugt. »Allerdings müssen wir ihn erst finden.«

Der Geburtsstern

Fabio öffnete die Tür des Tonnenwagens, den ihm Meister Arcimboldo zugewiesen hatte, und trat hinaus in die Nacht. Hinter den Fenstern der umstehenden Wagen war heimeliger Lampenschein zu sehen, die Luft im Tal roch nach Rauch und warmem Essen und von irgendwoher trug der Wind die Melodie eines wehmütigen Gnomenliedes heran. Sogleich begann sein Magen zu knurren.

Wie viele Stunden hatte er geschlafen? Fabio konnte sich kaum noch daran erinnern, wann ihn der Himmelsmechaniker zu seiner Schlafstelle geführt hatte. Er wusste nur noch, dass er zu Tode erschöpft gewesen war. Celeste befand sich zu dieser Zeit noch immer im Gespräch mit den Tauweberinnen, Sylvana und Raimondo waren längst auf Patrouille ausgezogen. Die Entbehrungen der letzten Tage hatten ihren Tribut gefordert, und Fabio erinnerte sich vage an wilde Träume, in denen Goblins, Sternenvampire, riesige Steinsäulen und gegnerische Ritter eine Rolle gespielt hatten. Dennoch beschlich ihn ein schlechtes Gewissen. Er war ein Paladin, er durfte sich nicht so gehen lassen.

Fabio rückte also sein Kettenhemd zurecht, ignorierte die Schmerzen, die seinen Körper noch immer plagten, und tauchte in die Wagenstadt ein. Sein Ziel war jener Anhänger, in dem Denebola lag. Er wollte wissen, wie es der Sternenmystikerin inzwischen ging. Doch die bunten Gespanne der Gnome sahen im Sternenlicht alle gleich aus und mehrfach musste er ihre misstrauischen Besitzer nach dem rechten Weg fragen. Er war erleichtert, als er endlich Jacopo und Odilio entdeckte, die neben einem Lagerfeuer hockten. Die beiden ehemaligen Gardisten unterhielten sich leise, während sie lange Stöcke mit Fleisch ins Feuer hielten.

»Sieh an!«, witzelte Odilio zur Begrüßung. »Unser Paladin ist von den Toten erwacht.«

»Sehr witzig«, knurrte Fabio und nahm das Fleischstück entgegen, das ihm Jacopo reichte. Mit großem Hunger machte er sich darüber her und deutete dann zum Wagen im Rücken der beiden Venezianer. Hinter den Fenstern flackerte Licht.

»Irgendetwas Neues?«

»Keine Ahnung, uns sagt man ja nichts.« Jacopo schniefte und steckte ein neues Stück Fleisch auf den Stock. »Im Moment kümmern sich die Baroness, Munadella und eine Heilerin um die Sternenmystikerin.«

Fabio schlang die Reste der Mahlzeit hinunter, stieg die Stufen des Wohnwagens empor und klopfte vorsichtig an die Tür.

»Herein«, war Munadellas Stimme zu hören. Der junge Paladin ignorierte den schroffen Unterton und betrat den erleuchteten Innenraum. Der Kerzenschein hüllte die vielen Teppiche und Stickereien in ein unstetes Licht, außerdem roch es streng nach Kräutern und Arzneien. Denebola lag noch immer mit geschlossenen Augen auf ihrem Lager. Celeste war gerade dabei, die Stirn ihrer Lehrherrin mit einem feuchten Tuch abzutupfen, während Munadella und eine weitere Gnomin Krüge und Töpfe mit getrockneten Pflanzen zurück in einen Korb stellten.

»Wie geht es Denebola?«, wollte Fabio wissen. Celeste sah niedergeschlagen zu ihm auf. »Bis jetzt keine spürbare Besserung.«

»Wir haben alles für sie getan, was in Gnomenhand lag«, seufzte Munadella und zog an einem ihrer Zöpfe. »Der Rest ist Sache der Stellare. Wir vermuten, dass sich die Schwester im Kampf gegen diesen Sternenvampir übernommen hat. Das alles ist sehr rätselhaft.«

»Das heißt, wir können im Moment nichts für sie tun?« Fabio zog besorgt die Augenbrauen zusammen.

»Das heißt es«, antwortete die fremde Gnomin. »Die erkrankte Sternenschwester braucht im Moment vor allem eines: Ruhe! Sie schwebt auf einem schmalen Grat zwischen Leben und Tod. Wir Heilerinnen halten ihren Zustand für eine Art Erschöpfungsschlaf, doch wir sind uns nicht sicher. Vielleicht vermag man ihr mit Sternenmacht zu helfen«, sie sah bedauernd zu Celeste auf, »doch leider ist die anwesende Novizin nicht in der Lage, Heilmagie zu wirken. Es wäre daher das Beste, wenn wir sie in die Hände einer erfahrenen Sternenmystikerin geben könnten. Doch eine Reise zur Sternenburg wäre mit zu großen Strapazen für die Kranke verbunden, die vielleicht sogar ihren Tod zur Folge haben könnten.«

»Sollen wir etwa eine Heilerin der Sternenburg bitten, in

das Tal zu kommen?«, fragte Fabio überrascht. Die beiden Gnominnen nickten.

»Wir werden noch heute Nacht mit der Matriarchin sprechen«, erklärte Munadella. »Ich bin mir sicher, dass sie den Sternenmystikerinnen die Erlaubnis erteilen wird, das Tal zu betreten. Die Frage ist eher, auf welchem Wege dies geschehen soll. Zumindest bezweifle ich, dass das neue Spielzeug meines Mannes dafür geeignet wäre. Eine fliegende Himmelsgaleere über Stella Tiberia mag, wenn man es recht bedenkt, nicht gerade das richtige Mittel sein, um mit der Sternenburg Kontakt aufzunehmen.«

»Ich werde euch begleiten, egal, wie eure Entscheidung ausfällt!«, sagte Celeste. »Und das Gleiche gilt sicher auch für Schwertbruder Fabio.«

»Gut, morgen wissen wir mehr.« Munadella nickte Celeste und Fabio zu und begab sich zusammen mit der Gnomenheilerin nach draußen. Doch auf der Türschwelle blieb sie noch einmal stehen. Zögernd drehte sie sich zu Fabio und Celeste um. »Ich …« Munadella stockte und wirkte einen Moment lang unendlich traurig. »Es fällt mir noch immer schwer, euch Menschen zu vertrauen. Aber ich arbeite an mir. Es ist nicht so, dass ich nicht begriffen hätte, wie sehr ihr euch um den Erhalt Astarias bemüht. Aber dass meine Familie offenbar dazu ausersehen wurde, im Zentrum all der schrecklichen Ereignisse zu stehen, macht mir Angst. Ich hoffe, ihr könnt mich eines Tages verstehen. Dann, wenn ihr selbst Familie habt. Wartet bitte hier, ich schicke euch gleich eine Wächterin für Denebola.«

Die Gnomin schlug die Augen nieder und schlüpfte aus der Tür, bevor einer von ihnen antworten konnte.

»Ich verstehe Munadella bereits jetzt«, meinte Celeste leise.

»Und wie geht es dir?«, wollte Fabio wissen.

»Mir geht es so weit gut«, antwortete ihm die Novizin mit verzagter Stimme. Müde strich sie sich ihr langes Haar aus der Stirn und legte den Lappen weg. »Zumindest habe ich mich an den Gedanken gewöhnt, dass wir für Denebola im Moment nichts weiter tun können. Doch ebenso sehr beschäftigt mich das, was wir heute erfahren haben.« Sie legte ihre Stirn in Falten. »Ich schwöre dir, bis zum heutigen Tag hat niemand auf der Sternenburg etwas von der Existenz der Tauweberinnen gewusst. Und mir ist noch immer schleierhaft, wie es die Gnominnen verstanden haben, ihre magische Begabung in all den Jahrhunderten vor uns Sternenmystikerinnen zu verbergen.«

»Und warum wollen sie euch nun sehen?«

Celeste zögerte. »Du schwörst, dass du das, was ich dir jetzt erzähle, für dich behältst?«

»Ich schwöre es bei Marsakiel!« Einen Moment beschlich Fabio der Eindruck, als würden Denebolas Augenlider bei der Erwähnung des Erzstellars zucken. Doch er musste sich geirrt haben. Denn als er genauer hinsah, lag sie ebenso regungslos da wie all die Stunden zuvor.

Celeste schenkte etwas Tee aus einer dampfenden Kanne in zwei Becher und reichte einen davon Fabio. »Es ist so: Die Gnominnen verlieren ihre Kräfte. Ich weiß zwar noch immer nicht, wie genau sie ihre Künste ausüben, aber die Matriarchin berichtete mir, dass einige der Tauweberinnen die Fähigkeit verloren hätten, den Sternentau aufzuspüren. Und das macht ihnen Angst.«

Fabio trat näher an das Lager der Sternenmystikerin heran. »Irgendwie erinnert mich das alles an Denebola. Du weißt doch, auch sie hatte in den letzten Tagen offenbar Probleme beim Zaubern und sie schien schon vor der Begegnung mit dem Sternenvampir geschwächt oder krank zu sein.«

»Bei allen Stellaren, auf diesen Gedanken bin ich noch gar nicht gekommen.« Celeste setzte bestürzt ihre Tasse ab und starrte Denebola an. »Ist dir klar, was du da sagst? Denn wenn an deiner Beobachtung etwas Wahres dran ist, dann müssen wir herausfinden, was diese Krankheit verursacht.«

»Das war nur so ein Gedanke«, wiegelte Fabio hastig ab. »Die Tauweberinnen sind schließlich noch alle bei Bewusstsein. Von denen hat aber auch keine gegen einen Sternenvampir gekämpft.«

»Trotzdem, so wie die Dinge liegen, könnte zwischen den beiden Phänomenen tatsächlich ein Zusammenhang bestehen. Und wenn das der Fall ist, dann müssen wir den Grund dafür herausfinden.« Celeste seufzte. »Die magische Begabung der Tauweberinnen scheint meinem Empfinden nach nicht ganz so stark ausgeprägt zu sein, wie jene, die Molunah uns Sternenschwestern verliehen hat. Vielleicht liegt es daran, dass es unterschiedliche Anzeichen für den Verlust der Kräfte gibt. Andererseits scheinen die Kräfte der Tauweberinnen auch gänzlich anderer Natur zu sein.«

»Und welcher?«

»Ich weiß es nicht. Noch nicht«, ereiferte sich Celeste. »Es muss irgendetwas mit diesen wundersamen Gobelins und Stoffen zu tun haben, die die Gnominnen derzeit im Zelt der Matriarchin sammeln. Eine der Tauweberinnen hat mir vorhin ein Tuch gezeigt, mit dem sie sich nahezu unsichtbar machen kann. Eine andere trägt einen Schal, der sich auf ein stilles Kommando hin zu einem stabilen Seil zusammenrollt. Stell dir das vor!« Celeste schüttelte den Kopf. »Vor allem aber sind da noch immer diese merkwürdigen Teppiche.«

»Du meinst so einen, wie sie ihn zu Beginn der Unterredung ins Zelt geschafft haben?« Celeste nickte. »Nachdem du und Raimondo das Zelt verlassen habt, wurden zwei weitere dieser Teppiche zum Frauenrat gebracht. Die Tauweberinnen haben nur Andeutungen gemacht. Aber ich kann zuhören, wenn es darauf ankommt. Offenbar birgt jeder dieser Teppiche ein magisches Muster aus geknüpften Sternentaufäden. Keine Ahnung, wie sie das überhaupt anstellen. Und noch viel interessanter ist das, was eine der Frauen gegen Ende der Unterredung entschlüpft ist. Demnach ist jeder dieser Teppiche viele Jahrhunderte alt. Jahrhunderte! Er wird stets von der Mutter an die Tochter vererbt und das bereits seit Generationen. Jede Tauweberin fügt den bestehenden Mustern des Knüpfwerks ihr eigenes hinzu. Summiert man diese Anstrengungen, mag in jedem der Teppiche eine arkane Kraft schlummern, die alles übertrifft, was die Sternenburg je geschaffen hat.«

Fabio fuhr sich nachdenklich durch sein helles Haar.

»Aber wozu dient das alles?«

Celeste zuckte mit den Schultern. »Ich weiß es nicht.«

»Na ja«, ergänzte Fabio. »Die Matriarchin sprach heute Morgen von einem Geheimnis, das Molunah den Gnominnen anvertraut hat. Zählt man eins und eins zusammen, wird es wohl mit ihrem Handwerk zusammenhängen.«

»Richtig.« Die hübsche Novizin nickte. »Es wird Zeit, dass wir mehr darüber herausfinden. Und vielleicht gelingt uns das bereits diese Nacht.«

»Diese Nacht?« Fabio stellte seinen leeren Becher ab und sah Celeste fragend an.

»Ja, denn ich habe mich noch heute mit Ambra verabredet.« Celeste zwinkerte dem jungen Paladin forsch zu und erhob sich, um nach einer Laterne zu greifen. »Oder hast du gedacht, ich sei untätig geblieben, während du geschlafen hast? Vielleicht ist es dir nicht aufgefallen, aber Munadellas Tochter saß nicht ohne Grund im Rat der Tauweberinnen. Ambra ist eine von ihnen.« Celeste lächelte. »Und das ist noch nicht alles. Mit etwas Glück kann sie mir sogar helfen, eine echte Sternenmystikerin zu werden.«

Fabio kam nicht dazu, weitere Fragen zu stellen, da sich in diesem Moment die Wagentür öffnete und eine runzlige Gnomin in grün-brauner Tracht den Wagen betrat. »So, Kinder«, krächzte sie. »Ihr könnt euch schlafen legen. Ich kümmere mich jetzt um die Sternenschwester.«

Fabio und Celeste verließen mit einem letzten Blick auf Denebola den Tonnenwagen und sahen zu ihrem Erstaunen, dass sich in der Zwischenzeit drei gerüstete Gnomenkämpfer zu Jacopo und Odilio ans Feuer gesellt hatten. Soeben kramte einer der Gnome eine große Tonflasche hervor, in der sich gewiss irgendein starkes Gebräu befand.

»Wir fachsimpeln bloß etwas«, meinte Odilio verlegen. »Kampftaktiken und so.« Jacopo und die drei Gnome grinsten Fabio und Celeste an, als könnten sie kein Wässerchen trüben.

»Fachsimpeln. Aha.« Fabio winkte ab und folgte Celeste. Immer wieder kreuzte ihr Weg weitere Feuerstellen, an denen Gnome saßen, die ihnen hinterhersahen. Ein leises Glucksen und Sprudeln drang an Fabios Ohren.

»Verrätst du mir, wohin wir überhaupt gehen?«, fragte er nach einer Weile.

»Ich folge dem Lauf des Wildbaches«, sagte Celeste und deutete zu der glitzernden Wasserfläche, die sich trotz der Dunkelheit gut sichtbar zwischen den aufgereihten Tonnenwagen dahinschlängelte. »Ambra meinte, dass sich der Bach weiter hinten im Tal zu einem See staut. Dort will sie auf mich warten. Zumindest, wenn Munadella ihre Abwesenheit nicht bemerkt.«

»Ich mag die Kleine. Dabei sollte sie inzwischen eigentlich wissen, wie gefährlich es ist, sich mit uns einzulassen.« Fabio musste wieder an die Worte Munadellas denken. Irgendwie hatte er ein schlechtes Gewissen.

»Ja, Ambra trägt das Herz auf dem rechten Fleck«, stimmte Celeste ihm bei. »Ich wünschte, mehr von uns nähmen sich an ihr ein Beispiel. Und ich wünschte, es würde nicht so viel Misstrauen zwischen unseren Völkern geben.«

»Erinnerst du dich an die seltsame Bemerkung Sylvanas heute Morgen?«, fragte Fabio plötzlich. »Als es darum ging, warum die Gnome heimatlos herumreisen? Sie sprach davon, dass die Gnome irgendetwas mit Astronos zu schaffen hätten. Weißt du vielleicht mehr darüber?«

»Nein. Und ich habe auch nicht vor, unsere kleinen Freunde darauf anzusprechen«, antwortete Celeste. »Ich würde Meister Arcimboldo und seiner Familie sogar mein Leben anvertrauen. Bessere Freunde und Verbündete als sie finden wir nicht. Warum sollen mich also die Andeutungen einer Werwölfin interessieren, die bislang so gut wie nichts über ihre eigenen Geheimnisse preisgegeben hat? Wenn es jemanden gibt, dem ich immer noch nicht über den Weg traue, dann ist es Sylvana.«

»Aber sie hat mich sogar mit ihren Wolfskräften geheilt.«

Celeste bedachte Fabio mit einem interessierten Seitenblick. »Sieh an. Trotzdem, ich entsinne mich nicht, dass wir oben im Astrarium gegen Gnome gekämpft hätten.«

»Du bist also überhaupt nicht neugierig?«

Celeste blieb stehen. »Gib den Gnomen etwas Zeit, Fabio. Wenn Sylvanas Äußerung von Bedeutung ist, dann werden wir das noch früh genug erfahren. Bis dahin hab Vertrauen und lass nicht zu, dass ein Keil zwischen uns getrieben wird. Denn Misstrauen ist der erste Schritt, der auf den Pfad des Astronos führt! Und eines sage ich dir, wenn der Krieg erst vorbei ist, werde ich mein Leben gleichermaßen in den Dienst von Menschen und Gnomen stellen. Der Argwohn zwischen unseren Völkern muss für immer ein Ende haben.«

»Dafür müssen wir diesen Krieg erst einmal gewinnen.«

»Du zweifelst daran?«

»Nein, denn das widerspricht meinem Glauben«, sagte Fabio. »Doch es wäre falsch, den anderen etwas vorzumachen. Wenn wir siegen, wird das uns allen große Opfer abverlangen. Ich habe nicht Angst um mein Leben, sondern um das der anderen.« Celeste nickte und sie setzten ihren Weg fort.

Endlich kam Fabio dazu, Celeste von seinen Erlebnissen an der Seite Meister Arcimboldos zu erzählen. Als er die fünf Steinsäulen erwähnte, die die Himmelsmechaniker durch die Meteoreisenplatte gefunden hatten, die in Yargos Innerem verborgen war, hielt Celeste ein zweites Mal inne. »Unmöglich ist das Zufall!«, meinte sie. »Fabio, ist dir klar, wie wichtig die Eiserne Bibliothek für die Sternenburg ist?«

»Ja«, antwortete der junge Paladin und sah zum wolkenverhangenen Himmel auf. »Es vergeht auch kein Tag, an dem mich nicht irgendjemand daran erinnert. Nur müssen die Himmelsmechaniker sie erst einmal finden. Und sollte ihnen das gelingen, dann werdet ihr Sternenmystikerinnen euch wohl darauf einstellen müssen, euer Wissen zu teilen. Jedenfalls kann ich mir nicht vorstellen, dass die Gnome die Bibliothek so ohne Weiteres herausrücken werden.« Celeste sah Fabio entgeistert an, sagte aber nichts.

Inzwischen hatten sie die Wagensiedlung hinter sich gelassen und waren zu einer Senke gelangt, in der eine glatte Wasserfläche den Nachthimmel spiegelte. Der kleine See war von Schilfgestrüpp umgeben, aus dem lange Rohrkolben aufragten.

»Ich glaube, wir haben unser Ziel erreicht«, flüsterte die junge Novizin. Gespannt hob sie die Laterne und versuchte, das Zwielicht mit Blicken zu durchdringen. »Jetzt hoffe ich nur noch, dass uns Ambra bald einholt.«

»Ich bin bereits hier«, war eine leise Stimme zu hören. Im Schilf raschelte es und Meister Arcimboldos Tochter trat in den Schein der Laterne. Die Kleine sah sich vorsichtig zu den Lichtern der Wagenstadt um, setzte ein Bündel ab und strich sich ihr strubbeliges Haar aus der Stirn.

»Ich bin froh, dass du hier bist.« Celeste umarmte das Gnomenmädchen. »Ich hoffe, dir ist bewusst, dass du nicht hättest kommen müssen. Ich möchte nicht, dass du Ärger mit den anderen Tauweberinnen bekommst.«

»Ach«, Ambra winkte traurig ab. »Die anderen beachten mich sowieso kaum. Ich gehöre erst wenige Monate zu den Tauweberinnen. Aber wenn Astronos wirklich aus seinem Sternenkerker ausbrechen will, dann müssen wir doch zusammenhalten, oder? Dann ist das doch unsere Pflicht!« Bang sah sie zu Fabio und Celeste auf, als befürchtete sie, dass die beiden ihr Hilfsangebot zurückweisen würden. »Außerdem nehme ich meinen Schwur sehr ernst, den ich auf der *Sternenwind* geleistet habe. Erinnert ihr euch, wir haben gelobt, dass wir dem Grauen gemeinsam standhalten. Nichts soll zwischen uns stehen, komme es von außerhalb oder von innerhalb der Schöpfung.«

Fabio lächelte berührt und ging vor dem Mädchen auf die Knie. »Ja, wir erinnern uns und wir nehmen den Schwur genauso ernst wie du«, sagte er feierlich. »Ich verspreche dir bei

Marsakiel, dass nichts von dem, was wir über die Geheimnisse deines Volkes erfahren, an die Ohren Außenstehender dringen wird.«

Erleichtert strahlte ihn Ambra an. »Gut, dann fragt mich.«

Auch Celeste ging vor Ambra auf die Knie. »Diese Teppiche, die ihr aus dem Sternentau knüpft, wozu habt ihr Tauweberinnen sie geschaffen?«

»Ah, das wollt ihr wissen. Ich hatte es mir schon gedacht.« Ambra atmete tief ein und schien nun doch mit sich zu ringen. »Diese Teppiche bergen ein Geheimnis, das so alt ist wie die Welt selbst«, flüsterte sie. »Jeder von ihnen ist nur das Fragment von etwas viel Größerem. Das ist einer der Gründe, warum unsere Sippen sie bis heute nie zusammengeführt haben. Wir Tauweberinnen wollten verhindern, dass sie durch irgendein Missgeschick in falsche Hände geraten. Der andere Grund ist, dass die Zeit dafür wohl noch nicht reif war. Meine Mutter hat mir erklärt, dass all diese Teppiche eines Tages Molunahs Erbe enthüllen werden. Ein Gunstbeweis der gütigen Erzstellarin unserem Volk gegenüber. Doch um was es sich dabei handelt, weiß allein die Matriarchin.«

»Fehlen denn noch Teppiche?«, wollte Fabio wissen.

»Ja.« Ambra nickte. »Fünf Tauweberinnen sind noch nicht im Tal eingetroffen. Aber noch machen wir uns keine Sorgen. Drei der Frauen hielten sich mit ihren Familien zuletzt im Dolomitischen Himmelsmassiv auf und die anderen müssen angeblich erst aus den Reichen des Halbmondes anreisen. Außerdem …« Die Kleine zögerte.

»Außerdem was?«, fragte Celeste.

»Na ja, die alten Überlieferungen berichten außerdem von einem ›Gefäß der Sterne‹, dessen es bedarf, um Molunahs Erbe zu enthüllen. Die Matriarchin hat dazu mit anderen Sternkundigen unseres Volkes ein Horoskop erstellt. Doch die Antwort, die sie erhalten hat, war ziemlich komisch. Darin heißt es, man finde das Gefäß dort, wo sich Unschuld und Tapferkeit vermählen. Was auch immer das zu bedeuten hat.«

»Noch mehr Rätsel.« Fabio seufzte und bedachte Celeste mit einem gequälten Blick. »Die Stellare machen es uns wirklich nicht einfach.« Unvermittelt kam ihm ein unbehaglicher Gedanke in den Sinn. »Sag mal, Ambra, wäre es falsch, die Matriarchin als so etwas wie die Königin deines Volkes zu bezeichnen?«

Die Kleine sah ihn stirnrunzelnd an und dachte nach. »Sie ist schon so etwas wie unsere Königin. Wieso?«

»Dann müsst ihr unbedingt auf sie achtgeben. Ein Astrologe in Firenze hat mich davor gewarnt, dass ein Regent eine Königin ihrer Macht berauben will. Unglücklicherweise sind seine Prophezeiungen bereits in der Vergangenheit allesamt eingetroffen. Und mit etwas Pech könnte mit dieser Warnung die Matriarchin gemeint sein.«

»Was für ein Astrologe?«, fragte Celeste. »Doch nicht etwa wieder dieser Südländer, dem du damals in Venezia begegnet bist?«

»Doch, genau der!« Fabio berichtete den beiden, was sich nach dem Einbruch ins Anatomische Theater in Firenze zugetragen hatte. Staunend lauschten Celeste und Ambra seinen Worten.

»Dieser Mann kann einem ja Angst einjagen«, wisperte das Gnomenmädchen. »Andererseits habe ich schon davon gehört, dass in den Ländern des Halbmondes Sterndeuter leben, die zu sehr präzisen Deutungen fähig sind. Ich verspreche dir, ich werde die Warnung weitergeben. Auf gar keinen Fall darf der Matriarchin etwas zustoßen.«

Die drei schwiegen.

»Ambra, erzähl Fabio bitte, was du mir vorhin erklärt hast«, sagte Celeste.

»Es ist so«, sagte die Kleine, »die mögliche Begabung einer Tauweberin zeigt sich erst an der Schwelle zwischen Kindheit und Frausein. Meine Mutter hat immer große Hoffnungen in mich gesetzt, da ich ihre einzige Tochter bin. Doch auch alle anderen heranwachsenden Mädchen unseres Volkes, deren Mütter keine Tauweberinnen sind, werden im geeigneten Alter traditionell auf ihren Geburtsstern hin überprüft.«

»Geburtsstern?« Fabio sah Ambra gespannt an.

»Ja, denn neben dem Sternzeichen, unter dem wir alle geboren werden, wacht über eine jede Tauweberin ein besonderer Geburtsstern. Erst wenn sich einer Gnomin ihr Geburtsstern offenbart, wird sie dazu befähigt, den Sternentau zu spinnen.«

»Ich verstehe«, flüsterte der junge Paladin und wandte sich an Celeste. »Du glaubst, dass es sich damit ähnlich verhält wie mit deinem Stellarspatron am Himmelszelt, der sich dir enthüllen muss, um dich zu einer richtigen Sternenmystikerin zu machen?«

»Richtig!« Celeste lächelte angespannt. »Und jetzt hoffe

ich, dass mir Ambra helfen kann. Denn was bei Gnomen funktioniert, mag vielleicht auch einer hoffnungsvollen Novizin der Sternenburg den Weg weisen.«

Ambra knüpfte ihr langes Bündel auf und erst jetzt erkannte Fabio, dass die Kleine einen Teppich zum See geschleppt hatte, der jenem ähnlich sah, den die Tauweberinnen heute Morgen vor dem Zelt der Matriarchin in Empfang genommen hatten.

»Sag bloß, das ist einer dieser Sternentauteppiche?«

»Ja.« Ambra lächelte unsicher und entrollte das Knüpfwerk feierlich. »Meine Mutter hat ihn mir vor zwei Wochen übergeben, damit ich ihm meine eigenen Muster hinzufügen kann. Wenn sie wüsste, dass ich ihn euch zeige, würde sie mich wahrscheinlich dort drüben im See ertränken.«

Ambra hatte den Wandteppich nun vollständig entrollt, als über ihnen die Wolkendecke aufbrach und sich das Mondlicht über den verschwiegenen Platz am Seeufer ergoss. Celeste entfuhr ein Laut des Staunens. Der Teppich maß etwa zwei Schritt im Quadrat und sein Gewebe schimmerte wie gesponnenes Gold. Tiere und Blumen waren auf ihm abgebildet, aber auch verschlungene Ornamente, astrologische Zeichen sowie prachtvolle Darstellungen der Sternbilder. Die Machart des Teppichs ließ eine Kunstfertigkeit erkennen, die selbst die berühmten Gobelins aus den Ländern des Halbmondes in ihrer Pracht verblassen ließ. Und doch wirkten die Ornamente und Maserungen am Rand des geknüpften Meisterwerks so, als seien sie noch nicht vollständig.

»Sagenhaft!«, entfuhr es Fabio, der der Versuchung nachgab und über den Teppich strich. Die Fäden und Knüpfungen waren weich wie Flausch. Doch kaum hatte er das Gewebe berührt, veränderten sich die Abbildungen darauf. Jäh richteten sich die vielen Fäden auf, nahmen eine silberhelle Färbung an und knüpften sich, von unsichtbaren Kräften bewegt, zu einem neuen Bild zusammen. Es erschien ein stattlicher Löwe mit stolzer Mähne. Das Raubtier wandte Fabio seinen Kopf zu und brüllte stumm. Erschrocken zuckte er zurück und zu seiner Erleichterung nahm der Teppich wieder sein ursprüngliches Muster an.

»Was war das?«, fragte Fabio verunsichert.

»Ich vermute, das Sternbild, unter dem du geboren wurdest«, sagte Ambra, die den Teppich ebenfalls staunend ansah. »Aber ich hätte nicht gedacht, dass sich bei dir überhaupt eine Wirkung zeigt.« Sie griff in eine Stofftasche, die über ihrer Schulter hing, und kramte eine Sanduhr hervor, deren gläserne Kolben im Mondlicht blitzten. Mit feierlichem Gesichtsausdruck sah sie zu Celeste auf. »Du wirst dich auf eine Traumreise begeben müssen. Für uns Tauweberinnen ist so etwas nicht ganz ungefährlich, doch welche Schwierigkeiten euch Menschenfrauen möglicherweise erwarten, vermag ich nicht zu sagen.« Ambra atmete tief ein. »Wenn eine junge Gnomin geprüft wird, dann begleitet sie bei den ersten Schritten stets eine erfahrene Tauweberin. Sie dient den Mädchen als eine Art Anker in der Wirklichkeit. Nur für den Fall, dass sich die Träumerin auf ihrer Reise verliert.«

»Das sind ja reizvolle Aussichten«, stöhnte Celeste. »Wirst du mich auf dieser Reise begleiten?«

»Nein.« Ambra schüttelte ihren Strubbelkopf. »Ich werde voll und ganz damit beschäftigt sein, die Kräfte des Teppichs heraufzubeschwören. Denn ohne ihn wird diese Reise nicht funktionieren. Außerdem brauchst du jemanden, der dich im Notfall weckt.« Sie tippte gegen die Sanduhr. »Wenn du nicht spätestens nach drei Minuten wieder erwachst, läufst du Gefahr, deinen Geist an die Unendlichkeit zu verlieren. Jedenfalls ist das so bei uns Gnominnen. Aber vielleicht«, das Gnomenmädchen sah scheu zu Fabio auf, »vielleicht traut sich Fabio, dich zu begleiten.«

»Ich?« Fabio starrte Ambra überrascht an. »Aber ich bin ein Mann. Wie könnte ich Celeste helfen?«

»Na ja, der Teppich hat auf dich reagiert«, meinte Ambra unsicher. »Und nur weil so etwas noch nie ausprobiert wurde, heißt das nicht, dass es nicht funktionieren könnte. Ich habe ehrlich gesagt keine Ahnung, ob es überhaupt klappt.«

Celeste berührte Fabios Hand und sah ihn flehend an. »Bitte, Fabio. Irgendetwas sagt mir, dass Ambra Recht hat. Und ich habe doch niemand anderen.«

»Gut. Probieren wir es«, fügte sich der junge Paladin in sein Schicksal. »Bei der Gelegenheit darfst du dann auch auf mich achtgeben. Nur für den Fall, dass ich nicht mehr zurückfinde.«

»Keine Bange, ich wecke euch beide«, sagte Ambra. Doch Fabio sah dem Gnomenmädchen an, dass es seiner Sache alles andere als sicher war. »Und jetzt hockt euch im Schneidersitz auf den Teppich und legt die Hände ineinander.«

Fabio und Celeste folgten der Anweisung und ließen sich

vorsichtig auf dem flauschigen Gobelin nieder. Schlagartig verlor der Teppich seinen goldenen Schimmer und mit ihm verschwanden all die filigranen Muster und Bilder. Die Knoten lösten sich und die gesponnenen Stränge erstrahlten in jenem silberhellen Glanz, der auch dem Sternentau zu eigen war. Fabio fühlte sich, als würde er auf einer Wiese sitzen, deren Silberhalme beständig von einem geisterhaften Wind bewegt wurden. Immer wieder verknoteten sich die Fasern zu neuen Motiven und über die seltsame Sitzfläche huschten Bilder, die Fabio seltsam vertraut erschienen. Ein Löwe, Delfine, ein Adler und ein Zentaur. Es waren Sternzeichen. Sie alle bewegten sich und wirkten wie lebendig. Auch Celeste starrte auf die Vielzahl der Motive.

Ambra hielt längst eine schmale Phiole in der Hand, die mit einer Flüssigkeit gefüllt war, die der junge Paladin nur zu gut kannte: Sternentau. Die geheimnisvolle Essenz leuchtete im gleichen Licht wie der Teppich. Ambra nahm einen goldenen Knüpfhaken zur Hand, tunkte ihn in die Flüssigkeit und schloss die Augen. Sie zog den Haken wieder aus dem Fläschchen heraus, und zu Fabios und Celestes Erstaunen hing an ihm nun ein glitzernder Faden.

»Gebt eure Hände«, wisperte das Gnomenmädchen wie in Trance. Fabio und Celeste legten die Hände ineinander und der junge Paladin spürte, wie verkrampft seine Gefährtin war. Ambra wickelte den feuchten Faden aus Sternentau um ihre Finger. »Denkt daran«, murmelte sie. »Wohin euch die Traumreise auch führen mag, es sind die äußeren Sphären, die ihr bereist. Seid also vorsichtig.«

Die Kleine drehte die Sanduhr um, schloss abermals die Augen und legte ihre Hände mit gespreizten Fingern auf den Teppich. Im nächsten Augenblick blitzte es sonnenhell vor Fabios Augen auf. Eine Macht ergriff sein Traumselbst, sog ihn förmlich aus seinem Körper heraus und schleuderte ihn in Richtung Sterne. Die Reise hatte begonnen.

Das Traumlabyrinth

Als Fabio wieder zu sich kam, erhob sich vor ihm die Kulisse einer unheimlichen Stadt, die von rotem Abendlicht beschienen wurde. Sie wirkte verlassen und unwirklich, als seien die fernen Bauten dem Meer der Erinnerungen entstiegen. Seinen Erinnerungen? Unmöglich.

Fabio blinzelte und entdeckte, dass seine Füße eine Handbreit über einer spiegelnden Wasserfläche schwebten, die sich weit bis zum Horizont spannte. In seiner unmittelbaren Umgebung ragten Trümmerteile aus den Fluten. Zerbrochene Säulen, geborstene Mauern und zersprungene Sternenreliefs. Die Trümmer sahen seltsamerweise realer aus als die in rotschwarze Schatten getauchte Stadtsilhouette. Warum, wusste er nicht.

Er hob den Kopf und entdeckte einen Sternenhimmel, an dem Wolken aufzogen. Auch sie wurden vom roten Schein der Sonne beschienen. Doch es war kein Wind zu spüren. Die gesamte Szenerie lag in eine gespenstische Stille gebettet vor ihm. Alles, was zu hören war, war ein gelegentliches Wispern und Raunen, das wie die Brandung auf- und abschwoll. *Hilf! Dir ist bestimmt … die flüsternde Stadt … zu erlösen.*

Fabio strengte sich an, die leisen Stimmen auseinanderzuhalten, doch was auch immer sie sprachen, er konnte sie nicht verstehen. Er fühlte das Unheil, das den seltsamen Ort einst heimgesucht hatte, fast körperlich. Wo war er nur? Und wo war Celeste?

»Celeste!« Laut hallte sein Ruf durch die Stille, als er einen sanften Ruck spürte. Noch immer aufrecht stehend, jagte er mit irrwitziger Geschwindigkeit auf das glitzernde Meer hinaus und der Sternenhimmel am Horizont glitt vor ihm wie ein Vorhang auf. Ihn schwindelte, dann fiel er. Endlos. Vorbei an flackernden Sternen, die mit Schatten rangen, immer tiefer hinein in die lichtlose Schwärze der sieben Sphären. Endlich entdeckte er irgendwo vor sich einen Körper, der immer näher kam. Es handelte sich um eine junge Frau, die mit geschlossenen Augen durch die Dunkelheit trieb.

»Celeste!« Er erreichte seine Gefährtin und umschloss sie mit den Armen. Celeste schlug die Augen auf, als hätte sie ihn bereits erwartet. Ihre Gesichter waren einander so nah, dass Fabio die funkelnden Lichter des Sternenwalls auf ihren Pupillen sehen konnte.

»Das Traumlabyrinth …«, flüsterte Celeste wie trunken. »Die Stimmen sagen mir, dass ich das Traumlabyrinth finden muss.«

Ihre Worte waren kaum verhallt, als es um sie herum knisterte und knackste wie auf einem zugefrorenen Teich. Es wurde kalt. Jäh standen sie auf einer verschatteten Ebene, die über und über mit Pulverschnee bedeckt war. Hin und wieder wurde die weiße Pracht von Sternenwind erfasst, der den Schnee in Schleiern über die Ebene wehte. Doch ihre Aufmerksamkeit wurde ganz von einer ringförmigen Eismauer in Anspruch genommen, die vor ihnen aufragte. Sie glitzerte im kalten Sternenlicht und wirkte abweisend und schroff. In der Mitte wurde sie von einem Durchgang durchbrochen, als seien dort zwei mächtige Wellen aufeinandergeschlagen und mitten in der Bewegung erstarrt. Die frostigen Torbögen funkelten vor dem Nachthimmel ebenso verheißungsvoll wie bedrohlich.

»Ich schätze, dahinter liegt dein Traumlabyrinth«, sagte Fabio. Sein Atem gefror vor den Lippen zu einer weißen Wolke.

Celeste, die ebenfalls fröstelte, schlang die Arme um ihren Körper und nickte. »Ja, ich fühle es ebenfalls«, flüsterte sie. »Doch etwas stimmt nicht mit diesem Ort!«

»Hab keine Angst, ich bleibe an deiner Seite!«

Fabio nahm sie an die Hand und lief mit ihr auf das Portal zu. Ein Geräusch wie brechendes Eis war zu hören. Sie hatten die mächtigen Rundbögen kaum durchschritten, als hinter ihnen der Boden erbebte. Spitze Eiszacken brachen aus dem Untergrund hervor, und nur mit Mühe konnte der junge Paladin seine Begleiterin von ihnen wegziehen. Auch von oben wuchsen jetzt aus dem Torbogen eisige Tropfsteine herab, die mit den Eiszacken aus dem Untergrund zu einem mächtigen Gitter verschmolzen. Ein Durchkommen war nun nicht mehr möglich. Der Rückweg war versperrt.

Über dem verschlossenen Portal flackerte auf verstörende Weise ein dunkler Schatten. Er glitt über die Ringmauer hinweg und verschwand irgendwo zwischen eisigen Mauern.

»Was war das?«, keuchte Fabio, während sie sich gegen eine Eiswand pressten, die zu einer Art Vorplatz gehörte.

»Die Finsternis!«, flüsterte Celeste. »Sie ist irgendwie in meinen Traum eingedrungen. Die Macht der Stellare ist hier nicht so stark, wie ich gehofft hatte.«

Vorsichtig gingen sie weiter und Fabio wurde klar, dass der Begriff Labyrinth für den seltsamen Ort völlig richtig gewählt war. Immerzu stießen sie auf weitere Eismauern, zwischen denen sich verwinkelte Wege und Sackgassen auftaten.

»Ehrlich gesagt weiß ich nicht, wie mir dieser Ort bei der Suche nach meinem Stellarspatron helfen soll«, klagte Celeste. »Ich habe alles erwartet, aber nicht so etwas.« Frierend starrte sie zu einer der kalten Gletschermauern auf, deren Krone sich scharf vor dem schwarzen Sternenhimmel abzeichnete. Fabio nahm fürsorglich seinen Umhang ab und legte ihn Celeste über die Schultern.

»Das Portal befand sich in einer Ringmauer. Das ergibt aber nur Sinn, wenn diese Eiswände ein kreisförmiges Gebiet umschließen. Und damit dürfte es auch so etwas wie ein Zentrum geben!« Fabio rieb sich die Hände. »Ich vermute, das, was du suchst, befindet sich in der Mitte dieses Irrgartens.«

»Ja, du könntest Recht haben. Es sind immerhin meine Träume, die diesen Irrgarten hervorgebracht haben«, meinte Celeste. »In diesem Fall symbolisiert er vielleicht die Suche nach meinem Stellar.«

»Hättest du nicht von einem angenehmeren Ort träumen können?«, versuchte Fabio Celeste aufzuheitern.

»Komm, dort entlang.« Celeste zog ihn zielstrebig einen

eisigen Abschnitt zu ihrer Rechten entlang und wechselte an einer Weggabelung nach links. Fabio beschlich der Eindruck, als verdunkle sich die glitzernde Pracht hinter ihnen, wie vorhin am Portal. Er beschloss, auf der Hut zu bleiben.

Zu seinem Erstaunen erreichten sie wenig später einen von glänzenden Eiswänden umgebenen Platz, in dessen Mitte sich die frostige Skulptur eines Löwen erhob.

»Sieh nur. Was mag das nun schon wieder zu bedeuten haben?« Fabio gab Celeste ein Zeichen zurückzubleiben und trat näher an die Eisplastik heran. Schlagartig verdunkelte sich die gefrorene Wand zu ihrer Linken, dann glitt der unheimliche Schatten durch den verharschten Boden zu ihren Füßen auf das eisige Standbild zu und verschmolz mit ihm. Ein Zittern durchlief die Skulptur und das Raubtier öffnete die Augen. Die Pupillen des Eislöwen erstrahlten in einem kalten Blau.

»Ein Sternenvampir!«, schrie Fabio und zog sein Schwert. Keinen Augenblick zu spät, denn mit einem Satz sprang ihn der Löwe an. Fabio duckte sich und lenkte die Pranken der beseelten Kreatur mit einem wuchtigen Schlag ab. Der Boden hinter ihm erbebte, und dort, wo das Tier seine eisigen Fänge in den Untergrund schlug, klirrte es wie zerbrochenes Glas. Fabio wirbelte herum und hieb sogleich ein weiteres Mal zu. Eissplitter flogen ihm um die Ohren. Ein Löwenbein brach ab. Doch das Raubtier stieß nur ein sphärisches Brüllen aus und schnappte jetzt mit seinen Frostzähnen nach ihm. Unerschrocken rammte der junge Paladin der Kreatur die Klinge in den Rachen und drehte am Knauf. Ein hässliches Knirschen war zu hören und der Kopf des unheimlichen Wesens zerplatzte zu einer Wolke aus Eisstaub. Rumpelnd stürzte der Löwe um und der Schatten in seinem Innern glitt wieder zurück in die Wände des Labyrinths.

»Das war knapp!« Fabio spuckte abfällig zu Boden, während Celeste fassungslos neben ihn trat. »Wie hätte ich dieser Gefahr allein begegnen sollen?«

»Gar nicht«, sagte Fabio und steckte fröstelnd sein Schwert weg. »Wie auch immer es dieser Sternenvampir geschafft hat, hier einzudringen, er will offenbar verhindern, dass deine Suche erfolgreich ist. Aber wir sind zu zweit, wir werden das schon irgendwie schaffen.«

Celeste schenkte ihm ein dankbares Lächeln. »Das sollten wir auch, denn sonst erfrieren wir. Immerhin, ich habe eine Idee! Hilf mir mal.« Sie kletterte geschickt über die zerbrochenen Überreste des Eislöwen, trat an eine der Gletscherwände heran und forderte Fabio auf, ihr mit einer Räuberleiter hinaufzuhelfen.

»Was willst du da oben?«, fragte Fabio skeptisch.

»Mich umschauen!«, antwortete Celeste und rieb sich wieder die Arme. »Die Wege eines Irrgartens durchschaut man am besten, wenn man sich von oben einen Überblick verschafft. Außerdem ist das hier mein Traum. Dann wird es mir doch wohl erlaubt sein, ihn etwas abzukürzen.«

Fabio musste trotz ihrer verfahrenen Situation grinsen und stemmte seine Begleiterin in die Höhe. Die Mauer war glatt und so dauerte es eine Weile, bis es Celeste endlich gelang, sich auf die Krone zu ziehen.

»Unglaublich!«, wisperte sie. »Ich kann von hier aus alle verschlungenen Wege erkennen. Das Labyrinth ist riesig, aber du hattest Recht. Da hinten ist tatsächlich etwas, genau im Zentrum. Es wirkt von hier aus wie eine Art Turm oder Zitadelle.« Die junge Novizin schob Fabios Umhang zwischen sich und die Mauerkrone und spähte weiter in die Ferne.

»Was ist denn noch?« Fabio hauchte sich in die Hände. Die Kälte wurde langsam unerträglich.

»Einen Moment!«, rief Celeste von oben zurück. »Ich versuche, den richtigen Weg zu finden. Siehst du eine Möglichkeit, das irgendwie zu notieren?«

Fabio griff zu seinem Schwert und markierte auf dem vereisten Untergrund mit einfachen Kerben die Abfolge von Rechts- und Linksanweisungen, die Celeste ihm gab.

»Da hinten, gar nicht weit entfernt, ist übrigens noch so eine Eisskulptur. Sie sieht aus wie ein Mann mit Bogen, nur irgendwie größer. Aber natürlich, das ist …« Ein Pfeil aus glitzerndem Eis zischte nur knapp an ihrem Kopf vorbei. Celeste warf sich zurück und stürzte von der Mauer. Fabio fing sie auf, rutschte aus und wurde mit zu Boden gerissen. Trotz seiner Schmerzen konnte er spüren, wie erbärmlich Celeste inzwischen zitterte. »… ein Zentaur!«, brachte sie ihren Satz zu Ende. »Bei Molunah, fast hätte er mich erwischt.«

Mühsam rappelten sie sich wieder auf und betrachteten Fabios Wegmarkierungen. Der vereiste Untergrund war mit fast zwei Dutzend Einkerbungen übersät. »Wie sollen wir uns die nur alle merken? Wir haben nichts zu schreiben«, meinte Celeste mit bebender Stimme.

»Ich weiß wie.« Fabio befreite sich von seinem Kettenhemd, das ihn noch mehr auszukühlen drohte, warf es auf den Boden und krempelte sein Ritterhemd hoch. Auch er fror mittlerweile jämmerlich. Bevor ihn Celeste davon abbringen konnte, begann er damit, die Markierungen am Boden durch entsprechende Schnitte auf den Unterarm zu übertragen. Fassungslos sah ihm die junge Novizin dabei zu, während er sich alle Mühe gab, die beißenden Schmerzen zu unterdrücken. Die Kälte half ihm dabei.

»Und jetzt weiter«, presste Fabio hervor, als er den letzten Schnitt gesetzt hatte. »Sonst erstarren wir bald selbst zu Eisskulpturen.« Sein linker Arm blutete aus zahlreichen Wunden, doch der Schmerz trieb ihn zugleich voran.

Getreu der außergewöhnlichen Wegskizze eilten sie weiter durch das Gängegewirr. Zwei weitere Male kamen sie an Eisskulpturen vorbei, die springende Delfine sowie das fast gläserne Standbild eines Steinbocks mit gesenkten Hörnern darstellten. Die Hörner hackte Fabio vorsorglich ab, bevor es dem lauernden Schatten im Labyrinth einfiel, auch den Steinbock zu beleben.

»D...d...das ist seltsam«, sagte Celeste bibbernd. Sie zitterte wie Espenlaub und ihre Lippen waren blau vor Kälte. »B...b...bei all diesen Skulpturen handelt es sich um die Darstellung von ... Sternbildern. Das muss doch eine B...B... Bedeutung haben?«

»Ist m...mir auch schon aufgefallen«, ächzte Fabio und konnte nur schwer ein Klappern seiner Zähne unterdrücken. Er musterte mit tränenden Augen die Schnitte auf seinem

Unterarm. Jetzt konnte es nicht mehr lange dauern. Noch ein halbes Dutzend Gangwindungen und sie sollten ihr Ziel erreicht haben. Jedenfalls, wenn sich Celeste vorhin nicht vertan hatte. Seltsamerweise hatte er das Gefühl, als hätte sich die Luft inzwischen noch weiter abgekühlt.

»K…Komm, g…gleich haben wir es geschafft.« Fabio wollte schon weitergehen, als er hinter sich einen dumpfen Laut vernahm. Erschrocken drehte er sich um und sah, dass Celeste gestürzt war. Bleich und mit halb geschlossenen Lidern lag sie vor ihm auf dem Boden. Ihr Körper zitterte unkontrolliert. Sofort war Fabio bei ihr und richtete sie wieder auf. »Nicht, Celeste. Du musst aufstehen!« Hastig rieb er ihre kalten Arme, drückte sie an sich und massierte ihren Rücken.

»Ich bin … so müde«, lallte die junge Novizin schläfrig.

»Nein, nicht einschlafen!«, rief Fabio bestürzt. Er schlug ihr zweimal leicht gegen die Wangen. »Du darfst auf gar keinen Fall einschlafen, hörst du!«

Erst jetzt sah er, dass der vereiste Untergrund, auf dem sie standen, eine leicht schwärzliche Färbung angenommen hatte. Der Schatten hatte auch große Teile der Eiswände wie Schimmel befallen und schien bis tief ins Zentrum des Labyrinths hineinzureichen. Der Sternenvampir hatte offenbar seine Taktik geändert. Es war sein verfluchter Schatten, der die Luft immer weiter abkühlte.

Obwohl seine eigenen Glieder langsam taub wurden, wuchtete Fabio Celeste auf den Rücken und schleppte sich weiter voran. »Molunah!«, ächzte er. »Merkuriel! Venudha! Marsakiel! Juprabim!« Jeden Schritt, den er tat, begleitete er mit dem Namen eines der Erzstellare. Doch noch immer stach die Kälte tief in seinen Körper. Selbst die Anstrengung, der es bedurfte, Celeste zu tragen, vermochte ihn kaum zu wärmen. Sein Schweiß gefror auf der Stirn zu einem kalten Eisfilm und von irgendwoher erfüllte hämisches Gelächter die Gänge.

»Weiche, Schatten. Weiche!«, keuchte Fabio, während er an einer dritten Eisskulptur vorübertaumelte. Es handelte sich um die übergroße Plastik einer Sanduhr und etwas an ihr zog seinen Blick wie magisch an. Fabio blinzelte. War er eben richtig abgebogen? Die Kälte biss wie ein hungriges Tier in sein Fleisch. Die Markierungen auf seinem Arm verschwammen und führten vor seinen Augen einen eigentümlichen Tanz auf. Er konnte sie nicht mehr richtig erkennen. Fabio schwankte und spürte einen Schlag an seinem Kopf.

Als er die Augen wieder aufschlug, lag er am Boden. Blut lief ihm aus der Nase, das vor seinen Augen gefror. Er musste gestürzt sein. Und er war so müde. Nein, er durfte nicht einschlafen! Er durfte es einfach nicht. Benommen rollte er Celeste von sich, nahm noch einmal all seine Kräfte zusammen und stemmte sich wieder hoch. Seine Kleidung klebte am Boden und riss auf. Er wankte. Dann packte er Celeste am Arm, doch er brachte die Kraft nicht mehr auf, sie anzuheben. Kurzerhand schleifte er ihren Körper hinter sich her. Nur noch zwei Gangwindungen. Ihm war, als würde der eisige Untergrund seine Körperwärme wie ein Schwamm aufsaugen. Nur noch eine. Ein helles Gleißen ließ ihn innehalten. Fabio blinzelte und begann wie verrückt zu lachen. Er hatte das Zentrum des Labyrinths erreicht. Dort, gesäumt von glitzernden

Treppenstufen, erhob sich ein schlanker Eispfeiler, der weit über seinem Haupt in einem sechszackigen Stern auslief. Celeste weiter hinter sich herziehend, wankte er auf die Stufen zu und ging auf der untersten in die Knie.

»Celeste, wir sind da!« Seine Stimme war nur noch ein Krächzen. Er wandte sich um und starrte auf ein Gesicht, das bleich und wächsern war. »Celeste!« Diesmal schrie Fabio den Namen seiner Freundin. »Wach auf. Hörst du! Wach auf!« Mit steif gefrorenen Fingern schlug er ihr ins Gesicht und rüttelte sie. Doch die junge Novizin rührte sich nicht. Kalt und leblos lag sie vor ihm. Der elende Schatten hatte sie besiegt. Fabio zog ihren Körper zu sich heran und versuchte, ihn zu wärmen. Als er sich der Vergeblichkeit seines Tuns klar wurde, hielt er inne und sah sie verzweifelt an. »Celeste, du darfst nicht sterben. Hörst du! Du darfst nicht.« Tränen der Verzweiflung rannen über seine Wangen und gefroren im Nu zu kleinen Eiskristallen. Wieder spürte er jene bleierne Müdigkeit. Sie lockte ihn, lullte ihn ein und ließ ihn immer mehr am Sinn seiner Anstrengungen zweifeln. Wollte er denn überhaupt noch leben? Ohne Celeste? Liebevoll streichelte er ihr über die Wangen. Doch seine Finger waren so klamm, dass er kaum noch etwas fühlte. Fabio schluchzte vor lauter Verzweiflung, als ihm bewusst wurde, dass Celeste ihren Stern nicht mehr finden würde. Er hingegen hielt den seinen im Arm. Doch er hatte ihn verloren. Celeste war tot.

In einer letzten verzweifelten Geste beugte er sich über sie und küsste ihre blauen Lippen.

Im selben Moment erfüllte ein klägliches Winseln das Labyrinth. Der unheimliche Schatten fiel von den glitzernden Eiswänden wie bröckelnder Putz ab und der blitzende Stern über ihnen auf dem Pfeiler begann zu strahlen. Er ähnelte jetzt einem frisch geschliffenen Diamanten im Sonnenlicht, der das dunkle Himmelszelt mit einer Pracht erleuchtete, die Fabio schmerzhaft in die Augen stach. Was geschah hier?

Celestes Gesicht bekam wieder Farbe. Ihre Gesichtsmuskeln zuckten und sie schlug die Augen auf. Sie bedachte Fabio mit einem Blick, als wäre sie aus tiefem Schlummer erwacht. »Ich habe geträumt, du hast mich geküsst«, flüsterte sie.

»Kann schon sein«, krächzte der junge Paladin und brachte ein klägliches Lächeln zustande. »Aber dann müsste das ein Traum im Traum gewesen sein.«

Celeste griff zu seinem Schopf und zog ihn zu sich herab. Diesmal war sie es, die ihn küsste. Und mit diesem Kuss stieg ein Gefühl in Fabio auf, das ihn die strenge Kälte vergessen ließ. Atemlos lösten sie sich voneinander und sahen sich tief in die Augen. »Wehe, das bleibt nur ein Traum!«, flüsterte Celeste. Mit Fabios Hilfe richtete sie ihren Oberkörper auf und sah ergriffen zum Sternenpfeiler empor.

»Da oben ist er, mein Stellar!«

Fabio folgte ihrem Blick und schüttelte niedergeschlagen den Kopf. »Das da oben ist nur ein Symbol.«

»Und doch weist er mir klar und deutlich den Weg. Ich war eine Närrin, dass ich es nicht sofort begriffen habe. Dabei muss ich es gewusst haben, tief in mir drinnen. Schließlich ist all das mein Traum.« Celeste fasste nach Fabios Hand und lächelte. »Sieh doch nur, Fabio, der Stern dort oben steht im

Zentrum des Labyrinths. Und die Skulpturen, denen wir begegnet sind, symbolisieren all die Sternbilder, die wir jede Nacht am Himmel sehen können. Sagt dir das nichts?«

»Nein«, antwortete Fabio zitternd. Die Kälte kroch wieder in seine Glieder. »Die Sternbilder umgeben diesen einen Stern. Und?«

»Sie umgeben ihn nicht nur, sie *umkreisen* ihn!« Celeste strahlte Fabio an. »Am wirklichen Nachthimmel gibt es nur einen Stern, auf den die Symbolik des Labyrinths zutrifft. Man nennt ihn den Standhaften oder den Eisigen, weil er sich als einziges Himmelslicht nicht bewegt. Es ist der Nordstern!«

Celeste hatte das Wort kaum über die Lippen gebracht, als der Stern auf der Spitze des Pfeilers schier explodierte und beide in rot-silbernes Licht tauchte. Fabio schirmte seine Augen mit der Hand ab. Das Gleißen stammte nicht von dem Eisstern, in ihm spiegelten sich vielmehr die wärmenden Strahlen der Sonne und das Licht des Mondes, die jenseits der Eiswände des Labyrinths aufgestiegen waren und das Firmament in vollendeter Harmonie zum Glühen brachten.

Unvermittelt spürte er wieder einen Ruck. Schwindel erfasste ihn, als er durch die Weiten der sieben Sphären zurück in die Wirklichkeit geschleudert wurde …

»Celeste! Fabio! Bitte kommt zu euch! Bitte!«, drang die ängstliche Stimme Ambras an seine Ohren. Jemand rüttelte ihn. Der junge Paladin schlug die Augen auf und atmete tief ein. Wie zu Beginn ihrer Traumreise saß er noch immer auf dem Teppich der Tauweberinnen Celeste gegenüber. Nur, dass ihm jetzt schrecklich kalt war. Auch seine hübsche Gefährtin kam wieder zu sich. Der liebevolle Blick, den sie ihm schenkte, ging Fabio durch und durch. Schlagartig fiel ihm wieder ein, was sich während ihrer eisigen Traumreise ereignet hatte.

»Ich danke dir!«, flüsterte Celeste. »Ohne dich hätte ich das nie geschafft.« Fabio wollte etwas sagen, doch die junge Baroness beugte sich vor und verschloss seinen Mund mit einem langen Kuss. Diesmal berührten ihn ihre Lippen wirklich. Und sie waren das Köstlichste, was Fabio je in seinem Leben geschmeckt hatte.

»Ich glaube es nicht!«, platzte es aus Ambra heraus. Sie stand mit in die Hüften gestemmten Armen neben ihnen und wirkte einen Augenblick lang wie das kleinere Ebenbild ihrer Mutter. »Ich mach mir Sorgen um euer Leben und dann wacht ihr einfach wieder auf und … knutscht? Das ist doch eklig.«

Fabio und Celeste lachten verlegen und halfen sich mit knackenden Gliedern auf. Sicher würde es noch eine Weile dauern, bis sie die Kälte aus ihren Körpern vertrieben hatten.

»Ihr wart viel länger als drei Minuten weg«, schimpfte Ambra weiter und präsentierte die Sanduhr. »Ihr beide wurdet plötzlich kalt wie die Toten und habt auf mein Schütteln überhaupt nicht reagiert. Sagt schon, was ist denn passiert?« Fabio grinste, denn in Ambras Stimme schwang zugleich eine gehörige Erleichterung mit. »Stellt euch nur vor, ich hätte euch verloren! Wie hätte ich das meinen Eltern erklären sollen? Oder der Matriarchin? Oder … oder der ganzen Welt!«

Celeste ging vor der Kleinen in die Knie. Sofort verstummte

Ambra. »Was du heute für mich getan hast, werde ich dir nie vergessen.« Celeste streckte ihre Hand aus und unvermittelt flammte eine Lichtkugel über ihren Fingern auf, die das Seeufer in mondhellen Schein tauchte. Sie war so groß wie eine Haselnuss, schwebte kurz über ihrer Handfläche und ähnelte einem der funkelnden Himmelslichter am Firmament. Ambra riss die Augen auf und lachte. »Dann hast du deinen Geburtsstern also gefunden?«

»Ja, das habe ich«, antwortete die junge Baroness feierlich. »Dank dir bin ich jetzt eine richtige Sternenmystikerin.«

Fabio, der die leuchtende Kugel nicht minder fasziniert betrachtete, fiel auf, dass sich ihr Licht auf den Glaskolben der Sanduhr spiegelte. Unwillkürlich musste er wieder an die übergroße Plastik aus dem Traumlabyrinth zurückdenken. Zufall? Fabio beugte sich vor und sah, dass auf dem Glas ein Sternenmuster funkelte, das er bereits auf der Luke zur Schatzkammer im Astrarium gesehen hatte. Es bestand aus sechs Sternensymbolen, die ähnlich einem Kreuz angeordnet waren, nur dass die beiden Sterne in der Mitte dicht beieinanderstanden. Aufgeregt hob er die Sanduhr an.

»Aber natürlich!«, rief er aus und die beiden Frauen sahen ihn verwundert an. »Das Sternbild der Sanduhr! Das ist die Lösung. Die Himmelsmechaniker haben sich geirrt. Es sind nicht fünf, sondern sechs Sterne. Wir müssen sofort mit Meister Arcimboldo sprechen.«

Die Eiserne Bibliothek

Ein feuchter Bergwind strich über die Lichtung mit den fünf hohen Steinsäulen, fing sich in den Bäumen und brachte die Zweige und Blätter sanft zum Rauschen. Fabio stand im Licht zahlreicher Laternen neben Celeste, Ambra und Meister Arcimboldo und sah dem guten Dutzend Himmelsmechaniker und ihren Gesellen dabei zu, wie sie mit Schaufeln und Hacken den Waldboden aufgruben.

»Wir haben den Mond vor lauter Sternen nicht gesehen«, seufzte Meister Arcimboldo. »Wie konnte uns das entgehen?«

Hinter ihnen, zwischen den Bäumen, war das Knacken von Ästen zu hören und zwei Gestalten stolperten auf sie zu, von denen die größere eine Laterne in der Hand hielt. An der humpelnden Bewegung erkannte Fabio, dass es sich bei einem der Neuankömmlinge um Meister Poliogenes handelte, der sich der Lichtung gemeinsam mit Yargo näherte.

»Was höre ich da!?«, keuchte der Himmelsmechaniker und übergab Yargo die Laterne. »Ihr glaubt, das Rätsel der Steine gelöst zu haben?«

»Nein, nicht wir«, antwortete Meister Arcimboldo leicht zerknirscht. »Aber vielleicht unser junger Paladin.«

»Yargo!« Ambra löste sich aus der Reihe der Umstehenden

und lief dem mechanischen Jungen freudestrahlend entgegen. Bevor Yargo wusste, wie ihm geschah, hing die Kleine an seinem Hals. »Geht es dir wieder gut?«, redete sie auf ihn ein. »Tut dir noch etwas weh? Ich hab dich jeden Tag besucht und mir solche Sorgen um dich gemacht.«

Yargo erwiderte ihre Umarmung zögernd. Mit einem Klicken legte er den Kopf schief und ein seltsames Mienenspiel huschte über seine Züge, in dem sich Verwunderung und Erstaunen abzeichneten. »Du hast dir Sorgen um mich gemacht?«, fragte er.

»Ja. Ich dachte schon, du wärst … tot.«

»Aber ich kann nicht sterben, ich lebe doch gar nicht.«

»Für mich schon!«, erwiderte Ambra trotzig. Yargos Lippen umspielte ein verklärtes Lächeln. Er war zwar eine Uhrwerksmarionette, doch in Momenten wie diesem wirkte der Junge lebendiger als manch anderer Zeitgenosse.

Längst hatte sich Meister Poliogenes mit seinem steifen Bein zu ihnen durchgedrängt. »Und, kann mir jetzt endlich jemand erklären, was hier vor sich geht?«

Meister Arcimboldo hob die Sanduhr an. »So wie es aussieht, sind die fünf Steine hier auf der Lichtung tatsächlich nach Art eines Sternbildes aufgestellt worden. Ihre Anordnung entspricht den Positionen der Sterne, die die Sanduhr verkörpern.«

»Aber das Sternbild der Sanduhr besteht doch aus sechs Ster… Meine Güte!« Poliogenes riss die Augen auf. »Natürlich! Und jetzt grabt ihr dort, wo sich die sechste Steinsäule befinden müsste, richtig?«

»Richtig!« Meister Arcimboldo nickte und musterte den großen Erdhaufen, den seine Leute inzwischen aufgeschichtet hatten. Einer der schuftenden Gnome stieß den Spaten in die Erde und ein metallisches Geräusch erfüllte die Lichtung. »Hier ist etwas!«, rief er.

Sofort eilten weitere Arbeiter zu ihm und halfen dabei, eine eiserne Luke freizulegen, die an einer Seite mit Scharnieren im Felsgestein verankert war. Schnell war die Platte auch vom übrigen Erdreich befreit und Fabio, Celeste und Meister Arcimboldo kletterten in die Grube.

»Seht euch das an!«, murmelte Meister Arcimboldo gedankenverloren und beleuchtete ein konkaves Symbol, das auf der Luke prangte. Es war die Darstellung einer Sanduhr. Direkt darunter befand sich eine quadratische Klappe mit einem schmutzverkrusteten Handgriff. »Erst in Venezia und jetzt immer wieder.«

Fragend blickten ihn Fabio und Celeste an, was Arcimboldo dazu brachte, aufgeregt seine Brille zu polieren. »Erinnerst du dich nicht?«, meinte er an Fabio gewandt. »Die Sanduhr, die damals das stellare Standbild der Sonnenuhr oben auf dem Dach der Basilika schmückte. Sie scheint uns regelrecht zu verfolgen. In Firenze ebenso wie hier. Egal was Sylvana damals behauptet hat, ich bin mir immer sicherer, dass es dafür nur einen Grund gibt. Dieses Symbol steht seit alters her für den Verborgenen Wanderer! Den Erzstellar ohne Namen. Den Herrn der Zeit!«

Celeste sah ihn stirnrunzelnd an. »Meister Arcimboldo, dieser Stellar ist bloß eine Legende. Nicht viel mehr als eine

Allegorie auf die Zeit selbst. Würde er existieren, dann wüsste die Sternenburg davon.«

»Wie lange haben Euch die Sternenmystikerinnen bereits unter ihre Fittiche genommen, Hochwohlgeboren?«, meinte Meister Arcimboldo erregt. »Nichts für ungut, aber Ihr seid eine Novizin. Glaubt Ihr wirklich, dass Ihr in so kurzer Zeit bereits Gelegenheit hattet, in alle Geheimnisse eingeweiht zu werden?« Celeste wollte widersprechen, doch der kleine Himmelsmechaniker schnitt ihr das Wort ab. »Und denkt Ihr wirklich, es sei Zufall, dass auf jedem der Steine ringsum einer der fünf anderen Erzstellare abgebildet ist, doch hier das Symbol der Sanduhr? Wir Himmelsmechaniker nehmen die Legende um den Verborgenen Wanderer sehr ernst. Und ich gehe jede Wette ein, dass Eure Sternenschwestern sich ebenfalls mit ihm befasst haben – und es auch heute noch tun. Denn den Legenden nach war er mächtiger als Molunah.« Er sah feierlich zu den anderen Gnomen auf, die die Grube umringten und ihnen gespannt lauschten. »Ich verrate Euch jetzt ein Geheimnis: Einige unserer Mythen künden davon, dass es der stellare Herr der Zeit selbst war, der uns in die Geheimnisse der Himmelsmechanik eingeweiht hat. Und wenn das stimmt, Baroness, dann sind wir Himmelsmechaniker möglicherweise seine Erben.«

»Wie bitte? Ihr glaubt allen Ernstes, dass euch ausgerechnet ein Stellar das Wissen beigebracht hat, wie sich die Meteorherzen seiner erloschenen Brüder und Schwestern zu … zu Apparaturen verarbeiten lassen? Das, Meister Arcimboldo«, Celestes Augen blitzen, »ist eine überaus gewagte These!«

»Führt nicht auch ihr Sternenschwestern eure magischen Traditionen auf Molunah zurück?« Meister Arcimboldo sah fragend auf. »Ich weiß, wir Himmelsmechaniker mögen unsere Zunft in der Vergangenheit in ein schlechtes Licht gerückt haben. Aber wenn an der Sache etwas dran ist, dann ist unser Wirken kein Frevel, wie es einige von euch gern behaupten. Im Gegenteil, das würde alles verändern.«

Stille kehrte auf der Lichtung ein, die nur vom Säuseln des Nachtwindes unterbrochen wurde. Fabio sah, dass sich die Gnome über ihnen stolz aufgerichtet hatten. »Und wie kommt es«, fragte Celeste mit unsicherer Stimme, »dass man diesen Erzstellar nicht als Wandelstern am Himmel sieht?«

»Weil Astronos ihn erschlagen hat«, knirschte der Gnom. »Sein Wandelstern ist seitdem erloschen. Doch noch immer durchweht sein Atem die Schöpfung. Ohne ihn würde es vermutlich kein Hier und Jetzt geben. Aber auch kein Gestern und kein Morgen.«

»Diese Diskussion ist zwar interessant, doch sie führt uns im Moment nicht weiter«, seufzte Meister Poliogenes oben am Grubenrand. »Könntet ihr euch vielleicht etwas beeilen. Mein steifes Bein juckt bereits vor lauter Neugier. Ich halte das langsam nicht mehr aus.« Einige der anderen Himmelsmechaniker lachten.

»Richtig«, ergänzte Fabio. »Wir müssen uns bereits morgen an die Sternenburg wenden, wenn wir Denebola retten wollen. Ich denke, es wäre klug, wenn wir dort auch ein paar erfreuliche Nachrichten präsentieren könnten. Zum Beispiel, was das Geheimnis dieses Ortes betrifft.«

Meister Arcimboldo warf Celeste einen letzten Blick zu und öffnete die Klappe unter dem Symbol der Sanduhr. Ohne Probleme schwang sie auf. Unter ihr kam eine kreisförmige Aussparung zum Vorschein, die einen Zackenrand aufwies. »Sieht aus wie eine Art Schloss. Fehlt nur noch der passende Schlüssel. Poliogenes, reichst du mir bitte mal das Fundstück, das uns an diesen Ort geführt hat.«

Poliogenes tastete unter seine Kleidung und warf seinem Kollegen die runde Meteoreisenplatte mit den Zahnrädern zu, die die Gnome in Yargos Körper gefunden hatten. Meister Arcimboldo fing sie auf und setzte sie in die Mulde ein. Die Zahnräder mit der seltsamen Buchstabenfolge rasteten wie erhofft ein. Arcimboldo drehte die Platte im Uhrzeigersinn. Ein dumpfes Knarren lief durch das Metall und mit einem Laut, als würde Luft angesogen, schwang die Luke eine Handbreit auf. Fabio und Celeste mussten sich aneinander festhalten, um nicht umzufallen.

»Es hat funktioniert«, flüsterte die junge Sternenmystikerin atemlos.

Sie kletterten wieder aus der Grube und die Gnome warfen Seile nach unten, die Meister Arcimboldo an dem Handgriff befestigte. Unter lauten Hauruck-Rufen zogen die kleinen Gestalten den Zugang auf, während ihre Kollegen Laternen auf einen Schacht richteten, der darunter zum Vorschein kam. Fabio konnte sogar Sprossen zum Klettern erkennen. »Sieht so aus, als würde der Zugang tief in den Berg hineinführen«, meinte er.

»Das ist sogar sehr gut möglich«, entgegnete einer der Himmelsmechaniker neben ihm. »Es soll hier im Sternensichelgebirge weitverzweigte Höhlen geben. Die sind natürlich sehr gut dazu geeignet, etwas von Wert zu verstecken. Warum nicht auch eine umfangreiche Bibliothek.«

»Das werden wir herausfinden«, brummte Meister Arcimboldo. Er rief drei jüngere Gnome zu sich. »Holt unser Gepäck. Und packt uns auch etwas zu essen ein. Außerdem brauchen wir Seile, Kletterhaken und mehr Lampenöl.« Die drei rannten zurück zur Wagensiedlung.

»Ihr rechnet offenbar mit einem längeren Ausflug«, vermutete Celeste.

»Ich bin bloß vorsichtig«, erklärte Meister Arcimboldo. »Wer weiß schon, auf welche Ideen Cagliomaeus da unten noch gekommen ist, um diese Bibliothek zu verbergen.«

»Ihr meint Iuge Al'Cosma.«

»Wer auch immer.« Der kleine Himmelsmechaniker winkte Yargo entschlossen zu sich. »Komm, Junge. Du wirst mich, Fabio und die Baroness begleiten. Der Rest bleibt hier oben, nur für den Fall, dass sich die Luke wieder schließt.« Er reichte Poliogenes das runde Meteoreisenstück, das ihnen den Zugang ermöglicht hatte. »Solltet wir bis morgen Früh nicht wieder zurück sein, benötigen wir wahrscheinlich Hilfe.«

Poliogenes nickte.

»Und ich?«, fragte Ambra beleidigt.

»Was glaubst du denn? Du bleibst natürlich hier. Was wir vorhaben, ist viel zu gefährlich für ein kleines Mädchen wie dich.«

»Ich bin immerhin eine Tauweberin«, schmollte Ambra.

»Ja, und zugleich meine Tochter. Und jetzt keine Widerworte mehr.«

Poliogenes zupfte aufgeregt am Ärmel seines Zunftkollegen. »Arcimboldo, sieh dir das an.« Er hob die Meteoreisenplatte in den Lampenschein. »Die Buchstaben auf den Zahnrädern bilden jetzt eine neue Reihenfolge. Dort steht jetzt RITUALES.«

»Sehr eigenartig.« Der Himmelsmechaniker rückte seine Brille zurecht und betrachtete die Platte. »Das klingt wie ein Wort aus der Sprache der Völker jenseits des Sternenmeers. Ein Ritual?«

Während die beiden Gnome weiter debattierten, trat Fabio an Celeste heran. Sie sprachen nicht miteinander, aber ihre Fingerkuppen berührten sich. Er lächelte und Celeste schenkte ihm einen Blick, der seine eigenen Gefühle widerspiegelte. Er wünschte sich, sie hätten mehr Zeit füreinander. Allein. Doch die Umstände sahen etwas anderes vor.

Bald darauf kamen die drei jungen Gnome zurück und brachten das gewünschte Gepäck.

»Also, worauf warten wir?«, kommandierte Meister Arcimboldo und überprüfte seine arkanomechanische Ausrüstung. Darunter befand sich sein Tranceometer, der luftige Aeroaster, den er damals seinem besiegten Kollegen Meridianus abgenommen hatte, sowie Poliogenes' Helioskop. Ein heller Lichtschein brach aus der arkanomechanischen Linsenkugel hervor, den Meister Arcimboldo auf die Sprossen im Schacht richtete.

»Wünscht uns Glück!«

Zu viert machten sie sich an den Abstieg. Meister Arcimboldo kletterte voran, ihm folgten Fabio, dann Celeste und schließlich Yargo, der ungewöhnlich still wirkte. Während Fabio die klammen Sprossen hinunterkletterte, lauschte er den Atemgeräuschen seiner Gefährten, die seltsam verzerrt von den Schachtwänden widerhallten. Feuchte Luft, die nach Stein und Kalk roch, stieg ihm in die Nase, während die Lichter am Einstieg über ihnen immer mehr verblassten. Fabio spähte an Meister Arcimboldo vorbei nach unten und sah im Licht des Helioskops, dass Schacht und Sprossenwand in einer Höhle endeten, die mit steinigem Geröll übersät war. Der Himmelsmechaniker hatte den Grund bereits erreicht und machte ihm Platz. Ihre Schritte klangen von den Wänden wider, als sie auf dem Untergrund aufsetzten.

Staunend sah sich Fabio um. Sie standen in einer natürlichen Höhle, die von einer Vielzahl schroffer Gesteinsformen geprägt war. Sie war sehr geräumig und aus dem Dunkeln hörte er das Plätschern von Wasser.

»Beeindruckend!«, wisperte Arcimboldo, als der Lichtstrahl des Linsenballs auf riesige Steinblöcke fiel, die bis zu den jenseitigen Höhlenwänden reichten. Auch Celeste und Yargo blickten sich staunend in der Felsenhalle um. Die hübsche Sternenmystikerin ließ über ihrer Hand einen silbrigen Lichtball aufsteigen, wie sie ihn bereits vorhin am See heraufbeschworen hatte. Meister Arcimboldo musterte die junge Frau interessiert, sagte aber nichts. Stattdessen wandte er sich der vor ihnen liegenden Dunkelheit zu. »Diese Höhle ist nicht gerade klein«, sagte er. »Irgendwo dort muss es weitergehen.«

»Da!« Yargo deutete hinüber zu einem zylindrischen Schatten am Rande ihres Lichtscheins. Meister Arcimboldo leuchtete zu der Stelle hinüber und der helle Strahl schälte einen behauenen Felsen aus der Finsternis, der wie eine Sanduhr geformt war.

»Sehr gut, Yargo. Weiter so!« Hastig setzte er sich in Bewegung und die Gruppe folgte ihm zu einer Spalte im Felsgestein, hinter der ein zerklüfteter Gang tiefer in den Berg hineinführte. Der Himmelsmechaniker markierte die Stelle mit einem breiten Kohlestrich, dann ging es weiter durch enge Schründe, tiefe Spalten und dunkle Gewölbe, bis sie in eine Höhle gelangten, die den Eindruck eines zu Stein gewordenen Märchenwaldes erweckte. Stalagmiten und Stalaktiten hatten sich über Jahrhunderte zu Säulen gigantischer Pracht vereint.

»Seht nur!« Celeste deutete auf zwei Tropfsteinsäulen, auf denen das Symbol einer Sanduhr prangte.

»Ohne Zweifel sind das Wegmarkierungen«, stellte Meister Arcimboldo begeistert fest. »Folgen wir ihnen.«

Diesmal blieb Fabio etwas zurück, denn er bemerkte einen seltsamen Ausdruck auf Yargos Gesicht. Er wirkte irgendwie ängstlich.

»Alles in Ordnung, Yargo?«

»Ja, alles an mir funktioniert bestens«, presste der Knirps hervor.

»Das meine ich nicht.« Fabio legte ihm die Hand auf die Brust. Er spürte die leichten Vibrationen, die die Arkanomechanik im Körper des Jungen verursachte. »Fürchtest du dich vor irgendetwas?«

»Nein, ich kann mich doch gar nicht fürchten. Aber …« Yargo stockte und seine Augenlider zuckten. »Es ist nur so, dass ich denke, dass all dies hier die Handschrift meines Schöpfers trägt. Es ist seine Spur, der wir folgen. Ich habe mir immer gewünscht, ihm eines Tages so nahe zu sein. Seit meinem Erwachen frage ich mich, ob er in dieser Bibliothek vielleicht etwas hinterlassen hat, das mir verrät, wozu er mich geschaffen hat. Meine Existenz muss doch eine Bedeutung haben? Etwas muss doch auch mir bestimmt sein?« Yargo sah fast verzweifelt zu Fabio auf. »Ich wäre so gern ein Teil der Schöpfung. Ihr anderen, ihr seid alle so wundervoll. So lebendig. So vollkommen. Und ich … ich wäre so gern wie ihr. Aber ich bin allein.« Yargos Stimme wurde immer atemloser. »Was ist, wenn ich bloß wie einer dieser Apparate bin, die die Himmelsmechaniker bauen und dann liegen lassen? Was ist, wenn meine Existenz gar keinen Sinn hat? Ich kann an gar nichts anderes mehr denken. An gar nichts anderes …« Zu Fabios Erstaunen wurden Yargos Augen feucht und eine Träne rann stockend über seine Wange. Wie war das möglich?

Fabio nahm den Kopf des Jungen in die Hände und betrachtete ihn mitfühlend. »Yargo, einfach alles in dieser Welt ist Teil der Schöpfung. Völlig egal, ob dich die Stellare oder ein Himmelsmechaniker geschaffen hat. Denkst du denn, wir anderen wüssten um unsere Bestimmung? Denkst du, *wir* kennen die Antwort auf deine Frage? Willst du wissen, was ich denke?«

Yargo nickte.

»Ich glaube, wir alle existieren, um den Sinn unseres Daseins selbst zu bestimmen. Es liegt an uns, was wir aus unserem Leben machen. Alles, was du dafür tun musst, ist, tief in dich hineinzulauschen und an dich zu glauben.«

»Aber ich kann doch gar nichts fühlen.«

»Unsinn.« Fabio lächelte. »Hast du je von einer Maschine gehört, die weinen konnte?«

Irritiert strich sich der künstliche Gnomenjunge die Tränen aus dem Gesicht. »Nein«, hauchte er.

»Siehst du. Außerdem bist du nicht allein auf dieser Welt. Du hast Freunde. Was auch immer dein Schicksal sein mag, ich verspreche dir, ich werde dir helfen, es zu ergründen.«

Yargo sah ihn mit großen Augen an und sein Mienenspiel hellte sich wieder auf. Fabio sah nun, dass hinter ihm Celeste und Meister Arcimboldo standen. Celeste wischte sich verstohlen die Augen. Schnell beugte sie sich zu Yargo hinunter. »Ich werde dir ebenfalls helfen.«

Meister Arcimboldo räusperte sich. »Und ich auch.«

»Danke«, flüsterte Yargo. »Ich danke euch allen.«

»Doch nun lasst uns erst einmal herausfinden, was diese Höhlen für ein Geheimnis bergen.« Meister Arcimboldo zwinkerte ihnen hinter seiner Brille zu und wandte sich wieder den Markierungen auf den gewaltigen Tropfsteinsäulen zu. Sie folgten ihnen und gelangten so zu einer beeindruckenden Pforte inmitten einer Felswand, die unglaublich hoch über ihnen aufragte. Sie war aus einem schimmernden, kristallinen Material geschnitten.

»Das ist Wolkenkristall!«, entfuhr es Celeste. »Das Baumaterial der alten Sternenmystikerinnen.« Sie lief auf den Durchgang zu und musterte die mit Mond- und Sternensymbolen übersäten Torflügel.

»Ich schätze, wir hätten auf das ganze Gepäck verzichten können«, meinte Fabio, der nun ebenso wie seine Begleiter auf die Schriftzüge aufmerksam wurde, die auf den Portalbögen eingelassen waren. Nur dass er sie im Gegensatz zu den anderen nicht lesen konnte.

»Sagt ihr mir, was dort steht?«

»Natürlich.« Celeste reckte ihren Hals, und während sie vorlas, erzeugten ihre Worte in der Säulenhalle ein seltsames Echo.

»Hinter dieser Tür ruht das Wissen der Welt,
doch Weisheit suchst du vergebens.
Wisse, dass Wissen oft Schmerz gebiert,
denn Schmerz ist die Wurzel des Lebens.«

»Das klingt nicht besonders einladend, wenn ihr mich fragt.« Fabio sah sich zu seinen Begleitern um, die nachdenklich dreinblickten.

»Sehen wir erst einmal zu, dass wir dieses Portal aufbekommen«, brummte Meister Arcimboldo. »Ich wittere hier eine ausgefuchste Arkanomechanik. Leider sehe ich keine Türgriffe.« Er setzte sein Gepäck ab und stemmte sich halbherzig gegen die Flügel. Zu ihrer Überraschung knarrte es in der Felswand, als würden sich innerhalb des Berges Rollen und Zahnräder drehen. Im nächsten Moment schwang das Portal auf. Der Himmelsmechaniker ruderte hilflos mit den

Armen und Fabio sprang gerade noch rechtzeitig vor, um ihn vor einem Sturz zu bewahren.

»Meine Güte, so einfach hätte ich mir das nicht …« Meister Arcimboldo brach mitten im Satz ab, denn im Zwielicht hinter dem hohen Portal breitete sich eine Höhle aus, in der ebenfalls lange Tropfsteine von der Decke hingen. Schroffe Grate und Felsnasen ragten allerorten aus den Wänden. Doch für all das hatte die kleine Gruppe keinen Blick. Dieser galt allein der großen Anzahl Folianten ringsum an den Höhlenwänden, die in künstlich geschaffenen Felsnischen standen. Es waren Hunderte. Fassungslos betraten sie das Höhlenversteck und Fabio wurde klar, dass die Eiserne Bibliothek ihren Namen zu Recht trug. Jeder der Bände war fast hüfthoch und so dick wie der Quader einer Burgmauer. Vor allem blitzten die hohen Buchrücken im Schein ihrer Lichter metallisch auf.

»Bei Molunah«, keuchte Celeste und strich ihr langes Haar zurück. »Die Bücher dieser Bibliothek, sie bestehen ja tatsächlich aus Eisen!«

»Ich gebe zu«, gestand Arcimboldo, »auch ich dachte, dass der Name der Bibliothek eher so etwas wie eine Metapher sei. Etwa für die Unvergänglichkeit des Wissens. Doch das, was wir hier vor uns haben, ist weitaus faszinierender!«

Gemeinsam traten sie an die Felsnischen heran und Fabio sah, dass die Bücher aus gewalzten Metallplatten bestanden, die mit Ringen an den Buchrücken befestigt waren. Jeder der Folianten brachte damit ein Gewicht auf die Waage, dass es sicher fünf oder sechs Männer bedurft hätte, ihn auch nur anzuheben.

»Ich frage mich«, meinte Fabio, »wie man diese Bücher überhaupt lesen soll.«

»Vermutlich mit seiner Hilfe«, ertönte hinter ihnen Yargos Stimme. Der künstliche Gnomenjunge deutete zu einer gewaltigen Flügelgestalt im Schatten dicker Stalagmiten, die auf einem schlichten Steinsockel im Zentrum der Höhle thronte. Erschreckt richteten sie ihre Lichter auf die Höhlenmitte aus, deren Schein einen riesigen Stellar aus der Finsternis riss. Der Geflügelte bestand vollständig aus genieteten Eisenplatten. Seine Schwingen waren auf dem Rücken angelegt und er kniete mit demütig zusammengelegten Händen vor ihnen. Unmittelbar vor dem Sockel waren übergroße Waffen montiert: ein Schild und ein Schwert. Zumindest der Schild schien fest im Gestein verankert zu sein. Ganz anders als das Schwert, dessen lange Klinge in einem breiten Schlitz im Untergrund steckte. Fabio erinnerte der Griff der Waffe an einen Hebel.

»Seht nur.« Celeste trat unerschrocken an den eisernen Stellar heran. »Auf der Schildfläche ist ebenfalls eine Inschrift eingraviert.« Langsam las sie die Zeilen vor:

»Der Fragen Zahl weist dir der Stern,
der hell erstrahlt im Abendrot.
Sei kein Narr und frage mehr,
denn dies – und Diebstahl – wär dein Tod!«

»Ich würde behaupten, diese Bibliothek ist so diebstahlsicher, wie es nur irgend geht«, witzelte Fabio freudlos.

»Oh, ich bin mir sogar sicher, dass diese Bibliothek genau

deswegen so angelegt wurde«, brummte Meister Arcimboldo. »Doch davon einmal abgesehen, stimme ich Yargo zu. Wenn ich mir diesen Stellar recht betrachte, dann sieht es ganz so aus, als wären seine Glieder … beweglich.« Er deutete zu eisernen Gelenken an den Arm- und Kniebeugen des Geflügelten.

»Ihr glaubt doch nicht etwa, dass sich dieses Standbild erheben wird?« Celeste starrte den Himmelsmechaniker mit großen Augen an.

»Doch, genau das denke ich. Ich gehe jede Wette ein, dass sich im Innern des Geflügelten eine Arkanomechanik befindet.« Nachdenklich rieb sich der Gnom das Kinn. »Und kräftig sieht er ebenfalls aus. Wir müssen jetzt nur noch herausbekommen, wie er bedient wird. Offenbar blättert man hier nicht durch irgendwelche Buchseiten, sondern man muss gezielte Fragen stellen.«

»Die Anzahl dieser Fragen scheint nicht ganz unwichtig«, merkte Fabio an. »Zumindest, wenn wir diese Todesdrohung ernst nehmen.«

»Ja, das sollten wir wohl.«

»Mit dem ersten Teil der Inschrift muss der Abendstern gemeint sein«, überlegte Celeste. »Er ist der Wandelstern Venudhas. Nur frage ich mich … Moment, wartet! Die Erzstellarin Venudha wird bei allen stellaren Anrufungen stets nach ihren himmlischen Geschwistern Molunah und Merkuriel genannt. Wenn also das gemeint ist, dann bekleidet sie im stellaren Rang die dritte Position. In diesem Fall wären es drei Fragen, die wir an die Bibliothek richten dürfen.«

»Und die vierte würde uns den Tod bringen«, ergänzte Meister Arcimboldo unheilvoll. Er atmete tief ein. »Gut, dann gehen wir also von drei Fragen aus. Nur, wie stellen wir sie?«

»Ich sehe hier ein Schwungrad mit Griff«, ertönte Yargos Stimme hinter dem Geflügelten. »Es ist im Rücken des eisernen Stellars angebracht.«

»Ha, wusste ich es doch! Damit lässt sich sicher die Arkanomechanik aufziehen.« Meister Arcimboldo wollte schon zu Yargo eilen, doch Fabio hielt ihn zurück. »Wollen wir uns nicht zunächst einmal auf die Fragen einigen?«

»Äh, ja. Keine schlechte Idee. Also, was wollt ihr in Erfahrung bringen?«

»Ich will wissen, was es mit diesen Meteoreisenwaffen auf sich hat«, sagte Fabio nach einiger Überlegung. »Dem Schwert aus dem Dolomitischen Himmelsmassiv und dem magischen Schild aus Firenze. Wenn hier überhaupt irgendwelche Aufzeichnungen über diese Waffen existieren.«

»Gut«, brummte Meister Arcimboldo. »Und ich will wissen, was in den Büchern über den Schöpfer der Anlage zusammengetragen ist: Cagliomaeus.«

»Iuge Al'Cosma«, korrigierte ihn Celeste mit feinem Lächeln.

»Wie auch immer.« Der kleine Himmelsmechaniker sah zu Yargo hinüber. »Zumindest sind wir das dem Jungen schuldig. Und wie steht es um Euch, Hochwohlgeboren?«

»Da gibt es eine alte stellare Anrufung, an der die Sternenburg interessiert ist. Das ist der Hauptgrund, warum ich hier bin.«

»Also, gehen wir es an.« Meister Arcimboldo nickte ihnen feierlich zu und umrundete das eiserne Standbild. Kurz darauf hörten sie surrende Laute.

»Und tut sich schon etw…?«

Ein lautes Rumpeln hallte von den Höhlenwänden. Ein Schnarren, Ticken und Summen drang aus der Brust der kolossalen Eisenplastik, die mit einem knirschenden Geräusch den Kopf anhob. Mit unbewegter Miene starrte der Stellar auf die Menschen herab, die unwillkürlich einen Schritt zurückwichen.

»Welche Informationen enthält diese Bibliothek über ein einzigartiges Schwert aus rotem Meteoreisen?«, sprach Fabio den Geflügelten kühn an. »Wir haben es im verfluchten Lugubra oben im Dolomitischen Himmelsmassiv gefunden. Und mich würde interessieren, ob ein Zusammenhang mit …« Ein lautes Quietschen schnitt ihm die Worte ab, als sich das geflügelte Standbild erhob.

»Himmel!«, flüsterte Celeste erschrocken, als der Koloss mit ruckhaften Bewegungen seine Schwingen entfaltete. Donnernden Schrittes stampfte die belebte Eisenstatue an ihnen vorbei, zielstrebig auf eine der Höhlenwände zu.

»Verdammt, ich glaube, das ist wie bei diesen Merkurielsboten«, fluchte Fabio. »Man muss sich seine Worte genau zurechtlegen.«

»Trotzdem, sieh nur«, rief Celeste gegen das Lärmen des seltsamen Hüters der Bibliothek an. »Er scheint etwas gefunden zu haben.«

Der Geflügelte griff nach einem der schweren Eisenbücher,

zog es unter schleifenden Geräuschen aus der Nische und wuchtete es auf einen fast quadratischen Felsblock ganz in ihrer Nähe. Kleinere Steine rieselten durch die Erschütterung von der Höhlendecke. Der eiserne Stellar griff gezielt zwischen die Seiten und der schwere Buchdeckel schlug unter donnerndem Hall zurück. Ohne sich beirren zu lassen, stampfte der Koloss zurück zu seinem Sockel und nahm wieder seine alte Position ein. Einzig das leise Surren und Ticken in seiner Brust verriet, dass noch immer Leben in ihm steckte.

»Donnerwetter!« Fabio erlebte Meister Arcimboldo zum ersten Mal sprachlos. Der Himmelsmechaniker war gemeinsam mit Yargo vorgetreten und starrte abwechselnd zu dem Stellar und dem aufgeschlagenen Eisenfolianten.

»Worauf warten wir«, rief Fabio. »Sehen wir nach!«

Gemeinsam traten sie an das aufgeschlagene Buch heran, dessen gewalzte Metallseiten über und über mit einer engen, eingravierten Schrift überzogen waren. Doch Fabio hatte nur einen Blick für die kunstvollen Abbildungen auf den Buchseiten: ein Schwert, ein Schild, ein Helm, ein Brustpanzer und gepanzerte Beinlinge. Schwert und Schild erkannte er sofort wieder, doch die anderen drei Rüstungsteile waren ihm fremd.

»Bei Marsakiel, soll das etwa heißen, Schwert und Schild gehören zu einem ganzen Waffengefüge?«

Zu seinem Befremden antworteten Meister Arcimboldo und Celeste nicht. Beide starrten wie gebannt auf die Zeilen des Buches. Fabio konnte sehen, dass das Mienenspiel seiner Gefährten einen immer staunenderen Ausdruck annahm.

»Verdammt, was steht denn da!«, rief er ungeduldig.

»Wenn das stimmt, dann ist das, äh, unglaublich«, erwiderte Meister Arcimboldo nach einer Weile. Er zog ein Taschentuch hervor und wischte sich damit aufgeregt über die Halbglatze.

Auch Celeste sah von feierlichem Ernst erfüllt auf. »Fabio, das Schwert, das wir in Lugubra gefunden haben, es wird hier als das Schwert Marsakiels bezeichnet. Und Molunahs Schild ist ebenfalls vermerkt. Außerdem Merkuriels Flügelhelm, Venudhas Brünne und Juprabims Beinschienen. Diese Waffen stammen vom Anbeginn der Zeiten. Sie alle wurden angeblich von den Erzstellaren persönlich geschmiedet.«

»Nein, das steht da so nicht«, korrigierte der Gnom sie. »Da steht, dass jeder der Erzstellare einst einen Teil seines Herzens gab, um diese Waffen schmieden zu können.«

»Das ist doch das Gleiche«, antwortete Celeste.

»Nein, ist es nicht.«

»Hört auf«, ging Fabio dazwischen, der die Information erst einmal verarbeiten musste. »Steht da auch, zu welchem Zweck all diese Waffen geschaffen wurden?«

Celeste nickte und wechselte einen kurzen Blick mit Meister Arcimboldo. Der Gnom rückte seine Brille zurecht. »In den Aufzeichnungen heißt es, dass Astronos einst mithilfe dieser Waffen niedergerungen und in den Sternenkerker geworfen wurde.«

Fabio war sprachlos. Aufgeregt betrachtete er wieder die Stiche auf den Buchseiten. »Endlich begreife ich, warum unsere Feinde diese Waffen in die Hände bekommen wollen. Sie befürchten, dass mit ihrer Hilfe nochmals gelingen könnte, was bereits vor einem Zeitalter geschah.« Begeistert sah er auf. »Begreift ihr, was das heißt? Mit diesen Waffen können wir Astronos ein zweites Mal schlagen! Steht da auch etwas über den Verbleib der Waffen?«

»Nein. Das heißt: Ja«, korrigierte sich Celeste. »Da steht, dass die Waffen als verschollen gelten. Abgesehen vom Helm Merkuriels. Angeblich liegt er wohlverwahrt in der Sternenburg.« Sie sah wieder auf. »Aber das kann nicht sein. Denn wäre dem so, dann hätte die Hohe Sternenmystikerin Aureana bei der Untersuchung des Schwertes gewiss Parallelen zu dem Helm gezogen.«

»Und die anderen Waffen?« Celeste schüttelte den Kopf. »Leider nichts.«

»Gut, dann lasst uns weitermachen und die nächste Frage stellen.« Der Himmelsmechaniker wandte sich zu Yargo um, der ihnen still gelauscht hatte. »Wie sieht es aus, Junge? Willst du die Frage selbst stellen?«

Yargo nickte zögernd. Ungelenk trat er vor den geflügelten Koloss und sah zu ihm auf. »Wer ist mein Schöpfer?«

Der Stellar rührte sich nicht. Enttäuscht blickte sich Yargo zu ihnen um. Meister Arcimboldo eilte zu ihm und berührte ihn mitfühlend an der Schulter. »Ich glaube, Yargo, du musst bei deiner Frage etwas konkreter werden.« Der Gnom räusperte sich. »Also, welche Informationen liegen dieser Bibliothek über den Seher Cagliomaeus vor?«

Knirschend richtete sich der riesige Stellar wieder auf, marschierte klirrenden Schrittes hinüber zu dem aufgeschlagenen

Buch, klappte es zu und trug es zurück zu der breiten Nische. Zielstrebig stampfte er an der Höhlenwand entlang und wuchtete ein zweites Eisenbuch aus einer der Nischen. Abermals ließ er es auf den quadratischen Felsblock fallen und klappte den schweren Einband auf. Dann stapfte er zurück zu seinem Sockel und nahm seine hockende Warteposition ein.

Hastig drängten sich die Gefährten um den Folianten. Eine der metallisch schimmernden Buchseiten präsentierte einen kunstvollen Stich, der einen breitschultrigen Mann mit stechenden Augen zeigte, der in ein kostbares Sternengewand gehüllt war.

Fabio keuchte vor Überraschung. »Das … das ist der Seher Cagliomaeus?«

»Ja«, antwortete Meister Arcimboldo, der Yargo anhob, damit auch dieser einen Blick auf die gewalzten Metallseiten werfen konnte. »Hier steht: Cagliomaeus, berühmter Sterndeuter und Alchimist aus Napuli. Auch bekannt unter den Namen Aucos Galmei und Giamo Elusca. Diente angeblich Kalif Farad Al'Melek von El Medina sowie König Basilius II. von Verona als Sterndeuter und Hofastrologe. Schöpfer eines berühmten Almagests und Entdecker neuer Sternzeichen.«

»Das ist alles?«, fragte Yargo enttäuscht.

»Das ist bei Weitem nicht alles!« Fabio drängte sich neben ihn. »Dieses Porträt … Astronos möge mich verfluchen, aber das ist der südländische Astrologe, dem ich jetzt schon zweimal begegnet bin. In Venezia und auch in Firenze. Zweifel sind ausgeschlossen!«

Entgeistert sahen ihn seine Gefährten an.

»Du musst dich irren, das ist völlig unmöglich«, wies ihn der Himmelsmechaniker zurecht. »Das würde ja bedeuten, dass Cagliomaeus noch lebt. In diesem Fall wäre er über fünfhundert Jahre alt.«

»Nein, sogar noch älter«, wisperte Celeste. »Verona hat das Königtum bereits vor über sechshundert Jahren abgeschafft.«

»Bitte, ihr müsst mir glauben«, beschwor Fabio seine Gefährten. »Das ist der Mann! Denkt ihr etwa, ich hätte mir diese ganzen seltsamen Prophezeiungen selbst ausgedacht?«

Celeste und Meister Arcimboldo wirkten noch immer ungläubig. Der Einzige, der lächelte, war Yargo. Der künstliche Junge wirkte für seine Verhältnisse regelrecht gelöst. Fabio war klar, welche Hoffnungen er hegte.

»Meine Güte.« Meister Arcimboldo atmete tief ein und schüttelte den Kopf. »Wenn das stimmt, dann müsste Cagliomaeus das Geheimnis der Unsterblichkeit entdeckt haben. Wer weiß, welches Wissen er noch hütet?« Er lachte trocken. »Wenn an der Sache auch nur irgendetwas dran ist, dann müssen wir ihn finden. Dann kann er uns selbst sagen, was in seinen Offenbarungen steht. Vielleicht benötigen wir sie dann gar nicht mehr.«

»Ja, und dann darf er uns auch gleich mal erklären, warum er all diese seltsamen Spielchen mit uns treibt«, schimpfte Fabio, den die Entdeckung eher wütend machte. »Leider war es bisher irgendwie so, dass nicht ich ihn, sondern er mich gefunden hat. Die Umstände unseres Zusammentreffens waren überhaupt immer recht seltsam.«

»So oder so, diese Bibliothek birgt mehr Überraschungen,

als ich zu hoffen gewagt hätte.« Der Himmelsmechaniker seufzte. »Cagliomaeus lebt. Unfassbar. Ich weiß noch nicht, was ich von alledem halten soll. Hochwohlgeboren, ich denke, Ihr solltet nun Eure Frage an die Bibliothek richten.«

In diesem Augenblick waren Geräusche am Eingang der Höhle zu hören und sie wirbelten alarmiert herum. Zu ihrer maßlosen Überraschung stand Denebola im Torbogen. Die korpulente Sternenmystikerin wirkte ausgezehrt und bleich, doch sie hielt entschlossen eine Laterne in der Hand und musterte die kleine Gruppe spöttisch.

»Ich hoffe, ich komme nicht zu spät«, sprach sie mit einer Stimme, die hohl von den Höhlenwänden widerhallte. »Als ich hörte, welche Entdeckung ihr gemacht habt, bin ich sofort aufgebrochen.«

»Herrin! Ihr seid wieder auf den Beinen? Ihr glaubt nicht, welche Sorgen wir uns um Euch gemacht haben.« Celeste eilte zu ihr, um sie zu stützen. »Ihr seid ja noch immer ganz kalt.«

Denebola schüttelte sie grob ab. »Lass das, Mädchen. Es geht mir so gut wie schon lange nicht mehr.« Sie lächelte und bedachte Meister Arcimboldo mit einem abschätzenden Blick. »Hauptsache, ich bin noch rechtzeitig eingetroffen, um diesen Wissensschatz nötigenfalls vor Missbrauch zu schützen.«

»Das ist also der Dank für unsere Mühe?« Der Gnom funkelte die Sternenmystikerin ungehalten an. »Wir werden noch darüber zu sprechen haben, was genau unter Missbrauch zu verstehen ist.«

»Langweile mich nicht, kleiner Mann.«

Fabio, der sein Erstaunen über Denebolas Auftauchen nur

langsam überwand, verzog verärgert das Gesicht. Das feindselige Verhalten der Sternenmystikerin war alles andere als angebracht. »Wo bleibt Eure diplomatische Gelassenheit, Sternenschwester?« Er zwinkerte ihr betont freundlich zu, doch die Hohe Lehrmeisterin ignorierte ihn. Stattdessen sah sie sich triumphierend zu den vielen eisernen Büchern in der Höhle um. »Ja, das ist er. Der größte Wissensschatz dieser Welt.« Sie bedachte Celeste mit einem unergründlichen Blick. »Wir beide werden Geschichte schreiben, Mädchen. Hast du bereits gefunden, weswegen wir ausgeschickt wurden?«

»Nein, aber ich war gerade dabei.« Celeste räusperte sich und weihte Denebola in die Tücken der Bibliothek ein. »Wir gehen davon aus, dass uns eine vierte Frage den Tod bringen wird«, schloss sie.

»Du willst mir sagen, dass bereits zwei Fragen von diesen Narren verschwendet wurden?«, fauchte die Sternenmystikerin mit kehliger Stimme. Sie wirkte wie ein Raubtier vor dem Sprung, was Celeste unwillkürlich einen Schritt zurückweichen ließ. Fabio verzog misstrauisch die Augenbrauen. »Sternenschwester, seid Ihr sicher, dass es Euch gut geht?«

»Mach dir keine Sorgen, Schwertbruder«, flötete Denebola. Sie glitt geschmeidig auf ihn zu und musterte ihn aus tief umschatteten Augen. In ihnen loderte ein Feuer wie bei einer Fieberkranken. »Ich mag vielleicht eine Zeit lang außer Gefecht gewesen sein, aber ich vertrete noch immer die Ansprüche der Sternenburg. Und das solltest du ebenfalls.«

»Sicher, verlasst Euch auf mich.« Verflucht, Denebola war ganz sicher nicht bei klarem Verstand.

»Gut.« Sie wandte sich herrisch zu Celeste um. »Also, Mädchen, worauf wartest du?«

Fabio sah aus den Augenwinkeln, dass Meister Arcimboldo wie zufällig seinen Tranceometer griffbereit hielt. Der Gnom blickte ihn auffordernd an, doch Fabio schüttelte unmerklich den Kopf. Er hoffte noch immer darauf, dass Denebola trotz ihres Fieberwahns genug Vernunft aufbrachte, um die Lage nicht eskalieren zu lassen. Celeste ging hoch erhobenen Hauptes auf den eisernen Stellar zu. »Ich suche jene Meditationstechnik, die es einer Sternenmystikerin erlaubt, einen stellaren Geist auf sich herabzubeschwören!«

Knirschend und quietschend richtete sich der geflügelte Koloss auf, entfaltete seine mächtigen Eisenschwingen und marschierte an Celeste vorbei zu dem offenen Buch, um es zurück in die Wandnische zu stellen. Anschließend ging er die Reihen mit dröhnenden Schritten bis fast zum Ausgang entlang, griff nach einem dritten Quartband und trug diesen zu dem flachen Felsen. Mit einem klirrenden Geräusch schlug er ihn auf und stampfte zu seinem Sockel zurück.

»All unsere Anstrengungen wurden belohnt!«, flüsterte Celeste begeistert. »Da ist sie!«

Denebola trat neben ihre Novizin und spähte über ihre Schulter. Ihre Lippen verzogen sich zu einem boshaften Lächeln, das Fabio gar nicht behagte.

»Diese Meditation ist nicht unkompliziert«, murmelte Celeste. »Vor allem verlangt sie höchste Konzentration.« Ihre Finger wanderten von Zeile zu Zeile und ihre Lippen bewegten sich immerzu.

»Wir werden schon damit zurechtkommen«, zischte Denebola nach einer Weile. »Fertige eine Kopie von den Buchseiten an, Novizin.«

»Eine Kopie?«

»Rede ich unverständlich, Mädchen?«

Celeste wühlte einige leere Pergamentbögen aus ihrer Tasche und bat Meister Arcimboldo um den Kohlestift, mit dem er vorhin auf den Felswänden Wegmarkierungen angebracht hatte. Dann pauste sie die Aufzeichnungen der Metallseiten auf die Pergamentbögen ab.

Fabio glaubte, weiter hinten in der Höhle eine Bewegung bemerkt zu haben. Wo war eigentlich Yargo?

Denebola riss Celeste die Seiten förmlich aus den Händen und betrachtete die Durchschrift mit einem Ausdruck, in dem nackte Gier lag. Sie sah wieder auf und musterte die silbrige Leuchtkugel, die über Celestes Händen schwebte. »Erstaunlich für eine Novizin.«

»Nein, Sternenschwester.« Celeste richtete sich stolz auf. »Ich habe meinen Stellar inzwischen gefunden. Ich bin jetzt eine Sternenmystikerin wie Ihr.«

»Wohl kaum.« Völlig unerwartet schlug Denebola Celeste die geballte Faust gegen das Kinn. Es knackte, Celeste stolperte mit glasigem Blick zurück und stürzte bewusstlos zu Boden. Mit einem teuflischen Grinsen wirbelte Denebola zu Fabio und Meister Arcimboldo herum, die bereits Schwert und Tranceometer gezückt hatten. »Sonst noch jemand hier, der mir gefährlich werden könnte?«

»Sternenschwester, seid Ihr noch bei klarem Verstand?«,

schrie Fabio entsetzt. Neben ihm klappte Meister Arcimboldos Tranceometer auf und ein schwaches Licht erfüllte die Höhle. Das Surren und Ticken des arkanomechanischen Uhrwerks war zu hören. »Ihr fühlt eine große Müdigkeit, Sternenschwester!«, erhob sich die beschwörende Stimme des Gnoms.

»Ach, tue ich das?« Denebola riss die Augen auf und streckte ihre Zunge in einer obszönen Geste hervor. Im selben Augenblick begann ihre Haut zu dampfen. Es war, als würden kleine Rauchsäulen aus ihren Poren aufsteigen, die sich wie Würmer und kleine Schlangen wanden, um sich innerhalb weniger Augenblicke zu einer Kutte aus bewegter Dunkelheit zusammenzuschließen. Ihre Augenhöhlen explodierten in einem kalten, blauen Licht.

»Sie ist ein Sternenvampir!«, brüllte Fabio erschrocken. Der Dämon wirbelte herum, griff nach den aufgeschlagenen Seiten des eisernen Buches und ein Knistern und Brechen erfüllte die Höhle. Ohne Mühe riss die fürchterliche Kreatur einige Metallseiten heraus. Längst hatte Meister Arcimboldo den nutzlosen Tranceometer weggesteckt und Poliogenes' Helioskop hervorgeholt. Das Linsenartefakt flammte bereits auf, als Denebola ihm eine der metallenen Buchseiten entgegenwirbelte. Der Gnom versuchte noch auszuweichen, doch er schaffte es nicht mehr. Schmerzerfüllt schrie er auf, als ihm die Linsenkugel aus der Hand geprellt wurde und auch er zu Boden ging. Wie das Blatt einer Axt bohrte sich die eiserne Platte hinter ihm in einen der Tropfsteine.

»Und nun zu dir, Paladin!«, zischte der Sternenvampir.

Mit Wucht schleuderte der Dämon Fabio die zweite Metallseite entgegen, deren Kanten wie rotierende Klingen auf ihn zujagten. Doch Fabio warf sich zur Seite und wehrte das Wurfgeschoss mit einem wuchtigen Hieb seiner Klinge ab. Sein Blick wanderte immerzu zwischen Celeste und Meister Arcimboldo hin und her, die sich beide nicht mehr rührten. Ohne seine Freunde würde er nicht gegen den Dämon bestehen können.

»Du hast uns genug Ärger bereitet, Mensch. Doch das hat jetzt ein Ende.« Der Sternenvampir glitt hohnlachend auf ihn zu und hob die Kopien der Buchseiten an. »Aber vielleicht tröstet es dich. Ich werde diese Notizen sogar persönlich zur Sternenburg bringen. Ganz so, wie es meinem sterblichen Selbst aufgetragen wurde.«

Schräg neben Fabio jagte plötzlich ein Schatten hinter einem der Tropfsteine hervor. Yargo! Der mechanische Junge hielt einen Stein in der Hand, den er mit aller Kraft nach dem Sternenvampir warf. Die finstere Kreatur unternahm nicht einmal den Versuch, dem Wurfgeschoss auszuweichen. Stattdessen schnellten ihre Krallen vor und packten Yargo an der Kehle. »Sei ein guter Junge und stirb!« Schlagartig überzog sich Yargos Körper mit Raureif, doch statt zu zerbröseln, blickte er dem Dämon furchtlos in die Fratze. »Das hat schon in Venezia nicht funktioniert. Ich bin aber auch nur die Ablenkung!« Die kaltblauen Glutaugen des Dämons erstrahlten vor Zorn und Verblüffung, als hinter einem anderen Felsen eine zweite Gestalt auftauchte: Ambra!

Bei allen Stellaren, was tat die Kleine hier?

»Nimm das!«, schrie das Gnomenmädchen und bespritzte den Sternenvampir mit einem Schwall silberheller Flüssigkeit. Sternentau! Es zischte, als ob Säure auf einen Kalkstein getropft wäre. Denebola stieß einen sphärischen Schmerzensschrei aus. Sie ließ Yargo fallen und torkelte mit vor das dunkle Antlitz geschlagenen Klauen einige Schritte zurück. Dort, wo die Sternenessenz den Leib der Kreatur benetzt hatte, war nun wieder menschliche Haut zu sehen, die Blasen warf.

»Das werdet ihr bereuen!«

Fabio war längst nach vorn gestürmt, schnappte sich Ambra und stieß sie hinüber zu ihrem Vater. »Schnell, versuch ihn wach zu kriegen!« Er hatte kaum zu Ende gesprochen, als das, was von Denebola übrig war, auch schon wieder auf ihn zuwallte. »Wenn das alles war, was ihr mir entgegenzusetzen habt, ist das euer Ende!«

»Ist es nicht«, ertönte neben dem Steinsockel eine krächzende Stimme. Celeste richtete sich mühsam auf. Ihre Leuchtkugel flackerte nur noch, dafür wirbelte jetzt die feuchte Höhlenluft über ihren Händen und wurde zu einer glitzernden Lanze, die sich aus Hunderten funkelnder Eiskristalle zusammensetzte. Mit singendem Laut sauste das Geschoss auf den Sternenvampir zu, der sich kreischend zur Seite warf. Hinter ihm in der Höhlenwand krachte es und die frostige Spitze schlug ein tiefes Loch in den Fels.

»Dann eben anders, Sternenhexe!«, zischte der Dämon. Doch statt anzugreifen, jagte er auf den eisernen Stellar zu. »Hier ist die vierte Frage: Wie viele Bücher besitzt diese Bibliothek!«

»Neiiiin!« Celeste zog sich am Felsblock hoch und beschwor eine weitere Eislanze herauf. Doch es war zu spät. Der Kopf des eisernen Kolosses ruckte hoch. Statt sich zu erheben, umfasste der Geflügelte den Schwertgriff vor ihm im Gestein und legte ihn wie einen Hebel um. Ein quietschendes Dröhnen rollte von den Höhlenwänden und ein Geräusch wie von fallendem Wasser war zu hören. Mit knarrendem Laut glitten die Torflügel des Eingangsportals zu, während irgendwo über ihnen die Felswände zu explodieren schienen. Denebola zerfaserte zu einer Wolke aus Dunkelheit, genau in dem Augenblick, als Celestes zweites Eisgeschoss auf sie zuschnellte. Ob sie den Sternenvampir getroffen hatte, vermochte Fabio nicht zu sagen. Denn im nächsten Moment prasselten gewaltige Fluten auf sie herab, die ihn von den Beinen rissen und in Richtung Steinblock spülten.

Eine Wasserfalle!

Nahe der Eingangstür hallte triumphierendes Gelächter auf und Fabio sah noch, wie sich der formlose Schattenleib des Sternenvampirs durch die Portalflügel zwängte, bevor sie sich endgültig schlossen. Finsternis umhüllte sie.

»Celeste!« Fabio rappelte sich tropfnass wieder auf. Die junge Sternenmystikerin musste es ebenfalls von den Füßen gerissen haben. Aber er konnte sie nicht sehen. »Celeste!« Doch, da war etwas. Er konnte ihre Anwesenheit … fühlen. Dort, schräg vor ihm. Er schloss unwillkürlich die Augen und ihre Präsenz wurde ihm noch deutlicher. Ohne weiter darüber nachzudenken, warum er sich dessen so sicher war, stemmte er sich gegen das sprudelnde Wasser, das ihm inzwischen bis zur Hüfte reichte. Er griff unter die Wasseroberfläche und fand die junge Sternenmystikerin. Panisch schlug sie um sich, da sich der Saum ihres Kleides unter Wasser zwischen Steinen eingeklemmt hatte. Hastig schnitt er den Stoff mit seinem Schwert auf und zerrte Celeste nach oben. Ihr Kopf durchstieß die Wasseroberfläche und sie rang japsend nach Luft. Sofort ließ sie wieder einen Lichtball aufsteigen. Ihr Gesicht war auf Höhe des Unterkiefers geschwollen, doch sie schien bei klarem Verstand zu sein.

Hinter einem der fallenden Wasserschleier waren derweil die schwachen Umrisse Ambras und Yargos zu sehen, die Meister Arcimboldo auf die Füße halfen. Das viele Wasser umspülte inzwischen Fabios Körpermitte und stieg unaufhörlich an. »Wir müssen raus hier!«, rief er. Er nahm Celeste bei der Hand und ihm wurde klar, dass er sein Kettenhemd loswerden musste, wollte er davon nicht nach unten gezogen werden.

Gemeinsam kämpften sie sich durch die Fluten zu Yargo und den Gnomen durch, die sich an einem Tropfstein festhielten. Meister Arcimboldo tauchte mehrfach unter Wasser und hielt endlich wieder Poliogenes' Helioskop in der Hand. Ein starker Lichtstrahl flammte auf, den der Gnom auf die zerklüftete Höhlendecke richtete. Dort oben klafften gleich sechs durchbrochene Stellen im Gestein, durch die Wasser in rauschenden Fontänen zu ihnen nach unten stürzten. »Wenn uns nicht schnell etwas einfällt, ist es aus mit uns!«, brüllte der Himmelsmechaniker gegen den Lärm an.

Fabio kam eine verzweifelte Idee und er kramte in seinem

durchfeuchteten Gepäck nach dem verbliebenen Merkurielsboten. Der Messingvogel lag kühl in seiner Hand. »Sagtet Ihr nicht, dieser Vogel findet immer einen Weg zu dem Adressaten einer Nachricht?«

»Ja, aber nur, wenn es auch einen Weg gibt«, antwortete Meister Arcimboldo.

»Schnell, ich benötige Garn oder Faden«, rief Fabio. »Wir werden den Vogel als Wegweiser benutzen.«

Es war Ambra, die ihm einen durchfeuchteten Wollknäuel reichte, was Fabio nicht besonders verwunderte. Schnell band er das Fadenende an die Krallen des arkanomechnischen Vogels und aktivierte ihn, indem er auf die Achataugen drückte.

»Poliogenes, Denebola ist ein Sternenvampir! Hütet euch vor ihr!«

Mit schwirrendem Geräusch stieg der künstliche Vogel auf, orientierte sich kurz und jagte der Höhlendecke entgegen. Der nasse Wollfaden spannte sich und Fabio hinderte den Merkurielsboten daran, weiter hinaufzufliegen. »Dort oben muss ein Fluchtweg sein!«, rief er und gab dem Faden mehr Spiel. Inzwischen reichte ihm die Flut bis zur Brust. »Allerdings werden wir ihn nicht rechtzeitig erreichen.« Er sah inzwischen keine Möglichkeit mehr, sein schweres Kettenhemd loszuwerden. Vermutlich würde er der Erste sein, der hier jämmerlich ersoff.

»Doch, das werden wir.« Celeste warf ihr klatschnasses Haar zurück und hob in einer majestätischen Geste die Arme. Das Wasser vor ihnen gefror schlagartig und unmittelbar darauf wuchsen große Eisblöcke aus dem See. Immer weiter schraubten sich die Frostmassen in die Dunkelheit der Höhlendecke empor und nahmen die Form von Stufen an.

»Sehr gut, Baroness!«, war neben ihnen die Stimme des Himmelsmechanikers zu hören. »Das nenne ich Erfindungsreichtum! Aus Euch hätte eine gute Himmelsmechanikerin werden können.«

Gemeinsam schafften sie es, die erste der eisigen Stufen zu erklimmen, und die aufsteigende Kälte erinnerte Fabio wieder an die bizarre Traumreise, die erst wenige Stunden hinter ihm lag. Mühsam kraxelten sie die frostige Treppe zur Höhlendecke empor, wo der angeleinte Merkurielsbote noch immer aufgeregt mit den Flügeln schlug. Schräg unter ihnen war die unheilvolle Silhouette des eisernen Stellars zu erahnen, während es rund um sie herum immerzu rauschte und gurgelte.

Meister Arcimboldo richtete den Schein des Linsenartefakts auf einen dunklen Felsspalt, der tiefer in den Berg hineinführte. Er war gerade so breit und hoch, dass sich ein Mensch kriechend in ihm fortbewegen konnte. »Sieht so aus, als hätten die Stellare noch etwas vor mit uns«, keuchte der Gnom erleichtert. »Und jetzt rein da. Die Kinder voran. Und dann lasst uns sehen, warum wir unser Leben behalten durften.«

Der Fluss im Berg

Fabio wusste nicht, wie lange sie sich bereits durch den engen Spalt im Fels zwängten. Vor ihm war das Schnaufen seiner Gefährten zu hören und hin und wieder blitzte der Schein ihrer Lichter im Dunkeln auf. Schon vor geraumer Zeit hatte er die Schnur gelöst, die er an dem Merkurielsboten befestigt hatte. Mehr als ihre eigene Sicherheit war es wichtig, die Gnome zu warnen. Zumindest war Meister Arcimboldo zuversichtlich, dass seine Kollegen Mittel besaßen, die auch einem Sternenvampir gehörig zusetzen konnten. Doch Fabio machte sich noch immer Sorgen. Die Tatsache, dass sich Denebola vor ihren Augen zu einem Sternenvampir verwandelt hatte, überschattete alle anderen Entdeckungen.

Endlich waren vor ihm wieder Geräusche zu hören, die darauf hindeuteten, dass seine Freunde einen größeren Hohlraum im Felslabyrinth erreicht hatten. Fabio zog sich mühsam die letzten Schritte nach vorn und gelangte so in eine Höhle, in der sich ihr Licht in Tausenden von Bergkristallen spiegelte. Sie überzogen die gesamte Wand des Hohlraums und glitzerten in allen Farben. Doch im Moment hatte Fabio für all die Pracht ringsum keinen Blick. Erschöpft ließ er sich neben Celeste auf einen Felsblock sinken, befreite sich von seinem Kettenhemd und wrang die durchnässten Kleider aus. Celeste sah ihm dabei niedergeschlagen zu, während Meister Arcimboldo drei weitere Gänge inspizierte.

»Verflucht, ich habe keine Ahnung, wo es weitergeht. Doch es gibt auch noch etwas anderes, was geklärt werden muss.« Funkelnden Blickes wandte er sich zu seiner Tochter um, die verdächtig still neben Yargo stand. »Was, bei allen Stellaren, hast du hier unten im Berg zu suchen?«, schimpfte er. »Kannst du nicht einmal auf deine Eltern hören?«

»Tut mir leid, aber … ich war so neugierig«, druckste Ambra kleinlaut. »Als die Sternenmystikerin plötzlich auf der Lichtung auftauchte, fing sie Streit mit den Männern an, weil sie ebenfalls runter zur Bibliothek wollte. Da wusste ich ja noch nicht, dass sie …« Ambra hob verzagt ihre Schultern. »Ich habe die Ablenkung ausgenutzt und bin unbemerkt in die Grube geklettert. Und unten bin ich Denebola heimlich gefolgt.«

»Du hast dich mit einem Sternenvampir angelegt. Ist dir eigentlich klar, dass du jetzt tot sein könntest? Tot!« Der Gnom stand mit hochrotem Kopf vor ihr, doch Fabio gebot ihm Einhalt. »Meister Arcimboldo, ich denke, ihr solltet Eurer Tochter lieber danken. Wir wären jetzt tot, wenn Ambra nicht gewesen wäre. Überhaupt verdanken wir Eurer Tochter mehr, als Ihr ahnt.«

»Was soll das jetzt schon wieder heißen?«, begehrte der Himmelsmechaniker wütend auf.

»Das heißt, dass mir Ambra heute Nacht geholfen hat, eine Sternenmystikerin zu werden«, erklärte Celeste mit ruhiger

Stimme. »Seid nicht so streng zu ihr und versucht sie zu verstehen.« Sie erhob sich und strich der Kleinen über das feuchte Kraushaar.

»Das ist mir völlig egal«, platzte es aus dem Gnom heraus. Wütend rieb er die Gläser seiner Brille trocken, doch Fabio konnte die tiefe Sorge in seiner Stimme hören. »Und so weit kommt es noch, dass ich mir von einer Sternenmystikerin Ratschläge in Erziehungsfragen geben lasse. Wenn wir erst wieder das Tageslicht erreicht haben, wird das ein Nachspiel haben. Verlass dich darauf, Ambra. Und diesmal werde ich keine Nachsicht kennen.«

»Kümmern wir uns erst einmal darum, wie wir hier rauskommen«, versuchte Fabio das Thema zu wechseln. Mühsam zog er sich wieder das Kettenhemd an. Meister Arcimboldo wollte etwas sagen, doch er beschränkte sich darauf, Ambra einen weiteren zornigen Blick zuzuwerfen. Dann wandte er sich wieder zu den Ausgängen der Kristallhöhle um. »Ich denke, dort oben geht es an die Oberfläche«, meinte er wütend. Er deutete zu einem schmalen Felsspalt, der gerade so viel Platz bot, einen Vogel hindurchzulassen. »Aber da kommen wir unmöglich durch. Uns wird also nichts anderes übrig bleiben, als durch einen der beiden anderen Gänge tiefer in den Berg zu marschieren und zu hoffen, dort irgendwann einen Ausstieg zu finden. Also los!« Ohne die Reaktion seiner Gefährten abzuwarten, ging er auf einen stollenartigen Durchschlupf zu, der sich in der Felswand direkt gegenüber befand. Fabio zuckte mit den Schultern, nahm sein Gepäck auf und gab den anderen ein Zeichen, dem Gnom zu folgen.

Immer wieder durchquerten sie schroffe Höhlen, und Fabio gewann schon bald den Eindruck, dass das Sternensichelgebirge durchlöchert war wie ein Käse aus den nördlichen Provinzen Astarias. Einmal machten sie eine kurze Rast, dann ging es immer tiefer in die unwirkliche Höhlenwelt hinein.

»Konntest du dir diese stellare Anrufung denn einprägen?«, wollte Fabio irgendwann von Celeste wissen.

»Ich weiß es nicht«, antwortete sie unglücklich. »Die Meditation ist kompliziert. Man muss sich auf zahlreiche Sternbilder gleichzeitig konzentrieren und ihre astralen Muster im Geiste miteinander verknüpfen. Dabei darf einem kein Fehler unterlaufen.« Sie sah ihn verbittert an. »Ist dir klar, dass wie bei Vesperuga schon wieder ein Sternenvampir von einer Sternenschwester Besitz ergriffen hat? Ich begreife nicht, wie das möglich ist!«

»Ich auch nicht«, schnaufte Fabio. »Aber wenn das kein Zufall war, dann müssen wir unbedingt die Hohe Sternenmystikerin Aureana davon in Kenntnis setzen. Vielleicht gibt es bei euch Sternenschwestern ebenso Verräterinnen wie bei uns Paladinen?«

»Ich kann das einfach nicht glauben.«

»Denk an meinen einstigen Herrn Ludovico«, knurrte Fabio. »Der hat sein wahres Gesicht ebenfalls bis zuletzt vor uns verborgen.«

»Ruhe da hinten!«, war vor ihnen Meister Arcimboldos Stimme zu hören. Tatsächlich konnten nun auch Fabio und Celeste ein fernes Rauschen hören.

»Was ist das?«, flüsterte Fabio. »Wasser?«

»Ja, hört sich ganz so an«, stimmte ihm der Himmelsmechaniker zu. »Vielleicht eine unterirdische Quelle? Kommt!«

Gemeinsam stolperten die Gefährten weiter und es dauerte nicht lange, bis sich der Felsengang erweiterte. Das Rauschen wurde lauter und klang nun fast so wie ein Wasserfall. Fabio wollte sich bereits an Yargo und Ambra vorbeidrängen, als er inmitten des Lärms kehlige Laute und Stimmfetzen vernahm.

»Goblins!«, zischte er warnend. Hektisch schlich er vor, bis er bei Meister Arcimboldo war. Der Gnom lag auf der Spitze einer Felsnase, die in eine große Höhle hineinragte. Unentwegt war das Rauschen eines breiten unterirdischen Flusses zu hören, auf dessen Fluten flackernde Lichter tanzten. Der Fluss sprudelte aus einer großen Felsöffnung links von ihnen und verschwand in einem breiten Gang zu ihrer Rechten. Doch viel mehr beunruhigte Fabio das eigentümliche Treiben, das sich unter ihnen abspielte. Die Lichter stammten von Laternen, die auf Holzflößen festgemacht waren. Jedes der Flöße war mit einem halben Dutzend bis an die Zähne bewaffneter Goblins besetzt und wurde von den Unholden mit langen Holzstangen in der Mitte des Wassers gehalten. Fabio hörte irgendwann auf, die vielen vorbeitreibenden Flöße zu zählen. »Beim schwarzen Astronos, da unten schippert eine ganze Armee entlang!« Immerzu schälten sich weitere Flöße aus dem Halbdunkel, die dem unterirdischen Wasserlauf folgten. Längst hatten sich auch Celeste, Ambra und Yargo zu ihnen gedrängt, die das Schauspiel atemlos mitverfolgten.

Unvermittelt donnerte es unter ihnen, da eines der Flöße

gegen das steinige Ufer gespült wurde. Einer der Stämme löste sich und die Goblins sahen sich gezwungen, ans Höhlenufer zu springen. Währenddessen rauschten weitere Flöße an den Gestrandeten vorbei, deren Besatzungen höhnische Rufe ausstießen, die die Goblins am Ufer mit obszönen Gesten beantworteten. Endlich kehrte auf dem Wasserlauf Ruhe ein und die zurückgebliebenen Unholde begannen damit, ihr Floß zu reparieren.

»Wir müssen herausfinden, welches Ziel die Goblins haben«, flüsterte Fabio.

»Das auf jeden Fall«, knurrte der Himmelsmechaniker. »Diese Scheusale so nah am Lager meines Volkes, das behagt mir gar nicht.«

»Macht euch keine Sorgen, mit denen werden wir fertig!« Celeste nickte entschlossen und deutete zu der zerklüfteten Höhlenwand neben ihnen, die schräg bis zum Grund der großen Höhle reichte. »Schafft ihr es, unentdeckt bis nach unten?« Fabio und Meister Arcimboldo nickten, während Ambra eine Steinschleuder zückte. »Gut, dann schleicht euch runter und wartet, bis ich euch das Signal zum Angriff gebe.«

Was auch immer Celeste plante, Fabio vertraute seiner Gefährtin. Jeden Felsen als Deckung nutzend, machten er und Meister Arcimboldo sich an den Abstieg. Der unterirdische Wasserlauf übertönte ihre Klettergeräusche und so gelang es ihnen, unbemerkt in den Rücken der sechs Goblins zu gelangen. Die hatten die Stämme ihres Floßes inzwischen wieder fest vertäut und machten sich daran, das schwimmende Gefährt ins Wasser zu schieben.

Schlagartig wurde es kalt und vom Fluss her knisterte es. Rund um das Floß begann sich Eis zu bilden, das sich schnell ausbreitete und zu einem mächtigen Block gefror, um den herum das Wasser sprudelte. Die Goblins jaulten überrumpelt auf und zückten ihre Waffen, denn die gletscherartige Masse hatte nicht nur das Floß selbst festgefroren, sondern auch die zwei Goblins, die es zurück in die Fluten geschoben hatten. Aufgebracht zerrten die beiden an ihren Beinen, die bis zu den Oberschenkeln im Eis feststeckten, während ein Dritter auf der spiegelglatten Fläche ausrutschte und der Länge nach hinstürzte. Fabio war längst aufgesprungen und rannte auf die verbliebenen Goblins zu. Im nächsten Augenblick klirrte Stahl gegen Stahl.

»Du da, Narbengesicht, schlafe ein!«, brüllte irgendwo hinter ihm Meister Arcimboldo im bläulichen Schein des Tranceometers. Einer von Fabios Gegnern warf sich mit glasigem Blick zu Boden. Fabio hatte derweil einem seiner Kontrahenten das Schwert aus der Hand geprellt und schlitzte ihm den Leinenpanzer auf. Schreiend kippte der Goblin um. Sein finsterer Kumpan jedoch sprang mit zuckenden Fledermausohren vor und schlug rechts und links auf Fabio ein. Der junge Paladin parierte die Hiebe, wich aus und setzte mit seiner Klinge zu einer harten Gegenwehr an. Blutend brach auch dieser Unhold zusammen. Derweil warf einer der feststeckenden Goblins eine Wurfaxt nach Meister Arcimboldo, der der Waffe nur mit Mühe ausweichen konnte.

»Dreckiger Mensch!« Der Goblin, der vorhin ausgerutscht war, stand jetzt mit gespanntem Kurzbogen auf dem Floß und visierte Fabio an. Doch plötzlich taumelte er zurück und der Pfeil zischte ungezielt zur Höhlendecke. In seinem Hals steckte ein Wurfmesser. Jenseits der Eisfläche durchstieß ein Kopf mit blonder Mähne das Wasser. Sylvana! Die Wilde zog sich mit gefletschten Zähnen auf das Floß und streckte fast beiläufig die beiden im Eis gefangenen Goblins nieder.

»Bei Marsakiel!«, entfuhr es Fabio. Er senkte sein Schwert. »Was tust du denn hier?«

»Das Gleiche könnte ich euch fragen«, knurrte die Wolfsfrau, während sie ihre Dolche wieder einsammelte. Sie schüttelte sich wie ein Hund und die Wassertropfen spritzten bis in Fabios Richtung. »Und was dich betrifft, Mädchen«, wütend blickte Sylvana zu der Felsnase empor, von der Celeste, Ambra und Yargo zu ihnen herabstarrten, »überleg dir beim nächsten Mal besser, was du einfrierst. Fast hättest du mich mit vereist.«

»Tut mir leid.« Celeste und die beiden Kinder kletterten nun ebenfalls zu ihnen in die Tiefe.

»Sag schon«, fragte Fabio Sylvana ein weiteres Mal, »was machst du hier?«

»Raimondo und ich haben unten am Fuß der Sternensichel Goblinspuren gefunden. Wir sind ihnen bis zu einem Höhleneinstieg gefolgt, wo sich bereits ein ganzes Heer dieser Kreaturen eingefunden hatte. Wir tippen auf etwa zweihundert Krieger.«

»Zweihundert!« Celeste trat mit großen Augen näher.

»Allerdings. Und sie werden von niemand Geringerem als diesem Gruuk angeführt.«

»Wo kommen all diese Ungeheuer her?«, fragte Ambra.

»Ich schätze, sie stammen aus Venezia oder aus den Goblinzähnen«, knurrte Sylvana. »Die Küsten des Mitternachtsmeers sind lang, es dürfte ihnen nicht schwergefallen sein, sich zunächst über die See und dann über den Landweg bis zum Sternensichelgebirge durchzuschlagen.«

Celeste strich sich nachdenklich das lange Haar zurück. »Und wo ist Raimondo?«

»Zurück ins Tal, um die Gnome zu warnen. Das Ganze ist jetzt etwa vier Stunden her.« Sylvana grinste breit. »Wir haben mit Stöckchen gelost, wer die Goblins verfolgen darf. Ich hab ihn betrogen und Euer Cousin hat es vor lauter Ärger nicht einmal bemerkt.«

Fabio war nicht nach Lachen zumute. »Wenn Gruuk einen solch gewaltigen Stoßtrupp anführt, dann befürchte ich das Schlimmste. Vielleicht wollen sie die Verbündeten aus dem Rückhalt angreifen. Konntest du herausfinden, wohin diese Goblins unterwegs sind?«

»Nein, aber ich war gerade dabei.«

»Dann lasst es uns jetzt herausfinden.« Meister Arcimboldo hob seinen Tranceometer, dessen Zeiger unruhig surrten, und rüttelte den schlafenden Goblin wach. Blinzelnd kam der Unhold zu sich. »Ich bin dein Freund, Goblin«, sagte der Himmelsmechaniker. »Leider haben wir uns verfahren. Verrate uns doch, wohin wir unterwegs sind.«

Der Goblin erhob sich und starrte Meister Arcimboldo verwirrt an. »Zur flüsternden Stadt«, krächzte er. »Sind wir die Letzten?«

»Ja, sind wir«, meinte der Gnom mit gespielter Freundlichkeit. »Und was wollen wir dort?«

»Na, was wohl?« Der Goblin lachte rau. »Weißt du das denn nicht mehr? Die Freibeuter erwarten uns, um uns auf ihre Schiffe zu nehmen. Und dann werden wir …« Die Augen des Goblins weiteten sich erschreckt, als er Fabio entdeckte. Mit schnellem Griff zog er sein Sichelschwert, packte den Himmelsmechaniker und stieß ihn beiseite. »Pass auf, ein Paladin!« Bevor Fabio wusste, wie ihm geschah, sprang der Goblin mit gezückter Klinge auf ihn zu. Doch schon im nächsten Moment brach er mit gurgelnden Lauten zusammen. Sylvana, die mit einem gewaltigen Satz zwischen sie gesprungen war, steckte ihre Messer wieder weg. »Wusste ich doch, dass dieser Kreatur nicht zu trauen war!«

»Es tut mir leid.« Meister Arcimboldo rappelte sich wieder auf und sah Fabio bestürzt an, der erst allmählich realisierte, dass ihm Sylvana gerade das Leben gerettet hatte. »Ich hätte ihm sagen müssen, dass *wir alle* seine Freunde sind. Jetzt erfahren wir nicht, was Gruuk vorhat.«

Sylvana schnaubte abfällig.

»Wenn wir herausfinden wollen, was diese tückischen Graupelze planen, dann bleibt uns eben nichts anderes übrig, als ihnen zu folgen«, erklärte Fabio, ohne dem Himmelsmechaniker weitere Vorwürfe zu machen. »Und zwar damit.« Er deutete auf das Floß.

»Ich wüsste zu gern, was er mit dieser flüsternden Stadt gemeint hat«, überlegte Celeste. Die Gefährten sahen sich schulterzuckend an, allein Fabio gab einen nachdenklichen

Laut von sich. »Ich hab den Namen schon einmal gehört«, murmelte er. »Während unserer Traumreise. Da waren Stimmen, die diese Stadt erwähnten.«

»Was für eine Traumreise?«, fragte Meister Arcimboldo.

»Still!« Celeste gebot dem Himmelsmechaniker zu schweigen und nahm Fabios Hand. »Weiter! Erzähl schon.«

»Viel mehr weiß ich nicht«, seufzte Fabio. »Da war tatsächlich eine Stadt. Aber sie wirkte irgendwie öde und verlassen. Und …«, er riss die Augen auf. »Bei Molunah, ich habe diesen Begriff schon vorher gehört. Der Astrologe in Firenze hat ebenfalls eine flüsternde Stadt erwähnt.«

»Cagliomaeus?!« Meister Arcimboldo trat aufgeregt näher. »Was genau hat er dir gesagt?«

Fabio konzentrierte sich. »Ich soll dem Ruf der trügerischen Delfine folgen, um diese Stadt zu finden. Und da war noch etwas. Eine Mahnung oder Warnung. Irgendwas mit der Kraft der Gezeiten. Außerdem würden dort Tod und Schatten um die Macht der Zeit ringen.«

»Wir sind es, die hier mit der Zeit ringen«, knurrte Sylvana kopfschüttelnd. »Wenn wir weiter untätig rumstehen, sind die Goblins bald über alle Berge.« Sie forderte Celeste auf, das Eis zum Schmelzen zu bringen, und gemeinsam bestiegen sie das Floß der Goblins. Yargo überprüfte die Laterne vorn an der hölzernen Halterung und die Wolfsfrau griff nach der langen Holzstange, um das schwankende Gefährt zurück in die Mitte des Wasserstroms zu lenken. Schon bald wurde das Floß von der Strömung erfasst und die Fluten trugen es hinein in die dunkle Felsröhre.

Sie durchquerten weitere Gänge und Höhlen und der unterirdische Fluss wuchs an manchen Stellen zu einem Wildwasser an, das gefährliche Strudel erzeugte. Schnell hatten sie herausgefunden, wie sie sich auf dem Floß bewegen mussten, um nicht ins Wasser zu stürzen.

Es schien eine Ewigkeit zu dauern, bis sich vor ihnen der halbbogenförmige Ausgang einer gewaltigen Grotte abzeichnete. Trübes Nachmittagslicht sickerte ihnen entgegen, als sie von den Fluten aus der Bergwelt gespült und auf eine grau schimmernde Wasserfläche hinausgetragen wurden, die zunehmend zu einem breiten Strom anschwoll. Es mussten Stunden vergangen sein.

Fabio sah zum wolkenbedeckten Himmel auf und ahnte, dass der Fluss sie an der westlichen Flanke des Sternensichelgebirges ausgespien hatte. Das Wasser beruhigte sich zunehmend, bis es irgendwann verdächtig still um sie herum wurde. Nebel zog auf und trübte ihren Blick. Fabio trat ganz nach vorn und sah auf die Fluten hinab, die wie schwarze Tinte an den Holzstämmen des Floßes entlangströmten. Hinter ihnen legte sich Sylvana mit der langen Stange mächtig ins Zeug, um den Vorsprung der Goblins aufzuholen, doch so eilig hatte es Fabio nicht. Auch Celeste und die Gnome hielten gespannt den Atem an. Misstrauisch sahen sie zu den Uferböschungen hinüber, an denen nichts als kümmerliche Sträucher und verkrüppelte Bäume wuchsen, deren Zweige gespenstisch in die Luft ragten. Sie durchstießen geisterhafte Nebelschwaden, die dicht über dem Wasser trieben, und weit vor ihnen im Dunst zeichnete sich plötzlich die dunkle Silhouette einer unheimlichen Ruinenlandschaft ab. Der Fluss verbreiterte sich immer mehr und sie glitten an einem zerbrochenen Figurenrelief vorbei, das aus dem Wasser ragte. Wo waren sie?

»Das ist Brackwasser«, meinte Meister Arcimboldo, der am Rand des Floßes kniete und etwas von dem Flusswasser gekostet hatte. Angewidert spuckte er die Flüssigkeit wieder aus. »Ich tippe auf ein Flussdelta in unmittelbarer Nähe zum Sternenmeer.«

»Oh nein«, entfuhr es Celeste. Aufgeregt wandte sie sich an Fabio. »Ich glaube, ich weiß, wo wir sind. Und ich ahne auch, was dieser Goblin mit dem Ausdruck flüsternde Stadt meinte. Es ist die goblinische Bezeichnung für Napuli!«

»Wir sind in Napuli?« Fabio griff zu seinem Schwert. »Heißt es nicht, die Stadt sei verflucht?«

Celeste nickte angespannt. »Seit Napuli vor fünfhundert Jahren im Krieg gegen die Himmelsmechaniker ganz zerstört wurde, hat es kaum jemand gewagt, einen Fuß auf das alte Stadtgebiet zu setzen. Und das hat seinen Grund. Die Sternenburg hat in der Vergangenheit mehrfach Sternenschwestern zu den versunkenen Ruinen der Stadt entsandt, doch die meisten von ihnen kamen nicht mehr zurück. Die, denen es doch gelang, sollen hier angeblich verrückt geworden sein. Seitdem hält sich die Schwesternschaft mit weiteren Expeditionen in dieses Gebiet zurück. Warum nur musste es uns ausgerechnet hierher verschlagen?«

»Treibt sich hier vielleicht eine weitere Splitterkreatur herum?« Fabio verengte die Augen.

»Nein, Paladin. Keine Splitterkreatur.« Sylvana hielt das

Ruder wie einen Speer in den Händen und starrte argwöhnisch in den dichten Nebel. »Hier lauern die gefesselten Seelen jener, die einst die Sternenmystikerinnen Napulis verraten haben. Einer von ihnen war angeblich ein Freibeuterkapitän vom Eiland der Winde, der mit den Himmelsmechanikern gemeinsame Sache machte. Doch nach dem ersten verheerenden Angriff auf die Stadt schlugen die überlebenden Sternenmystikerinnen zurück. Der feige Kapitän wusste offenbar, was ihm blühte, denn er versuchte sein jämmerliches Leben zu retten, indem er seine Seele an Astronos verkaufte. Doch Astronos forderte auch die Seelen seiner Leute. Deshalb hat er sie alle ermordet. Aber diese Tat hatte ihren Preis. Der unselige Pakt rettete ihr Leben nicht, er verlängerte bloß ihre Qualen. Angeblich dienen der Freibeuterkapitän und seine Mannschaft bis heute Astronos und bewachen für ihn das, was von Napuli übrig geblieben ist.«

»Woher weißt du das alles?«, fragte Celeste. »Das Ganze ist über fünfhundert Jahre her.«

»Weil das nach den Maßstäben meiner Art erst drei Generationen zurückliegt, Mädchen.«

»Wie alt bist du denn?«, fragte Ambra erstaunt.

»Alt genug, Kleine, um deine Urgroßmutter zu sein.«

»Könntet ihr bitte still sein!« Meister Arcimboldo spähte verärgert über die Wasserfläche. »Ich habe Ähnliches über Napuli gehört. Und wenn an all diesen Gerüchten auch nur ein Funken Wahrheit ist, dann hätten wir auch gleich in der Eisernen Bibliothek bleiben können. Denn in diesem Fall steuern wir gerade unserem sicheren Tod entgegen.«

Die flüsternde Stadt

Es gluckste, während Sylvana das Floß vorsichtig an einer Hausruine vorbeilenkte. Von dem Gebäude waren nur noch zwei Wände und einige Marmorsäulen übrig. Der Rest war schon vor langer Zeit eingestürzt und von den Fluten des Sternenmeers überspült worden. Etwas bewegte sich unter der Wasseroberfläche und tauchte lautlos wieder ab.

All die Mauern und geborstenen Überreste, die ringsum aus dem Wasser ragten, erinnerten Fabio irgendwie an jene Stadt, die er bei der Traumreise mit Celeste gesehen hatte. Das Flussdelta, aus dem sich die Überreste der einstigen Metropole erhoben, wurde allerorten von kleinen Inseln und Mauerstümpfen durchbrochen. Sie ragten wie aufgeschwemmte Kadaver aus dem Wasser und bildeten ein hochgefährliches Labyrinth aus Steinquadern und Wasserwegen. Verkrüppelte Baumskelette reckten auf einem der Trümmerhügel ihre Zweige in den trüben Himmel, während im nahen Wasser hin und wieder Blasen aufstiegen.

»Diese verdammten Goblins müssen doch hier irgendwo sein!«, unterbrach die Wolfsfrau seine Gedanken. In der Ferne waren Laute zu hören, die an ein Seufzen oder Wehklagen erinnerten. Fabio fuhr herum und schauderte.

In diesem Moment deutete Ambra aufgeregt in Richtung Westen. »Dort, seht doch!«

Sylvana verkantete die Ruderstange sofort zwischen zwei schlickigen Mauerblöcken und brachte das Floß zum Stehen. Tatsächlich konnten sie etwas voraus die dunklen Silhouetten dreier Segelschiffe ausmachen, die Fabio anhand ihrer charakteristischen Dreieckssegel den Piratenseglern vom Eiland der Winde zuordnete. Eines der Schiffe holte soeben seinen Anker ein und machte sich bereit, zum offenen Meer auszulaufen, die anderen beiden Segler waren noch immer von zahlreichen Flößen umgeben, von denen aus kleine Gestalten an Bord kletterten. Auf einem der vorderen Schiffskastelle konnte Fabio deutlich einen breitschultrigen Goblin erkennen, der sich mit einem Menschen unterhielt. Die Kreatur kam ihm bekannt vor. Das musste Gruuk, der Hochschamane der Goblins, sein!

»Diese elenden Verräter!«, zischte Fabio.

Jeder wusste, dass das Eiland der Winde von Clans aus Gesetzlosen beherrscht wurde, die von ihrem Hauptstützpunkt Korsa aus das Sternenmeer unsicher machten. Die Paladine hatten Korsa mithilfe Genovas und Stella Tiberias in den letzten zweihundert Jahren schon mehrmals niedergebrannt. Und doch war es ihnen nicht gelungen, die Freibeuter endgültig zu schlagen. Es war ein offenes Geheimnis, dass die Piraten von den Stadtstaaten Ancona und Barion unterstützt wurden, die sich davon eine Schwächung ihrer Konkurrenten im Sternenmeer erhofften. Stets flohen die kämpferischen Clans ins unwegsame Hinterland der Insel, von wo aus sie die

Eroberer so lange mit Anschlägen traktierten, bis Verluste und Kosten zu hoch wurden, um die Insel länger zu halten. Wenn die Eroberer das Eiland wieder aufgaben, begannen die Freibeuter erneut damit, sich unbehelligt an den Küsten anzusiedeln und das Sternenmeer unsicher zu machen. Verlässliche Verhandlungspartner gab es unter ihnen nicht. Die Clans kannten allein das Gesetz des Stärkeren. Sie bekämpften sich sogar untereinander und das einzige Recht, das jedem Mann zugestanden wurde, bestand darin, seinen Anführer zu einem Kampf auf Leben und Tod herauszufordern, um selbst Clanführer zu werden. Doch dass die Freibeuter so weit gingen, mit den Goblins gemeinsame Sache zu machen, hätte auch Fabio nicht für möglich gehalten.

»Was machen wir jetzt?«, fragte Celeste.

»Abwarten«, grummelte Meister Arcimboldo. »Selbst wenn wir unsere magischen Möglichkeiten einrechnen, mit einer derartigen Übermacht werden wir nicht fertig. Außerdem sollten wir nicht vergessen, dass irgendwo da hinten Gruuk an Bord ist.«

»Die Goblins sind hier nicht die größte Gefahr«, knurrte Sylvana. Sie behielt unruhig die versunkenen Ruinen im Auge. »Könnt ihr es auch spüren? Die Toten beobachten uns.«

Fabio schüttelte sich. Ihm war schon die ganze Zeit unbehaglich zumute. »Wir müssen irgendwie herausbekommen, welches Ziel die Goblins mithilfe der Freibeuter ansteuern wollen. Mit den Schiffen können sie theoretisch sogar bis hoch nach Genova gelangen.«

»Aber sie sind nicht nur auf den Schiffen, sondern auch

dort drüben.« Yargo deutete zu einer kleineren Landzunge im Norden, von der aus soeben ein Ruderboot mit Goblins ablegte. Auf der Sandbank ragten die zerfallenen Überreste eines Turmbaus in die Höhe, zwischen denen Zeltplanen gespannt waren. Trotz des allgegenwärtigen Dunstes war zu sehen, dass auf der Insel noch immer Bewegung war.

»Sieh einmal an, ein Lager!« Celeste maß die Distanz zwischen der Trümmerinsel und den Segelschiffen und verzog abfällig ihre Lippen. »Es ist weit genug von den Schiffen entfernt. Mit etwas Glück erfahren wir dort, was die Goblins vorhaben.«

»Gut, versuchen wir unser Glück.« Sylvana tauchte die Ruderstange tief ins Wasser ein und stieß das Floß wieder ab. Geschickt manövrierte sie das schwankende Gefährt im Schatten von Mauerstümpfen und eingesunkenen Gebäuden in einem weiten Bogen um die Schiffe der Freibeuter herum auf das kleine Eiland zu. Im Schatten einer zusammengestürzten Hausfassade, aus der noch immer schlickige Dachbalken ragten, stoppte sie das Floß wieder. Zwischen ihnen und ihrem Ziel lag eine offene Wasserfläche, die keinen Sichtschutz bot. In der Ferne waren drei Goblins zu erkennen, die eine Kiste zu jener Uferstelle schleppten, von der vorhin das Ruderboot abgelegt hatte.

»Was auch immer diese elenden Kreaturen dahinten treiben«, fauchte Sylvana, »sie werden uns entdecken, wenn wir uns ihnen weiter nähern.«

»Vorschläge?« Fabio wandte sich zum Rest der kleinen Mannschaft um.

»Ich könnte sie wegpusten«, schlug Meister Arcimboldo vor. Er zückte den Aeroaster seines verstorbenen Widersachers Meridianus. »Allerdings würde das wohl einiges Aufsehen erregen.«

»Vielleicht kombinieren wir unsere Möglichkeiten?«, schlug Celeste überraschend vor. »Ich kann die Luft um uns herum so weit abkühlen, dass der Dunst über dem Wasser zu einem dichten Nebel gerinnt. Mit Eurer Windmaschine könntet Ihr den Nebel hinüber zu dieser kleinen Insel wehen. In seinem Schutz sollte es doch möglich sein, dass wir uns den Feinden unentdeckt nähern.«

»Keine schlechte Idee.« Arcimboldo zwinkerte ihr hinter seinen Brillengläsern zu. »Ich frage mich wirklich, wohin das noch führen soll. Ich meine, dass Sternenmystikerinnen und Himmelsmechaniker plötzlich so nutzbringend zusammenarbeiten …«

»Schreibt ihr euch bald auch noch Gedichte?«, grollte Sylvana und zog sich die Stiefel aus. »Seht zu, dass ihr endlich fertig werdet.«

»Was hast du vor?«, wollte Fabio wissen.

»Ich warte, bis unsere beiden Schmusekätzchen ihr Werk beendet haben«, zischte die Wolfsfrau grimmig und überprüfte die Schärfe ihrer Messerklingen, »und dann erledige ich den Rest.«

Ohne auf Sylvanas Sticheleien einzugehen, breitete Celeste ihre Arme aus und konzentrierte sich. Schlagartig kühlte sich die Luft um sie herum ab. Die Schwaden, die zwischen den Ruinen trieben, verdichteten sich jäh zu grauen Schleiern, die auf breiter Fläche an Säulen, Fundamenten und Mauern emporkrochen. Celeste ließ sich Zeit und sorgte dafür, dass der Vorgang aus der Ferne wie ein leichter Wetterumschwung wirkte. Kurz darauf umgab die Gefährten eine Nebelbank, die so dicht war, dass sie ihre Hände kaum noch sehen konnten.

»Das reicht«, wisperte Meister Arcimboldo schräg hinter Celeste. Fabio konnte hören, wie sich das Windrad des Aeroasters schwirrend in Betrieb setzte. Eine kräftige Brise strich durch Fabios Haar und wieder glaubte der junge Paladin, von irgendwoher ein leises Raunen und Flüstern zu hören. Seine Nackenhaare stellten sich auf und er blickte sich um. Doch da war nichts. Immerhin, die magisch erzeugte Böe wirbelte den Nebel ringsum auf und trieb ihn beständig auf die kleine Insel zu.

Sylvana reichte Ambra ihre Stiefel und trat an den Rand des Floßes heran. »Zählt bis fünfhundert!«, knurrte sie. Dann sprang sie und tauchte kopfüber ins Wasser. Ein Platschen war alles, was zu hören war, schon war sie verschwunden.

»Wenn das nur gut geht«, seufzte Fabio. Er trat neben Celeste und Yargo und sah trotz des allgegenwärtigen Nebels, dass der künstliche Gnomenjunge seine Lippen bewegte. Er zählte tatsächlich. Ungeduldig beobachtete er ihn, bis Yargo endete. »Fünfhundert!«

»Auf geht's!« Fabio packte den Stecken und stieß das Floß in Richtung Goblinlager ab. Doch schnell begriff er, warum sich Sylvana entlang der Trümmerreste orientiert hatte. Das Wasser war an dieser Stelle tief und die Stange fand keinen Grund mehr. Sehen konnte er zu allem Unglück kaum etwas.

Verärgert wandte er sich an Celeste und Meister Arcimboldo. »Wir treiben ab. Mit der verfluchten Stange kommen wir nicht weiter.«

Celeste ließ an der Spitze des Floßes kurzerhand eine knisternde Eiswand emporwachsen, gegen die der Wind von Meister Arcimboldos Aeroaster blies. Das Floß gewann wieder an Fahrt. Fabio zog sein Schwert und spähte an der Eiswand vorbei in Fahrtrichtung. Doch da waren nichts als graue Schleier. Jäh schälte sich die schwache Silhouette des Turmbaus aus dem Dunst. Ein heftiger Stoß schüttelte das Floß durch, der die kleine Gruppe fast von den Füßen riss. Das Ufer der Landzunge war erreicht.

»Yargo, Ambra«, flüsterte Fabio. »Seht zu, dass ihr das Floß irgendwo vertäut. Ihr anderen, mir nach!« Mit einem kräftigen Tritt zertrümmerte er die dünne Eiswand und sprang ans Ufer. Der Grund war schlickig, doch schnell erreichte er festeren Boden. Geduckt auf die Turmruine mit den Zeltplanen zuschleichend, stolperte er fast über den Leichnam eines Goblins. Nicht weit entfernt lag ein zweiter Unhold.

Der Nebel lichtete sich etwas und Fabio überblickte nun ein Zeltlager mit aufgetürmten Kisten. Auf einer der Kisten lag eine seltsame Maske, die einem Froschkopf ähnelte. Sie bestand aus Glas, Leder und Metall und verfügte sogar über Lederriemen.

»Ach, da seid ihr ja«, tönte eine spöttische Stimme aus dem Nebel. Sylvana hockte auf der gegenüberliegenden Seite des Lagers und pulte sich betont gelangweilt die Fingernägel.

»Sehr witzig«, fluchte Arcimboldo, der nun ebenfalls mit

Celeste aus dem Dunst trat. »Ich hoffe, du hast diesmal einen der Goblins am Leben gelassen?«

»Ja, ihr findet ihn da hinten.« Sylvana erhob sich und deutete auf ein zusammengeschnürtes Bündel unter einer der Zeltplanen. Sofort waren Fabio und seine Gefährten bei dem Gefesselten. Der Goblin war bewusstlos. Seine rattenhaften Vorderzähne waren abgebrochen, als hätte ihn ein wuchtiger Schlag ins Gesicht getroffen.

»Herrje, ich hoffe, er kann noch sprechen«, murrte der Gnom.

»Ihr stellt ganz schöne Ansprüche, Meisterlein. Fangt lieber an, ihn zu befragen.« Sylvana wandte sich dem Kistenstapel in ihrem Rücken zu. Meister Arcimboldo zückte seinen Tranceometer und schlug dem Goblin gegen die Wange. Der Unhold kam stöhnend wieder zu sich und starrte geradewegs auf die surrenden Zeiger der Taschenuhr. Das bläuliche Licht des arkanomechanischen Artefakts enthüllte weitere Schnitte und Wunden.

»Wir sind deine Freunde«, sagte der Gnom eindringlich. »Dass du gefesselt bist, ist bloß eine Übung.«

»Eine Übung«, lallte der Goblin und leckte über seine abgebrochenen Zahnstümpfe.

»Sag uns, was ihr hier treibt?«

»Wir helfffen unssserem Zzschamanen, die Zzschätzzze ausss der alten Zzsternenburg zzzu bergen.«

»Bei allen Stellaren!« Celeste packte den Goblin aufgebracht am Leinenpanzer. »Ihr taucht nach der Ruine der alten Sternenburg?«

Der Goblin antwortete ihr nicht, sondern blinzelte verwirrt. Celeste sah sich zu ihren Gefährten um. »Das Ganze ergibt einen Sinn. Hier in Napuli stand einst die erste Sternenburg. Sie ging bei dem Seebeben, mit dem die Himmelsmechaniker Napuli damals heimsuchten, unter. Ebenso wie der Rest der Stadt. Ich wage mir gar nicht auszumalen, welche Schätze noch auf dem Grund liegen mögen.«

»Offenbar so einiges«, knurrte Sylvana, die inzwischen zwei der Kisten aufgebrochen hatte. Sie präsentierte angelaufene Sternentafeln aus Silber, goldene Kelche mit Sternenapplikationen, verschimmelte Bücher und die Überreste eines Astrolabiums, das in eine verrostete Sphärenkugel gebettet war.

»Ich ahne, wonach Gruuk suchen lässt!«, keuchte Fabio. »Der Hochschamane der Goblins hofft, Merkuriels Helm zu finden. In der Eisernen Bibliothek war doch davon die Rede, dass der Helm in der Sternenburg verwahrt liegt. Was, wenn damit die alte Sternenburg gemeint war und nicht die heutige in Stella Tiberia?«

»Welcher Helm?«, wollte Sylvana wissen. Celeste erklärte ihr in knappen Worten, was sie über die Meteoreisenwaffen herausgefunden hatten. Fabio wandte sich derweil wieder Meister Arcimboldo zu. »Fragt ihn, ob sie den Helm bereits gefunden haben.«

»Habt ihr unter Wasser einen kostbar anmutenden Flügelhelm gefunden?«

»Weisss nicht. Ich bin blosss Träger«, stammelte der Unhold und leckte wieder über seine abgebrochenen Zähne. »Unssser Zzschamane und ssseine Leute sssortieren die wertvollsssten Sssachen ausss und lasssen sssie rüber zzzu den Zzschiffen bringen.«

»Wo ist euer Schamane jetzt?«, fragte der Gnom.

»Er taucht.«

»Das fehlt uns gerade noch«, brummte der Himmelsmechaniker. »Wir können hier also jeden Augenblick Besuch bekommen. Sag uns, wohin wollt ihr mit den Schiffen aufbrechen?«

Der Goblin grinste breit. »Dummbatzzz. Wir ffferden dasss Cassstello di Arborea angreifffen!«

Einen Moment lang lastete eine atemlose Stille über dem Lager, die nur vom leichten Säuseln des Windes durchbrochen wurde. Fabio starrte den Goblin schockiert an. »Die Ordensburg der Paladine? Das … das ist nicht wahr!«

»Doch«, kicherte der Goblin gehässig. »Die Ritter wiegen sssich auf der Inzzsel in Zzsicherheit, doch sssie sind wenige und unzzsere Leute sssind bereitzzs unter ihnen. Auzsserdem werden unzzs die Fffreibeuter helfffen.«

»Wir müssen so schnell wie möglich die Sternenburg informieren.« Celeste packte den gefesselten Goblin und schüttelte ihn zornig durch. »Glaubst du ernsthaft, Paladine und Sternenschwestern werden nicht mit ein paar lausigen Goblins fertig?«

»Gruuk sssagt, dasss die Zzzauberinnen ihnen nicht helfffen können.« Der Goblin sah verstört zu ihr auf. »Er sssagt, dasss sssie genug mit zzsich ssselbzzst zu tun haben werden.«

»Beruhigt Euch, Hochwohlgeboren!« Meister Arcimboldo sprach nun etwas leiser. »Wenn ihr ihn zu sehr verwirrt, kann der Bann des Tranceometers brechen.« Doch auch er war nachdenklich geworden. »Mein Freund, kannst du uns bitte sagen, was das mit den Sternenmystikerinnen bedeuten soll?«

»Ich weizsss esss nicht. Nur Gruuk kennt den grozssen Plan.«

»Dann schlafe nun wieder.« Der gefesselte Goblin sank mit geschlossenen Augenlidern zurück.

Fabio und Celeste richteten sich auf, und dem jungen Paladin war, als würden sich auf dem entsetzten Ausdruck in Celestes Gesicht seine eigenen Empfindungen spiegeln. »Ist euch klar, was diese elende Kreatur gerade gesagt hat?«, stammelte er und sah seine Gefährten der Reihe nach an. »Diese verdammten Goblins planen einen Angriff aus dem Hinterhalt. Und sie haben es offenbar nicht nur auf uns Paladine abgesehen, sondern irgendwie auch auf die Sternenmystikerinnen. Keine Ahnung, wie sie das anstellen wollen, aber wir müssen sie aufhalten!«

In diesem Moment kam Ambra angerannt. »Vater, da vorn am Ufer ragt ein Tau ins Wasser. Es hat alle paar Schritt ein rotes Band als Markierung.« Sie wollte bereits zurücklaufen, als am verschleierten Himmel ein seltsames Flattern zu hören war. Im nächsten Augenblick jagte der metallene Leib eines Merkurielsboten zu ihnen herab, der sogleich auf dem ausgestreckten Arm Meister Arcimboldos landete.

Klackend schnappte der Schnabel des Messingsittichs auf und die blecherne Stimme von Poliogenes tönte ihnen entgegen. »Arcimboldo, eure Nachricht hat uns gerade noch rechtzeitig erreicht, doch Denebola ist uns entkommen. Inzwischen hat uns Raimondo de Vontafei vor einem großen Trupp Goblins gewarnt, der in die Sternensichel eingestiegen ist. Ich lasse bereits die *Sternenwind* startklar machen, weiß aber nicht, was wir als Nächstes tun sollen.« Der Schnabel des Blechvogels klappte wieder zu und Meister Arcimboldo warf einen finsteren Blick in die Runde. Tief atmete er ein. »Also gut, wir haben jetzt einen Merkurielsboten, mit dem wir eine Nachricht abschicken können. Doch wohin?«

»Zu meinem Vater nach Stella Tiberia!«, schlug Celeste sofort vor. »Er kann meine Sternenschwestern warnen, damit sie den Paladinen zu Hilfe kommen.«

»Wir könnten den Merkurielsboten auch direkt zum Castello di Arborea entsenden«, schlug Fabio verzweifelt vor. »Oder wir schicken ihn zu Seneschall Ernesto, wo auch immer er sich gerade befindet.«

Der Himmelsmechaniker schüttelte den Kopf. »Und wie werden die Paladine reagieren, wenn plötzlich ein arkanomechanischer Vogel auf ihren Zinnen landet? Wenn wir hier jemals wieder rechtzeitig wegkommen wollen, müssen wir Poliogenes informieren.«

»Ihr benehmt euch wie ein aufgeschreckter Haufen schnatternder Gänse«, knurrte Sylvana. Die Wolfsfrau trat in ihre Mitte und sah sich geringschätzig um. »Von hier bis zur Insel Arborea braucht man mit einem Segelschiff selbst bei gutem Wind fast zwei Tage. Ihr habt also noch Zeit, bevor die Goblins dort eintreffen. Wie wäre es, wenn ihr zunächst einmal diesen Goblinschamanen aufspürt, um mehr über Gruuks Pläne herauszufinden? Dann habt ihr wenigstens etwas Stichhaltiges in den Händen, was ihr wem auch immer mitteilen könnt. Bei der Gelegenheit könnten wir diesem Graupelz auch gleich den Flügelhelm abnehmen, sollte er ihn inzwischen gefunden haben. Dieser Helm scheint mir überhaupt das Wichtigste von allem zu sein.«

Fabio und Celeste sahen sich verzweifelt an, doch sie mussten Sylvana Recht geben.

»Meister Arcimboldo«, fragte Fabio, der inzwischen über eine Botenkette nachsann. »Wie viele Merkurielsboten besitzt Ihr eigentlich?«

»Insgesamt drei«, antwortete der Gnom und nahm müde seine Brille ab. »Einer der Vögel befindet sich mittlerweile wieder im Besitz Eures Vaters, Hochwohlgeboren.« Er nickte Celeste zu. »Der Bote, den wir vor einigen Stunden ausgeschickt haben, dürfte sich noch immer in Poliogenes' Obhut befinden. Die Vögel brauchen leider drei bis vier Stunden, bis die Arkanomechanik wieder genügend stellare Kräfte gesammelt hat, damit sie einen neuen Auftrag ausführen können. Er musste inzwischen aber wieder abflugbereit sein. Und den dritten halten wir in unseren Händen.« Er hob den Messingvogel an.

»Drei bis vier Stunden also«, knirschte Fabio. »Gut, damit ist die Entscheidung gefallen. Diese Zeit werden wir nutzen, um unsererseits nach den versunkenen Überresten der alten Sternenburg zu tauchen. Nur frage ich mich, wie wir das anstellen sollen.«

»Hiermit!«, meldete sich Yargo aus dem Hintergrund. Der mechanische Junge stand etwas abseits und hielt die froschartige Maske hoch, die Fabio bereits bei ihrem Eintreffen aufgefallen war. »Ich glaube, das ist ein Hydropneumon, eine Wasserlunge, die es einem lebenden Wesen gestattet, auch im Meer zu atmen.«

Interessiert umringte ihn die kleine Gruppe.

»Und das funktioniert?«, wollte Fabio wissen.

»Frag Meister Arcimboldo.« Yargo reichte die Maske dem Himmelsmechaniker, der sie kurz untersuchte. Der Gnom lachte unvermittelt und deutete auf ein spiralförmiges Symbol neben den kiemenartigen Mundschlitzen. »Diese Spirale ist das Werkzeichen von Pollux«, sagte er überglücklich. »Ihr wisst schon, einer meiner Kollegen, der damals zusammen mit Meridianus verschwunden ist. Das heißt, er lebt!« Er drehte an einem kleinen Schlüssel, der zwischen den gläsernen Glupschaugen aus dem Leder ragte. Von der Maske ging nun ein leises Summen aus. »Und so wie es aussieht, funktioniert Pollux' Erfindung.«

»Bleibt nur noch die Frage zu klären, auf welcher Seite Euer Pollux eigentlich steht.« Sylvana warf ihre feuchte Haarmähne zurück. »Die Vergangenheit hat schließlich gezeigt, dass Eure Kollegen stets für einige Überraschungen gut sind.«

»Nein, nein«, verteidigte der Himmelsmechaniker seinen Freund. »Ich verwette meinen Tranceometer darauf, dass Pollux von unseren Feinden gezwungen wird, für die Goblins zu arbeiten. Pollux ist von ganz anderem Schlage als Meridianus es war. Ich lege meine Hände für ihn ins Feuer.«

»Gut, dann will ich hoffen, dass er ebenfalls etwas von der Himmelsmechanik versteht.« Fabio nahm dem Gnom die

Froschmaske ab und stülpte sie sich prüfend über das Gesicht. Die Luft schmeckte irgendwie fischig.

»Ach, das heißt, *du* wirst tauchen?« Sylvana schnaubte.

»Allerdings«, nuschelte der junge Paladin. »Hier geht es immerhin um das Schicksal meiner Schwertbrüder.«

»Könntet ihr beide mal die Luft anhalten!«, ging Celeste dazwischen. »Hier geht es vor allem um die Belange der Sternenburg. Niemand begibt sich ohne mich auf Tauchgang.«

Ambra, die neben Celeste stand, nickte auf eine Art, als gehöre sie selbst der Schwesternschaft an. Lahm setzte Fabio die Froschmaske wieder ab und suchte nach Ausreden, doch er fand keine.

»Aber ich sollte dieses Wagnis auch nicht alleine eingehen«, fügte die junge Baroness etwas milder gestimmt hinzu. »Nimm du ruhig dieses Tauchgerät. Ich bin eine Sternenmystikerin. Mir wird schon etwas anderes einfallen.«

»Wenn ihr es möchtet, begleite ich euch«, sagte Yargo leise. »Ich brauche keine Luft zum Atmen.«

»Sehr gern.« Fabio legte ihm die Hand auf die Schultern. »Dann wären wir zu dritt.«

»Ohne mich werdet ihr drei da unten jämmerlich vor die Hunde gehen«, grollte Sylvana eingeschnappt. Offensichtlich behagte es ihr gar nicht, allein mit den Gnomen zurückzubleiben. Tatsächlich hätte Fabio die Werwölfin sogar sehr gern in seiner Nähe gehabt. Doch zugleich misstraute er ihrem Temperament. Sie brachte es fertig, diesen Goblinschamanen zu erschlagen, bevor sie ihn zur Rede stellen konnten. Wenn sie ihn überhaupt fanden. »He, du hattest doch vorhin deinen

Spaß. Jetzt bin ich dran«, versuchte er sich an einem lockeren Spruch, während er sich von seinem Kettenhemd befreite. Sylvana ignorierte ihn.

Celeste wandte sich derweil an Ambra. »Und jetzt führe uns bitte zu diesem Tau, von dem du vorhin gesprochen hast. Ich gehe jede Wette ein, dass es hinab zu jenem Ort führt, von dem all die Dinge in den Kisten stammen.«

Nachtblaue Tiefen

Luftblasen stiegen über Fabios Kopf auf und ein seltsamer Druck lastete auf seinen Ohren, während er sich gemeinsam mit Yargo an dem dicken Schiffstau immer weiter auf den Grund des Flussdeltas hinabhangelte. Noch immer kam es ihm wie ein Wunder vor, dass die seltsame Froschmaske tatsächlich funktionierte. Dieser Pollux schien sein Handwerk zu verstehen. Es bedurfte zwar einer gewissen Anstrengung, um Atemluft anzusaugen, doch die Arkanomechanik des blubbernden Kiemenfilters vor seinem Mund gab ihm fast das Gefühl, noch immer oben an Land zu sein. Abgesehen von einem Hüftschurz und dem Schwertgurt, den er um die Schultern geschlungen hatte, war er nackt.

Das Wasser, das seinen Körper umspülte, war wärmer, als er gedacht hatte. Dennoch hoffte er, das Ziel ihres Tauchgangs bald zu erreichen, denn Celeste hatte es nicht so gut getroffen. Sie trieb an ein Seil gebunden hinter ihnen her und ließ sich von ihm und Yargo durch die Dunkelheit ziehen. An echte Schwimmbewegungen konnte sie nicht einmal denken. Ihr Kopf und große Teile ihres Oberkörpers steckten unter einer luftdichten Glocke aus Eis, die sie mit ihren Zauberkräften erschaffen hatte. Allein ein mit Steinen beschwerter Gürtel, der um ihre Hüfte baumelte, verhinderte, dass sie wieder an die Oberfläche trieb. Wie lange ihre Atemluft reichte, wusste keiner von ihnen, doch Fabio fühlte auf eigentümliche Weise, dass ihr im Moment vor allem die Kälte zusetzte. Warum er das so genau wusste, verwirrte ihn selbst. Doch es war eine ähnlich starke Empfindung wie zuvor in der Eisernen Bibliothek, als er Celeste im Wasser aufgespürt hatte.

Gleich nachdem sie aufgebrochen waren, hatte Celeste wieder eine ihrer magischen Lichtkugeln heraufbeschworen, die die Unterwasserwelt in ein kaltes Silberlicht tauchte. Der Anblick war faszinierend und beängstigend zugleich. Unter ihnen erstreckte sich eine unwirkliche Trümmerlandschaft aus zusammengestürzten Steinquadern, Portalen und Hausfassaden, hinter denen nichts als nachtschwarze Dunkelheit auszumachen war. Sich immer weiter am Tau entlanghangelnd, glitten sie über die Ruinen einstiger Villen hinweg, zwischen denen Wälder aus dunklem Tang wogten. Scharen glitzernder Fische jagten wie Pfeile um eine zerbrochene Stellarsstatue herum und ein großer Schwerthai flanierte träge über eine Allee, die von geborstenen Säulen, Mauerfragmenten und überwucherten Schutthalden umgeben war. Wie gewaltig die Katastrophe gewesen sein musste, die Napuli einst heimgesucht hatte, war an den lichtlosen Spalten und Rissen zu sehen, die den Grund des Deltas überzogen. Sie deuteten auf ein gewaltiges Seebeben hin. Hier konnten sie im Silberlicht auch die Überreste eines menschlichen Skeletts erkennen.

Fabio spähte durch die gewölbten Augen der Froschmaske nach oben und schätzte, dass sie sich inzwischen acht oder neun Schritt unter der Wasseroberfläche befanden. Er hatte nicht damit gerechnet, dass es so tief hinabgehen würde. Überhaupt machte das überflutete Gebiet den Eindruck, in den Untergrund abgesackt zu sein.

Plötzlich berührte ihn Yargo an der Schulter. Der künstliche Gnomenjunge tauchte flink wie ein Fisch am Tau entlang und deutete mit dem Arm voraus. Auch Fabio konnte jetzt sehen, was Yargos Aufmerksamkeit erregt hatte. Vor ihnen schälte sich eine große Steinkuppel aus der Dunkelheit. Sie erhob sich ganz in der Nähe dreier gewaltiger Türme, deren geborstene Mauerstümpfe mit Muscheln bewachsen waren. Zu seiner Überraschung ragte einer der hohen Turmbauten noch immer fast bis zur Wasseroberfläche empor. Die Fenster in den Mauerfronten waren schon vor langer Zeit von den Wassermassen eingedrückt worden. Dort gähnten ihnen nun dunkle Löcher entgegen, und Fabio musste sich zur Ruhe zwingen, da ihm seine Fantasie Tentakel vorgaukelte, die nur darauf warteten, aus dem Dunkeln nach ihnen zu greifen. Doch es waren nur dichte Büschel aus Tang und Seegras, die von der Strömung bewegt wurden. Sie hatten die Überreste der einstigen Sternenburg erreicht.

Endlich konnte Fabio sehen, worauf das lange Seil zuführte. Sein unteres Ende war um eine rostige Eisenstange geschlungen, die knapp unterhalb eines Mauerspalts aus dem Gebäude ragte, zu dem die große Kuppel gehörte. Die Sternenbasilika der Burg?

Sie erreichten den Durchschlupf und Celestes Gesichtszüge hinter der Eiswand wirkten gequält. Fabio tippte gegen den

Kiemenfilter seiner Maske und deutete dann nach oben, doch Celeste schüttelte ruhig den Kopf. Atemluft schien sie also noch zu haben. Aber ihre Lippen waren inzwischen blau angelaufen. Fabio sah sich suchend nach Yargo um, doch der künstliche Junge hatte offenbar beschlossen, hinter dem Spalt nach dem Rechten zu sehen. Fabio begann sich bereits Sorgen zu machen, als Yargo endlich wieder zum Vorschein kam. Energisch bedeutete er ihnen, ihm zu folgen, als es im Wasser neben Fabio knirschte. Die Eisglocke, die Celestes Kopf und Oberkörper umhüllte, überzog sich von einem Augenblick zum anderen mit Sprüngen. Im nächsten Moment zerplatzte der frostige Atemschutz zu einer schaumigen Wolke aus Luftblasen und Eisstücken, die sprudelnd der Wasseroberfläche entgegenwirbelten. Fabio riss sich erschrocken die Froschmaske vom Kopf und drückte sie Celeste auf das Gesicht, die viel ruhiger wirkte, als er es für möglich gehalten hätte. Immer wieder deutete sie auf den Spalt im Mauerwerk und er begriff, dass sie die klobige Eisglocke bewusst gesprengt hatte. Tatsächlich war der Durchschlupf viel zu eng, als dass sie samt der Eisglocke hindurchgepasst hätte. Celeste löste ihren Gürtel mit den Gewichten und wechselweise schöpften sie und Fabio durch die Maske Atem. Schließlich folgten sie Yargo ins Innere des versunkenen Gebäudes.

Der überflutete Gang war stellenweise eng und wurde von zusammengeschobenen Felsblöcken gebildet. Dann ging es weiter nach oben. Immer wieder quetschten sie sich an eingebrochenen Mauerresten vorbei, über deren Gestein kleine Krebse huschten. Fabio konnte plötzlich alte Treppenstufen erkennen, die zu einem halbrunden Raum führten, in dem sich eine spiegelnde Wasserfläche abzeichnete. Bei allen Stellaren, über ihnen befand sich ein Hohlraum!

Yargos Beispiel folgend, durchstießen sie die glitzernde Barriere und Fabio füllte seine Lunge mit verbrauchter Luft, die unangenehm nach Rauch, Tang und Algen roch. Er konnte es nicht glauben. Sie waren in einer Kammer herausgekommen, die eingebettet in einer großen Luftblase lag. Und es schien, als ob diese Luftblase noch weitere Stockwerke des überspülten Gebäudes ausfüllte. Vor ihnen ragten die Stufen schräg aus dem Wasser und führten weiter hinauf zu einem Gang, der tiefer in den versunkenen Bau hineinführte. Dort oben im Durchgang hing eine halb verrottete Eichentür in den Angeln, die mit Schimmel bewachsen war. In ihrem Schatten flackerte eine kleine Laterne, die neben einem Haufen leerer Säcke und Werkzeug stand. Das Licht erinnerte ihn wieder daran, dass sie hier unten auf dem Grund des Flussdeltas nicht alleine waren.

Fabio legte einen Finger auf die Lippen und zog sich lautlos aus dem Wasser. Aus dem Gang über ihren Köpfen hallte ein leises Scheppern zu ihnen in die Tiefe. Mit gezogenem Schwert schlich Fabio die Stufen hinauf und entdeckte auf dem Haufen neben der Laterne drei weitere Froschmasken sowie ein fast kürbisgroßes Muschelhorn mit bronzenem Mundstück. Keilartige Gravuren deuteten darauf hin, dass es goblinscher Machart war. Ein Alarmhorn? Er beachtete Masken und Muschelhorn nicht weiter, da inzwischen auch Celeste aus dem Wasser stieg. Ihr tropfnasses Untergewand klebte ihr am Körper und Fabio musste sich zwingen, sich wieder auf den Gang vor sich zu konzentrieren.

Yargo präsentierte derweil eine Steinschleuder, die ihm sicher Ambra mitgegeben hatte, während Celeste ihr magisches Licht zu einem kaum noch wahrnehmbaren Glühen zusammensinken ließ. Vorsichtig tasteten sie sich an der verrotteten Tür vorbei. Sie betraten einen feuchten Korridor, der einstmals blau bemalt gewesen sein mochte. Heute bedeckten dicke Lagen aus Muscheln und Algen die Wände. Rechter Hand war flackernder Lichterschein zu sehen. Der Gang fiel unnatürlich schräg ab und endete in einer überfluteten Kuppelhalle, die Fabio an die große Andachtshalle der Sternenbasilika von Venezia erinnerte. Er war sich sicher, dass das vor ihnen liegende Gewölbe früher genau diesem Zweck gedient hatte. Es gluckste immerzu. An der Decke tanzten Lichtreflexe über kaum noch erkennbare Gemälde und vor ihnen ragten die Köpfe und Flügelspitzen überschwemmter Standbilder aus dem Wasser. Die kolossalen Marmorplastiken der fünf Erzstellare erweckten den Eindruck, als reckten sie sich nur deswegen aus dem Wasser, damit sie dem Treiben am hinteren Ende einer Galerie zusehen konnten. Denn dort, beleuchtet vom Licht brennender Fackeln, schleppte soeben ein Goblin eine klirrende Kiste aus einer Pforte in der Kuppelwand. Die Galerie unter seinen Füßen knarrte hässlich.

»Diese Galerie scheint mir nicht sonderlich stabil zu sein«, raunte der junge Paladin leise. »Außerdem frage ich mich, was das für ein Raum ist, aus dem dieser Goblin kam.«

Celeste berührte ihn an der Schulter. »Ich schätze, die Pforte führt in den Sakralraum, ins Allerheiligste«, flüsterte sie. »Früher haben die Baumeister die Schätze einer Sternenbasilika gern in einer versteckten Schatzkammer unter dem Deckengewölbe untergebracht.« Sie verzog unglücklich die Lippen. »Sie hofften, dass die Wertgegenstände so nah dem Himmel am sichersten untergebracht seien. Ein Irrtum, wie wir jetzt sehen.«

»Abwarten.« Fabio wandte sich zu Yargo um. »Ich hätte dich gern als Absicherung in unserem Rücken.« Yargo nickte und Fabio erklärte Celeste seinen Plan. Als der Goblin wieder durch den Zugang verschwunden war, glitten Fabio und Celeste geräuschlos ins Wasser und tauchten dicht unter der Oberfläche auf die andere Seite. Celeste tauchte direkt hinter dem marmornen Kopf Molunahs wieder auf, um Fabio von dort aus mit ihren Zauberkräften zu decken, während Fabio am hoch erhobenen Heroldsstab Merkuriels auf die rückwärtige Galerie kletterte. Das Gestein zu seinen Füßen knirschte.

»Was war das?«, blaffte eine befehlsgewohnte Stimme jenseits der Tür. Schon nahten Schritte. Verflucht, so weit zu ihrem Plan, die Goblins zu überraschen. Fabio drückte sich gegen die Wand und hielt sein Schwert schlagbereit. Kurz darauf drängten gleich zwei Goblins aus dem Zugang und traten an das Geländer der Galerie, um sich umzusehen. Beide waren mit gefährlichen Sichelschwertern bewaffnet. Der Kleinere von ihnen zuckte unruhig mit seinen Fledermausohren.

»Hier ist nichts!«, bellte er.

»Doch, hier ist etwas!«, rief Fabio. Der Unhold wirbelte herum und entblößte sein widerliches Rattengebiss. Schon krachte ihm die Faust des jungen Paladins unter das Kinn und er kippte gurgelnd über die Truhe, die er vorhin auf die Galerie geschafft hatte. Sogleich stürzte er ins Wasser. Fabio sah noch, dass sich blitzschnell eine Eisdecke bildete, die es dem Gestürzten unmöglich machte, wieder aufzutauchen, als ihn bereits der zweite Goblin angriff.

»Alarm!« Der Hüne zog seine Waffe fauchend von unten nach oben und Fabio schaffte es nur mit Mühe, zur Seite zu springen. Dann klirrten ihre Waffen aufeinander. Fabio versuchte zu einem schnellen Herzstich anzusetzen, doch der Goblin wich ihm aus. Mit wuchtigen Schlägen trieb er den Paladin zurück, dessen nackte Füße auf dem glitschigen Untergrund keinen rechten Halt fanden. Das Sichelschwert zuckte vor und ein schmerzhafter Stich am Oberarm ließ Fabio aufstöhnen.

In diesem Moment betrat ein Ehrfurcht gebietender Goblinschamane die Szene. Er hielt einen gefährlichen Astronos-Schädel in den Pranken. Die breiten Schultern, der Hüftschurz aus rot gefärbten Tierfellen und der verschlagene Ausdruck auf seinem Gesicht verrieten Fabio, dass das der Schamane war, der ihnen vor Firenze Gruuks Forderungen überbracht hatte. Der Goblin brüllte zornig auf und hob das Kettengeflecht mit dem unheimlichen Totenkopf. Doch nicht Fabio war sein Ziel, sondern Celeste unten im Wasser. Während Fabio auf der umlaufenden Galerie weiter mit seinem Gegner focht, flammten die Augenhöhlen des pechschwarzen Totenschädels in hellem Rot auf und eine sengende Feuerlanze brach aus dem Schädel hervor. Doch Celeste reagierte schnell. Sich weiter an der Molunahsstatue festhaltend, konterte sie mit einem Luftwirbel, in dem gefährliche Eissplitter flirrten. Prasselnd trafen die magischen Urgewalten aufeinander. Es zischte immerzu und man konnte sehen, dass sich die beiden entgegengesetzten Kräfte aufhoben. In kürzester Zeit war das Gewölbe in Dampf getaucht und noch immer prasselten Eis und Feuer aufeinander.

»Stirb, Miststück!«, grunzte der Schamane angestrengt und hob den glühenden Astronos-Schädel weiter empor. Doch Celeste hielt der Attacke stand und verstärkte ihren Angriff sogar. Ihre Kräfte waren einander fast ebenbürtig.

Fabio konzentrierte sich wieder auf seinen Gegner und konterte die ungestümen Attacken mit einem Hagel aus kräftigen Schwerthieben. Endlich fand er eine Lücke in der Deckung des Goblins und stach zu. Hechelnd brach sein Kontrahent zusammen.

Da erklang ein leises Pfeifen und Sausen in Fabios Rücken. Er fuhr herum und entdeckte im Dunst Yargo, der seine Schleuder wirbelte. Im nächsten Augenblick jagte ein Stein über die Wasserfläche. Der Goblinschamane zuckte am Kopf getroffen zurück und taumelte gegen die Wand. Die Glut in den Augenhöhlen des Astronos-Schädels flackerte und der Feuerstrahl brach zusammen. Schon wurde das schwarze Gebein von einem Hagel aus Eisgeschossen getroffen, die den Schädel wie eine alte Vase zerplatzen ließen. Fabio stürmte vor, trat dem benommenen Schamanen die Beine weg und setzte ihm die Klinge an den Hals. Der Schamane blutete am Kopf und stöhnte, dennoch blitzten seine schwarzen Augen boshaft. »Töte mich ruhig, Paladin«, ächzte er. »Doch eure Niederlage ist bereits beschlossene Sache!«

»Yargo, fessle ihn!« Der künstliche Gnomenjunge griff zu den Seilen, mit denen die Goblintruhe umwickelt war, und band dem Schamanen die Handgelenke auf dem Rücken zusammen. Der Unhold lachte.

»Dir wird dein Lachen noch vergehen, elende Kreatur«, zischte Fabio und sah aus den Augenwinkeln dabei zu, wie Celeste aus dem Wasser kletterte. Sie wirkte erschöpft.

»Mir ist klar, dass du die Pläne Gruuks nicht offenbaren wirst, aber wir besitzen Möglichkeiten, dich zum Reden zu bringen. Du wirst schon bald singen wie ein Vögelchen, glaube mir.«

»Nein, ihr alle werdet schon bald tot sein. Denn offenbar weißt du nicht, wer über die flüsternde Stadt wacht«, der Schamane spähte zu den Scherben seines Astronos-Schädels hinüber und seine borkigen Lippen verzogen sich spöttisch. »Ihr habt das Leuchtfeuer des wahren Herrschers zum Erlöschen gebracht. Jetzt wird es nicht mehr lange dauern. Nichts steht mehr zwischen uns und ihnen. Schon bald werden Astronos' Diener erwachen ...«

»Lass ihn«, sagte Celeste mit kalter Stimme. »Sehen wir uns lieber in diesem Raum um.« Fabio stimmten die Worte des Schamanen zwar nachdenklich, doch er beschloss, sich nichts anmerken zu lassen. »Pass auf ihn auf, Yargo.« Der mechanische Junge nickte und stellte sich geduldig neben den Goblin.

Fabio und Celeste betraten ein von Fackeln ausgeleuchtetes Tonnengewölbe, dessen Wände von steinernen Nischen und zertrümmerten Regalen gesäumt wurden. Weiter hinten tropfte Wasser von der Decke, das sich zu einer großen Pfütze gesammelt hatte. Der Boden war mit Tonscherben, vermoderten Stoffbahnen und aufgebrochenen Schatullen übersät. Vereinzelt lagen Bücher herum, die mit dicken Lagen Schimmel bedeckt waren. Der Großteil dessen, was hier einst verwahrt worden war, musste bereits verrottet gewesen sein, bevor die Goblins den Raum aufgebrochen hatten. Die übrigen Wertgegenstände hatten sie längst zusammengeklaubt und aus den Wandnischen gezerrt. In zwei offenen Truhen blitzte es golden und silbern.

»Wir sind zu spät gekommen«, meinte Celeste niedergeschlagen. Sie trat an eines der schimmligen Bücher am Boden heran und hob es mit spitzen Fingern auf. »Wenn ich die Schrift auf dem Einband richtig entziffere, sind das persönliche Aufzeichnungen Uranias. Sie gilt nicht nur als die erste Sternenmystikerin überhaupt, sie war auch die Begründerin der Sternenburg in Napuli.« Die Seiten zerbröselten unter ihren Händen.

Fabio betastete seine Armwunde und durchmaß den Raum, um ein beunruhigendes Wandgemälde an der Stirnseite des Gewölbes näher zu betrachten. Dort war ein geflügeltes Skelett mit Sense und Stundenglas dargestellt, über dem ein Sternenhimmel abgebildet war, dessen Himmelslichter aus blitzenden Bergkristallen bestanden. Dazwischen waren deutlich sichtbar in Silber, Gelb, Grün, Rot und Blau die Wandelsterne Molunahs, Merkuriels, Venudhas, Marsakiels und Juprabims dargestellt. Vor allem der Mond war so groß, dass er das

Haupt des Knöchernen wie einen Strahlenkranz umgab. Fabio erinnerte sich daran, dass ihm der Astrologe in Venezia davon berichtet hatte, dass der knöcherne Stellar in Napuli einst als Symbol für die Vergänglichkeit verehrt wurde. Wenn der Südländer tatsächlich der Seher Cagliomaeus war, mochte auch diesem Hinweis vielleicht eine Bedeutung innewohnen. Fabio fragte sich abermals, welches Spiel dieser Cagliomaeus mit ihnen trieb.

Direkt vor dem Wandgemälde erhob sich ein zentral platzierter Sockel, dessen Außenseiten noch immer mit glänzendem Blattgold bedeckt waren. Fabio ahnte, was einst darauf gethront hatte. Denn die Ziselierungen auf dem Gold zeigten einen prachtvollen Flügelhelm, der von Sternen- und Mondsymbolen umgeben war.

»Sie sind uns zuvorgekommen!«, sagte er verbittert. »Sie haben den Helm bereits.« Vorn am Eingang war das hämische Gelächter des Goblinschamanen zu vernehmen. »Ich sagte es doch, Paladin. Eure Niederlage ist bereits beschlossene Sache! Und nichts kann sie mehr aufhalten.«

Fabio glaubte einen kalten Hauch im Nacken zu spüren und fuhr herum. Doch da war nichts.

Celeste durchwühlte in der Zwischenzeit die beiden Kisten, die als Einzige noch Gegenstände enthielten, die vielleicht von Wert waren. Neben ihr am Boden lag eine faszinierend funkelnde Halskette und soeben wickelte sie drei runde, faustgroße Steine aus, die aus einem ähnlichen Material gefertigt waren, aus dem auch die Venudhasbrücke in Stella Tiberia bestand.

»Bei Molunah, das sind Protokollkristalle«, sagte sie. »Wir wissen nicht mehr, wie man sie herstellt und es soll nur noch ein halbes Dutzend von ihnen geben. Den Sternenschwestern war es möglich, in ihnen Nachrichten zu speichern. Leider haben diese Kristalle hier Sprünge.«

Celeste umfasste einen der Kristalle mit den Händen und schloss die Augen. Der Stein erstrahlte in hellem Blau und zu Fabios Erstaunen stieg tief in ihm die dreidimensionale Abbildung einer Sternenmystikerin mit altmodischen Haarkringeln auf. Das Bild flackerte und eine leise Frauenstimme erfüllte die Kammer. »*… haben unsere Untersuchungen gezeigt, dass die Riesenfledermäuse der Goblins aus Splitterkreaturen hervorgegangen sein müssen. Doch merkwürdig ist, dass diese Mischlinge nicht zeugungsfähig sind …*« Bild und Worte waren kaum mehr wahrnehmbar, dann schwoll die Stimme wieder an. »*… daraus, dass diese Kreaturen vermutlich dazu benutzt werden, die Bruchstücke von Astronos' Meteorherzen zu finden, was wir kaum verhindern können. Dennoch gilt es, den Blick nach Osten zu rich… Haupteinschlagskrater …*« Das Bild zuckte und erlosch.

»Bei allen Stellaren«, murmelte Celeste. »Die Steine bergen alte Untersuchungsberichte. Wer weiß, was Aureana ihnen erst zu entlocken vermag?«

Wieder hatte Fabio das unangenehme Gefühl, von einem eisigen Hauch gestreift zu werden. Diesmal glaubte er sogar, von weit her ein Geräusch zu hören, das sich wie das Knarren von Holz oder Planken anhörte. Celeste bekam von alldem nichts mit, da sie aufgeregt zu dem zweiten Kristall griff. Auch dieser leuchtete auf und aus seinen Tiefen stieg ein anderes Gesicht empor. Es handelte sich um eine klug wirkende Frau, um deren Augen ein besorgter Zug lag. »… *liegt die Sternenburg offenbar dem Irrtum auf zu glauben, dass es allein die Erzstellarin Molunah sei, die uns Schwestern zur Ausübung der Sternenkraft befähigt. Und das, obwohl die Himmlische uns ohne Zweifel dereinst den Weg gewiesen hat. Schon immer haben wir uns …*« Die Stimme ebbte ab und schwoll wieder an. »… *die Talente, zu denen uns die Stellare befähigen, so unterschiedlich ausfallen. Die astrokinetischen Untersuchungen der strahlenden Himmelstrabanten zeigen vielmehr, dass es die planetaren Herrscher am Himmelszelt selbst sind, die uns zu unseren …*« Das Bild flackerte. »*Mit anderen Worten: Die Stellarspatrone am Himmelszelt, deren Licht zu finden das Ziel einer jeden Novizin ist, gebiert jene Kraft, die ihr auch die Anwendung der stellaren Zauberei ermöglicht. Doch wissen wir nur zu gut, was unentwegt in der siebten Sphäre geschieht. Dort tobt seit einem Zeitalter ein stellarer Krieg. Wir wollen keine Ängste schüren, aber wir halten die Frage für erlaubt, was geschieht, wenn der persönliche Stellarspatron in diesem Kampf … daher jede Sternenschwester beobachten. Es darf nicht sein … Gefahren, die insbesondere dann drohen mögen, wenn die entsprechende Schwester zu viele Kräfte auf sich …*« Der Kristall verdunkelte sich und erlosch.

Celeste war bleich geworden. »Fabio, ist dir klar, was das heißt, wenn das alles stimmt?«

»Nein, ehrlich gesagt nicht.«

»Es erklärt, wie die Sternenvampire in unsere Sphäre gelangen.« Ein panischer Zug lag in ihren Augen. »Und es erklärt auch, warum sie von uns Sternenmystikerinnen Besitz ergreifen. Oder warum einige der Tauweberinnen ihre Kräfte verloren haben. Wir erleben es doch jede Nacht. Der Sternenwall bricht zusammen. Die Stellare ringen mit den Kräften des Chaos. Was aber geschieht dort oben mit jenen Stellaren, die bei diesem Kampf unterliegen?« Die Stimme der jungen Sternenmystikerin nahm einen schrillen Ton an. »Was geschieht, wenn ausgerechnet einer jener Stellare erlischt, der mit einer Sternenmystikerin verbunden ist? Ich sage es dir. Dort oben nimmt ein Sternenvampir seine Stelle ein! Und wenn die Sternenschwester, ohne es zu wissen, seine Kräfte anruft, dann …« Celestes Augen füllten sich mit Tränen.

Fassungslos dachte Fabio an Denebola zurück. Was hatte sie ihm damals in Stella Tiberia gesagt? Sie wandle unter dem Sternbild des Löwen, doch sie meinte damit nicht ihr Geburtszeichen. Das Sternbild des Löwen aber war inzwischen nicht mehr vollständig. Fabio kamen nun auch wieder die Worte des südländischen Astrologen in den Sinn. *Verwundet ist das Tier und tief verhüllt von Nachtseite Molunahs. Doch er leiten nicht dein Schicksal allein. Des Löwen verräterische Pranke wird niederfahren auf den Diener der Sterne, wenn der Schatten der Nacht entsteigt.* Damit war Denebola gemeint gewesen. Niemand anderes. Ihr persönlicher Stellar musste der erloschene Stern im Sternbild des Löwen gewesen sein.

Schadenfrohes Gelächter ertönte. »Endlich hast du es begriffen, Sternenhexe!«, geiferte der Schamane und bleckte seine Hauer. »Der Sternenwall zerbricht. Die Gestirne erlöschen und schon bald kann keine von euch Menschenfrauen mehr zaubern.« Die dunklen Augen des Goblins glitzerten unheilvoll. »Und dann, dann folgt die lange Nacht, in der Astronos dem Sternenkerker entsteigt. Er wird sich die Schöpfung untertan machen und keiner von euch kann ihn daran hindern!«

»Bei Marsakiel«, keuchte Fabio. »Endlich begreife ich, was Denebola damit meinte, dass sie die stellare Meditation aus der Eisernen Bibliothek persönlich zur Sternenburg bringen werde. Sie will den Prozess beschleunigen. Alle jene Sternenschwestern, die ihren Stellar bereits verloren haben, werden dadurch zu …«

»Sternenvampiren!«, kreischte der Goblin triumphierend. »Doch dieses Wissen wird euch nichts mehr nützen. Ihr werdet diesen Ort nicht mehr lebend verlassen!«

Die Seile, mit denen sie den Goblin gefesselt hatten, fielen von ihm ab. Der Schamane sprang mit einem Satz auf und rammte Yargo zur Seite. Fabio sah ein kleines Messer in der Pranke des Schamanen aufblitzen. Verflucht, sie hatten die Waffe übersehen.

»Hinterher!« Mit dem Schwert in der Hand jagte er auf ihren Gegner zu, der geduckt nach draußen auf die Galerie stürzte. Behände setzte der Goblin über das Geländer hinweg und landete mit einem gewagten Sprung auf dem Marmorkopf der Molunahstatue. Eine schlecht gezielte Eislanze schoss knapp an seinem Kopf vorbei, doch der Schamane ließ sich nicht beirren. Er stieß sich ein weiteres Mal ab, setzte auf dem Haupt der Juprabimstatue auf und sprang von dort aus zu dem Teil der Galerie, über den sie in das Kuppelgewölbe gelangt waren.

Celeste schickte dem Flüchtenden einen Hagel Eissplitter hinterher und sie vernahmen einen Schmerzenslaut. Fabio rannte die Galerie entlang, ebenfalls hinein in den Korridor, der zu dem Wasserbecken führte, durch das sie in die alte Basilika gestiegen waren. Das Messer des Goblins sauste ihm entgegen und er konnte gerade noch den Kopf einziehen. Dann erreichte auch er die Kammer, vor der noch immer die Kiste mit der Laterne stand. Der Goblinschamane stand nur wenige Schritte unter ihm und hielt neben einer der Froschmasken auch das seltsame Muschelhorn in den Händen.

»Zeit zum Sterben, Paladin!« Fabio stürzte die Stufen hinab und rammte dem Schamanen sein Schwert in den Leib. Doch mit seinem letzten Atemzug entlockte der Goblin dem Muschelhorn einen tiefen, durchdringenden Ton, der sich dumpf an den Wänden der überspülten Kammer brach. Der Schamane ächzte, das Muschelhorn zerschellte auf den Stufen und der Unhold kippte ins Wasser.

Der tiefe Ton war kaum verhallt, als oben an der Treppe Celeste und Yargo auftauchten. Plötzlich knirschte das Gestein über ihren Köpfen. Wasser tröpfelte zu Boden. In den Wänden ringsum war ein dumpfes Poltern und Rumpeln zu hören, und aus dem Rinnsaal an der Decke wurde innerhalb von Augenblicken ein starker Strahl, der von der Decke sprühte.

Fabio hob die Froschmaske vom Boden auf und fuhr herum. »Weg hier!«

Verfluchte Seelen

Das Wasser hatte sich spürbar abgekühlt, als die Gefährten aus dem Mauerspalt der einstigen Sternenbasilika tauchten. Hinter ihnen erschütterte ein Rumpeln wie von fallenden Steinquadern die trübe Finsternis. Strampelnd begannen sie damit, sich am Tau wieder nach oben zu hangeln.

Fabio sah sich um und entdeckte, dass aus dem Kuppelbau Luftblasen aufstiegen, während vom düsteren Grund des Flussdeltas ein lang gezogenes Knarren durch das Wasser hallte. Eine der versunkenen Villen stürzte in sich zusammen und wirbelte schwarzbraunen Schlick auf. Jäh erfasste sie eine eiskalte Strömung und Fabio war, als würde aus einer der tiefen Spalten ein mächtiger Schatten gleiten. Panik drohte ihn zu übermannen. Doch das waren nicht allein seine Empfindungen. Er konnte den Herzschlag Celestes fühlen, als wäre es der seine.

Was geschah mit ihm?

Endlich durchstieß sein Kopf die Wasseroberfläche und er zog sich mithilfe des schweren Seils auf die Insel mit der Turmruine zu. Am Ufer warteten bereits Sylvana, Meister Arcimboldo und Ambra auf sie. Die drei sprangen auf und halfen erst ihm und dann Celeste und Yargo aus den Fluten.

»Bei allen Stellaren!«, sagte der Himmelsmechaniker aufgeregt. »Was geht da draußen vor sich?«

Die kleine Gruppe starrte beklommen über die Wasserfläche und sie sahen nun ebenfalls, dass überall um sie herum gespenstische Nebel aufstiegen. Doch diesmal war nicht Celeste für dieses unheimliche Naturschauspiel verantwortlich.

»Wie lange waren wir weg?« Fabio riss sich die Froschmaske vom Gesicht.

»Zwei oder drei Stunden«, antwortete ihm der Gnom. »Die drei Schiffe mit den Goblins sind längst fort. Aber ich befürchte, das ist nicht unser größtes Problem. Da war eben so ein unheimliches Hornsignal über den Wassern. Es klang, als würde der Ton aus der Tiefe kommen. Seitdem steigen überall diese Nebelschwaden auf und man kann ständig ein Raunen und Flüstern hören.«

Fabio wollte den Gnom gerade über die Geschehnisse am Grund des Deltas aufklären, als erneut ein lang gezogenes Knarren über die Ruinenlandschaft rollte.

»Ich habe euch gewarnt«, knurrte Sylvana, die mit ihren schwefelgelben Augen so aussah, als ob sie kurz davor stünde, sich zu verwandeln. Doch Fabio wusste, dass sie dies ohne das Mondlicht nicht vermochte.

Im allgegenwärtigen Dunst über dem Wasser war plötzlich ein kränkliches Licht auszumachen, ein mattgrünes Glosen, dessen Ursprung von den Nebelschleiern verhüllt wurde. Beständig schob sich das unheimliche Leuchten näher zu der kleinen Insel heran und die Luft schien von Augenblick zu Augenblick kälter zu werden. Hinzu kam ein merkwürdiger, fauliger Geruch, so als triebe da draußen der Kadaver eines Wals auf sie zu.

Fabio packte sein Schwert. Meister Arcimboldo hielt bereits Helioskop und Aeroaster in den Händen und auch Celeste machte sich zum Zaubern bereit. Eine eiskalte Böe fegte über die Insel hinweg und der entsetzliche Verwesungsgestank wurde noch intensiver.

In diesem Moment rissen die dichten Nebelschwaden auseinander und Ambra stöhnte auf. Auch Fabio musste schlucken, als er den unheimlichen Segler entdeckte, der sich bereits auf Mastlänge an das kleine Eiland herangepirscht hatte. Seine Segel hingen in Fetzen von den Rahen herab, mannshohe Löcher prangten im Rumpf und glitschiger, gelbgrün leuchtender Tang baumelte wie nasses Frauenhaar von der zersplitterten Reling. Das Schiff sah aus, als habe es bereits Jahre auf dem Meeresgrund gelegen.

»Ein Geisterschiff!«, keuchte Fabio. Abgesehen von dem drohenden Knarren und Ächzen, das der Wind zu ihnen herübertrug, war von drüben nur das Knattern einer zerrissenen Fahne zu hören. Sie war an der Mastspitze des dämonischen Schiffs befestigt, flatterte in einem geisterhaften Wind und zeigte zwei überkreuzte Knochen, wie es bei den Freibeutern vom Eiland der Winde üblich war.

»Worauf wartet ihr!«, zürnte Sylvana. »Macht diesem Seelenverkäufer ein Ende!«

Der Aeroaster des Himmelsmechanikers schwirrte und eine kräftige Windböe kam auf, die sich dem unheimlichen Schiff entgegenstemmte. Celeste schickte gleich zwei wirbelnde Frostlanzen auf die Reise. Die magischen Geschosse rasten über die Wasserfläche hinweg und explodierten mit klirrendem Hall zwischen den verrotteten Schiffsaufbauten. Holzsplitter regneten auf das Wasser. Ambra jubelte, doch sie verstummte, als sie sah, dass sich die Holzteile des Schiffes lautlos wieder zusammensetzten. Auch die von dem Aeroaster heraufbeschworenen Windböen strichen wirkungslos an dem Segler entlang. Stattdessen schlug ihnen ein bedrohliches Heulen entgegen, dem hohles Gelächter folgte. Die kleine Gruppe wich immer weiter zurück und im nächsten Moment schrammten muschelverkrustete Planken über das Ufer.

Der Modergeruch, der von dem Schiff ausging, raubte Fabio schier den Atem. Dafür konnte er jetzt einen genaueren Blick auf das Deck des Geisterseglers werfen. Der Anblick war fürchterlich. Überall an Bord lagen Tote. Ihre entstellten Gesichter waren aufgedunsen und wiesen die Fraßspuren von Fischen auf. Soweit er erkennen konnte, war jeder der Männer eines gewaltsamen Todes gestorben. Ihre Kehlen waren aufgeschlitzt und auf Höhe ihrer Herzen klafften tiefe Einstiche. Schnell fand Fabio auch den Kapitän des Seglers, der in einer grotesken Pose über dem großen Steuerrad lehnte. Noch immer hatte es den Anschein, als würde er das Schiff lenken. Sein Kapitänsgewand schlotterte wie zerrissenes Segeltuch von seinem Körper und seine Rechte krampfte sich um den Griff eines Säbels mit schwarzer Klinge. Fabio durchrieselte es eiskalt, als er des halb skelettierten Schädels des Mannes gewahr wurde. Dort, wo sich die Augen befunden hatten, gähnten dunkle Höhlungen entgegen und es sah aus, als würde ein wahnsinniges Grinsen die Züge des Toten entstellen. Doch zugleich war der Kapitän der Einzige, der keine erkennbaren Verletzungen aufwies.

»Zusammenbleiben!«, kommandierte Fabio, der sich nie inständiger nach seiner Rüstung gesehnt hatte. Sein Ruf war kaum verhallt, als auf dem Totenschiff ein Raunen und Wispern einsetzte. Grünliche Schwaden stiegen über den Leibern der toten Seeleute auf und formten sich zu Schemen, die zunehmend menschliche Züge annahmen. Die Geister hielten Beile und lange Messer in den Händen und stierten drohend zu ihnen herüber. Auch der Geist des fremden Piratenkapitäns manifestierte sich jetzt neben dem Steuerrad. Seine Augen glühten in einem düsteren Rot, als er seine Geisterklinge anhob und angriffslustig ans Ufer deutete. »Zeigt ihnen meine Macht.«

Unter gespenstischem Wehklagen gingen die Piraten zum Angriff über. Yargo feuerte einen Schleuderstein auf den Kapitän ab, doch das Geschoss sauste einfach durch die Geistergestalt hindurch. Fabio stellte sich beherzt den Angreifern entgegen, doch auch seine Hiebe blieben wirkungslos. Die Piraten umkreisten sie wie Nebelstreifen, jagten sie vor sich her und schlugen heulend mit ihren Waffen zu. Wann immer es ihnen gelang, Fabio mit ihren Geisterwaffen zu verletzen, fuhr eine schmerzhafte Kälte durch seinen Körper, die ihn lähmte. Einzig sein fester Wille hielt ihn aufrecht. Nur Yargo schienen sie komplett zu ignorieren. Fabio kam nicht dazu, sich weitere Gedanken um den Jungen zu machen, da hinter ihm Ambra aufschrie und zu Boden ging.

»Ambra!«, brüllte Meister Arcimboldo besorgt und feuerte mit seinem Helioskop gleich ein ganzes Gewitter blendender Lichtstrahlen auf die Piraten ab. Dort, wo die Lichtstrahlen trafen, jaulten die Schemen getroffen auf und wichen zurück, doch schon bald gingen sie wieder zum Angriff über. Dann wurde auch der Gnom von einer der Geisterwaffen getroffen. Mit einem röchelnden Laut brach der Himmelsmechaniker über dem Körper seiner Tochter zusammen.

Allein Sylvana gelang es immer wieder, den Phantomwaffen der Freibeuter mit blitzschnellen Bewegungen auszuweichen. Knurrend hackte sie mit ihren Messern um sich, doch auch sie vermochten nichts gegen die angreifenden Schemen auszurichten.

Die Einzige, die ihnen noch helfen konnte, war Celeste. Zornig beschwor sie mit ihren Sternenkräften gleich ein halbes Dutzend Eiskugeln herauf und jagte sie im Zickzack der Geisterschar entgegen. Wo die Geschosse trafen, zerplatzten die gespenstischen Leiber unter lautem Jaulen. Doch nur wenige Augenblicke später manifestierten sich die getroffenen Geister erneut über ihren toten Körpern und gingen abermals zum Angriff über.

Es war ein ungleicher Kampf und Fabio wusste, dass sie schon bald unterliegen würden. In diesem Moment teilte sich die Geisterschar und der gespenstische Freibeuterkapitän schwebte mit teuflischem Grinsen auf sie zu.

»Ihr Wichte steht dem gefürchteten Freibeuter Vincenzo Capolo gegenüber«, wisperte die nebulöse Gestalt und seine Augen erstrahlten in blutigem Rot. »Man hat mir den Beinamen ›Die Blutklinge‹ gegeben. Sicher habt ihr schon von mir gehört.«

»Ich bedaure«, knirschte Fabio, der inzwischen Rücken an Rücken mit Celeste und Sylvana stand. »Aber seid Euch gewiss, wenn Ihr mir zu Lebzeiten begegnet wärt, dann wäre Euer Tod endgültig gewesen.«

Die Gestalt des Geisterkapitäns verfinsterte sich und Capolo hob wütend seinen schwarzen Phantomsäbel. »Dein mangelnder Respekt wird dich schon bald dein armseliges Leben kosten, Paladin!«

Über Celestes Händen sausten Eiskristalle, die sich drohend auf ihr Gegenüber ausrichteten. »Und was dich betrifft, meine Hübsche«, grollte Capolos Geist, »solltest du inzwischen begriffen haben, dass diese magischen Spielereien nichts gegen mich und meine Mannschaft auszurichten vermögen. Ich stehe unter dem Schutz des Astronos. Wir sind unbezwingbar.«

»Was soll das ganze Geschwätz?«, fauchte Sylvana. »Warum bringst du es nicht zu Ende und tötest uns?«

»Das würde ich gern«, säuselte die Gestalt mit hohler Stimme. »Aber ihr habt das Interesse meines stellaren Herrn erregt. Er will euch eine letzte Gelegenheit geben, euren Irrtum einzugestehen. Schließt euch ihm an und ihr könnt euer armseliges Leben behalten!«

»Niemals!«, fauchte Celeste.

Sylvana knurrte.

»Und wie soll das aussehen?«, fragte Fabio, in dem eine kühne Idee reifte.

»Ganz einfach, werdet Teil meiner Mannschaft«, raunte Capolo tückisch. »Schon bald werden sich uns neue Horizonte eröffnen und wir werden zum Ruhm des mächtigen Astronos die Weltmeere bis hinunter zu den Reichen des Halbmondes befahren.«

»Das klingt vergleichsweise nicht schlecht«, antwortete Fabio und ließ sein Schwert sinken.

»Fabio, was tust du da?« Celeste sah ihn entsetzt an.

»Du hörst es doch«, meinte der junge Paladin betont resigniert. »Wenn das die einzige Möglichkeit ist, um zu überleben, dann schließe ich mich gern der Mannschaft dieses Seelenverkäufers an. Oder muss ich dazu erst sterben?«

»Aber nein«, lockte ihn der Geist und verzog sein Gesicht zu einem triumphierenden Grinsen. Lauernd reichte er Fabio seine gespenstische Klaue. »Mein Herr möchte schließlich, dass du lebst, wenn du vor ihm stehst und dich zu ihm bekennst. Bis dahin schlag ein und schließ dich der Schar der Freibeuter an. Werde einer von uns!«

»Tu das nicht, Paladin!«, grollte Sylvana, die ihn ebenso ungläubig anstarrte wie Celeste.

»Und ich werde wirklich einer von euch?«

»Aber ja, mein Freund.« Dumpfes Gelächter hallte ihm entgegen. »Lass dein bisheriges Leben hinter dir. Werde einer von uns und dann führe ich dich vor den Thron unseres stellaren Herrn.«

Fabio schlug in die Hand ein und eine eisige Kälte kroch seinen Arm hinauf. Er zuckte zurück, doch das seltsame Gefühl blieb.

»Vielleicht vergaß ich zu sagen, dass all jene, die mir dienen, ans Schiff gebunden sind«, höhnte der geisterhafte Kapitän. »Selbst wenn dich der dunkle Astronos erhört, du wirst mir von nun an untertan sein.«

»Und ich vergaß zu erwähnen, dass ich das eherne Gesetz der Freibeuter kenne«, meinte Fabio und hob seine Waffe. »Jenes Gesetz, nach dem ein Mannschaftsmitglied seinen Clanführer zum Duell um die Macht fordern kann!«

»Gar nichts wirst du, dummer Junge.« Der Geisterkapitän winkte seine Mannschaft heran. »Los, packt ihn!«

Keiner der Schemen bewegte sich. Die Geister starrten Fabio mit hohlen Blicken an, in denen er sogar einen Anflug von Hoffnung zu erkennen glaubte.

»Worauf wartet ihr!«, brüllte Capolo.

»Es sieht ganz so aus, als sähe Eure Mannschaft das so wie ich!« Fabio baute sich breitbeinig und mit gezogenem Schwert vor dem Geist auf. »Und jetzt kämpft um Eure armselige Schattenexistenz, Kapitän!«

Celeste, Sylvana und die unheimliche Geisterschar wichen vor den beiden zurück.

»Warum nicht?«, grollte der Geisterkapitän und schwebte Fabio mit einem fauligen Grinsen entgegen. »Bringen wir es hinter uns!«

Sofort ging Capolo zum Angriff über. Fabio parierte, doch die Geisterklinge des Kapitäns glitt wie zuvor durch sein Schwert hindurch. Nur dank seiner Reflexe schaffte Fabio es, dem heimtückischen Angriff zu entgehen. Er konterte mit zwei wuchtigen Hieben, doch seine Klinge wirbelte abermals nur Schlieren auf. Der Geisterkapitän quittierte das erfolglose Bemühen Fabios mit rauem Gelächter und breitete seine Arme aus. »Was nützt dir eine Duellforderung, Junge, wenn du unfähig bist, mir Schaden zuzufügen?«

Bleich wich Fabio vor seinem Gegner zurück. Sein Plan ging nicht auf. Stattdessen stand er kurz davor, seine Seele an Astronos zu verlieren.

»Ihr habt Eure Leute eigenhändig umgebracht, Capolo!«, ertönte plötzlich Yargos Stimme. Der mechanische Junge hatte irgendwie die Gelegenheit genutzt, an Bord des Geisterschiffes zu klettern. »Ich habe mich hier umgesehen. Und ich habe etwas entdeckt. Ich denke, ich weiß, welches Spiel Ihr treibt.«

Jaulend wirbelte Capolo herum und seine Augen glühten vor Zorn. »Wer bist du, Kleiner? Wieso fühle ich das Blut in deinen Adern nicht? Und was hast du an Bord meines Schiffes zu suchen?«

»Ihr rühmt Euch des Namens Blutklinge«, fuhr Yargo ungerührt fort. »Gehe ich daher recht in der Annahme, dass Eure verfluchte Existenz an Eure Waffe gebunden ist, mit der Ihr auch Eure Mannschaft erschlagen habt?« Yargo trat an Capolos Leichnam über dem Steuerrad heran und entwand den Skeletthänden den Säbel mit der schwarzen Klinge.

Capolos Geistergesicht verzog sich zu einer grässlichen Fratze und er stürzte wieder auf Fabio zu. Sylvana sprang mit einem Satz unter die Reling, fing den Säbel auf und warf ihn mit dem Griff voran dem jungen Paladin zu. Fabio rollte sich unter dem neuerlichen Schlag des Freibeuters ab und fing die Waffe geschickt auf. Prüfend wog er die Klinge in den Händen, dann bedachte er den Geisterkapitän mit einem kalten Lächeln. »So, Capolo. Mal sehen, wie Ihr Euch ohne Eure lausigen Tricks schlagt!«

Der gespenstische Freibeuter ließ ein wütendes Heulen hören und jagte wieder auf Fabio zu. Der erwartete den Angriff breitbeinig. Blassgrüne Funken sprühten, als der schwarze Säbel und sein geisterhaftes Gegenstück aufeinanderprallten. Diesmal war es Fabio, der rau lachte. Links, rechts. Links, rechts. Immer wieder hieb er mit dem verfluchten Säbel zu, schließlich unterlief er die Deckung seines Gegners und bohrte Capolo die Blutklinge tief in die Brust. Es zischte, als würde Wasser auf einen glühenden Ofen tropfen. Die Gestalt des Geisterkapitäns erstarrte mitten in der Bewegung und der Verfluchte stieß einen markerschütternden Schrei aus. Gespenstische Flammen züngelten aus seiner Geisterbrust und die grauenerregende Gestalt zerlief vor ihren Augen, als bestünde sie aus flüssigem Wachs.

Fabio trat schwer atmend zurück, ließ den Säbel fallen und wandte sich mit bangem Blick Celeste zu, die neben Meister Arcimboldo und Ambra kniete. »Sind sie …?«

»Nein!« Celeste schüttelte den Kopf. »Ich glaube, sie sind nur bewusstlos.«

Durch die Reihen der Geistermannschaft lief ein Raunen. Einer der fahlen Schemen löste sich aus der Gruppe und glitt auf Fabio zu. »Was sind Eure Befehle, Käpt'n?«

Fabio bedachte das Gespenst mit einem grimmigen Blick. »Habt ihr dem Kapitän oder dem finsteren Astronos Treue gelobt?«

»Dem Kapitän«, heulte es ihm entgegen. »Doch wir wurden getäuscht.«

»Wollt ihr euer Seelenheil wieder zurückerlangen und in die stellaren Paradiese einfahren?«

»Ja«, wisperte der Geist. »Doch dafür bedarf es nicht nur Eures Wortes, sondern auch der Gnade einer Sternenmystikerin.«

Celeste trat neben Fabio und maß die Geistermannschaft mit einem langen Blick. Schließlich sah sie sich zu der Stelle um, an der Meister Arcimboldo und Ambra lagen. Fabio spürte, dass sie einen Plan ausheckte.

Celeste sprach nun wie zu sich selbst. »So machen wir es. Wir werden den Merkurielsboten zu Poliogenes entsenden. Er soll seinen Boten mit einer Warnung zu meinem Vater schicken, der seinerseits die Sternenburg und das Castello di Arborea warnen wird.« Entschlossen wandte sie sich wieder den Geistern zu. »Ihr Elenden habt einst die Sternenburg verraten. Doch vielleicht werden die Himmlischen Gnade walten lassen, wenn ihr der Sternenburg diesmal zur Seite steht.«

»Was müssen wir dafür tun?«, raunte es.

»Bringt uns nach Stella Tiberia!«

Schattenmacht

Die modernden Planken schrammten gegen die Kaimauer und eine nasskalte Brise wirbelte den dichten Nebel auf, der mit dem Einlaufen des Totenschiffes über dem Hafen aufgestiegen war. Nur langsam zerfaserte der Dunst und am nächtlichen Himmel über Stella Tiberia waren nun endlich wieder einzelne Himmelslichter zu erkennen, unter denen der Mond, der Nordstern und der rote Wandelstern Marsakiels besonders deutlich hervorstachen.

Fabio, der gemeinsam mit seinen Gefährten schon seit Stunden oben auf dem wurmstichigen Bugkastell ausgeharrt hatte, sah auf das Deck mit den vielen Leichen. Über den Leibern manifestierten sich die Geister der Matrosen wie die Flammen übergroßer Totenkerzen und alle sahen mit hohlen Blicken zu ihnen auf.

»Wir haben das Ziel erreicht«, tönte es ihnen aus Aberdutzenden Geisterkehlen entgegen. »Haltet euer Versprechen. Erlöst uns von unserer Qual.«

Fabio und Celeste traten an die Reling heran und ignorierten standhaft den beißenden Verwesungsgeruch.

»Ich entbinde euch von allen Diensten!«, rief Fabio.

»Und ich vergebe euch im Namen der stellaren Schwesternschaft«, sagte Celeste. »Bereut eure Sünden und fahrt ein in die stellaren Paradiese!«

Durch die Reihen der Geister ging ein dankbares Raunen. Ein Schemen nach dem anderen löste sich vor ihren Augen in einem hellen Licht auf.

»Und jetzt runter hier«, grollte Sylvana. Sie packte Yargo und Ambra und sprang mit den beiden auf die Kaimauer. Auch Meister Arcimboldo, der ebenso wie seine Tochter noch immer etwas wackelig auf den Beinen war, kletterte rasch von Bord. Fabio und Celeste folgten ihm.

Auf der Steuerbordseite des Geisterschiffes war ein Gurgeln und Plätschern zu hören. Der unheimliche Totensegler füllte sich mit Wasser. Eine der morschen Rahen brach mit Getöse ab und begrub das Steuerrad mit dem Leichnam von Kapitän Capolo unter sich. Hastig brachte die kleine Gruppe etwas Abstand zwischen sich und das Schiff und gemeinsam sahen sie dabei zu, wie der morsche Segler im Hafenbecken auseinanderbrach und schäumend in den Fluten versank.

»Das war mit Sicherheit die bemerkenswerteste Reise meines Lebens.« Meister Arcimboldo atmete befreit ein.

Ihre Ankunft war nicht unbemerkt geblieben. Hinter einem Fass kauerte ein verschreckter Hafenarbeiter, der sie mit weit aufgerissenen Augen anstarrte. Auch weiter hinten, auf einem der anderen Schiffe, standen ein paar Seeleute, die zitternd zu dem Spektakel deuteten, dessen sie eben Zeuge geworden waren.

»Was lungerst du da rum? Nimm dich gefälligst zusammen«, fuhr Sylvana den Hafenarbeiter an. Panisch erhob sich der Angesprochene und schleuderte eine Flasche mit Fusel ins Hafenbecken, offenbar hoffend, dass ihm der Alkohol einen Streich spielte. »Weiche von mir, Kreatur der Finsternis!«, keuchte er zähneklappernd.

»Kreatur der Finsternis?« Sylvana bleckte ihre Zähne und beugte sich vor. »Mann, vor dir stehen die Guten!«

Schreiend nahm der Arbeiter Reißaus.

»Worauf warten wir noch?«, fragte Ambra. »Auf zur Sternenburg!«

»Wartet!« Sie wollten gerade losrennen, doch Meister Arcimboldo hielt sie zurück.

»Was ist?«, brauste Celeste auf. »Wir haben keine Zeit zu verlieren.«

»Ja, das ist richtig, aber ich glaube …« Hinter der Stirn des Gnoms arbeitete es. »Ich glaube, wir haben etwas Entscheidendes übersehen! Die Goblins … sie haben offenbar schon vor Längerem den Entschluss gefasst, die Insel Arborea anzugreifen. Aber wieso?«

»Wieso was?«, herrschte ihn Fabio ungeduldig an.

»Gruuk hat diesen Plan doch offenbar nur deswegen gefasst, weil er davon überzeugt war, dass die Sternenmystikerinnen den Paladinen nicht helfen können.«

»Schon vergessen?« Celeste deutete Richtung Sternenburg. »Das können sie auch nicht, wenn Denebola es fertigbringt, diejenigen Schwestern zu der großen Meditation zu bewegen, deren Stern erloschen ist!«

»Ja, aber von Denebolas Erfolg kann Gruuk nichts gewusst haben. Mag sein, dass dieser Dämon wirklich zur Sternenburg aufgebrochen ist, aber den hinterlistigen Angriffsplan hat Gruuk doch bereits vor Wochen ausgeheckt. Warum, bei allen Stellaren, war er schon damals davon überzeugt, dass die Sternenschwestern nicht eingreifen können?«

Sprachlos sahen sich die Gefährten an.

»Bei Molunah!« Celeste schluckte. »Ihr habt Recht. Da muss noch etwas anderes dahinterstecken. Aber was?«

»Keine Ahnung.« Meister Arcimboldo zuckte mit den Achseln. »Aber mir schwant nichts Gutes.«

»Gehen wir besser davon aus, dass wir Hilfe benötigen.« Fabio berührte Celeste an der Hand. »Wir teilen uns auf. Lauf du mit Sylvana und Yargo zu deinem Vater und frag ihn, ob hier während unserer Abwesenheit etwas vor sich gegangen ist, von dem wir noch nichts wissen. Und frag ihn auch gleich, ob Poliogenes ihm schon eine Nachricht geschickt hat. Wir anderen«, er nickte Meister Arcimboldo und Ambra zu, »suchen meine Schwertbrüder auf und bitten dort um Verstärkung. Die Kommandantur der Ordensritter liegt nicht weit entfernt. Ich hoffe nur, dass Seneschall Ernesto noch in der Stadt ist. Anschließend treffen wir uns beim Juprabimbrunnen. Noch Fragen?«

»Nein«, knurrte Sylvana. »Aber ich schätze, ich sollte zuvor noch etwas erledigen. Wartet nicht auf mich. Ich werde da sein, wenn ihr mich braucht.« Mit langen Sätzen verschwand die Wolfsfrau in der Dunkelheit.

Die Gefährten trennten sich und Fabio, Meister Arcimboldo und Ambra stürmten in das Hafenviertel Stella Tiberias hinein und dort auf einen wuchtigen Säulenbau zu, dessen

Schindeldach grauschwarz im Mondlicht schimmerte. Vor der Tür des Gebäudes baumelte ein mandelförmiger Schild mit dem rot-weißen Wappen der Paladine.

Fabio donnerte mit der Faust gegen die Tür der Kommandantur und kurz darauf öffnete ihm ein Knappe des Ordens, der ihn mit einer Laterne anleuchtete.

»Herr? Was kann ich für Euch tun?« Der Junge trug sein Haar sauber bis auf Ohrlänge geschnitten und mochte vielleicht ein oder zwei Jahre jünger als Fabio sein.

»Ist Schwertbruder Ernesto hier?«

»Nein, Herr. Der Seneschall weilt auf der Sternenburg. Hier sind nur noch ich und einige andere Knappen.«

»Wo sind die restlichen Schwertbrüder?« Fabio drängte sich an dem Jungen vorbei in die Schreibstube, in der zwei weitere Knappen mit braunen Gewändern aufsprangen und überrascht salutierten.

»Nun, wenn Ihr das Heer meint, das wurde vom Seneschall kurz nach der Feuerbestattung Großmeister Silvestros Richtung Firenze abkommandiert. Es lagert einen Tag entfernt auf der Handelsstraße, wo es sich zum Kampf bereithält.«

Die Jungen musterten Meister Arcimboldo und Ambra argwöhnisch, wagten es aber nicht, Fragen zu stellen.

»Auf der Handelsstraße?« Fabio sah den Knappen stirnrunzelnd an. »Sollte es nicht längst in Firenze sein? Dort erwarten wir das Zusammentreffen mit den Goblins.«

»Ja, gewiss … doch über die Einzelheiten wurden wir nicht informiert.«

»Aber Seneschall Ernesto weilt auf der Sternenburg?«

»Oh ja, Herr.« Der Knappe nickte eifrig. »Gemeinsam mit vierzig Kameraden ist er mit den Sternenschwestern den Bund von Sonne und Mond eingegangen. Das ist ein …«

»Ich weiß, was es mit dem Bund von Sonne und Mond auf sich hat«, unterbrach ihn Fabio unwirsch. »Und diese Schwertbrüder sind die Einzigen, die noch hier in Stella Tiberia sind?«

»So ist es, Herr!«, antwortete einer der anderen Knappen, ein kräftiger Junge, der sein Kurzschwert mit sichtlichem Stolz trug. »Abgesehen von uns und den anderen natürlich. Aber unsere Herren haben uns befohlen, hier in der Kommandantur zu bleiben. Die Sternenschwestern zelebrieren heute Nacht ein magisches Ritual, mit dem sie die Goblins ordentlich aufmischen werden.« Er grinste. »Sagt mein Herr jedenfalls.«

Meister Arcimboldo sah Fabio nachdenklich an. »Fabio, wann wurde eigentlich dieser Beschluss gefasst, dass Schwertbrüder und Sternenschwestern sich zum Bund von Sonne und Mond zusammenschließen?«

»Erst neuerdings«, antwortete Fabio. »Aber dieser Bund beruht angeblich auf einer alten Tradition.«

»Das meine ich nicht. Wann genau wurde der Entschluss gefasst, den Bund dieser Tage zu erneuern?«

»Ich denke, bereits vor einigen Wochen. Jedenfalls waren Großmeister Silvestro und Seneschall Ernesto bei der Besprechung in der Sternenburg nicht sonderlich überrascht, als die Hohe Sternenmystikerin Aureana den Bund von Sonne und Mond zur Sprache brachte. Warum?«

»Und wer von euch Schwertbrüdern war damals alles bei

dem Anschlag im Sternensaal anwesend?«, bohrte der Himmelsmechaniker weiter.

»Großmeister Silvestro, Seneschall Ernesto, die Schatzmeister Anconas und Barions, außerdem Waffenmeister Gaspare und ich. Allerdings haben der Großmeister und der Schatzmeister Barions den Anschlag nicht überlebt. Wieso?«

»Weil sich die Puzzleteile zu einem erschreckenden Bild zusammenfügen.« Der Gnom zog seine Augenbrauen zusammen. »Ich habe dir doch gesagt, dass ich nicht davon überzeugt bin, dass dieser Knappe … wie war noch sein Name?«

»Perusio.«

»Richtig. Also, dass ich nicht davon überzeugt bin, dass dieser Perusio wirklich für den Anschlag verantwortlich war. Wenn es damals tatsächlich einer der Paladine war, der die arkanomechanischen Skorpione in die Sternenburg gebracht hat, und dafür spricht einiges, dann hätte dieser Perusio ordentlich an ihnen zu schleppen gehabt. Hatte er nach deiner Aussage aber nicht. Also kommt für die Einschleusung der Spinnentiere nur einer der anderen Ordensritter infrage. Du bist über jeden Zweifel erhaben, zwei von deinen Schwertbrüdern sind tot und dieser Waffenmeister wurde eingesperrt. Bleiben zwei Verdächtige übrig. Ist dir klar, was das bedeutet, Fabio!«

Ein Regent sein bereits gefallen, ein anderer lauern darauf, eine Königin zu berauben ihre Macht. Fabio kam wieder die unheildrohende Prophezeiung des geheimnisvollen Südländers in den Sinn. Keuchend taumelte er gegen einen Tisch mit Pergamenten. Vor seinen Augen stiegen Bilder seiner damaligen Ankunft im Hafen Stella Tiberias auf. Bilder, in denen Seneschall Ernesto zwei schwer bepackte Satteltaschen auf sein Pferd wuchtete. »*Begibst du dich heute noch auf Reisen, Bruder?*«, vernahm er Waffenmeister Gaspares damalige Frage hinter seiner Stirn. Und er sah Ernesto vor seinem geistigen Auge auch wieder mit dem blutigen Schwert neben dem Leichnam Perusios stehen, in dessen Hand ein himmelsmechanischer Skorpion lag.

Die Erinnerungen trafen ihn wie Fausthiebe. Es war Seneschall Ernesto, der die Skorpione auf die Sternenburg gebracht hatte. Nicht Perusio. Und mit der Königin war nicht die Matriarchin der Gnome, sondern die Hohe Sternenmystikerin Aureana gemeint.

»Bei Marsakiel!«, stammelte Fabio. »Der Orden der Morgenröte wird von einem Astronos-Anhänger gelenkt. Und ich ahne, welchen Plan er verfolgt!«

»Welchen?« Ambra sah bang zu ihm auf.

»Ernesto bestimmt die Auswahl der Männer, die den Sternenschwestern als Beschützer zugeteilt werden. Wenn darunter nur genügend Astronos-Anhänger sind, sind die Schwestern in höchster Gefahr!«

»Ja, das sind sie, aber auch Denebola verfolgt ihre Pläne«, knirschte Meister Arcimboldo. »Wenn die Verräter tatsächlich Mord im Sinn haben, werden sie damit warten, bis dieser Sternenvampir seinen Plan in die Tat umgesetzt hat. Tot nützen ihm die Sternenmystikerinnen nichts, wenn er will, dass weitere Sternenvampire nach Astaria gelangen.«

Fabio fuhr zu den Knappen herum, die dem Gespräch mit

großen Augen gelauscht hatten. »Wie viele von euch sind noch hier?«

»Äh, elf, Herr«, antwortete der Knappe mit der Laterne. »Aber ich verstehe nicht …«

»Verflucht, hört ihr nicht zu?«, donnerte Fabio los. »Mit etwas Pech sind eure Herren allesamt Astronos-Anhänger. Ich weiß, wovon ich spreche, denn mein einstiger Herr gehörte ebenfalls zu diesem elenden Pack. Das ist der Grund, warum ihr in die Kommandantur verbannt wurdet. Und jetzt weckt die anderen und bewaffnet euch. Macht schnell!«

»Aber … aber wir sind nur Knappen!«

»Vor allem seid ihr Paladine!«, zischte Fabio. »Und es herrscht Krieg! Wir müssen die Sternenburg retten! Das ist alles, was zählt. Ich enthebe euch hiermit all eurer Eide, die ihr euren bisherigen Herrn gelobt habt. Und zwar so lange, bis deren Unschuld erwiesen ist. Und jetzt bewaffnet euch! Und du«, er deutete auf den kräftigsten der Jungen, »hol sofort Waffenmeister Gaspare aus der Arrestzelle.«

Die Knappen stürmten los und der Junge, der bisher geschwiegen hatte, griff mit fahrigen Bewegungen nach dem Gehänge mit dem Kurzschwert.

»Lass das und bring uns zur Waffenkammer!«, herrschte ihn Fabio an. »Ich lasse nicht zu, dass ihr diesen Verrätern mit Zahnstochern gegenübertretet!«

In Windeseile schleppten Menschen und Gnome Langschwerter, Schilde, Speere und sogar einige Kettenhemden in die Schreibstube der Kommandantur, die sich zunehmend mit verschreckten Knappen füllte.

Endlich stieß auch Waffenmeister Gaspare zu ihnen. Er sah aus, als habe er sich schon seit Tagen nicht mehr waschen dürfen. »Was höre ich da, Schwertbruder? Der Seneschall ist …«

»Frag nicht, bewaffne dich.« Fabio warf ihm ein Schwert zu. »Du wirst heute Gelegenheit bekommen, deinen Knappen Perusio zu rächen!«

Die gerüstete Schar stürmte zum Eingang und von dort aus zur Venudhasbrücke, um in die Altstadt zu gelangen. Fabio nutzte die Zeit dazu, den zunehmend entsetzter wirkenden Waffenmeister über die zurückliegenden Geschehnisse aufzuklären.

Keuchend erreichten sie den Juprabimbrunnen, wo zeitgleich Celeste, Yargo und Baron de Vontafei eintrafen. Der Baron schnaufte schwer, doch auch er war zum Kampf gerüstet. Fabio hielt sich nicht lange mit Begrüßungen auf und klärte seine Gefährten über seinen finsteren Verdacht auf. Celestes Augen sprühten vor Zorn. Dann sah Fabio den Baron an. »Ihr wollt wirklich mit?«

»Ich habe es meiner Tochter bereits erklärt.« Baron Vittore de Vontafei zog feierlich ein prachtvolles Schwert. »Ich mag zwar etwas eingerostet sein, aber ich stamme aus der Grenzprovinz Venezien! Und dort erlernt man das Waffenhandwerk von klein auf!«

Celeste wandte sich den verängstigten Knappen zu, die sie ehrfürchtig anstarrten. »Ich hoffe, ihr wisst, was auf dem Spiel steht. Heute Nacht geht es um weit mehr als nur unser Leben. Wenn die Sternenmystikerinnen fallen, ist Astaria verloren! Unsere Welt stand noch nie so nah am Abgrund. Wenn wir versagen, wird alles, was uns lieb und teuer ist, zugrunde gehen.«

Celeste drehte sich zu Fabio um und er sah, dass ihre Augen feucht schimmerten. Sie beugte sich vor und küsste ihn zum Erstaunen aller Anwesenden. Doch schon im nächsten Moment versteinerten ihre Züge und sie deutete am prachtvollen Juprabimbrunnen vorbei hinüber zu der verschatteten Allee, die geradewegs auf die Sternenburg zuführte. »Und jetzt folgt mir! Und fleht die Erzstellare an, dass wir nicht zu spät kommen.«

Entschlossen hetzten sie die Straße hinauf und standen wenig später vor dem breiten Burggraben, der die Mauern der Sternenburg umgab. Oben auf den Kronen der Umfriedung zeichneten sich grauschwarz die Stellarsskulpturen mit den Trompeten vor dem Sternenhimmel ab. Das Zugtor war verschlossen und die drei hohen Lehrtürme im Innern der Anlage schimmerten fahlweiß im Sternenlicht.

»Öffnet das Zugtor!«, brüllte Celeste aufgebracht.

»Wer da?«, war von oben eine Frauenstimme zu hören. Auf den Zinnen erschien zu ihrer Erleichterung eine Gestalt in silbernem Damastgewand, deren schulterlanges Haar vom Wind bewegt wurde.

»Ich bin es, Sternenschwester. Celeste de Vontafei! Mach auf!«

»Novizin Celeste?«, kam es erstaunt zurück. »Ich dachte, du bist tot? Und wen hast du da alles mitgebracht? Warte, Kind, ich werde dir öffnen.«

Neben der fremden Sternenmystikerin tauchte eine zweite

Gestalt im Dunkeln auf, die nun ebenfalls zu ihnen herabblickte. Ein Paladin.

Fabio beschlich ein mulmiges Gefühl.

Das Zugtor öffnete sich nicht. Stattdessen war irgendwo in der Dunkelheit ein leiser Schrei zu hören, der schnell abbrach.

Fabio ballte die Fäuste. »Schaff uns da irgendwie rüber!«

Celeste breitete die Arme aus und schloss die Augen. Das Wasser vor ihr im Burggraben gefror schlagartig zu einer blitzenden Eisfläche. Es knirschte und ächzte unter der glatten Fläche und wie in der Eisernen Bibliothek brachen plötzlich gewaltige Gletschermassen aus dem Graben hervor, die sich knisternd in die Höhe schraubten und zu breiten Stufen ausformten, die hinauf bis zu den Kronen der Burgmauer führten. Die Knappen sahen dem Schauspiel atemlos zu.

»Los, rauf da!«, herrschte Fabio den kleinen Trupp an. Hastig sprang er von Eisstufe zu Eisstufe und musste immer wieder aufpassen, dass er auf dem glatten Untergrund nicht ausglitt. Dann, endlich, hatte er die Mauerkrone erreicht. Doch dort erwarteten ihn bereits zwei Männer im Waffenrock der Paladine. Die Verräter versuchten nicht einmal, ihre Maskerade aufrechtzuerhalten, sondern attackierten ihn sofort mit blitzenden Klingen. Fabio wehrte die Schläge mit seinem Schild ab und versuchte, seine Gegner mit wuchtigen Hieben zurückzudrängen.

»Kopf runter, Fabio!«, rief hinter ihm Meister Arcimboldo. Fabio duckte sich und im nächsten Augenblick fegte ein heftiger Wind über die Brüstung, der ihre Gegner packte und nach hinten schleuderte. Unter lautem Geschrei stürzten die Männer hinter dem Wehrgang in die Tiefe.

Fabio sah sich dankbar zu dem Gnom um, der seinen Aeroaster bereits wieder verstaute. Kurz darauf erreichten auch Schwertbruder Gaspare und die Knappen die Mauerkrone. Als Letzter folgte der Baron. Ihnen allen bot sich ein fürchterlicher Anblick. Unten auf dem gepflasterten Vorhof, der von schlanken Gebäuden umgeben war, lagen nicht nur die zerschmetterten Körper der beiden Paladine, sondern auch der Leichnam der Sternenmystikerin, die sie begrüßt hatte. Eine große Blutlache hatte sich unter ihr ausgebreitet. Und sie war nicht die einzige Tote. Nicht weit von ihr entfernt, quer über einer Treppe, lagen mit verrenkten Gliedern eine zweite Sternenmystikerin sowie eine Novizin in blauem Gewand.

»Himmel!«, brach es entgeistert aus Celeste heraus.

Auch Waffenmeister Gaspare ächzte. »Ich fürchte, wir sind zu spät gekommen.«

»Nein«, Fabio schüttelte den Kopf. »Ich denke, es hat noch nicht einmal richtig angefangen.«

Fabio wunderte sich, warum mit ihrem Erscheinen auf der Mauerkrone der magische Alarm nicht losgegangen war. Genügend Metall trugen sie bei sich. Er sah zu einer der stellaren Plastiken auf und entdeckte, dass die Trompete in den Händen der Figur zu einem unförmigen Klumpen zusammengeschmolzen war. »Unsere Feinde haben wirklich an alles gedacht«, fluchte er. »Beeilen wir uns. Aber seid leise!«

Die kleine Gruppe schlich den schmalen Wehrgang entlang und Fabio spähte über die Häuser des Burgvorhofs hinweg zu den Wohn- und Lehrtürmen. Die spitzen Dächer schränkten sein Blickfeld ein, doch irgendwo jenseits der Hausfronten trug der Wind einen leisen Singsang heran. Hastig eilten Menschen und Gnome über die Tortreppe hinunter auf den Vorhof zu den Toten. Die Knappen schwärmten aus und sicherten auf Gaspares Kommando hin die Zugänge. Celeste war sofort bei der toten Sternenschwester, die sie begrüßt hatte. Dann eilte sie zu der anderen Zauberin, die in verrenkter Haltung auf den Stufen eines der Vorgebäude lag. »Ihr Körper ist noch warm«, flüsterte sie. »Sie ist ebenfalls gerade erst umgebracht worden.«

Nicht weit entfernt ertönte ein leises Stöhnen.

Celeste fuhr zu der Novizin herum, die sie ebenfalls für tot gehalten hatte. Das blaue Gewand des Mädchens war an der linken Seite blutdurchtränkt, doch es schlug zitternd die Augen auf. »Sternenschwester! Es waren die Paladine, sie haben uns einfach …«

»Ich weiß«, beruhigte sie Celeste und tastete nach der Wunde der Novizin. »Das wird jetzt etwas wehtun, aber es verhindert weiteren Blutverlust.« Mit raschem Griff fror sie die Wunde zu und das Mädchen stöhnte auf.

»Wo sind die anderen?«

»Hinten auf dem Molunahshof«, wimmerte die Verletzte. »Heute Vormittag ist die Hohe Lehrmeisterin Denebola zurückgekehrt. Sie hat ein Heilmittel mitgebracht, das den kranken Schwestern helfen soll.«

»Kranke Schwestern?« Celeste sah alarmiert auf. »Wie viele sind es?«

»Ich weiß nicht. Einige. Der Hohe Rat hat uns verboten, darüber zu sprechen. Aber die Paladine …«

»Wir werden uns um die Paladine kümmern! Sag uns lieber, was das für ein Heilmittel ist.«

»Angeblich eine stellare Meditation, die die Kräfte der Sternenschwestern auffrischt. Die anderen helfen ihr gemäß Denebolas Anweisung.«

»Gemäß Denebolas Anweisung? Verflucht!« Celeste stand wieder auf. »Alles, was passieren wird, ist, dass die betroffenen Schwestern ihren Geist noch weiter öffnen. Dann sind sie verloren!« Sie gab den Umstehenden ein Zeichen. »Ihr habt es gehört. Handeln wir, bevor es zu spät ist!«

»Ambra, du bleibst mit Yargo hier bei der Novizin!« Meister Arcimboldo drückte die beiden energisch neben das verletzte Mädchen auf die Stufen.

»Aber Vater …«

»Ich dulde keinen Widerspruch! Schlimm genug, dass du überhaupt hier bist.«

»Gut zu wissen, dass ich nicht der Einzige bin, der sich Sorgen um seine Tochter macht«, brummte Vittore de Vontafei. Die bewaffnete Schar rannte an den Stallungen vorbei in den Garten mit den Blumenbeeten. Von dort ging es auf das große Turmportal mit den Einlegearbeiten aus Silber und blauem Mondstein zu, das Fabio erst vor wenigen Tagen an der Seite Großmeister Silvestros durchschritten hatte. Doch Celeste führte sie weiter auf einen Durchlass zwischen zwei der hohen Lehrtürme zu. Von dort schlug ihnen jener monotone Singsang entgegen, der Fabio vorhin schon aufgefallen war.

Sie erreichten ein parkartiges Areal inmitten der hohen Sternentürme, das mit lauschigen Hecken, Bäumen und Blumen bepflanzt war. In der Mitte stand eine vollständig versilberte Monumentalstatue, die die Erzstellarin Molunah darstellte. Die Himmlische war als geflügelte Frau mit verklärt zum Himmel gerichtetem Blick dargestellt, die in einer Hand das Sternenzepter und in der anderen eine prachtvolle Mondsichel hielt. Direkt zu Füßen der Statue hockten sternförmig weit über ein Dutzend Stellarsmystikerinnen, die immerzu leise keuchten. Ihre Augen waren geschlossen und ihre Gesichter zuckten wie unter Schmerzen. Die übrigen Sternenmystikerinnen umringten sie kreisförmig und wiegten sich wie in Trance. Sie alle boten ein Bild höchster Konzentration.

Fabio hatte für all die Frauen nur einen kurzen Blick übrig, denn hinter jeder Sternenschwester hatte sich wie zufällig ein Paladin aufgebaut. Die Verräter zogen alle auf einmal ihre Schwerter. Und dann sah Fabio Denebola. Die Hohe Lehrmeisterin stand etwas abseits und lächelte triumphierend. Abermals kam es Fabio vor, als würden kleine Rauchsäulen aus ihren Poren aufsteigen.

»Stirb, Elende!« Celeste jagte Denebola eine Eislanze entgegen. Die Besessene kreischte auf und warf sich zurück. Dennoch erwischte sie das Frostgeschoss an der Schulter und ihr Arm zersplitterte, als bestände er ebenfalls aus Eis. Die einstige Sternenmystikerin taumelte, sah auf die Überreste ihres abgerissenen Körperteils herab und verwandelte sich nun endgültig. »Tötet sie!«, kreischte der Sternenvampir und seine blauen Augen glühten in einem kalten Feuer. »Tötet sie alle!«

»Angriff!« Fabio jagte mit Schwert und Schild voran und die Knappen, die beim Anblick des Sternenvampirs wie gelähmt innegehalten hatten, stürmten ihm brüllend nach.

Die verräterischen Paladine, die auf der ihnen zugewandten Seite des Menschenkreises standen, waren längst herumgefahren, doch die Astronos-Paktierer weiter hinten konnten Fabio und die Seinen nicht so schnell erreichen. Klingen blitzten im Mondlicht auf und senkten sich in die Leiber der arglosen Mystikerinnen. Die Knappen ließen Speere fliegen, dann prallte Fabio mit voller Wucht gegen einen der Verräter und hieb, von heiligem Zorn erfüllt, auf ihn ein. Schwertergeklirr und Kampfgeschrei erfüllte den Molunahshof. Mit einem machtvollen Hieb prellte der junge Paladin seinem Gegner die Waffe aus der Hand und zog ihm die Klinge über die Brust. Auch Waffenmeister Gaspare trieb einen seiner ehemaligen Ordensbrüder vor sich her. Schon rannte Fabio auf den nächsten Astronos-Anhänger zu. Schräg hinter ihm jagte Celeste einige Eisgeschosse über den Hof, die ihren Weg jenseits der Silberstatue fanden und auch dort einige Paladine von den Füßen rissen. Meister Arcimboldo beschwor mit dem Aeroaster einen Sturmwind herauf, der gleich ein halbes Dutzend Sternenmystikerinnen und Paladine zu Boden warf. Unter ihnen die Hohe Sternenmystikerin Aureana. Hauptsache, die Verräter wurden daran gehindert, ihre mörderischen Absichten weiter in die Tat umzusetzen.

Mit dem Tranceometer in der Linken brachte der Gnom soeben einen der Astronos-Anhänger dazu, gegen einen anderen Paladin vorzugehen. Doch längst hatten die Verräter tödliche Ernte gehalten. Ein gutes Dutzend der Sternenmystikerinnen lag bereits tot am Boden und viele andere, deren Verletzungen nicht sofort tödlich gewesen waren, wanden sich unter Schmerzen auf der Erde. Der Rest der stellaren Schwesternschaft erwachte nur langsam aus der Trance. Entsetzte Schreie und ängstliches Wimmern mischten sich in den Waffenlärm.

Fabio ließ einen Schwertstreich an seinem Schild abprallen und trat seinem Gegner die Beine weg, während schräg hinter ihm Vittore de Vontafei und ein Knappe den nächsten Paladin niederrangen. Doch auch drei der Knappen waren bereits ausgeschaltet worden. Der Rest der tapferen Jungen war in erbitterte Gefechte mit ihren einstigen Herren verstrickt. Fabio wollte ihnen zu Hilfe kommen, als er zu seiner Rechten den zornigen Aufschrei Celestes hörte. Sie traktierte Denebola mit einem furchtbaren Hagelschlag. Es knackste und der Dämon gefror unter lautem Jaulen zu einer nachtschwarzen Eisstatue. Jäh flammte ein greller Lichtstrahl auf und der Sternenvampir zerbarst wie ein Eiszapfen, der von einem Armbrustbolzen getroffen wurde.

Meister Arcimboldo richtete sein Helioskop nun auf die Mitte des Hofes aus. »Passt auf!«

Ein entsetzliches Stöhnen drang an ihre Ohren. Es stammte von den Sternenschwestern, die zu Füßen der Molunahsstatue kauerten. Die Ersten von ihnen verwandelten sich. Ihren Mündern und Augenhöhlen entströmten schwarze Schatten, die die Körper der Frauen umhüllten wie Kutten aus bewegter Nacht. Die heraufbeschworenen Sternenvampire erhoben sich fauchend und mit glühend blauen Blicken verschafften sie sich einen Überblick.

»Haltet stand!«, brüllte Fabio. Er selbst suchte bereits wieder nach der Hohen Sternenmystikerin Aureana, während von dort, wo die meisten toten Sternenmystikerinnen lagen, ein ganzer Trupp verräterischer Paladine unter Gebrüll heranstürmte und im Vorbeilaufen gleich zwei, drei weitere Sternenmystikerinnen niederstreckte.

In diesem Moment waren Wolfsgeheul und Hundegebell zu hören. Aus einem der Torbögen weiter hinten jagte ein ganzes Rudel geifernder Wölfe und Straßenköter auf die Verräter zu. Die verblüfften Männer wirbelten herum und stellten sich den Vierbeinern, bevor sie Fabio und die Knappen erreichen konnten. Auch einige Sternenmystikerinnen kamen nun wieder zu sich und stellten sich der Gefahr. Grüne und rote Lichtpfeile schossen durch die Nacht und schlugen klaffende Wunden in die Dämonenleiber.

Endlich fand Fabios suchender Blick Aureana wieder. Die Sternenmystikerin mit den grauen Haarsträhnen stand inzwischen etwas abseits unter einem der Parkbäume und versammelte mit einem stummen Ruf die überlebenden Sternenschwestern um sich. Sie wurde gedeckt von der Hohen Wächterin Artemesia, die mit einem Blitzlichtgewitter gleich gegen zwei schwarze Paladine auf einmal vorging. Beide Männer brachen unter dem magischen Ansturm schreiend zusammen. Die Hohe Sternenmystikerin trug noch immer ihr Sternendiadem und ihre grünen Augen wandten sich Fabio und Celeste zu. Ihre Stimme hallte hinter Fabios Stirn auf. *Holt das*

Meteoreisenschwert. Schafft es her oder wir alle sind verloren! Die geistige Verbindung brach ab, weil sich Aureana nun ganz auf die Bekämpfung der Sternenvampire konzentrieren musste.

Verflucht, das Schwert. Natürlich! Wo war überhaupt Seneschall Ernesto?

Fabio sah, dass sich Arcimboldo, Baron de Vontafei und die überlebenden Knappen unter Waffenmeister Gaspare wie selbstverständlich den Sternenmystikerinnen angeschlossen hatten und mit gemeinsamen Kräften die schwarzen Paladine und Sternenvampire zurückdrängten. Über dem Hof flackerten magische Gewalten, als würde sich direkt über ihnen ein Gewitter mit Blitz und Donner entladen. Doch immer mehr der bewusstlosen Zauberinnen zu Füßen der Statue verwandelten sich und erhoben sich als Sternenvampire. Wie lange mochten die verbliebenen Mystikerinnen noch standhalten?

Fabio rannte zu Celeste, die ihm bereits hektisch zuwinkte, und gemeinsam stürmten sie auf einen Turmeingang zu, über dessen Zinnen das Sternbild des Schwertes aufleuchtete. Doch die Sternenvampire hatten die beiden bemerkt. Einer von ihnen wölkte wie zerrissener Nebel auf sie zu und aus den Klauen des Dämons schoss ein Strahl schwarzer Dunkelheit. Celeste gelang es noch, einen silbrig glitzernden Schild um sich und Fabio zu legen, dann wurden sie mit voller Wucht gegen die Turmwand geworfen. Celestes Magie zerfaserte und die junge Sternenmystikerin stöhnte benommen. Fabio rappelte sich auf, wohl wissend, dass er mit seiner Waffe nichts gegen die fürchterliche Kreatur auszurichten vermochte. Krallen fuhren aus der Dunkelheit auf ihn zu, als schräg hinter ihnen ein knurrender Schatten mit glühend gelben Augen auf den Sternenvampir zujagte: Sylvana! Die Wilde hatte längst ihre Wolfsgestalt angenommen und fiel den Sternenvampir brutal von hinten an. Immer wieder fuhren ihre kräftigen Pranken auf die Nachtgestalt herab und ihre monströsen Raubtierkiefer bissen große Stücke aus dem Schattenkörper. »Lauft!«, fauchte sie, während sie sich mit dem Sternenvampir am Boden wälzte.

Fabio und Celeste hetzten in den Turm und dort auf eine breite Wendeltreppe zu. Zu ihrer Überraschung entdeckten sie vor den Stufen eine Gruppe verängstigter Novizinnen in blauen Gewändern, die unter Führung Ambras einen schwarzen Paladin niedergerungen hatten. Gefesselt von silbernen Lichtsträngen lag er am Boden und fluchte.

»Ambra, was machst du hier?«, rief Celeste.

»Die Novizin hinten im Hof wollte, dass ich ihre Freundinnen warne«, antwortete das kleine Gnomenmädchen trotzig. »Yargo ist bei ihr geblieben.«

»Versteckt euch!«, fuhr Celeste die Mädchen an.

»Du bist auch bloß Novizin«, antwortete ihr eine schlanke Rothaarige. Sie warf zwei ihrer Freundinnen Phiolen mit Sternentau zu, die die Essenz mit schnellen Schlucken leerten. Dann stürmten sie gemeinsam an ihnen vorbei auf den Molunahshof.

»Lass sie!«, sagte Fabio und zerrte Celeste und Ambra hinter sich her. »Deine Sternenschwestern brauchen jede Hilfe, die sie kriegen können. Und du, Ambra, bleibst jetzt dicht bei uns. Wenn dein Vater wüsste, dass du schon wieder nicht gehorcht hast! Wo ist das verdammte Meteoreisenschwert überhaupt?«

»Auf dem Dachgarten!«, keuchte Celeste, während sie japsend die vielen Stufen nach oben liefen. »Aureana hat mir das Versteck gedanklich gezeigt.«

Zu Fabios Entsetzen stolperten sie über tote Novizinnen, deren Körper von Schwertwunden gezeichnet waren. Fabio ahnte, wem sie schon bald gegenübertreten würden. Doch langsam wurden ihm die Beine lahm.

Dann, endlich, sahen sie vor sich eine weit geöffnete Tür, die hinaus auf den gewaltigen Dachgarten der Sternenburg mit der seltsamen Sammlung an Nachtgewächsen führte. Die grüne Pracht war bereits zu erkennen, doch der Zugang nach draußen wurde von zwei verräterischen Paladinen bewacht, die ihre Schwerter zückten, kaum dass sie Fabio und die beiden ungleichen Mädchen bemerkten.

»Alarm!«, brüllte der eine, bevor sein Körper von Eispfeilen durchbohrt wurde. Dann war auch Fabio heran. Mit hoch erhobenem Schild und einem lauten Kampfschrei warf er sich auf den zweiten Wächter. Er krachte gegen ihn und beide stürzten zwischen die Pflanzen. Fabio nutzte eine Unvorsichtigkeit seines Gegners aus, um ihm mit dem Schwertgriff die Zähne zu zertrümmern. Der Verräter heulte auf und wurde bewusstlos.

Inmitten des üppig bewachsenen Gartens mit seinen Bäumen und Sträuchern stand ein halbes Dutzend weiterer Männer mit dunklen Umhängen. Sie hatten mit ihren Schwertern ein Areal in der Mitte der Turmplattform freigehackt und dort eine schimmernde Platte aus Wolkenkristall aus dem Boden gestemmt. Das magische Material zeigte Sprünge, die von einem deutlich sichtbaren Klauenabdruck ausgingen. Hatte sich da ein Sternenvampir zu schaffen gemacht? Die Männer fuhren zu Fabio und Celeste herum, während unmittelbar hinter der Gruppe eine finstere Kuttengestalt mit glühend blauen Augen aufstieg. Der Nachtleib war quer von einem silberhellen Strich verunziert.

»Vesperuga!«, presste Fabio hervor und packte Schwert und Schild noch fester. Er stand der Übermacht nun Seite an Seite mit Celeste gegenüber. Von Ambra war keine Spur zu sehen. Hoffentlich hatte sie sich gut versteckt.

»Schon wieder diese beiden!«, zischte der Sternenvampir. »Die werden langsam lästig!«

Dort, wo die Männer die Platte aus Wolkenkristall aus dem Untergrund gehoben hatten, schraubte sich in diesem Augenblick ein Silberkäfig aus der Tiefe, in dem, von einer seltsamen Kletterlilie mit blassen Blüten umrankt, das Meteoreisenschwert aus Lugubra stand. Beklommen fixierte Fabio die kostbare Waffe.

»Lasst mich das machen«, erklang eine Stimme in breitem askonischem Dialekt. Die Gruppe der Paladine teilte sich und mit geringschätzigem Lächeln trat Seneschall Ernesto vor. Mit seinen kurz geschnittenen schwarzen Haaren und dem sorgsam gestutzten Schnauzbart machte er noch immer einen überaus gepflegten Eindruck. Sein schwarzer Umhang wehte leicht im Wind.

»Sieh an, sieh an.« Seine Blicke brannten förmlich auf Fabio. »Wie ich hörte, sollst du in Firenze sogar mit Bronzino fertig geworden sein. Unser wölfischer Freund zürnt dir noch immer. Ich denke, es wird ihm nicht gefallen, wenn ich dich jetzt in kleine Streifen schneide.« Er zog sein Schwert.

Celestes Faust jagte nach vorn und eine weitere ihrer Eislanzen raste über die Beete hinweg und bohrte sich in die Brust des Verräters. Ernesto kam ins Taumeln und stürzte nach hinten. Doch zu ihrer beider Entsetzen lachten die umstehenden Männer nur. Mühsam rappelte sich der Seneschall wieder auf. »Herzchen, die meisten von uns hier sind Splitterträger, so wie der einstige Herr deines widerspenstigen Begleiters! Mehr noch, vor euch steht die versammelte Elite jener Gefolgschaft, die Astronos bereits seit Jahrhunderten dient. Und das eben, das war nicht gerade sportlich.« Er zog sich die Eislanze aus der Brust, deren Wunde sich rasch wieder schloss. Er nickte seinen Kumpanen zu. »Wärt ihr bitte so freundlich und würdet mir die Mystikerin vom Hals halten, während ich den Paladin erledige?«

Der Seneschall huschte nach vorn, während die anderen Paladine unter provozierendem Gejohle auf Celeste zustürzten. Die Sternenmystikerin wich zum Ausgang zurück und beschwor über dem Dachgarten ein frostiges Inferno herauf. Eislanzen, Hagelkörner und klirrend kalte Winde warfen die heranstürmende Schar zurück, doch die Männer kamen immer wieder auf die Beine. Dann war Ernesto heran. Der Schild des jungen Paladins wummerte unter den Hieben des Verräters und Funken sprühten, als ihre Klingen aufeinandertrafen. Fabio focht mit dem Mut der Verzweiflung, doch jede Wunde, die er dem Seneschall zufügte, verheilte schnell wieder. Celeste erwehrte sich derweil der anderen Kämpfer, doch diese kamen ihr trotz des arkanen Sturms Schritt für Schritt näher. Fabio ließ einen Hagel aus Schlägen über sich ergehen und lauerte darauf, dass sich Ernesto in seinem Hochmut eine Blöße gab. Dieser zertrümmerte mit zunehmender Lust den Schild Fabios. »Was willst du schon gegen mich ausrichten, jämmerlicher Tölpel?«, schrie er gegen das Lärmen des magischen Froststurms an.

»Das hier!« Fabio beschrieb mit dem Schwert einen blitzenden Bogen. Knochen splitterten und das Schwert des Seneschalls flog samt einem abgetrennten Finger nach hinten. Ernesto brüllte vor Schmerz und Zorn, während Fabio jetzt einen regelrechten Klingensturm entfesselte und den Splitterträger mit einem kräftigen Tritt in eines der Beete katapultierte. Schreiend tastete Ernesto mit der blutenden Hand nach seinem Schwert, doch das riss in diesem Augenblick Ambra an sich. »Suchst du das hier?« Das Gnomenmädchen war unvermittelt hinter einem Busch aufgetaucht und schleuderte die Waffe entschlossen über die Zinnen.

»Verschwinde, Ambra!«, rief Fabio und durchbohrte den Seneschall ein weiteres Mal. Doch der Mann ignorierte den Schmerz, rollte sich weg und langte mit der gesunden Hand nach dem Bein Ambras. »Deine Tat wirst du bereuen, Kleine!«, brüllte er. Ambra schrie. Bevor Fabio etwas tun konnte, zog Ernesto das Gnomenmädchen als lebenden Schutzschild an sich und stolperte mit ihm an einem entlaubten Baum vorbei zu den Turmzinnen. »Vielleicht holst du meine Klinge ja noch ein!«, höhnte er.

Sein Lachen verstummte, als ein gewaltiger Schatten den Sternenhimmel verdunkelte. Ein Hagel aus Armbrustbolzen rauschte über Fabios Kopf hinweg und riss die schwarzen Paladine, die Celeste inzwischen bis auf Schwertlänge nahe gekommen waren, von den Beinen. Krachend prallte der Bug der *Sternenwind* gegen die Zinnen und ein halbes Dutzend gut gerüsteter Gnome unter Odilios und Jacopos Führung sprang von der Reling des Himmelsschiffes auf den Dachgarten.

»Macht sie fertig!« Odilio und Jacopo stürmten mit gesenkten Hellebarden auf einen der am Boden liegenden Splitterträger zu. Unmittelbar neben Ernesto flirrte plötzlich die Luft und unter einer mit Mond- und Sternensymbolen bestickten Decke, die von einem Moment zum anderen sichtbar wurde, kamen plötzlich Munadella und Raimondo de Vontafei zum Vorschein. Celestes Cousin packte Ambra, bevor ihn der überraschte Seneschall daran hindern konnte, und zerrte sie zurück, während Munadella ihre doppelschüssige Armbrust hob. »Unterschätzt nie eine Mutter, die zu allem bereit ist, Elender!« Kaltblütig feuerte sie ihre beiden Bolzen ab. Der Kopf des Seneschalls flog nach hinten und er kippte jenseits der Brüstung in die Tiefe.

Das Meteoreisenschwert! Fabio sah, dass Jacopo, Odilio und die Gnome einen verzweifelten Kampf gegen die Splitterträger ausfochten. Der magisch erzeugte Froststurm, der unentwegt über den Garten tobte, war längst zum Erliegen gekommen. Dafür standen nun drei Himmelsmechaniker an

Bord der *Sternenwind* ihren Kameraden mit einer seltsamen Apparatur bei, die unter lautem Knallen grelle Funkenblitze verschoss. Doch auch diese Apparatur konnte die schwarzen Paladine nur zeitweilig aufhalten.

Celeste lag indes zusammengesunken und mit geschlossenen Augenlidern neben dem Eingang zum Dachgarten. Fabio befürchtete bereits, dass sie verletzt war, doch dann sah er, dass sich ihre Lippen bewegten. Hauptsache, sie lebte. Er jagte nun endlich auf den Käfig zu und erkannte, dass Vesperuga bereits damit begonnen hatte, die magisch verstärkten Silberstreben mit ihren dunklen Krallen aufzubiegen. Kaum hatte er sich dem Sternenvampir auf Klingenweite genähert, als ihn einer der schwarzen Paladine von der Seite ansprang und umriss. Das gegnerische Schwert sauste auf ihn herab, doch im letzten Moment warf sich Raimondo de Vontafei auf den Gegner und drängte ihn wieder zurück. »Halt den Dämon auf, Paladin!«, brüllte er.

»Zu spät! Unser Sieg ist jetzt vollkommen.« Die Augen des Sternenvampirs glühten in einem intensiven Blau, als Fabio wieder auf die Füße kam. Gierig griff Vesperuga durch die Stäbe hindurch nach dem Schwert. Doch plötzlich zischte es und sie zuckte mit lautem Geschrei zurück. Ihre Klauen dampften. Die Blüten der Kletterlilie hatten sie mit einer Flüssigkeit benetzt, die sich wie Säure in die Schatten fraß. Diese Rankenpflanze musste in ihren Blütenkelchen Sternentau gesammelt haben!

»Gebt dem Vampir Saures!«, ertönte eine Stimme, an der Fabio Poliogenes erkannte. Eine klobige Wurfmaschine vorn am Bugkastell ratterte los, die gleich mit mehreren Geschossen geladen war, an deren Spitzen Glaskugeln befestigt waren. Befand sich darin ebenfalls Sternentau? Vesperuga wurde von einem klirrenden Geschosshagel durchgeschüttelt, der dampfende Löcher in ihren Schattenleib schlug. Kreischend taumelte ihr zunehmend menschlich werdender Leib bis zur gegenüberliegenden Zinnenmauer zurück. Doch noch immer zuckte sie. »Jetzt sind wir dran!«, röchelte der Vampir. »Los, holt euch das Schwert!«

Jenseits der Zinnen stiegen zwei weitere Sternenvampire auf, die heulend auf den Käfig zujagten. Doch diesmal kam ihnen Fabio zuvor. Er griff zwischen die Streben und packte den kühlen Griff der magischen Waffe. »Kommt und holt es euch!«, brüllte er. Mit großen Sprüngen hetzte er zu seinen Gefährten und zog einem der Splitterträger die rotsilbern schimmernde Klinge über den Leib. Der Mann schrie auf und diesmal schlossen sich seine Wunden nicht. Fabio prellte einem zweiten Paladin die Klinge aus der Hand, bevor dieser Jacopo gefährlich werden konnte, und zertrümmerte dessen Bein. Dann waren die Sternenvampire heran. Heulend umkreisten sie Fabio.

»Entreißt ihm das Schwert!«, geiferte Vesperuga von den Zinnen aus. Die übrigen Splitterträger unter den schwarzen Paladinen ließen von den angeschlagenen Gefährten ab und stürmten geschlossen auf Fabio zu.

Da flammte hinter ihm ein Gleißen auf, das den Garten in einen Schein wie aus hellem Mondlicht tauchte. Odilio, Jacopo, Raimondo und die Gnome rissen vor Staunen die Augen auf. Die Splitterträger wichen erschrocken zurück und die beiden Sternenvampire heulten vor Wut. Fabio blickte über die Schulter und sah Celeste direkt neben einem Strauch nachtblühender Silberastern stehen. Die hübsche Sternenmystikerin hatte die Augen geschlossen, doch ihr Körper leuchtete und glitzerte jetzt wie ein leibhaftiger Stellar. Auf ihren Zügen lag ein verklärtes Lächeln, als sie die Arme dem Himmel entgegenreckte und zu Fabios maßlosem Staunen Schwingen entfaltete, die ihr ein schwanenhaftes Äußeres verliehen. Erst jetzt begriff er, dass Celeste es geschafft hatte, ihren stellaren Patron auf sich herabzurufen. Dann öffnete sie ihre Lider. Grelles Silberlicht flutete daraus hervor und ihre Stimme erfüllte die Turmplattform auf eine Weise, die ihm Schauer über den Rücken jagte.

»Die Sterne blicken auf euch herab. Fürchtet euch nicht!« Eines der am Boden liegenden Schwerter sauste von unsichtbaren Kräften angehoben in ihre Hand und jäh umgab auch die Klinge ein schimmernder Glanz. »Doch ihr, die ihr gegen die stellare Schöpfung frevelt, seid verdammt!« Mit rauschenden Schwingen setzte Celeste über Fabio hinweg und ließ das Schwert niederfahren. Gleich zwei Splitterträger krachten gegen einen Baum und waren tot, bevor sie aufschlugen. Mit dem zweiten Hieb schlug sie einen der Sternenvampire entzwei, der sich wehklagend zu einer Aschewolke auflöste.

Fabio fasste neuen Mut und stürmte mit einem Kampfschrei nach vorn. Weitere schwarze Paladine fielen unter seinen Streichen mit dem magischen Schwert, während Celeste über ihm am Nachthimmel mit dem verbliebenen Sternenvampir rang. Endlich erreichte Fabio Vesperuga, die nur noch einem schmutzig grauen Schemen ähnelte, der furchtsam zurückwich.

»Na wenn schon, jeder von uns ist eine von euch!«, giftete Vesperuga mit hohler Stimme. »Und die Pforte in diese Welt ist jetzt aufgestoßen. Das Schwert bekommen wir ebenfalls, verlass dich darauf!« Rücklings ließ sich der Sternenvampir über die Zinnen kippen, bevor der Paladin ihn erreichen konnte.

Kurz darauf fühlte Fabio Celestes Griff. »Hilf den Sternenmystikerinnen, junger Paladin!« War das überhaupt noch Celeste? Fabio kam nicht mehr zum Nachdenken, da ihn die strahlende Gestalt anhob und mit ihm im Sturzflug hinunter zum Molunahshof rauschte.

Dort erwartete sie ein schrecklicher Anblick. Unweit der hohen Stellarsplastik standen nur noch etwas über ein Dutzend Sternenmystikerinnen und Novizinnen auf den Beinen und soeben zerfiel eine der Frauen unter dem Griff eines Dämons zu einer grauen Staubwolke. Weiter hinten war Baron Vittore de Vontafei zu sehen, der schwer verwundet am Boden lag. Waffenmeister Gaspare stand über ihm und kämpfte erbittert mit dem letzten der schwarzen Paladine. Nicht weit von ihnen entfernt rang Sylvana mit einem Sternenvampir. Doch ihr Wolfsfell war inzwischen stumpf geworden und ihr Körper von zahlreichen Wunden übersät. Auch Meister Arcimboldo schlug sich verzweifelt und hielt der Schwesternschaft den Rücken frei.

Fabio und Celeste brachen erbarmungslos über die Schreckensgestalten herein. Fabio führte das Meteoreisenschwert wie ein Schnitter seine Sense, kaum, dass er wieder Boden unter seinen Füßen spürte, während über ihm Celeste kämpfte wie ein leibhaftiger Stellar. Gleich vier Sternenvampire stürzten sich auf Celeste, die mit gewaltigen Schwingenschlägen zum Himmel emporstieg und die Kreaturen so von den Sternenmystikerinnen fortlockte. Aureana machte einen der Dämonen mit einem goldenen Lichtbogen bewegungsunfähig, sodass ihn Fabio mit dem Meteoreisenschwert glatt zerteilen konnte, als die verbliebenen Sternenvampire wie auf einen unhörbaren Ruf zurückwichen. Jaulend stoben sie in alle Richtungen davon.

Dann war der Spuk vorbei.

Einzig am Himmel über der Sternenburg wurde noch gekämpft. Asche rieselte herunter und hoch über ihnen war Celestes schimmernde Flügelgestalt zu sehen, die noch immer mit zwei Sternenvampiren kämpfte.

Längst war auch die *Sternenwind* mit den Himmelsmechanikern wieder aufgestiegen, die der Bedrängten mittels der Blitzmaschine zu Hilfe kamen. Ein weiterer Dämon zerstob zu einer grauen Aschewolke und der letzte Sternenvampir floh nun ebenfalls in die Dunkelheit. Siegesgebrüll aus Dutzenden Gnomenkehlen dröhnte zu ihnen herab, während Celestes Lichtgestalt zu flackern begann. Fabio keuchte entsetzt auf. Die Sternenmystikerin begann zu trudeln und die Schläge ihrer Schwingen wurden zunehmend schwächer. Dann sackte sie ab und entschwand irgendwo hinter dem großen Turm mit dem Dachgarten ihren Blicken.

»Celeste? Celeste!« Fabio, der sich kaum noch auf den Beinen halten konnte, stieß eine der Sternenmystikerinnen zur Seite und rannte an Sylvana vorbei aus dem Molunahshof. Keuchend umrundete er den hohen Lehrturm und stolperte an den Bauten der Vorburg vorbei, bis er endlich einen gepflasterten Platz mit stellaren Skulpturen erreichte, der sich unmittelbar am Fuße des Turms mit dem Dachgarten erstreckte. Fabio wusste, dass der verräterische Seneschall hier irgendwo liegen musste. Und auch Celeste musste irgendwo auf dem Platz niedergegangen sein. Doch wo war sie? Panisch sah sich Fabio in der Finsternis um. Er eilte zu den Skulpturen, suchte alle dunklen Nischen ab und kletterte sogar auf die Ringmauer der Sternenburg, weil er sich von dort einen besseren Überblick erhoffte. Doch er fand Celeste nicht.

Der Platz war leer.

Ruhe vor dem Sturm

Die Mittagssonne schimmerte als trüber Fleck über den blauweißen Dächern Stella Tiberias und vom Sternenmeer her wehte eine kühle Brise heran. Fabio stand müde auf dem verwüsteten Dachgarten der Sternenburg und sah mit halb geschlossenen Augen zu dem leuchtenden Himmelsrund auf. Doch die wenigen Strahlen vermochten nicht, die Kälte zu vertreiben, die von seinem Herzen Besitz ergriffen hatte. Die Niederlage, die sie erlitten hatten, war so fürchterlich, dass es ihm die Kehle zuschnürte. Nur zehn Sternenmystikerinnen und ein halbes Dutzend Novizinnen hatten den Verrat der Paladine überlebt. Und auch von der Schar tapferer Knappen waren nur noch vier Jungen am Leben. Sie dienten jetzt auf der *Sternenwind* und begleiteten Poliogenes, Waffenmeister Gaspare sowie die beiden Venezianer Odilio und Jacopo nach Arborea, wo sie hofften, die Schwertbrüder vor Gruuk und seinem Heer aus Goblins und Freibeutern warnen zu können. Baron Vittore de Vontafei und einige Gnome lagen derweil im Krankenflügel der Sternenburg, wo sich ihrer eine der heilkundigen Schwestern angenommen hatte. Die anderen überlebenden Sternenmystikerinnen kümmerten sich schon seit Stunden um ihre Toten. Sylvana hatte das Burggelände bereits in der Nacht verlassen. Sie hatte einen fürchterlichen Anblick geboten.

Wohin die Werwölfin aufgebrochen war und wo sie nun ihre Wunden leckte, wusste Fabio nicht. Im Moment hatte er auch keine Kraft, an sie zu denken, denn ihn schmerzte vor allem der Verlust Celestes. Ihr Verschwinden peinigte ihn mehr als jede seiner vielen Wunden. Zwei geschlagene Stunden hatten er und seine Freunde das Gelände der Sternenburg nach ihrer Gefährtin abgesucht, doch Celeste blieb verschollen. Sie war ebenso verschwunden wie der verräterische Seneschall, der vor ihren Augen vom Turm gestürzt war. Und langsam verdichtete sich ihre Vermutung zu einer schrecklichen Gewissheit: Celeste war entführt worden.

Fabio ahnte, dass das Meteoreisenschwert der Grund dafür war. Dass sie noch lebte, konnte Fabio auf seltsame Weise spüren. Tief in sich drin, so als sei sie ein Teil von ihm selbst. Und auf gewisse Weise war sie das auch.

Alles, woran du glaubst und kämpfst, wird werden zerstört. Alles! Nichts sein von Dauer. In seinen Gedanken vernahm er den Teil der Prophezeiung des südländischen Astrologen, den er die ganze Zeit über so standhaft verdrängt hatte. Und im Moment war es ihm egal, ob es sich bei diesem rätselhaften Mann tatsächlich um den Seher Cagliomaeus handelte. Denn alles, was er fühlte, war eine Qual, die seine Seele zu zerreißen drohte.

Hinter ihm waren Schritte zu hören und mit brennenden Augen drehte sich Fabio um. Zu seiner Überraschung hatte die Hohe Sternenmystikerin Aureana den Dachgarten betreten. Ihre grünen Augen funkelten fast ebenso wie das Sterndiadem auf ihrem Haupt. Sie wirkte müde, aber ungebrochen. Mehr noch, trotz der furchtbaren Geschehnisse strahlte sie eine Ruhe aus, die Fabio fast unheimlich war. Woher nahm sie diese Kraft?

»Wir haben dich bereits gesucht, junger Paladin«, sagte sie behutsam.

»Ausgerechnet mich?« In Fabios Kehle stieg ein Kloß auf. Sein Blick verschleierte sich und schluchzend fiel er vor der Sternenmystikerin auf die Knie. »Ich bin doch an allem schuld!«, würgte er hervor. »Ich hatte mir geschworen, auf Celeste achtzugeben. Ich hatte mir geschworen, auf die ganze Sternenburg achtzugeben. Doch ich habe alle Warnungen ignoriert. Ich ... ich habe auf ganzer Linie versagt!« Der Rest seiner Worte ging in einem Strom von Tränen unter.

»Versagt?« Aureana trat dicht an ihn heran und strich ihm in einer mütterlichen Geste über das Haar. »Nein, Paladin, du hast nicht versagt. Im Gegenteil, du hast die Sternenburg vor dem Untergang bewahrt. Wir alle haben uns von unseren Feinden täuschen lassen. Und ein einzelner Sterblicher kann die Bürde um den Erhalt unserer Welt nicht allein tragen. Auch du nicht.«

Fabio sah verbittert zu ihr auf. »Dann sagt mir, was ich tun soll!«, brach es verzweifelt aus ihm heraus. »Sagt mir, was *wir* jetzt tun sollen? Die Sternenburg liegt darnieder und mit jedem Stern, der vom Himmel fällt, lauft ihr überlebenden Sternenschwestern Gefahr, eure Zaubermacht zu verlieren. Wie sollen wir dem drohenden Schrecken dann noch standhalten? Wenn das erst geschieht, wenn die Tagundnachtgleiche kommt, vor der wir gewarnt wurden, dann stehen wir allein da.«

»Wir sind nicht allein, junger Paladin.« Die Hohe Sternenmystikerin lächelte wehmütig. »Denn noch leuchten uns die Sterne. Und sie verfolgen einen Plan. Auch mein Herz ist erfüllt von Trauer, doch die Sternenburg hat bereits einmal die drohende Vernichtung überstanden. Und sie wird es auch dieses Mal tun. Nichts in dieser Welt geschieht ohne Grund. Alles unterliegt einem tieferen Sinn.«

Fabio sah, dass inzwischen auch Meister Arcimboldo, Munadella, Ambra und Yargo die Turmplattform betreten hatten. Arcimboldo trug einen Kopfverband und sein Arm lag in einer Schlinge, seine Frau stützte ihn liebevoll. Der Gnom wollte etwas sagen, doch Munadella legte ihm sanft eine Hand auf den Arm.

»Und welcher Sinn soll das sein?«, wollte Fabio von Aureana wissen.

»Hab etwas Vertrauen, Paladin.« Aureana zog ihn auf die Beine. »Mögen uns die Feinde der Schöpfung auch schwer getroffen haben, es sind dies zugleich die Tage, da uns die Sterne die Geheimnisse der Vergangenheit offenbaren. Sie sind wie Teile eines Mosaiks, das die Stellare vor über einem Jahrtausend auf Astaria verstreut haben. Und ich bin mir sicher, schon bald wird sich dieses Mosaik zu einem großen Bild zusammenfügen. Dann wissen wir, welches Schicksal uns die Himmlischen zugedacht haben.«

Aureana sah sich zu den Gnomen um und nickte ihnen

huldvoll zu. »Und das ist noch nicht alles. Denn am Horizont zeichnet sich ein neues Bündnis ab. Ich habe mich mit deinen Gefährten bereits unterhalten. Nun ist es an der Zeit, ein Zeichen des Vertrauens zu setzen. Die Sternenburg wird sich öffnen und ihre Pforten fortan nicht nur den Tauweberinnen öffnen.«

»Nicht nur den Tauweberinnen?«, fragte Munadella.

»Oh nein, Schwester.« Aureana sah Meister Arcimboldo an. »In meinem Innern habe ich es immer geahnt, doch nach allem, was wir nun wissen, ist es mir zur Gewissheit geworden. Auch die Künste der Himmelsmechaniker sind Teil eines stellaren Plans, der so alt wie die Welt selbst ist.«

»Wie darf ich das verstehen?«, fragte Meister Arcimboldo zögernd.

»Nun, ihr Himmelsmechaniker werdet die Macht der Stellare noch entfesseln können, wenn wir Frauen unsere Kräfte bereits verloren haben«, antwortete die Hohe Sternenmystikerin ruhig. »Ich bin mir sicher, dass dies Teil eurer Bestimmung ist.«

Verblüfft starrte Meister Arcimboldo sie an.

»Doch bis es so weit ist«, fuhr die Sternenmystikerin fort, »haben wir alle Hände voll zu tun. Denn die Stellare haben uns mithilfe unserer Sternenschwester Celeste gleich zwei alte Gaben zurückgegeben. Die eine davon betrifft die Kunst, einen stellaren Geist herabzubeschwören. Celeste wird sie uns beibringen, wenn sie erst wieder unter uns weilt.«

»Celeste? Celeste ist vielleicht schon tot!«, meinte Fabio verbittert.

»Warst du heute Nacht nicht vom Gegenteil überzeugt?«, wollte Aureana wissen.

»Ja. Nein. Ach, ich weiß es nicht.«

Die Hohe Sternenmystikerin berührte Fabio auf Höhe seines Herzens. »Vertraue deinen Gefühlen. Sie entsprechen ganz dem, was in den alten Aufzeichnungen berichtet wird. Denn was auch immer du und Celeste bei eurer Traumreise erlebt habt, es hat die zweite verschollene Gabe in diese Welt zurückgebracht. Den wahren Bund von Sonne und Mond. Eure Herzen sind miteinander auf magische Weise verbunden. Und dieses Band wird von Tag zu Tag stärker werden, doch davon weiß der Feind nichts. Und darin liegt unsere Hoffnung.« Aureanas Stimme hatte etwas Beschwörendes.

Du wirst Celeste auf diese Weise finden und zu uns zurückholen, junger Paladin!, fügte die Sternenmystikerin in Gedanken hinzu.

Fabio starrte die Frau an, als wäre sie ein Geist. Doch als wollten die Stellare ihren Worten Nachdruck verleihen, brach die Wolkendecke über ihnen am Himmel auf und warmer Sonnenschein hüllte die Burg in ein angenehmes Licht.

Da betrat Raimondo de Vontafei den Dachgarten. »Ach, hier seid ihr«, rief er und nickte der Hohen Sternenmystikerin forsch zu. »Unten ist der Bürgermeister der Stadt eingetroffen. Er bittet darum, Euch zu sehen und fragt, was die Bewohner Stella Tiberias für die Sternenschwestern tun können. Außerdem müssen wir rasch einige Beschlüsse fassen. Denn in Kürze trifft das Heer der Goblins vor Firenze ein.«

»Ich komme«, antwortete Aureana und nickte den Gnomen zu. »Die Sternenmystikerinnen, die Tauweberinnen und die Himmelsmechaniker werden den Bürgermeister gemeinsam empfangen. Jeder soll von dem neuen Bündnis erfahren, das fortan Einzug in diese Hallen hält.«

Gemeinsam mit Meister Arcimboldo, Munadella und Ambra kehrte sie dem Dachgarten den Rücken zu. Yargo trat still zu Fabio und legte ihm ein blaues Band in die Hand. Es war jene Haarschleife, die Celeste ihm während des Turniers gegeben hatte. Fabio hatte sie all die letzten Tage bei sich getragen, doch heute Nacht hatte er sie irgendwann verloren …

Schon eilte Yargo hinter den Gnomen her und zurück blieb Raimondo, der Fabio mit durchdringendem Blick musterte. »Ich muss dich nicht mögen, Bauernritter«, sagte er. »Aber wenn ein Mann kämpft wie der leibhaftige Marsakiel selbst, dann, verflucht sei ich, dann verdient er meinen Respekt.« Er streckte zögernd die Hand aus, in die Fabio ebenso zögernd einschlug. »Und was meine Cousine betrifft«, Raimondo sah ihm fest in die Augen, »denke immer daran: Es ist die Hoffnung, die uns alle beflügelt!«

»Nein, nicht die Hoffnung«, antwortete Fabio. »Es ist die Liebe.«

Gemeinsam machten sich die Ritter auf den Weg in den Sternensaal.

Anhang

Die Bewohner von Astaria

Die Hauptfiguren

Fabio Paladin vom Orden der Morgenröte
Celeste de Vontafei Tochter des Barons Vittore de Vontafei, angehende Sternenmystikerin
Meister Arcimboldo Gnom und Himmelsmechaniker
Sylvana Werwölfin aus dem Dolomitischen Himmelsmassiv

Arcimboldos Familie

Munadella Frau von Meister Arcimboldo
Ambra Tochter von Munadella und Meister Arcimboldo
Yargo Ziehsohn von Munadella und Meister Arcimboldo, mechanotempische Uhrwerksmarionette

Freunde, Verbündete, Feinde

Astarte Sternenmystikerin und Spionin der Sternenburg in Firenze

Artemesia Sternenmystikerin, Hohe Wächterin der Sternenburg

Aureana Hohe Sternenmystikerin von Stella Tiberia

Bronzino dal Vedici Adliger aus Firenze

Cagliomaeus Mysteriöser Seher und Himmelsmechaniker aus der Vergangenheit

Denebola Sternenmystikerin, Hohe Lehrmeisterin der Sternenburg und Celestes Lehrherrin

Ernesto Seneschall des Ordens der Morgenröte

Gaspare Paladin vom Orden der Morgenröte, Waffenmeister

Gruuk Hochschamane der Goblins

Iuge Al'Cosma Mysteriöse Sternenmystikerin aus der Vergangenheit

Ludovico Paladin vom Orden der Morgenröte, Fabios einstiger Herr

Odilio und Jacopo Zwei umtriebige venezianische Gardisten

Patrizio di Bossi Oberster Ratsherr von Firenze

Perusio Knappe der Paladine vom Orden der Morgenröte

Poliogenes Gnom und Himmelsmechaniker

Raimondo de Vontafei Cousin von Celeste

Silvestro Großmeister des Ordens der Morgenröte

Umberto da Castano Der Doge von Genova

Vesperuga di Ariosto Ducchessa von Venezia, Sternenmystikerin und Sternenvampir
Vincenzo Capolo Freibeuterkapitän
Vittore de Vontafei Vater von Celeste, Baron aus der östlichen Grenzmark Veneziens

Herrscher der Sternenwelt: Die Erzstellare

Astronos Der gefallene Erzstellar rebellierte einst gegen die Schöpfungsordnung von Astaria; doch die anderen Erzstellare, seine Geschwister, besiegten ihn und sperrten ihn in den Sternenkerker.
Molunah Das mächtigste unter den Stellarsgeschwistern; der ihr zugeordnete Wandelstern ist der Mond und als ihre Attribute gelten Schwert und Sternenzepter; Molunah ist die Sendbotin der Magie und Astarias Alchimisten ordnen ihr den Diamanten und den Bergkristall zu; Silber gilt als das ihr geweihte Metall; ihre Farben sind Silber und Violett.
Merkuriel Der himmlische Bote; sein Attribut ist der von zwei Schlangen umgebene Heroldstab; der ihm zugeordnete Wandelstern ist klein und daher schwierig zu beobachten; der Achat ist sein Stein, das ihm zugeordnete Metall ist Quecksilber und seine heilige Farbe ist Gelb.
Venudha Die Erzstellarin der Liebe wird als geflügelte Frau mit Füllhorn dargestellt; sie ist der Abendstern; ihre Stoffe sind Smaragd und Kupfer, ihre Farbe Grün.

Ravensburger Bücher **Absolut lesenswert!**

Die neue Trilogie von Thomas Finn

Thomas Finn

Der letzte Paladin

Die Wächter von Astaria, Band 1

Unheilvolle Omen erschrecken die Bewohner von Astaria. Gestirne erlöschen und Sternenvampire gelangen auf die Erde. Aber sie sind nur Vorboten ihres Meisters: Der gefallene Erzstellar Astronos plant den Ausbruch aus seinem Sternenkerker. Der Einzige, der ihm Einhalt gebieten könnte, ist der Knappe Fabio, Mitglied eines Paladin-Ordens. Auf der Burg eines mächtigen Barons begegnet er der Sternendeuterin Celeste. Sie erweist sich als seine wertvollste Verbündete im Kampf gegen die Mächte der Finsternis.

ISBN 978-3-473-**35287**-6

HC_08_069

www.ravensburger.de

Ravensburger

Marsakiel Der Erzstellar des Krieges wird als geflügelter Kämpfer mit Streitkolben und Schild abgebildet; als roter Wandelstern zieht er über den Himmel; sein Rot findet sich auch in den Wappenfarben der Paladine; ihm sind Rubin und Eisen geweiht.

Juprabim Der Hüter der Gerechtigkeit wird als geflügelter Stellar mit Schwert und Waage dargestellt; seine Farbe ist Blau; die Astrologen von Astaria glauben, dass das Metall Zinn und der Edelstein Saphir von seiner ordnenden Kraft durchdrungen sind.

Ravensburger Bücher **Absolut spannend!**

Die Chroniken der Nebelkriege

Thomas Finn

Band 1 – Das unendliche Licht

Der Irrlichtfänger Kai geht bei dem berühmten Däumlingsmagier Thaddäus Eulertin in die Zauberlehre.
ISBN 978-3-473-**35260**-9

Band 2 – Der eisige Schatten

Der Zauberlehrling Kai ist der letzte Feuermagier – nur er kann die Welt vor der dunklen Zauberin Morgoya retten.
ISBN 978-3-473-**35269**-2

Band 3 – Die Letzte Flamme

Die Welt wird von der bösen Nebelkönigin bedroht. Kai, der letzte Sonnenmagier, ist der Einzige, der sie aufhalten kann.
ISBN 978-3-473-**35272**-2

Ravensburger

HC_08_029

Ravensburger Bücher

ES GIBT KEIN ZURÜCK!

David Gilman

Der Code des Luzifer

Danger Zone, Band 2

Entsetzt beobachtet Max Gordon, wie ein vermummter Skifahrer auf einen anderen schießt und blitzschnell davonrast. Bevor der Sterbende seinen letzten Atemzug tut, presst er unter größter Anstrengung ein Wort hervor: „Luzifer". Max ahnt, dass dieses Wort ihn nicht nur zum Mörder des Mannes führen wird, sondern zugleich auch der Schlüssel zu einem furchtbaren Geheimnis ist ...

ISBN 978-3-473-**35296**-8

Ravensburger

HC_08_057

www.ravensburger.de

As
Dolomitisches Himmelsmas
Mondsee
Genova
Firenz
Stella
Eiland
der
Winde
Korsa
Inselkönigreich
Arborea
Arborea
Sterne
Insel d
Schlang
Reich des Halbmondes
El Medina